Tod im Schatten der Burg

Tödlicher Duft

Jule Heck

edition winterwork

Bibliografische Informationen der Deutschen Nationalbibliothek: Die Deutsche Nationalbibliothek verzeichnet diese Publikation in der Deutschen Nationalbibliografie. Detaillierte bibliografische Daten im Internet über http://www.d-nb.de abrufbar.

Impressum

Jule Heck
»Tod im Schatten der Burg – Tödlicher Duft«
www.edition-winterwork.de

www.jule-heck.de

Satz: edition winterwork
Umschlag: edition winterwork

Lektorat: Rohlmann & Engels, Chemnitz
Druck und Bindung: winterwork Borsdorf

ISBN 978-3-96014-357-4

Tod im Schatten der Burg

Tödlicher Duft

Ein Münzenberg-Krimi von Jule Heck

edition winterwork

Dieses Buch ist ein Kriminalroman, dessen Handlung frei erfunden ist. Ähnlichkeiten mit lebenden oder verstorbenen Personen wären rein zufällig und sind nicht beabsichtigt.

Bedanken möchte ich mich bei all denen, die das Manuskript gelesen und sich mit dem Thema befasst haben, mich durch Anregungen, Hinweise, Tipps und kritische Anmerkungen unterstützt haben.

Prolog

Sonnenfinsternis 1999

Rundherum war alles verstummt. Die Jugendlichen standen mit ihren Spezialbrillen auf dem Dach der Herberge in der Innenstadt von Stuttgart und beobachteten gebannt das Schauspiel. Langsam schob sich der Mond vor die Sonne. Es wurde zunehmend dunkel. Die Autos hielten an, die Menschen hörten auf zu reden, sogar die Vögel stellten ihren Gesang ein. Für einen Moment hielt die Welt den Atem an.

Als der Mond die Sonne komplett verdeckte, entrang sich den Kehlen der jungen Leute ein lautes, lang gezogenes Ah. Auf diesen Augenblick hatten sie sich seit Monaten gefreut. Über nichts hatten sie in letzter Zeit so viel gelesen und gesprochen, wie über dieses faszinierende Naturschauspiel.

Leider hielt die totale Finsternis nur wenige Sekunden an. Die Welt drehte sich weiter, der Lärm kehrte zurück. Aus den Bäumen neben dem Hotel erklang munteres Gezwitscher, als ob die Vögel die wiederkehrende Helligkeit begrüßen wollten.

„Wo ist Flo?“, fragte Karl Friedrich, der Betreuer der Gruppe, in die Runde, als sich das Tageslicht vollständig wieder ausgebreitet hatte.

„Keine Ahnung, eben war er noch da“, antwortete Christoph und zuckte mit den Schultern.

„Der wird schon runter sein, wahrscheinlich hockt er mal wieder auf dem Klo“, kam es süffisant von Patrick.

Auch die anderen Jugendlichen, allesamt Mitglieder einer Leichtathletikgruppe, wussten nichts vom Verbleib ihres Sportkameraden.

Sie verließen das Dach und trafen sich wenig später mit ihrem Gepäck vor der Herberge, um die Rückfahrt nach Münzenberg in der Wetterau anzutreten.

Ihr Sportverein hatte die Fahrt nach Stuttgart während der Sommerferien organisiert, um sich dort die Sonnenfinsternis anzusehen.

„Wo steckt der Kerl nur?", wollte Karl Friedrich erneut wissen. „Das gibt es doch nicht!"

„Wir suchen ihn. Der muss ja noch irgendwo sein", kam es unisono von Christoph und anderen Sportkameraden. „Los, kommt mit", forderten sie ihre Freunde auf, ihnen zu folgen.

„Guckt vor allem immer schön auf den Toiletten nach", rief ihnen Patrick lachend hinterher. Er bevorzugte es, beim Gepäck zu bleiben.

Patrick war der einzige, der nicht zu den Leichtathleten gehörte. Er hatte nur mitfahren dürfen, weil sein Vater, Georg Steinwedel, großzügig einen Bus zur Verfügung gestellt und die Benzinkosten übernommen, obendrein ein kleines Taschengeld für die Jugendlichen hinzugefügt hatte.

Patrick war alles nur nicht sportlich. Mit seinen 16 Jahren wog er bereits hundertfünfzig Kilo bei einer Größe von einem Meter achtzig. Er war verfressen – liebte Hamburger, Pommes und Cola. Seine einzige Leidenschaft bestand darin, sich Soaps im Fernsehen anzusehen, während er Chips futterte. Er war ein kluges Bürschchen, ein guter Schüler, aber seine arrogante

Art kam weder bei seinen Mitschülern noch bei den Leichtathleten gut an.

Vor allem nahmen sie es ihm übel, dass er ständig seinen Nachbarn und besten Freund seines Bruders, Florian Karger, aufzog. Flo war der beste Sportler aus der Gruppe. Er war im Frühsommer Hessenmeister im Hundertmeterlauf seiner Altersgruppe geworden, was er dem harten Training und einigen Extraeinheiten zu verdanken hatte. Die Schule war Flo hingegen nicht so wichtig.

Flo hatte nur ein Problem, über das sich Patrick ständig lustig machte. Wenn er aufgeregt war, musste er schnell auf die Toilette. Außer Patrick amüsierte sich keiner darüber. Alle wussten über diesen Umstand Bescheid und nahmen Rücksicht auf den Sportsfreund.

Gelangweilt stand Patrick auf dem Bürgersteig in der Mittagssonne und wartete auf den Trainer und die Sportler. Wer weiß, wo und wann sie Flo finden würden, dachte er.

September 2011

Kapitel 1

Cosimas Handy summte schon eine ganze Weile. Durch das Vibrieren war es an den Rand des Nachttisches gerutscht und schließlich auf die Bettvorlage gefallen.

Sie versuchte, es zu ignorieren. Ihr Kopf brummte, ihr Mund war trocken, die Zunge fühlte sich pelzig an.

Was war heute für ein Tag? Sie dachte angestrengt nach. Doch es fiel ihr nicht ein.

Sie konnte sich nur schwach erinnern, dass sie auf der Gambacher Kirmes gewesen war und an dem legendären Frühschoppen teilgenommen hatte. Sie wusste noch, dass sie mit Juliane und anderen Gambachern auf den Bänken zu der fetzigen Musik der Blaskapelle wild getanzt und dass später jemand von der Bühne in dem großen Festzelt verkündet hatte, dass das Ausschenken von Freibier zu Ende wäre. Aber was war danach geschehen?

Das blöde Mobiltelefon hörte nicht auf zu vibrieren. Langsam drehte sich Cosima auf die Seite, tastete den Bettvorleger ab, bis sie es fand.

Sie glaubte, ihr Gehirn müsste bei jeder Bewegung explodieren. Aber es konnte ja sein, dass Alexander, ihr Kollege vom K 10, sie erreichen wollte. Das wäre in ihrem jetzigen Zustand allerdings sehr peinlich. Sie wäre nicht in der Lage, aufzustehen – geschweige denn zu arbeiten.

Jetzt fiel ihr ein, dass Henne gegen dreizehn Uhr das Festzelt mit den Worten „Einer muss ja in Friedberg die Stellung halten", verlassen hatte. Der würde sie auslachen, wenn er feststellte, dass sie anscheinend total versackt war.

„Ja", krächzte sie ins Telefon. „Was gibt es denn?" In der Annahme, dass sie mit ihrem Kollegen sprach, hatte sie auf die Nennung ihres Namens und eine Begrüßung verzichtet.

„Hallo, meine Süße, ausgeschlafen?", hörte sie eine männliche Stimme. Es war eindeutig nicht ihr Kollege. So verkatert konnte sie nicht sein, dass sie die Bassstimme von Henne verwechselt hätte.

„Wer ist denn da?", fragte sie neugierig.

„Na ich, dein Lover", kam es lachend von dem Anrufer.

„Welcher Lover? Ich habe keinen Lover", antwortete Cosima entrüstet. *Wahrscheinlich irgend so ein Spinner*, dachte sie.

„Auweia, du musst ja noch ganz schön fertig sein nach der Nacht." Der ihr unbekannte Mann betonte das Ende des Satzes auf eine Art, die ihr nicht gefiel. Was hatte sie denn in ihrem Alkoholrausch angestellt?

„Ich kann mich an nichts erinnern. Lassen Sie mich in Ruhe." Wütend drückte sie den Anrufer weg, warf das Telefon zurück auf den Bettvorleger und drehte sich um. Angestrengt dachte sie nach, was gestern passiert war. Sie war das erste Mal auf die Gambacher Kirmes gegangen. Juliane, ihre Freundin und Pressesprecherin beim K 10 in Friedberg, hatte sie gewarnt, dass man nur allzu leicht versacken könnte. Cosima hatte viel von dem Freibier getrunken, das wusste sie. Doch nach dem opulenten Frühstück mit Rühreiern, Speck und frischen Brötchen bei Juliane hatte sie das gut weggesteckt. Zumindest hatte sie das geglaubt.

Sie musste unbedingt Juliane anrufen. Die konnte sie bestimmt aufklären.

Erneut drehte sie sich zu ihrem Handy um. Es bimmelte schon wieder. Sie nahm das Gespräch mit noch immer rauer Stimme entgegen.

„Warum legst du denn einfach auf? Du spinnst wohl", kam es wütend vom anderen Ende.

Cosima erkannte die Stimme des vorherigen Anrufers, fand aber die Reaktion merkwürdig. „Was wollen Sie denn schon wieder? Ich kenne Sie nicht. Lassen Sie mich in Ruhe", sagte sie wütend, mehr über sich selbst, als über den Anrufer, weil sie einfach nicht wusste, warum er sie kannte – und woher er ihre Nummer hatte.

„Wie, du weißt nicht, was passiert ist? Das ist aber schade. Du warst echt gut drauf. Wenn ich an deine Zunge denke." Ein ironisches Lachen erklang. Cosima glaubte, sich verhört zu haben. Was meinte der Typ? Sie hatte sich doch hoffentlich nicht mit einem Fremden eingelassen!

Bevor sie etwas erwidern konnte, fuhr der Mann fort: „Wenn du deine Kriminalfälle so schnell aufklärst, wie du mit deiner Zunge unterwegs bist, mein lieber Scholli ..."

Cosima wurde augenblicklich schlecht. Sie ließ das Telefon fallen und eilte ins Bad nebenan. Alles, was sie gestern zu sich genommen hatte, suchte sich seinen Weg ins Freie.

Sie würde nie wieder auf die Gambacher Kirmes gehen, nahm sie sich vor, während sie sich, auf den Toilettenrand gestützt, immer und immer weiter übergab. Schweiß rann ihr über den Körper.

Sie war total erschöpft. Eine Weile kniete sie noch vor der Porzellanschüssel, wartete, ob noch etwas kam. Doch ihr Magen gab nichts mehr her. Schließlich nahm sie alle ihre Kräfte zusammen und stellte sich unter den kalten Strahl der Dusche.

Als sie sich geduscht und einigermaßen hergerichtet hatte, wankte sie über die steile Treppe ins Erdgeschoss. Dabei klammerte sie sich am Handlauf fest, um nicht zu stürzen. In der gemütlichen Wohnküche bereitete sie sich einen starken Kaffee zu und ging mit ihrem Lieblingspott auf die Terrasse. Es war ein schöner, warmer Spätsommertag. Die Sonne warf goldenes Licht auf die abgeernteten Felder. Nur war es viel zu hell, das Licht tat ihr in den Augen weh.

Am Horizont sah sie Burg Münzenberg, die sich auf einem Höhenrücken über dem historisch geprägten Stadtteil erhob. Dieser Anblick hatte sie bei ihrem ersten Fall im Jahr 2006 so fasziniert, dass sie sich in die Burg und das kleine Städtchen Münzenberg in der Wetterau verliebt hatte.

Auch die alte Mühle, in der sie nun seit einigen Jahren wohnte, hatte es ihr angetan. Obwohl damals in dem Graben, der die Mühle umgab, ein Jugendlicher ertrunken war, konnte sie das nicht abschrecken. Sie hatte das Anwesen, nachdem ihre Eigentümer dort nicht länger wohnen wollten, ersteigert.

Cosima bekam kein Freizeichen. Es war nicht möglich, mit dem Handy zu telefonieren. Das konnte sie sich nicht erklären.

Sie ging in die Küche und nahm den Hörer vom Festnetzanschluss. Sie wählte die gespeicherte Nummer ihrer Freundin. Wenig später meldete sich Juliane.

„Hallo, Cosima, bist du wieder wach?", kam es lachend von der anderen Seite.

„Mir brummt der Schädel." Cosima fasste sich an die Stirn.

Wieder lachte Juliane. „Das wundert mich nicht. Du hast gestern ganz schön zugelangt. Ich hatte dich gewarnt."

„Kannst du mir sagen, was ich angestellt habe? Mich hat so ein komischer Typ angerufen, der mich *seine Süße* genannt hat. Ich kann mich nicht an den erinnern."

„Als ich weg bin, hast du gerade bei Andreas und Sabrina gestanden. Ihr habt auf Brüderschaft mit Erdbeersecco vom Obsthof angestoßen. Danach wolltest du auch heimgehen. Mehr weiß ich leider nicht."

„Du meinst den Schäfer und seine Frau?"

„Genau den. Du bist jetzt mit den beiden per Du. Wenn du sie also demnächst siehst, kannst du sie duzen."

„Aha. Du hast mal behauptet, dass man nach der Kirmes mit allen möglichen Leuten verbrüdert ist. Wer weiß, mit wem ich da noch alles angestoßen habe!" Cosima schlug sich mit der flachen Hand vor die Stirn.

„Vielleicht kann ich rauskriegen, was du so alles getrieben hast. Ich kenne die Mädels, die Dienst hinter der Theke hatten", kam es aufmunternd zurück.

Cosima war erleichtert. „Bitte tue das und ruf mich sofort an, wenn du was erfahren hast."

„Mache ich, gute Besserung. Bist du morgen wieder im Dienst?" Seitdem Juliane beim K 10 arbeitete, hatte sich ihre Freundschaft noch vertieft. Sie kümmerten sich umeinander. „Das habe ich vor. Ich hoffe nur, dass mein Kater bis dahin verschwunden ist", stöhnte Cosima.

Kapitel 2

Als Georg Steinwedel vor der pompösen Villa in Schlitz, dem idyllischen Städtchen im Vogelsberg hielt, öffnete sich bereits die schwere Eingangstür. Marianne trat nach draußen. Sie sah wieder umwerfend aus, wie Georg feststellte. Zu einem knallroten Designerkostüm trug sie schwarze Seidenstrümpfe und hochhackige, rote Lackpumps. Er war sich sicher, dass sie sonst nichts unter dem teuren Stoff trug.

Er liebte das und sie wusste, dass es ihn verrückt machte. Verrückt nach ihr, der Frau, die er seit vier Jahren begehrte und immer wieder heimlich traf.

Schon als sie sich das erste Mal begegnet waren, hätte er sie gern mit in sein Bett genommen. Sie hatte als Kundin auf dem Autohof in Butzbach einen Wagen für ihren Mann erworben. Es hatte sofort zwischen ihnen gefunkt. Doch damals hatte sie sich noch geweigert.

„Ich bin keine Frau für eine Nacht", hatte sie ihm erklärt. Aber von da an hatte er um sie geworben und sie mehrfach angerufen. Doch erst einige Zeit nach dem Tod ihres Mannes hatte sie nachgegeben und sich mit ihm getroffen.

Gleich bei ihrem ersten Treffen waren sie im Bett gelandet, konnten nicht genug voneinander kriegen. Mit ihr war alles so unkompliziert. Sie war eine fantastische Liebhaberin, bereit, alles mit ihm auszuprobieren und er war verrückt nach ihrem üppigen Busen, den runden Hüften und dem knackigen Po. Marianne war das Sinnbild einer verführerischen und leidenschaftlichen Frau.

Sie stöckelte ihm entgegen. Ihr blondes, schulterlanges Haar umspielte ihr hübsches Gesicht. Die Jacke spannte sich über ihren Busen, der Ausschnitt ließ den Ansatz ihrer Brüste erkennen.

Höflich hielt er ihr die Beifahrertür auf. Der Duft ihres Parfüms stieg ihm in die Nase. Er war betörend. Am liebsten hätte er sie in seine Arme gezogen und geküsst. Doch er hielt ihr nur eine Wange hin. Er musste sich beherrschen. Dieser Abend würde nicht so schön und aufregend werden wie all die anderen.

Marianne bemerkte sofort, dass ihr Liebhaber, mit dem sie sich seit vier Jahren traf, heute verändert war. Im Auto beobachtete sie ihn von der Seite.

„Was ist los?", fragte sie irritiert, „du bist so merkwürdig still."

„Das erkläre ich dir gleich beim Essen. Wir fahren ins Hotel an der Burg. Ich habe einen Tisch bestellt", erklärte er ihr. „Das magst du doch."

„Das ist gut. Hast du auch ein Zimmer für uns reserviert?", erkundigte sie sich kokett.

„Mal sehen, ich weiß noch nicht, ob es heute Abend klappt."

Er schwieg auf der ganzen Fahrt durch die Altstadt, dachte an seine Frau, die in dem Glauben zu Hause saß, dass er mit einem seiner Kunden unterwegs wäre. Als Autohändler von Luxuslimousinen traf er sich oft abends noch zum Essen. Seine Kundschaft war sehr anspruchsvoll. Daher fiel es ihm auch nicht schwer,

Termine vorzutäuschen und über Nacht wegzubleiben, um sich mit Marianne zu treffen.

Sie war eine aufregende Frau, selbständig, neugierig auf alles im Leben und unternehmungslustig. Er genoss das Zusammensein mit ihr.

Zwischen ihr und seiner Ehefrau, mit der er seit sechsunddreißig Jahren verheiratet war, lagen Welten.

Mariannes einziger Sohn führte das Architekturbüro nach dem Tod des Vaters erfolgreich weiter und sicherte ihr so eine gute Altersversorgung. Marianne konnte sich weite Reisen leisten, Konzert- und Theaterbesuche, teure Restaurants und elegante Designermode.

Seine Frau hingegen war klein und zierlich, mit kleinen Brüsten, dünn, fast schon mager, mit faltiger Haut und bleichen Haaren. Sie machte nichts aus sich, obwohl das keine Frage von mangelnden Ressourcen war. Ihre devote Haltung ihm gegenüber machte ihn wahnsinnig. Wenn er abends nach Hause kam, stellte sie ihm nicht nur das Essen auf den Tisch, sie brachte ihm auch die Hausschuhe. Ihre immer gleiche Frage: „Wie war es heute, hast du ein Auto verkauft?“, konnte ihn von einem auf den anderen Moment zur Weißglut treiben. Schon mehrfach hatte er sich dabei ertappt, wie er kurz davor war, sie zu schlagen.

Er hatte sie 1980 geheiratet. Nach seiner Lehre als Kfz-Mechaniker war er in dem Butzbacher Autohaus geblieben. Der Besitzer hielt große Stücke auf ihn und prophezeite ihm eine großartige Karriere. Der Autohändler hatte keinen Nachfolger und so bot er Georg die Firma an, wenn er seine Tochter Bettina heiratete. Georg fragte sich heute noch, wie er es so lange mit ihr ausgehalten hatte. Er fuhr in den mit Kopfstein gepflasterten Hof des Hotels. Es waren noch einige Parkplätze frei.

Als sie zum Hotel gingen, nahm Marianne seine rechte Hand, führte sie an ihren Mund und drückte einen Kuss darauf. Gleich darauf biss sie ihn in den Zeigefinger. Normalerweise törnte ihn das an. Doch heute blieben ihre Versuche, ihn zu verführen, erfolglos. Er durfte sie nicht wiedersehen.

„Ich bin ja so neugierig, was du mir zu sagen hast", sagte sie mit aufgeregter Stimme.

Georg fürchtete den Moment, wenn er ihr reinen Wein einschenken musste. Er war sicher, dass sie etwas anderes erwartete, als das, was er ihr mitzuteilen hatte. Er wollte sich nicht ausmalen, wie der Abend ausgehen würde.

Kapitel 3

Cosima hatte es sich gerade mit einer Pizza vor ihrem Kamin gemütlich gemacht, als es an der Haustür klingelte.

Mist, dachte sie, *wer kann das denn sein?* Sie wollte den Abend mit niemandem teilen. Ärgerlich öffnete sie die Tür. Im Schein der Lampe blickte sie direkt auf einen riesigen Strauß roter, langstieliger Rosen. Spontan warf sie die Tür ins Schloss. Sie konnte sich denken, wer sich hinter den Blumen verbarg. Diese Person wollte sie jedoch am allerwenigsten sehen.

Bevor sie die Pizza bei ihrem Lieblingsitaliener in Gambach geholt hatte, war sie noch auf einen Sprung bei Juliane vorbeigefahren. Sie hatte ihr Angebot, herauszufinden, wer sich hinter ihrem Verehrer versteckte, angenommen.

Cosima hatte mit mehreren Gambachern, die sie während ihrer Arbeit als Kommissarin kennen gelernt hatte, Brüderschaft getrunken. Außer mit Paul und Wilma Schreiber vom Obsthof war sie jetzt auch mit Anita und Hans Neubeck aus der Bahnhofstraße per Du. Bis einundzwanzig Uhr hatte sich Cosima wohl auch nicht auffällig benommen.

Danach war jedoch ein junger Mann an der Sektbar erschienen, der Cosima zum Tanzen aufgefordert und eine Flasche Erdbeersecco mit ihr geleert hatte. Cosima musste in guter Stimmung gewesen sein. Sie hätte sich intensiv mit ihrem Tänzer unterhalten, heftig geflirtet und viel gelacht. Kurz bevor sie mit ihrem Verehrer das

Festzelt *Am Kneiben* gegen Mitternacht verlassen hatte, hätte sie ihn auch leidenschaftlich geküsst.

Leider wussten die Mädels an der Bar nicht, wer der Liebhaber von Cosima war. Sie wollten sich aber nach ihm erkundigen und Juliane sofort Bescheid sagen.

Cosima war entsetzt, als sie das hörte. Sie konnte sich an das Gesicht des Mannes nicht erinnern. Seine Stimme am Telefon war ihr weder bekannt vorgekommen noch sympathisch erschienen. Allein seine anmaßende Art hatte sie abgestoßen.

Nachdem er sie heute noch mehrfach mit Anrufen belästigt hatte, vermutete sie ihn nun vor ihrer Haustür. Was sollte sie denn jetzt mit ihm anfangen? Auf keinen Fall würde sie die Tür öffnen. Sie verhielt sich still, in der Hoffnung, er würde von selbst verschwinden. Sie stand mindestens zehn Minuten an der Haustür, ohne noch etwas von draußen zu vernehmen. Leise schlich sie ins Wohnzimmer zurück.

Sie traute ihren Augen kaum: Auf dem großen Esstisch standen die Rosen in einer Vase. Cosima gruselte es.

Kapitel 4

Sie zog das Wägelchen hinter sich her, in dem sie die Zeitungen, die sie täglich zustellte, beförderte. Die Frau arbeitete seit fünfunddreißig Jahren als Austrägerin für die hiesige Zeitung. Der Job wurde zwar nicht gut bezahlt, aber er sicherte ihr ein geregeltes Einkommen neben ihrer kleinen Witwenrente.

Ihr machte es Spaß, morgens in aller Frühe, wenn die Straßen verlassen waren und hinter den Fenstern der Häuser noch kein Licht brannte, durch die Altstadt zu laufen und die Leser mit der Tagesausgabe zu versorgen.

Die Leser schätzten sie, konnten sich auf ihre Pünktlichkeit verlassen. Ihre Zuverlässigkeit wurde an Weihnachten mit großzügigen Geldgeschenken, Pralinen und der ein oder anderen Flasche Schnaps belohnt.

Sie war mit dem Austragen fast fertig für heute, musste nur noch am „Hinterturm" vorbei zum „Hotel Vorderburg" laufen, dann wäre ihre Runde beendet und sie könnte sich wie jeden Morgen noch einmal ins Bett legen, bevor sie selbst beim Frühstück einen Blick in die Zeitung warf.

In der Nähe des Turms war die Straßenbeleuchtung schon seit Tagen defekt. Sie hatte es bereits bei der Stadtverwaltung gemeldet. Man hatte ihr versprochen, den misslichen Umstand schnellstmöglich zu beheben. Doch als sie auf den Platz vor dem Turm trat, musste sie feststellen, dass man das Versprechen noch nicht eingelöst hatte.

Die Dunkelheit machte ihr keine Angst. Sie kannte den Weg und verließ sich auf ihren Instinkt. Dennoch gehörte sich diese Nachlässigkeit nicht.

Plötzlich trat ihr Fuß auf etwas, das vor ihr am Boden lag. Sie blieb stehen, bewegte aber ihren Fuß in Richtung des Gegenstandes, stieß gegen ihn und merkte, dass es sich um etwas Weiches handelte.

Sie kramte in ihrem Wägelchen nach der Taschenlampe, die sie für Notfälle dabeihatte. Ihr fiel nicht ein, wann sie die das letzte Mal benutzt hatte. Hoffentlich waren die Batterien nicht leer.

Sie betätigte den Knopf, richtete den Strahl nach unten. Das Licht der Lampe fiel auf einen Körper, der merkwürdig verkrümmt vor ihr auf dem Boden lag. Es war eine Frau, um deren Kopf sich eine dunkle Lache ausgebreitet hatte. Ihr blondes Haar versank in dem See aus Blut, ihre Augen waren gebrochen.

Die Zeitungsausträgerin brauchte einen Moment, bis sie erfasste, dass vor ihr die Leiche einer Frau lag. Eine Frau, die sie nur zu gut kannte. Als diese Erkenntnis zu ihr durchsickerte, begann sie aus Leibeskräften zu schreien.

Kapitel 5

Uta Brandt stand am Küchenfenster und schaute auf die Straße. Gegenüber stand das Auto von Helmut Karger. Seit drei Jahren fuhr der Nachbar pünktlich jeden Morgen sein Auto aus der Garage auf die Straße und erschwerte ihr die Ausfahrt aus ihrem eigenen Grundstück. Die Stichstraße war nicht sehr breit und wenn jeder der Anlieger sein Auto auf dem eigenen Grundstück parken würde, gäbe es auch keine Probleme.

Doch Helli, wie er von allen genannt wurde, setzte sich grundsätzlich über alle Regeln hinweg. Er forderte von seinen Mitmenschen allerdings, Gesetz und Ordnung zu befolgen. Er selbst machte jedoch seit Jahren, was er wollte.

Er feierte oft und laut mit seinen alten Kumpels ohne Rücksicht auf die anderen Anwohner. Seinen Hund ließ er ohne Leine laufen und sein Geschäft auf den Rasengrundstücken der Nachbarn verrichten.

Uta hatte schon mehrfach die Hinterlassenschaft seines Hundes mit der Schippe aufgenommen und vor Hellis Tür gelegt. Das Geschrei seiner Frau Siglinde, wenn er morgens auf dem Weg zum Briefkasten in den Scheißhaufen trat und den Dreck und Gestank mit ins Haus brachte, konnte Uta jedes Mal aufs Neue erheitern.

Das hinderte Helli aber nicht daran, jede in der Straße befindliche Mauer von seinem Hund anpinkeln zu lassen. Ruhig stand er dabei und sah zu, wie der Köter seine Blase entleerte. Der Protest der Nachbarn interessierte den grobschlächtigen Mann nicht.

„Für was sind denn eure Mauern da?", fragte er allen Ernstes, wenn sich mal einer wagte, sich zu beschweren.

Helli war von Beruf Steinmetz. Vor drei Jahren hatte er sich bei Arbeiten auf dem Friedhof schwer verletzt. Eine Grabplatte war ihm auf den Fuß gefallen. Es hatte Monate gedauert, bis er wieder laufen konnte. Seitdem hinkte er und konnte nicht länger in seinem Beruf arbeiten. Manch einer munkelte, er hätte den Unfall provoziert, um seine Arbeit aufgeben und eine fette Berufsunfähigkeitsrente kassieren zu können.

Uta war davon überzeugt, dass es so war. Seit ihr Nachbar zu Hause war, nervte er nicht nur seine Frau, sondern vor allem sie. Aber sie wäre nicht Uta Brandt, wenn sie das einfach so hinnehmen würde. Mit ihrer spitzen Zunge hatte sie schon so manches Wortgefecht geführt – und gewonnen. Doch an Hellis breitem Rücken prallte alles ab.

„Heinrich, jetzt guck doch emal, der Karger hat scho widder sei Audo uff die Gass gestellt. Der macht misch noch verrüggt, der Kerl", rief Uta durch die Esszimmertür.

„Ich weiß gar nett, warum du disch immer noch uffregst, Muddi. Genau des will der doch." Uta konnte sich maßlos über die Rücksichtslosigkeit ihres Nachbarn ärgern. Doch sie zahlte es ihm heim. Nicht nur, dass sie den Hundedreck vor seiner Tür ablegte, sie hatte ihn auch schon in seinen Briefkasten geworfen oder die Windschutzscheibe seines Autos damit beschmiert. So mancher Kratzer an Hellis Wagen ging ebenfalls auf ihr Konto, auch der platte Reifen im

Winter war das Ergebnis ihres Zorns. Doch Helli hatte ihr nie etwas nachweisen können. Er musste annehmen, dass mehrere Anwohner in der Straße ihre Wut auf diese Weise an ihm ausließen.

„Muddi, geh doch endlisch zum Schiedsmann und klär des emal. Der Karger hört doch sonst nett uff." Utas Mann ärgerte sich seit Jahren, dass sie einen regelrechten Kleinkrieg gegen den Nachbarn führte. Ständig hing sie am Küchenfenster oder lauerte hinter der Hecke am Gartenzaun, um Helli in Flagranti zu erwischen.

Immer wieder hatte sie versucht, die Nachbarn zu bewegen, gemeinsam gegen ihn vorzugehen. Sie ärgerten sich zwar über das Verhalten Kargers, aber wollten keinen Streit mit ihm. Helli hatte einen einflussreichen Freund: seinen Nachbarn Georg Steinwedel, der aufgrund seiner guten Kontakte und seines Einflusses anderen das Leben richtig schwer machen konnte.

Helli erledigte alles für Georg, das wusste Uta. Und nicht nur sie. Im Dorf war allgemein bekannt, dass Helli den ganzen Tag mit seinem Hund unterwegs war, um die Bewohner auszuspionieren, zu erfahren, was es Neues gab und wer sich was zu Schulden hatte kommen lassen.

Abends saß er dann mit Georg, wenn dieser einmal Zeit hatte, in der „Bürgerstube" an der Theke zusammen, um ihm genau zu berichten, was er herausgefunden hatte. Wenn Georg nicht da war, drängte er sich in der Gaststätte jedem auf, setzte sich ungefragt zu anderen an den Tisch und mischte sich in die Gespräche der Gäste ein.

Man sah der Wirtin an, dass sie sich über das Verhalten ihres unbeliebten Gastes ärgerte, doch sie konnte nichts dagegen tun. Auch sie wusste, dass Georg Steinwedel hinter seinem Freund und Nachbarn stand.

Neben ihrem Ärger über den Nachbarn regte Uta sich vor allem über ihren eigenen Mann auf. Sie wusste, dass er das fiese Verhalten von Helli nicht guthieß, doch er sagte nichts und unterstützte Uta auch nicht in ihrem Kampf gegen ihn. Uta hielt ihn deswegen für ein Weichling. Das hatte sie ihm zwar so noch nicht gesagt, aber in ihren Andeutungen war immer unterschwellig zu erkennen, was sie von ihm hielt.

Uta stampfte mit dem Fuß auf. „Jetzt reicht`s", schrie sie in Richtung ihres Mannes, der am Esstisch saß und die Lokalzeitung studierte. Sie konnte kaum glauben, was sie da gerade sah.

Kapitel 6

Cosima war auf dem Weg zur Arbeit. Obwohl sie hundemüde war, hatte sie kaum geschlafen. Selbst nach zwei Tagen hing ihr die Sauferei noch in den Knochen. Als sie die Rosen auf dem Esstisch in ihrem Wohnzimmer entdeckt hatte, war sie sofort zur Terrassentür gerannt. Sie war zwar verschlossen, aber nicht verriegelt. Der Hebel stand auf Durchgang. Sie war in dieser Hinsicht zu nachlässig, das wusste sie. Offenbar hatte sie am Nachmittag, nachdem sie den Kaffee auf der Terrasse getrunken hatte, den Hebel nicht nach unten gedrückt. Nur so konnte sie sich erklären, wie es dem Fremden möglich gewesen war, ihr Haus zu betreten. Doch wie hatte er es geschafft, geräuschlos eine Vase zu finden und die Rosen ins Wasser zu stellen?

Sie hatte schnell die Tür verriegelt, war durch das ganze Haus gelaufen, hatte in jedes Zimmer, in jeden Schrank gesehen, vor lauter Angst, ihr *Rosenkavalier* könnte sich irgendwo versteckt haben.

Sie hatte den unheimlichen Mann nirgendwo entdecken können. Als sie ins Erdgeschoss zurückkam, nahm sie den Strauß, der ein Vermögen gekostet haben musste, aus der Vase und beförderte ihn in die Biotonne. Was fiel dem Kerl ein, sich ungefragt Zutritt zu ihrem Haus zu verschaffen?

Er hatte sie noch mehrmals am frühen Abend angerufen. Ihr Handy ging auf einmal wieder. Ihre Fragen nach seiner Person, hatte er ausweichend beantwortet.

„Wenn wir uns sehen, meine *Süße,* werde ich mich dir persönlich vorstellen."

Natürlich wollte sie ihn nicht sehen. Nur weil sie angeblich mit ihm geknutscht hatte, gab ihm das nicht das Recht, sie zu belästigen. Sie würde einfach nicht mehr an ihr Handy gehen, wenn sie die Nummer nicht kannte.

Bei all diesen Gedanken stellte sich ihr die Frage, wie sie am Montagabend von der Sektbar, die sie offensichtlich in angetrunkenem Zustand verlassen hatte, nach Hause gekommen war. Hatte der Mann sie womöglich heimgebracht? Wusste er deshalb, wo sie wohnte? Hatte er ihren Zustand ausgenutzt und sie missbraucht?

Der Appetit auf die Pizza war ihr danach vergangen. Stattdessen hatte sie sich an dem Rotwein bedient, den ihr der Italiener aus der Pizzeria geschenkt hatte, und zugesehen, wie das Feuer im Kamin herunterbrannte.

All das ging ihr jetzt auf dem Weg nach Friedberg durch den Kopf. Normalerweise genoss sie es, von Münzenberg aus über die schmale Landstraße nach Rockenberg zu fahren und über die Landschaft zu schauen. Meistens bog sie im Rosendorf Steinfurth bei der Metzgerei nach Wisselsheim ab, von wo aus eine schmale Straße nach Rödgen und Schwalheim führte.

Ungestört von anderen Fahrzeugen passierte sie Kühe, die friedlich auf der Weide grasten, und beobachtete Schafe, die mit gesenkten Köpfen zusammenstanden. In dieser unberührten Landschaft fand sie Ablenkung und Trost zugleich. Besonders angetan hatte es ihr die wunderschöne Allee, die von Schwalheim aus zunächst in Richtung Dorheim verlief. Erst wenn der Adolfsturm in Friedberg an der großen Kreuzung vor ihr auftauchte, holte sie der Alltag ein.

Im Präsidium im Grünen Weg in Friedberg, wo sie seit sieben Jahren arbeitete, wurde sie stürmisch von Erdmann, dem Rauhaardackel ihres Kollegen, begrüßt.

„Na mein Dicker, hast du mich vermisst?“ Sie kraulte ihn ausgiebig, was der ihr mit einem tiefen Brummen dankte.

„Hallo, Frau Kommissarin, wieder fit?“, kam es süffisant von ihrem Kollegen Henne.

„Weiß hier schon wieder jeder Bescheid?“ Cosima schaute genervt ihren Kollegen an.

„Du weißt doch, die Welt ist klein.“ Dabei verdrehte er lachend die Augen. Henne sah wie immer frisch und ausgeruht aus. Sein tailliertes Hemd und die eng anliegenden Jeans betonten seine sportliche Figur und unterstützten sein gutes Aussehen. Ihm hatte der Genuss des Freibiers am Montag offensichtlich nichts ausgemacht. Er war allerdings rechtzeitig gegangen, so wie Juliane es auch ihr empfohlen hatte.

„Hat Juliane was erzählt?“ Cosimas Stimme war Verärgerung anzuhören. Bevor Henne ihr antworten konnte, rauschte Stückchen ins Büro. „Da bist du ja endlich. Da hat schon paar Mal so ein Typ angerufen und nach dir gefragt“, berichtete die Sekretärin des K 10.

Cosima horchte auf. „Was wollte der? Hat er seinen Namen genannt?“

„Also“, Stückchen begann ihre Sätze grundsätzlich mit diesem Wort, „seinen Namen hat er nicht genannt. Er hat sich nach dir erkundigt und gefragt, ob es dir besser geht und ob du heute zum Dienst erscheinst. Der war richtig mitfühlend.“ Stückchen strahlte über das ganze Gesicht.

„Das gibt es doch nicht. Wie kommt der Typ dazu, hier anzurufen?“ Wütend sah sie Stückchen an. „Du hast ihm hoffentlich nichts gesagt!“

„Was sollte ich ihm denn sagen? Ich weiß ja von nichts“, motzte die Angesprochene. „Wie immer“, fügte sie hinzu und rauschte maulend davon.

Cosimas Handy piepte kurz. Sie zog es aus der Tasche und öffnete die Nachricht. Sie schwankte. Henne war sofort bei ihr und führte sie zu ihrem Schreibtischstuhl.

„Cosima, kannst du mir mal sagen, was los ist?“, fragte er besorgt.

„Das weiß ich leider selbst noch nicht.“ Cosima sah ihn verzweifelt an.

Kapitel 7

Martin beobachtete, wie das Auto durch die Waschanlage fuhr. Nur er durfte den Wagen des Chefs waschen lassen und von innen reinigen. Seit er im Autohaus Steinwedel beschäftigt war, hatte er seine Stellung immer weiter ausgebaut. Georg Steinwedel, der Besitzer und Seniorchef des Autohauses, vertraute ihm, übertrug ihm immer mehr Verantwortung und legte Wert auf seine Meinung.

Martin hatte die Stelle im März angetreten. Sein Vermieter, Helli, dessen Dachgeschosswohnung er bewohnte, hatte ihm den Job vermittelt.

Zunächst hatte Martin nur stundenweise die Waschanlage bedient, mit der Zeit hatte man ihm mehr Aufgaben übertragen und die Anzahl seiner Arbeitsstunden erhöht. Mittlerweile durfte er sogar die Luxuslimousinen auf dem Hof rangieren und potentielle Kunden auf Probefahrten begleiten. Mehrmals hatte er schon Autos aus anderen Autohäusern abgeholt und sie nach Butzbach überführt.

Sein Chef hatte schnell das Potential erkannt, das in Martin steckte und das für bestimmte Aufgaben Voraussetzung war. Er musste sich vor allem auf die Verschwiegenheit seines Mitarbeiters verlassen können.

Martin hatte Georg Steinwedel schon ein paar Mal aus einer peinlichen Situation befreit und seine Loyalität bewiesen, indem er kein Wort darüber verloren hatte. Er hatte erkannt, dass Georg Steinwedel die letzte Chance war, die er in seinem Leben bekommen würde.

Nach seinen jahrelangen ausschweifenden Alkoholexzessen und dem damit verbundenen Verlust seines Versicherungsbüros in Friedberg hatte er nach einem Entzug in einer Fachklinik Anfang des Jahres endlich Fuß gefasst. Er war nicht dumm, verfügte über eine hohe und schnelle Auffassungsgabe, verstand es, Menschen zu manipulieren.

Martin waren die Spannungen zwischen dem Senior- und dem Juniorchef, Georgs Sohn Patrick, der als kaufmännischer Geschäftsführer in dem Autohaus tätig war, schon oft aufgefallen. Diese Situation nutzte er schamlos aus, indem er die beiden gegeneinander ausspielte.

In dem Bereich machte ihm niemand etwas vor. Wäre er nicht dem Suff verfallen, hätte er heute erfolgreich ein Unternehmen leiten können. Doch der Alkohol hatte so sehr Besitz von ihm ergriffen, dass er nur noch an Bier und Schnaps hatte denken können.

Alles andere war auf der Strecke geblieben. Seine Freundin hatte sich von ihm getrennt, die ehemaligen Freunde gingen ihm aus dem Weg und jede Tätigkeit, die ihm vom Arbeitsamt angeboten wurde, wurde ihm schnell wieder gekündigt, weil er wegen seines übermäßigen Alkoholkonsums nicht in der Lage war, die Tätigkeit zur Zufriedenheit seiner Arbeitgeber auszuführen.

Im Januar hatte ihm der Wirt seiner Stammkneipe erklärt, dass er nicht mehr erwünscht wäre und hatte ihm Hausverbot erteilt, weil er die Gäste mit seinem Geschwätz belästigte.

Er hatte immer beweisen müssen, dass er alles besser wusste. Nach diesem Vorfall hatte er sich endlich besonnen, freiwillig einen Entzug angetreten. Er spürte jedoch, dass er die Sucht noch nicht überstanden hatte. Immer wieder schaute er gierig zu den Spirituosen und Bierkisten, wenn er einkaufen ging. Zu gern hätte er etwas getrunken. Doch ihm war klar, dass er dann endgültig verloren wäre. Sogar auf die Gambacher Kirmes hatte er verzichtet und das Angebot seines Vermieters, doch mal etwas mit ihm zu trinken, sicherheitshalber ausgeschlagen.

Die Ampel vor dem Tor der Waschanlage stand auf Grün. Der Wagen rollte langsam hinaus. Er öffnete den Schlag und setzte sich in den S-Klasse-Mercedes seines Chefs, um zur Staubsaugeranlage zu fahren. Dort untersuchte er zunächst den Innenraum, schaute hinter und unter die Sitze. Hier hatte er schon das eine oder andere aufregende Dessous gefunden. Die Sitze hatte er jedes Mal von Spuren befreien müssen, die eindeutig auf Sex schließen ließen. Sein Chef liebte es offenbar, eine schnelle Nummer im Auto zu schieben. Aber auch darüber hatte Martin kein Wort verloren. Stattdessen hatte er die Dessous in einen undurchsichtigen Plastikbeutel gepackt und seinem Chef überreicht.

„Das lag in ihrem Wagen“, hatte er nur gesagt.

Dieses Mal fand er ein goldenes Gliederarmband neben dem Sitz. Es war schwer und offensichtlich sehr teuer. Wenn er es veräußerte, würde ihm das ein schönes Sümmchen einbringen. Er verwarf den Gedanken schnell wieder, denn die Besitzerin würde es bestimmt vermissen und von ihrem Liebhaber zurückfordern.

Obwohl er für die Ausstattung seiner Wohnung noch einiges an Geld benötigte, wollte er kein Risiko eingehen. Außer einer Einbauküche und ein paar alten Möbeln, die seine Vermieter nicht mehr benötigten, stand nicht viel in der Wohnung.

Sein altes Appartement war ihm fristlos gekündigt worden. Die Vermieterin hatte während seiner Abwesenheit seine Sachen auf die Straße gestellt und vom Sperrmüll abholen lassen. Außer seiner Kleidung und seinen Papieren war ihm nichts geblieben.

Umso dankbarer war er für die Dachgeschosswohnung. Die hatte er aber nur der Tatsache zu verdanken, dass sich auf die Anzeige in der Lokalzeitung nur Personen mit Migrationshintergrund gemeldet hatten. Ausländer konnte Helli nicht leiden. Sein liebster Spruch, den er bei jeder passenden oder unpassenden Gelegenheit äußerte, war: „Wenn ich eins hasse, dann ist es Rassenhass und Ausländer an der Theke."

Martin steckte das Armband ein. Sein Chef war momentan nicht im Haus, da ein Kunde ihn beanspruchte. Er würde es ihm aber nach seiner Rückkehr aushändigen.

„Was haben Sie da gerade eingesteckt?", hörte Martin die Stimme des Juniorchefs hinter sich. Martin tauchte so plötzlich aus dem Wagen auf, dass er sich den Kopf am Türholm stieß.

„Nur ein benutztes Taschentuch. Das werde ich gleich wegwerfen."

Er drehte sich zum Abfalleimer um, kramte etwas aus seiner linken Hosentasche und entsorgte es, in der Hoffnung, dass er Patrick damit zufriedenstellte.

„Sie wollen mich wohl verarschen, Mann! Sie haben da was in die rechte Hosentasche gesteckt. Was war das? Ich will es sehen. Los, zeigen Sie es mir." Patrick hatte sich mit seinen vier Zentnern drohend vor Martin aufgebaut. Der Schweiß lief ihm über sein breites, faltenfreies Gesicht, das an ein übergroßes Kind erinnerte, aber nicht an einen erwachsenen Mann von einunddreißig Jahren.

Martin kramte in seiner rechten Hosentasche.

„Da ist nichts. Ich weiß nicht, was Sie gesehen haben. Sie müssen sich irren."

Er wollte auf keinen Fall das Armband hervorholen und damit seinen Chef verraten. Das würde das Ende seines Arbeitsverhältnisses bedeuten. Aber genau das wollte Patrick anscheinend erreichen. Martin vermutete, dass er Patrick bereits zu oft auf die Füße getreten war.

Patrick musste bemerkt haben, dass Martin ihm überlegen war – nicht an Intelligenz, aber an Raffinesse. Auch die Sympathie, die sein Vater Georg für ihn hegte, konnte dem Juniorchef nicht entgangen sein, mutmaßte Martin.

„Gut, wenn sie nicht freiwillig kooperieren, rufe ich die Polizei." Er holte das Handy aus der Tasche seines Jacketts und wollte gerade wählen, als ein Kunde auf den Hof fuhr.

Sofort gab Patrick sein Vorhaben auf. *Er kann wohl schlecht einen Mitarbeiter vor den Augen eines Kunden des Diebstahls bezichtigen,* dachte Martin.

„Darüber reden wir noch", versprach Patrick ihm arrogant, drehte sich um und ging auf den Kunden zu.

Martin atmete auf. Aber er wusste, dass damit die Angelegenheit noch nicht vom Tisch war. Er musste unbedingt mit seinem Chef sprechen und ihm das Armband aushändigen, bevor sich Patrick bei seinem Vater über ihn beschweren konnte.

Als er sah, wie distanziert Patrick den Mann begrüßte, der gerade angekommen war, wunderte er sich.

Kapitel 8

Cosima und Henne waren auf dem Weg nach Bad Vilbel. Cosima hatte die ganze Zeit geschwiegen. Das passte nicht zu ihrer sonst so redseligen Art. Erdmann lag auf ihrem Schoß und wurde ununterbrochen von ihr gekrault. Etwas musste seine Kollegin massiv beschäftigen. Ob es mit der Gambacher Kirmes und diesem seltsamen Anrufer zusammenhing?

Er kannte Cosima jetzt seit sieben Jahren. Damals war sie als Quereinsteigerin zum K 10 nach Friedberg gekommen. Seitdem arbeiteten sie eng und sehr erfolgreich zusammen, waren ein eingespieltes Team, hatten schon einiges erlebt und gemeinsam überstanden. Zudem waren sie gute Freunde geworden. Ihr Verhältnis hatte sich noch intensiviert, nachdem man ihn am Anfang des Jahres entführt hatte und Cosima bei den Ermittlungen von der Täterin fast erwürgt worden wäre. Dafür, dass Cosima nicht mehr passiert war, konnte er nicht dankbarer sein.

Sein Navi führte sie geschickt durch die Bad Vilbeler Altstadt zu einem beeindruckenden Stadthaus an der Nidda.

Sie wollten dort Jessica Jürgens aufsuchen, die drei Jahre lang in Hamburg von einem Mann gestalkt wurde und schließlich nach Bad Vilbel zu ihrer Großmutter flüchtete.

Bis heute hatte sie nicht herausgefunden, wer sich hinter der Person versteckte, die sie mit Telefonanrufen rund um die Uhr tyrannisiert, sie nachts mit permanentem Klingeln an der Tür aus dem Bett geholt hatte. Unerwünschte Lieferungen, Geschenke, aufdringliche Liebesbriefe und Blumensträuße hatten sie in Angst und Schrecken versetzt.

Nachdem Jessica Jürgens den Forderungen des unbekannten Mannes, sich mit ihm zu treffen, nicht nachgekommen war, waren Mahnungen von Firmen, bei denen sie angeblich etwas bestellt hatte, bei ihr eingegangen. Ein Kühlschrank, den sie nicht brauchte, war geliefert worden, der Fahrer eines Heizölhandels war vor ihrem Haus vorgefahren. Sogar einen Pool hatte man in ihrem Garten bauen wollen. Davon abgesehen waren mehrmals der Lack an ihrem Auto zerkratzt und die Reifen platt gestochenen worden. Viele unschöne Dinge waren in den drei Jahren vorgefallen, die sie nicht begreifen konnte.

Ihre Freunde, die sie am Anfang noch getröstet hatten oder ihr zu Hilfe geeilt waren, hatten sich später, genervt von den ständigen Berichten über die ungewöhnlichen Attacken, zurückgezogen. Auch die Nachbarn wollten nicht länger mit Hilferufen von ihr belästigt werden. Obwohl immer wieder ihre Telefonnummer geändert und bei der Auskunft gesperrt wurde, quälten sie weiterhin die nächtlichen Anrufe von diesem Mann, der ihr abwechselnd schmeichelte oder ihr Obszönitäten an den Kopf warf – bis hin zu Todesdrohungen.

Die Fangschaltung ihres Festnetzanschlusses hatte jedoch nichts gebracht. Die Anrufe waren immer von öffentlichen Telefonzellen an unterschiedlichen Stellen in Hamburg getätigt worden. Ihr Handy hatte

Jessica Jürgens längst aufgegeben. An die Tür ging sie nur, wenn sie wusste, dass ein Bote mit Lebensmitteln oder der Getränkehändler kommen wollte. Sie ließ niemanden ins Haus. Die gelieferte Ware wurde vor der Tür abgestellt. Nachdem sie die Straße von ihrem Küchenfenster ausgespäht hatte, öffnete sie die Tür und holte die Lebensmittel ins Haus.

Obwohl Jessica überzeugt davon war, dass sie beobachtet wurde, war auch die Observierung ihres Hauses in dem noblen Vorort Blankenese erfolglos geblieben. Die Polizei nahm ihre Sorgen ernst, forschte in alle Richtungen. Sie konnten ihr trotzdem nicht helfen.

Jessica war Opfer eines Stalkers geworden, der Macht über sie ausüben wollte, sie in Angst und Schrecken versetzte. Das hatte sie, eine einstmals lebenslustige junge Frau, psychisch krank gemacht. Sie war ein Wrack.

Die Ärzte verschrieben ihr Beruhigungstabletten und Antidepressiva. Doch die Tabletten konnten ihr die Ängste nicht nehmen. Sie war nicht mehr fähig, aus dem Haus zu gehen und zu arbeiten. Nachdem sie ihr Erspartes aufgebraucht hatte, musste sie einen Kredit zur Finanzierung ihres Lebensunterhaltes auf ihr Haus aufnehmen, das sie von ihren Eltern geerbt hatte.

Erst als sie ihre eigene Todesanzeige in einer Hamburger Zeitung las, verkaufte sie mithilfe eines Rechtsanwaltes ihr Haus in Hamburg und verzog ohne Angabe ihrer neuen Adresse.

Der Anwalt, der schon mehrfach mit Stalkingopfern zu tun gehabt hatte, hatte alles in ihrem Sinne geregelt, ihre Schulden bezahlt, sowie die Räumung des Hauses und den Umzug organisiert. Alles war geschickt eingefädelt worden. Sie selbst war von einem Fahrdienst mitten in der Stadt abgeholt worden und vorab in die Wetterau gereist, wo sie seitdem bei ihrer Großmutter Ellen Hartmann wohnte.

Zuvor hatte man der alten Dame eine neue Telefonnummer gegeben und sie bei der Telefonauskunft gesperrt. Eine Alarmanlage war eingebaut und die Fenster auf der Rückseite des Hauses mit einbruchssicheren Gittern versehen worden.

Jessica Jürgens lebte nun seit drei Wochen in der Stadt. Bis jetzt war nichts Ungewöhnliches passiert. Trotzdem verließ sie nur selten das Haus. Stattdessen erledigte die Großmutter alles für sie.

Ellen Hartmann war noch sehr rüstig für ihr Alter und renitent. „Wenn der hier auftaucht", hatte sie bei der Ankunft ihrer Enkelin gesagt, „kriegt er es mit mir zu tun!" Dabei hatte sie drohend den Arm gehoben.

Vor einer Stunde war die Großmutter bestürzt von ihren Einkäufen aus der Stadt zurückgekehrt. Ein Motorradfahrer hatte neben ihr gehalten und ihr zugerufen: „Sagen sie ihrer Enkelin einen schönen Gruß von mir. Ich melde mich bald bei ihr." Bevor die Dame ihn fragen konnte, wer er wäre, war das Motorrad davon gebraust.

Das hatte ihr Angst bereitet. Offensichtlich hatte der Stalker ihre Enkelin gefunden.

Sofort hatte sich Jessica Jürgens bei der Kripo in Friedberg gemeldet, die über den außergewöhnlichen Stalkingfall bereits in Kenntnis gesetzt worden war. Sie hatte die Hamburger Polizei gebeten, die Akten an die hiesige Kripo weiterzuleiten. Auch die Polizeistation in Bad Vilbel war benachrichtigt worden.

Ein Streifenwagen stand bereits vor dem Haus. Zwei Schutzpolizisten beobachteten das Grundstück.

Als Henne und Cosima bei der jungen Frau in Bad Vilbel ankamen, waren sie entsetzt über ihr Aussehen.

Kapitel 9

Siglinde Karger stand am Herd und bereitete das Mittagessen zu. Sie wartete auf ihren Mann, der mit dem Hund unterwegs war. Jeden Morgen nach dem Frühstück verließ er das Haus, um auf Erkundungstour zu gehen – wie er es nannte.

Sie selbst verließ nur ungern das Haus. Seit ihr Sohn Florian tödlich verunglückt war, neigte sie zu Depressionen. Nur zum Einkaufen und zum Kirchgang fuhr sie mit dem Auto weg.

Als sie heute vom Lebensmittelmarkt an der Bundesstraße zurückkehrte, stand das Auto der Nachbarn von gegenüber vor ihrem Haus. *Sonderbar,* dachte sie, *Uta Brandt parkt ihr Auto nie auf der Straße.*

Umständlich musste sie um das Fahrzeug herumfahren, um auf ihr Grundstück zu kommen. Ihr Mann würde toben, wenn er sah, wessen Auto vor ihrem Grundstück stand.

Jetzt bekam er offensichtlich die Retourkutsche seiner Nachbarin zu spüren, die sich seit Jahren darüber beklagte, dass Helmut sein Auto jeden Morgen provokativ vor dem Haus abstellte. Dabei gab es für diese Maßnahme keinen Grund. Schließlich hatten sie die Garage nicht umsonst. Wenn nur jeder mit seinem Fahrzeug auf dem eigenen Grund und Boden blieb, könnten alle friedlich miteinander leben.

Doch Helmut liebte es, andere Menschen zu ärgern und zu provozieren. Siglinde nannte ihn deswegen einen *Zorngickel.* Aber sie fand kein Gehör bei ihm.

Seit er in Rente war, hatte er sich noch mehr zu seinem Nachteil verändert und legte sich mit allen Leuten an. Es war ihr peinlich, wenn sie darauf angesprochen wurde.

Ein Blick auf die Uhr sagte ihr, dass Helmut, der normalerweise die Pünktlichkeit in Person war, sich verspätet hatte. Sie öffnete das Küchenfenster, um Ausschau nach ihm zu halten.

„Du Dreckskötter, hau bloß ab!“, hörte sie ihren Nachbarn schreien. „Nimm gefälligst den Scheißhaufen mit, den dein Hund hier verursacht hat!“

Siglinde rollte verzweifelt mit den Augen. Warum musste ihr Mann den Hund immer frei herumlaufen lassen? Es war zum Verzweifeln!

„Was willst do blöder *Kümmeltürk* dann, he?“, hörte sie nun Helmut schreien. Mit dem *Kümmeltürk* war Mehmet Yildirim, der direkte Nachbar gemeint. Der Türke war in Deutschland geboren und aufgewachsen und mit einer Deutschen verheiratet. Er war ein netter, hilfsbereiter Mann, der eine Schreinerei betrieb und für seinen Fleiß und die ordentliche Arbeit zu moderaten Preisen bekannt war.

Das Ehepaar hatte vor fünf Jahren das Nachbarhaus gekauft. Helmut war von Anfang an auf Krawall gebürstet und machte der Familie das Leben schwer. An den beiden Kindern hatte er ständig etwas auszusetzen. Mal waren sie ihm zu laut, ein anderes Mal zu frech. „Typisch Ausländer“, sagte er dann, obwohl natürlich auch die Kinder in Deutschland geboren waren.

Mehmet rief ihm etwas Unverständliches nach.

„Blöde Memme, halt`s Maul“, hörte sie nun Helmut vor dem Gartentor rufen. Er titulierte seinen Nachbarn nicht nur als *Kümmeltürk,* sondern in Abwandlung seines Vornamens Mehmet auch als *Memme.* „Ich glaub`s ja nett. Was soll das dann, he?“ Er ging um das Auto von Uta Brandt herum und klopfte mit der Faust auf das Dach.

„Helmut, komm jetzt endlich rein. Das Essen ist fertig“, rief ihm Siglinde zu.

„Warum stieht das Auto he?“, fragte er erneut. „Warst do fort?“, wandte er sich an Siglinde.

„Ich war Einkaufen. Komm jetzt rein, bevor das Essen anbrennt.“ Sie schloss mit einem lauten Knall das Fenster.

„Na wart nur Freundche, des bleibt he nett stiehn.“ Wieder klopfte er mit der Faust auf das Dach von Utas Kleinwagen, was die zweite Delle im Lack zur Folge hatte. Er öffnete das Gartentor und ging auf sein Grundstück. Ajax, sein Schäferhund, folgte ihm hinein.

Nach dem Mittagessen fütterte er den Hund und ließ ihn dann alleine auf die Straße. Während er sich zum Schlafen niederlegte, streunte Ajax durch die nachbarschaftlichen Gärten und verrichtete dort sein Geschäft.

Kapitel 10

„Heinrich, guck doch emal, jetzt hat der uff mei Audodach gekloppt, der Drecksack." Uta Brandt hatte die Szene von ihrem Küchenfenster aus beobachtet.

„Warum musst du es auch da parke? Warum haste es nett in die Einfahrt gestellt wie sonst aach, Muddi?" Heinrich, der seine Frau seit Jahren nur noch *Muddi* nannte, drehte sich genervt auf der Couch um und versuchte, erneut einzuschlafen.

Seine Frau machte ihn wahnsinnig mit ihrer ständigen Schnüffelei. Den ganzen Tag hing sie am Küchenfenster und beobachtete die Straße. Ihr entging nichts. Ständig legte sie sich mit dem Nachbarn – der zugegebenermaßen ein Quertreiber und Stänkerer war – an.

Heinrich ignorierte Helmut schon seit Langem. Er verweigerte ihm den Gruß, was den Nachbarn viel mehr ärgerte, als wenn er sich auf einen Disput mit ihm eingelassen hätte.

Er war ungefähr zeitgleich mit Helmut in Pension gegangen. Vorzeitig war er aus dem Berufsleben ausgeschieden, nachdem sein Vorgesetzter ihm aus dem Amt gedrängt hatte. Als gewissenhafter Finanzbeamter hatte er einige Unstimmigkeiten bei der Steuerklärung des Autohauses Steinwedel in Butzbach entdeckt. Als er eine Steuerprüfung anberaumte, wurde er von seinem Chef zurückgepfiffen, der sich daraufhin selbst der Sache angenommen und Heinrich fortan das Leben schwer gemacht hatte.

Bei der Steuerprüfung im Butzbacher Autohaus war seltsamerweise nichts herausgekommen. Dass sein Vorgesetzter wenig später mit einem dicken Mercedes zum Dienst kam, war sicher nur Zufall. Um sich nicht weiter damit zu befassen und seinem Chef aus dem Weg zu gehen, hatte Heinrich das Angebot, vorzeitig in den Ruhestand zu gehen, dankbar angenommen.

Es war ruhig um ihn geworden. Früher war er als geselliger Mensch auf jedem Fest im Dorf zu finden und hatte immer einen flotten Spruch auf den Lippen. Wenn er sich Fremden mit seinem Namen vorstellte, sagte er immer zur Belustigung der Leute: „Isch bin de Herr Brandt, mit *dt* am Ende wie *Damentoilette* oder *dumme Tussi*." Doch seine flotten Sprüche waren ihm sprichwörtlich im Hals stecken geblieben, als er sein Arbeitsverhältnis beendete.

Seitdem beschäftigte er sich mit seinem Garten, pflanzte Gemüse in einem Hochbeet an und kochte zum Erstaunen seiner Frau Obst und Gemüse ein.

Außer einer regelmäßigen Skatrunde und den Besuchen beim Kleintierzuchtverein sah er sich mit Begeisterung Tiersendungen und Reiseberichte im Fernsehen an. Neuerdings interessierte er sich für Kochshows und gab Uta Tipps, wie sie ihr Essen verfeinern könnte. Dazu lieferte er ihr jede Menge Gewürze und Kräuter aus dem Garten.

Seltsamerweise nahm seine Frau diese Geste an und mischte das Dargebotene fein gehackt unter das Essen und den selbst gezüchteten Salat. Sie gab sogar zu, dass Gemüse und Obst neuerdings viel besser schmeckten.

Vom beginnenden Frühling bis in den späten Herbst hielt er sich im Garten auf. Hier hatte er seine Ruhe und blieb vom Genörgel seiner Frau verschont. Nur zum Essen und einem kurzen Mittagsschlaf kam er hinein. Im Winter allerdings war es kaum auszuhalten und das eine oder andere Mal hätte er seiner Frau am liebsten den Hals umgedreht.

Uta wäre gern einmal verreist, doch das lag Heinrich nicht. Fremde Länder und andere Kulturen wollte er nur durch das Fernsehen kennen lernen. Er musste immer seinen Kirchturm sehen, was sie wiederum nicht verstehen konnte.

„Jetzt reicht`s! Heut Morn hat er mir Abfall in die Mülldonn geschmisse und jetzt schickt er schon widdder sein *Dreckskӧter* allans raus. Dem werd ich helfe!“, hörte er Uta schreien. Als die Haustür ins Schloss fiel, zitterten die Fensterscheiben.

„Was hat die Muddi dann jetz scho widder vor?“, murmelte Heinrich stöhnend.

Kapitel 11

„Frau Jürgens, beruhigen Sie sich, bitte. Sollen wir einen Arzt rufen?“ Cosima sah die junge Frau, die auf einem gemütlichen Sofa saß, mitleidig an.

„Nein, der kann mir auch nicht helfen. Finden Sie endlich dieses Schwein“, schluchzte sie verzweifelt. „Ich halte das nicht länger aus.“

„Wir haben die Akten bereits bekommen, aber noch keine Zeit gehabt, sie zu sichten“, erklärte Henne entschuldigend. „Wir hatten durch Urlaub bedingt einen kleinen Engpass.“ Dabei warf er Cosima einen Seitenblick zu.

„Woher kennt der meine Adresse? Außer dem Anwalt und der Polizei ist niemand eingeweiht! Das kann doch nicht sein.“ Tränen rannen ihr über das Gesicht, das durchaus schön sein könnte, wenn nicht die Sorgen tiefe Falten darin hinterlassen hätten.

„Können Sie uns kurz schildern, was passiert ist, damit wir uns einen Überblick verschaffen können?“, bat Alexander.

Die Großmutter kam mit einer Kanne Kaffee und einem Teller Gebäck ins Wohnzimmer. Sie stellte alles vor den Kommissaren auf den Tisch: „Bitte bedienen Sie sich“, forderte sie ihre Gäste auf.

Während sich Cosima einen Keks angelte, begann Jessica Jürgens langsam zu berichten. „Auf dem Hafenfest in Hamburg vor drei Jahren bin ich einem jungen Mann begegnet. Er hat mich auf einem Partyschiff immer wieder angetanzt. Meine Freundin hat mich versetzt und so war ich anfangs froh, dass sich jemand um mich gekümmert hat. Wir haben miteinander getanzt und später Cocktails getrunken. Am Anfang fand ich ihn ganz nett. Er sah gut aus, war schick gekleidet. Aber je später es wurde, desto mehr rückte er mir auf die Pelle." Sie sprach in einem unverwechselbaren Hamburger Dialekt. „Aber irgendwann habe ich nichts mehr mitbekommen. Ich bin am Nachmittag des nächsten Tages in meinem Bett aufgewacht, ohne zu wissen, wie ich nach Hause gekommen bin."

Das kam Cosima bekannt vor. „Wie ging es weiter?" Cosima konnte ihre Neugier kaum zügeln.

„Ich wurde vom Klingeln meines Handys geweckt, das neben mir auf dem Bett lag. Als ich das Gespräch annahm, meldete sich ein Mann. Er nannte mich seine *Süße* und wollte wissen, ob ich schon ausgeschlafen hätte."

Cosima stoppte Frau Jürgens mit erhobener Hand: „Er nannte sie *Süße*? Sind Sie sicher?"

„Ganz sicher." Die Erzählerin nickte eifrig.

„Erzählen Sie weiter", ermunterte Alexander die junge Frau. Bei dem, was sie anschließend erzählte, lief es Cosima kalt über den Rücken.

Der Anfang der ungewöhnlichen Beziehung zwischen Opfer und Stalker glich Cosimas eigenen Erlebnissen, die sie mit dem fremden Mann gemacht hatte. Zuerst kamen die Rosen, die Anrufe zu Hause und an der Arbeit und endete mit der Aufgabe einer Todesanzeige. *Gehen diese Typen nach einem bestimmten Muster vor?*, fragte sich Cosima.

Sie konnte nur hoffen, dass sie nicht die gleichen Erfahrungen machen musste, denn was ihnen die Hamburgerin berichtete, musste der reinste Albtraum gewesen sein. Den sie offenbar noch nicht überstanden hatte.

„Hatte denn die Kripo nicht die geringste Spur?“, fragte Alexander, nachdem Jessica Jürgens ihren Bericht beendet hatte.

„Wissen Sie, wie es auf dem Hamburger Hafenfest zugeht? Da sind Hunderttausende auf den Straßen, auf dem Wasser und der Hafenpromenade unterwegs. Da herrscht ein ständiges Kommen und Gehen.“

„Aber so ein Partyschiff fährt doch, oder nicht?“, wollte Cosima wissen. „Da sind doch dann für einige Zeit immer die gleichen Leute.“

„In dieser Nacht nicht. Die Elbe war voll mit Schiffen und kleinen Booten. Deshalb blieb das Teil am Ufer vertäut liegen“, erklärte die Hamburgerin.

„Hat die Polizei Zeugen gefunden, die Sie und den Mann gesehen haben? Konnte jemand eine Personenbeschreibung liefern?“, mischte sich Alexander nun ein.

„Die Bedienung hinter der Bar war die Einzige, die sich an uns erinnern konnte“, fuhr die Geschädigte fort.

„Und?“, hakte Cosima ungeduldig nach. Sie bemerkte den erstaunten Blick ihres Kollegen.

„Sie konnte nur sagen, dass wir viel getrunken, ausgelassen getanzt und später geknutscht haben. Irgendwann sind wir verschwunden. Meinen Begleiter hat sie als Hingucker beschrieben, groß, athletisch gebaut und ein guter Tänzer. Nur deshalb konnte sie sich an ihn erinnern."

„Und sonst? Hat niemand den Mann gesehen?" Cosima beugte sich vor.

„Nein, wie denn auch? Diese Partyschiffe fahren von einem Ort zum anderen. Wenn ich in der Woche nach diesem merkwürdigen Vorfall nicht noch einmal auf das Schiff gegangen wäre und mit der Bedienung gesprochen hätte, hätte ich nie erfahren, was in der Nacht geschehen ist."

„Wahrscheinlich hat der Mann Ihnen KO-Tropfen verabreicht und Sie dann nach Hause gebracht", mutmaßte Cosima.

„Das muss wohl so gewesen sein, denn ich kann mir nicht erklären, wie ich sonst vom Hafen zu meiner Wohnung in der Innenstadt gekommen sein soll."

„Hat er sie missbraucht?"

Jessicas Großmutter schaute entsetzt zu ihrer Enkelin, als Cosima die Frage stellte.

„Das sicher nicht. Aber er hat mich auf dem Bett fotografiert. Ich war nackt." Jessica schaut verlegen auf ihre Hände.

„So ein Schwein!", entfuhr es Cosima. Alexander stieß ihr mit dem Ellenbogen in die Seite.

„Und Sie glauben, dass der Motorradfahrer der Mann ist, der sie die ganze Zeit belästigt hat?", nahm Alexander die Befragung auf.

„Ich kann mir nicht erklären, wer das sonst gewesen sein sollte. Ich kenne hier niemanden. Als Kind war ich zwar oft bei meiner Großmutter, aber ich kann mir nicht vorstellen, dass sich noch jemand an mich erinnert."

„Gnädige Frau", Alexander richtete sich nun an die Großmutter, „können Sie den Mann beschreiben, der auf dem Motorrad saß? Haben Sie vielleicht das Nummernschild gesehen?"

„Tut mir leid, es ging alles so schnell. Der Mann hatte einen Helm auf und trug eine Lederkombination. Das Visier des Helms war hochgeklappt."

„Sie kennen sich ja gut aus, muss ich feststellen. Wissen Sie denn, was das für eine Maschine war?", ermunterte er die Großmutter. *Alexander hat es echt drauf mit den älteren Leuten*, dachte Cosima.

„Es war eine schwere Maschine. Silberfarben. Das Fabrikat habe ich nicht gesehen. Aber es könnte eine BMW gewesen sein."

„Das ist ja fantastisch, gnädige Frau. Wenn wir immer solche Zeugen hätten, würde uns unsere Arbeit leichter von der Hand gehen. Wieso kennen Sie sich so gut mit Motorrädern aus?", wollte Alexander wissen, der ganz offensichtlich von der alten Dame beeindruckt war. *So ein Schleimer.* Cosima verdrehte die Augen.

„Mein Mann und ich sind viele Jahre selbst gefahren. Ich hatte meine eigene Maschine. Dieses Gefühl der Freiheit hat mich schon immer fasziniert."

„Fällt Ihnen noch etwas ein?"

„Er muss ein geübter Fahrer gewesen sein, so wie er auf der Maschine gesessen hat und davon gefahren ist." Sie machte ein nachdenkliches Gesicht. Sie warteten geduldig. „Sein schlanker Rücken war lang." Wieder hielt sie für einen Moment inne. „Damit will ich sagen, er muss ein großer Mann sein."

„Sehr gut." Alexander sah die Frau eindringlich an. „Bitte konzentrieren Sie sich. Denken Sie an sein Gesicht, an die Augen, die Nase, den Mund. Fällt Ihnen dazu etwas ein?"

„Er muss braune Augen haben. Wenn er so strahlend blaue Augen wie Sie hätte, junger Mann, wäre mir das aufgefallen."

„Danke für das Kompliment." Alexander lachte. „Sonst können Sie mir nichts zu seinem Gesicht sagen?"

„Nein, tut mir leid", kam es enttäuscht über die schmalen Lippen der alten Frau.

„Hier können Sie auf jeden Fall nicht bleiben. Wenn dieser Mann wirklich der Stalker ist, wird er nicht aufgeben. Er wird sie weiter verfolgen", richtete er das Wort an Jessica, die wie ein Häufchen Elend auf dem alten Sofa saß.

„Aber wo sollen wir denn hin? Wir können es doch niemandem zumuten, uns aufzunehmen! Können wir denn nicht hier bleiben? Wir haben doch jetzt die Alarmanlage und wenn die Beamten vor der Tür bleiben, wird der hier bestimmt nicht wieder aufkreuzen", insistierte Frau Hartmann.

„Vorerst bleiben Sie hier", antwortete Alexander nach einer kurzen Denkpause, „ich schicke Ihnen noch einen Polizisten, der mit Ihnen im Haus bleibt. Aber bitte öffnen Sie bis dahin niemandem die Tür. Es kann eine Weile dauern, bis er hier ankommt. Wir informieren die Beamten im Streifenwagen, damit sie besonders wachsam sind", erklärte Alexander beruhigend Großmutter und Enkelin.

„Aber das ist keine Dauerlösung. Wir müssen für Sie etwas anderes finden, bis wir den Mann aufgespürt haben“, setzte Cosima nach und schnippte mit den Fingern. Das tat sie immer, wenn ihr etwas in den Sinn kam.

„Ich hab noch eine letzte Frage an Sie Frau Jürgens.“ Alexander stand bereits auf. „Der Mann, der sie belästigt hat, war das auch ein Hamburger?“

„Ich denke nicht. Ich würde sagen, er hat eher so gesprochen wie die Leute hier in der Wetterau. Er hat keinen Dialekt, aber die Sprachmelodie gleicht der Ihren“, erklärte Jessica Jürgens überrascht.

„Das ist interessant. Haben Sie das damals auch zu Protokoll gegeben?“, wollte Cosima wissen.

„Ich kann mich nicht genau erinnern“, kam es verwundert von der jungen Frau.

„Gnädige Frau, können Sie das anhand des Satzes, den er zu Ihnen gesagt hat, bestätigen?“, wandte sich Alexander erneut an die Seniorin.

„Es ging alles so schnell. Aber ich würde sagen, wenn er einen anderen Dialekt gesprochen hätte, hätte ich das bemerkt.“

Die Kommissare verließen das Haus und sprachen mit den beiden Schutzpolizisten. Alexander rauchte die übliche Zigarette auf dem Bürgersteig, während Cosima Erdmann aus dem Auto befreite und ihn auf dem Grünstreifen vor dem Haus herumlaufen ließ. Der Dackel wühlte mit der Nase in dem trockenen Gras, wo Löcher zu sehen waren. Er blieb vor einem stehen, fixierte es, hielt den Kopf dabei schief.

„Ich muss mal schnell Juliane anrufen", rief Cosima ihrem Kollegen zu und entfernte sich ein Stück von ihm.

„Hallo Juliane", begrüßte sie ihre Freundin, sobald sie abgenommen hatte, „kannst du die beiden Mädels noch mal fragen, wie der Typ ausgesehen hat?"

„Mache ich. Hat der sich noch mal bei dir gemeldet?", fragte Juliane.

„Heute Morgen hat er in der Dienststelle angerufen. Wenig später habe ich per SMS ein Bild bekommen."

„Lass mich raten, du warst darauf zu sehen und du warst nackt", sagte Juliane.

„Dir kann man auch nichts vormachen", stöhnte Cosima. „Bitte behalte das für dich."

„Klar halte ich die Klappe. Was denkst du denn von mir?", empörte sich Juliane, „aber wenn der Typ nicht aufhört, musst du mit deinen Kollegen reden."

„Apropos, hast du Henne von der Kirmes erzählt?"

„Ich bin doch nicht verrückt!", entrüstete sich Juliane.

„Seltsam, er hat vorhin so eine komische Andeutung gemacht."

„Du kennst doch Henne, der will dich bestimmt nur auf den Arm nehmen", versuchte Juliane, Cosima zu beruhigen.

„Ok, ich muss los. Bitte kümmere dich um die Mädels. Ich werde jetzt erst mal Eberstädter bitten, herauszufinden, wer dauernd auf meinem Handy anruft. Die Nummer ist unterdrückt, aber der hat mindestens schon fünfzig Mal meine Nummer gewählt."

„Mach das, viel Erfolg!" Damit verabschiedete sich Juliane.

Erdmann saß immer noch vor dem Loch auf dem Grünstreifen. „Na Dicker, wartest du auf eine Maus?“, fragte Cosima amüsiert. „Komm, wir müssen jetzt wieder fahren.“

Sie öffnete ihm den Schlag des BMW. Mit einem Satz verschwand der Dackel im Fußraum des Wagens, um wenig später, als Cosima Platz genommen hatte, auf ihren Schoß zu springen. Neugierig schaute er zum Seitenfenster hinaus, das von seiner feuchten Nase bereits verschmiert war. Irgendwann legte er sich hin und forderte brummend seine Streicheleinheiten.

Wenn Cosima im Dienst war, kümmerte sie sich mehr um den Dackel als Alexander. Seit Erdmann im vergangenen Winter vierzehn Tage bei ihr in Pflege gewesen war, ließ der kleine Kerl sie nicht aus den Augen. Ihrem Kollegen schien das nichts auszumachen, keine Spur von Eifersucht.

Auf der Rückfahrt nach Friedberg informierte Alexander seine Kollegin, dass er in der Zwischenzeit eine Fahndung anhand der Beschreibung von Frau Hartmann für den Motorradfahrer herausgegeben hatte.

Aus dem CD-Player ertönte die unvermeidliche Musik von Elvis. Alexander war nach seiner Reise nach Nashville, Tennessee im Winter mit weiteren Aufnahmen des unvergessenen Stars zurückgekommen, die er hoch und runter spielte. Er liebte die Musik des Sängers, seit er alte Schallplatten in der Villa seiner Eltern entdeckt hatte.

Sein Handy klingelte. Er betätigte die Freisprechanlage. „Henneberg, wer spricht?“, meldete er sich.

„Herr Kommissar, mir ist noch was eingefallen", meldete sich Frau Hartmann, „ich bin mir zwar nicht sicher, ob Ihnen das weiterhilft, aber der Motorradfahrer roch sehr angenehm nach einem Herrenparfüm." Alexander sah Cosima verblüfft von der Seite an.

„Wissen Sie zufällig, was das für ein Duft war?", hakte Cosima nach.

„Nein, leider nicht. Mit Herrendüften kenne ich mich nicht aus", bedauerte Frau Hartmann.

„Würden Sie den Duft wieder erkennen, wenn Sie ihn riechen würden?", fragte Henneberg.

„Denke schon. Ich kann morgen mal in eine Parfümerie gehen und mir die Herrendüfte vornehmen", bot Frau Hartmann an.

„Das lassen Sie mal schön bleiben. Wenn überhaupt, gehen Sie nur in Begleitung. Wir kümmern uns darum", beschloss Alexander. Er verabschiedete sich und schwieg eine Weile.

Alexander schüttelte den Kopf. „Wir können ja schlecht die Fahndung um einen gut riechenden Motorradfahrer erweitern."

„Wieso nicht? Vielleicht ist das auch schon anderen aufgefallen", widersprach Cosima. „Allerdings finde ich es merkwürdig, dass jemand, der nicht erkannt werden will, so intensiv nach einem Herrenparfum duftet, dass man es sogar durch eine Lederkombi wahrnimmt", gab Cosima zu bedenken.

„Ich hab was vergessen", Alexander schlug mit der flachen Hand auf das Lenkrad. „Ich hätte noch mal mit der Enkelin sprechen und sie fragen sollen, ob der Typ, den sie auf dem Partyschiff kennen gelernt hat, auch so gut gerochen hat."

„Du hast Recht", Cosima schnipste mit den Fingern. „Ich kümmere mich darum." Sie nahm ihr Handy und wählte die Nummer von Frau Hartmann.

Kapitel 12

Endlich hatte Martin Gelegenheit, ins Bürogebäude zu gehen, um mit seinem Chef zu reden. Am Tresen saß Angela, eine süße Blondine, die als Empfangsdame hier arbeitete. Ihre Tätigkeit beschränkte sich darauf, Telefonate entgegenzunehmen, Kunden zu empfangen, Kaffee zu kochen und Essen zu besorgen.

Angela sah immer aus wie aus dem Ei gepellt. Ihre langen, blonden Haare fielen in sanften Wellen auf ihre Schultern. Zu ihren kurzen, tief ausgeschnittenen Kleidchen, die ihre Figur hervorragend betonten, trug sie Schuhe mit hohen Absätzen, auf denen sie mit den Hüften wackelnd durch das Bürogebäude trippelte. Martin hatte den Eindruck, dass sie ihr Äußeres gezielt einsetzte, um dem Chef zu gefallen.

Ab und zu nahm der Chef sie mit in ein Restaurant, wenn er einen Kunden ausführen musste.

„Herr Weiss-Alles", kam es in einem herablassendem Ton aus ihrem rot geschminkten Mund, „was kann ich für Sie tun?"

„Ich möchte zum Seniorchef. Ich muss ihn unbedingt sprechen", erklärte Martin. Seine Stimme ließ jegliche Freundlichkeit vermissen. Er wusste, dass Angela ihn nicht leiden konnte. Das ließ sie ihn bei jeder Gelegenheit spüren. Es würde sich schon eine Möglichkeit ergeben, sie fertig zu machen. Das war schließlich seine Spezialität.

„Das ist im Moment ungünstig. Vater und Sohn sind gerade im Gespräch. Kommen Sie später wieder." Dabei senkte sie den Kopf, um ihm zu bedeuten, dass das Gespräch für sie beendet wäre.

Martin ging ungeachtet der Aussage von Angela am Tresen vorbei, folgte dem Gang, in dem sich links und rechts Büroräume befanden. Hier wurden die Aufträge angenommen und abgewickelt und die Buchhaltung geführt. Die Tür am Ende des Ganges war nur angelehnt. „Bleiben Sie stehen, Sie können doch nicht einfach reingehen! Ich muss Sie zumindest anmelden", hörte Martin die aufgeregte Stimme von Angela hinter sich.

In diesem Moment hörten sie einen dumpfen Schlag, als ob jemand seine Faust gegen eine Holzplatte rammen würde. Martin und Angela blieben wie angewurzelt stehen und sahen sich verunsichert an.

„Pass mal auf, mein Lieber!", war es nun aus dem Büro vor ihnen zu hören. „Wenn du meinst, du könntest deinen Vater erpressen, dann hast du dich geirrt. Du bist nicht in der Lage, diese Firma zu führen. Du magst vielleicht ein guter Buchhalter sein, aber als Verkäufer bist du ein Flasche."

„Ach, und das soll nun der heimgekehrte Sohn übernehmen? Oder wie soll ich das verstehen, dass der hier plötzlich auftaucht?", brüllte nun Patrick. Seine Stimme bebte vor Zorn.

„Wer sagt das denn? Christoph war heute Vormittag hier, weil er ein Auto braucht. Sonst nichts", versuchte Herr Steinwedel seinen Sohn zu beruhigen. „Mit deinem Job hat das nichts zu tun."

„Ach, und was war das dann mit der Einführung eines neuen Computersystems und der Umstellung auf eine neue Software, um die er sich kümmern soll?“, kam es zynisch von Patrick zurück. „Wir müssen doch keinen IT-Spezialisten einstellen“.

Angela und Martin verfolgten angespannt das Streitgespräch.

„Das hast du völlig falsch verstanden! Christoph wird neue Rechner installieren und eine aktuelle Software aufspielen. Schließlich ist er darin Spezialist. Er wird alle Mitarbeiter schulen und dann verschwindet er. Das ist alles“, erklärte ihm der Vater ruhig.

„Was macht der überhaupt hier? Wieso ist er nicht im Norden geblieben?“, fragte Patrick wütend.

„Seine Freundin ist nach Hessen gezogen, in die Nähe von Frankfurt. Er sagt, er will bei ihr sein. Seine Firma kann er auch von hier aus führen“, erklärte Georg Steinwedel sachlich. „Also beruhige dich. Ihr beiden werdet in dieser Angelegenheit zusammenarbeiten und euch vertragen. Hast du das verstanden?“, fragte der Seniorchef nun in einem bestimmenden Ton.

„Ich bin bereit dazu. Ich hoffe nur, dass Christoph nicht wieder irgendwelche Dummheiten macht“, entgegnete der Juniorchef.

„Das wird er nicht. Ich denke, dass er darüber hinweg ist.“

„Dein Wort in meinem Gehörgang. Ich muss mir schon um diesen Besserwisser Weiss-Alles ständig Sorgen machen. Mit dem Typ stimmt was nicht“, insistierte Patrick.

Wieder war ein dumpfer Schlag zu hören. „Patrick, es ist genug. Lass den Mann in Ruhe. Er macht seine Arbeit ordentlich. Wen willst du hier noch alles rausschmeißen? Es reicht allmählich. Geh jetzt", forderte Georg Steinwedel seinen Sohn auf.

Martin und Angela zogen sich schnell in den Vorraum zurück. Sie wollten vom Juniorchef nicht beim Lauschen erwischt werden. Deshalb konnten sie auch nicht hören, was Patrick abschließend zu seinem Vater sagte. Nur ein lautes Brüllen „Raus, raus aus meinem Büro", war zu vernehmen. Kurz darauf fiel die Tür mit einem lauten Knall ins Schloss.

Kapitel 13

Georg Steinwedel blieb allein in seinem Büro zurück. Er schaute zum Fenster hinaus in den Hof seines Autohauses. Dort standen einige Luxuslimousinen, die in der großen Halle keinen Platz mehr gefunden hatten. Aber sie würden ohnehin in den nächsten Tagen ihren neuen Besitzern ausgeliefert werden. Davor mussten sie noch einmal gründlich gereinigt und der Lack poliert werden.

Als Autohändler war er sehr erfolgreich, hatte sich einen Namen weit über die Region hinaus geschaffen. Zu seinem Kundenstamm gehörten vornehme, einflussreiche Persönlichkeiten aus der freien Wirtschaft und der Politik, die über ausreichend Geld verfügten, um teure Autos zu fahren.

Sein Job machte ihm Spaß. Er verstand es, mit den Kunden umzugehen, sie zu begeistern. Er hatte schon manch einem Kunden ein Auto verkauft, das der weder brauchte noch aufgrund seines Alters angemessen fahren konnte.

Die Söhnchen reicher Eltern gaben sich die Klinke in die Hand und zu seinen Kunden gehörten auch viele Frauen aus der gehobenen Gesellschaft. Er verstand es, sie mit seinem Charme um den Finger zu wickeln. Mit der einen oder anderen hatte er in der Vergangenheit das Bett geteilt. Aber seit er Marianne kannte, hatte er die besondere Pflege seiner Kundinnen eingestellt.

Georg fuhr sich seufzend über den Kopf. Seine vollen, angegrauten schwarzen Haare fühlten sich weich an. Er legte großen Wert auf sein Äußeres, pflegte seinen Körper. Für Sport blieb ihm nicht viel Zeit, dennoch achtete er darauf, was er aß. Seine Leidenschaft fürs Motorradfahren kam ebenfalls zu kurz.

Er war ständig unterwegs. Abends ging er ab und zu in seine Lieblingsgaststätte in Gambach und traf sich mit seinem Nachbarn Helli, der ihn mit Neuigkeiten aus dem Ort versorgte.

Obwohl nur wenige Gambacher zu seinem Kundenkreis gehörten, verkaufte er doch dem einen oder anderen ein Auto. Dann vermittelte er auch einen billigeren Kleinwagen, gab großzügige Rabatte oder unterstützte sie mit einem finanzierbaren Kredit. Zudem sponserte er die örtlichen Vereine.

Er war einflussreich, konnte etwas bewegen, tat das vordergründig immer als Menschenfreund. In Wirklichkeit nutzte er seinen Einfluss, um Unregelmäßigkeiten in der Firma oder der Familie zu kaschieren. Bisher war ihm das gelungen.

Die vielen Essen in gehobenen Restaurants mit seinen anspruchsvollen Kunden hatten ihm mittlerweile einen Bauchansatz beschert. Die taillierten Hemden spannten unangenehm. Er musste sich unbedingt neue zulegen. So fühlte er sich nicht wohl.

Zum Einkaufen hatte er in den letzten vier Jahren immer Marianne mitgenommen. Sie hatte ihn bei der Auswahl seiner Kleidung mit ihrem guten Geschmack unterstützt. Zudem kannte sie alle Geschäfte, die sich auf noble Herrenausstattung spezialisiert hatten.

Seit Dienstagabend hatte er nichts mehr von ihr gehört. Er konnte verstehen, dass sie wütend auf ihn war.

Doch ihm blieb keine andere Wahl. Patrick setzte ihm ständig zu. Er hatte zufällig von der Affäre mit Marianne erfahren, erpresste ihn seitdem mit dreisten Forderungen. Sollte Georg ihnen nicht nachkommen, würde er seine Mutter informieren.

Bettina gehörten immerhin einundfünfzig Prozent des Autohauses. Das hatte ihr Vater damals bei der Übergabe des Geschäftes so verfügt. Bis jetzt hatte Bettina das nie ausgenutzt. Sie verstand nichts vom Autohandel, hatte selten einen Fuß in die Firma gesetzt. Den Sportwagen, den Georg ihr geschenkt hatte, nutzte sie nur wenig. Sie ging lieber zu Fuß oder fuhr mit dem Fahrrad.

Aber sie liebte ihren Sohn Patrick abgöttisch. Er wohnte mit seinen dreißig Jahren noch immer bei ihnen im Haus. Seine Mutter verwöhnte ihn maßlos. Sie bekochte ihn, kümmerte sich um seine Wäsche und seine Wohnung im Dachgeschoss, hörte sich seine Sorgen an.

Patrick hatte auch heute keine Freunde. Mit seiner arroganten Art stieß er jeden vor den Kopf. Zum Ausgleich für seinen Frust stopfte er sich mit Süßigkeiten, Chips, Softdrinks und Fastfood voll. Er sah aus wie ein Walross. Auch die maßgeschneiderten Anzüge konnten seine Fettpolster nicht verdecken. Georg verabscheute seinen Sohn.

Bettina hatte ihn immer ihrem jüngeren Sohn Christoph vorgezogen und den Grundstein für Patricks übertriebene Nahrungsaufnahme gelegt. Wann immer er traurig oder unzufrieden war, erhielt er einen süßen Trost von der Mutter.

Christoph ähnelte Georg im Aussehen. Er war groß, hatte eine athletische Figur. Als Jugendlicher war er ein guter Sportler gewesen. Als Leichtathlet hatte er sogar einmal den Titel des Hessenmeisters in der Disziplin Hundertmeterlauf errungen. Wenn die Verletzungen, die er durch einen Motorradunfall davongetragen hatte, nicht seine Sportlerkarriere zerstört hätten, wäre sein Leben vielleicht anders verlaufen.

Nach dem Unfall war er jähzornig geworden. Die Sportfreunde mieden ihn, die Mädels, die sonst seine Aufmerksamkeit verlangt hatten, wollten nichts mehr von ihm wissen.

Georg war froh, als Christoph zum Informatikstudium nach Hamburg gezogen und dort geblieben war. Er hatte seinen Sohn immer großzügig mit Geld unterstützt. Im Norden hatte sich Christoph gut eingelebt und anscheinend seine Krise überwunden. Aus ihm war ein gut aussehender, charmanter Mann geworden.

Nachdem er einige Jahre bei einer großen Firma beschäftigt gewesen war, hatte er sich als IT-Spezialist mit einem Freund selbständig gemacht und gutes Geld verdient. Georg konnte durchaus stolz auf seinen jüngsten Sohn sein.

Christoph kam nur selten in die Wetterau. Seine Freundin hatte er der Familie bis heute nicht vorgestellt. Seine Mutter vermisste ihren Sohn nicht und für den Familienfrieden war es ohnehin besser, dass die beiden Söhne möglichst weit voneinander entfernt wohnten. Sie hatten sich nie leiden können.

Georg war es ganz recht, dass sich Christoph von zu Hause fernhielt. Nur so war es möglich gewesen, dass Christophs Vergehen, das man nicht mehr als Jugendsünde abtun konnte, damals nicht bekannt geworden war.

Kapitel 14

Karl Friedrich König bog langsam um die Ecke. Er sehnte sich danach, zu Hause die Tür hinter sich schließen und sich ausruhen zu können. Seine Schüler waren heute wieder anstrengend gewesen. Das Verhalten der Jugendlichen wurde immer auffälliger. Sie waren unkonzentriert, spielten mit ihren Handys, obwohl das strikt untersagt war und benahmen sich frech und unhöflich.

Viele seiner Schüler waren nicht für den Besuch des Gymnasiums geeignet. Doch ihre Eltern wollten das nicht wahrhaben. Jedes Mal, wenn er eine Arbeit korrigiert und benotet zurückgab, wurde er mit Anrufen von hysterischen Müttern belästigt. Natürlich war es seine Schuld, dass ihre Sprösslinge schlechte Noten mit nach Hause brachten. Man warf ihm Unfähigkeit vor. So mancher Vater hatte ihm schon mit einer Klage gedroht, wenn er nicht bessere Noten verteilen würde. Dass es seinen Kollegen ähnlich erging, war leider kein Trost für ihn.

Aus Überzeugung hatte er Mathematik und Geschichte studiert und nie etwas anderes gewollt, als an der Schule, an der er selbst 1969 das Abitur gemacht hatte, zu unterrichten. Anfangs hatte ihm sein Lehrerdasein auch Spaß gemacht, doch heute bedauerte er, dass er diesen Beruf gewählt hatte.

Die Kinder hatten sich verändert. Sie waren schlecht erzogen. Ein Lehrer war für sie schon lange keine Respektsperson mehr. Bis jetzt hatte Karl Friedrich sich immer durchgesetzt, hatte seine Position verteidigt, doch der tägliche Weg in die Schule fiel ihm immer schwerer.

Obwohl er unter hohem Blutdruck litt, blieb er nicht einen Tag der Schule fern. Er musste noch fünf Jahre bis zu seiner Pensionierung durchstehen. Sein Pflichtbewusstsein verbot es ihm, aus Gesundheitsgründen den Dienst vorzeitig zu quittieren, wie das einige seiner Kollegen bereits getan hatten.

Doch er wäre nicht Karl Friedrich König, wenn er sich von diesen *Rotzlöffeln* unterkriegen lassen würde. Er bereitete sich nach wie vor sorgfältig auf seine Unterrichtsstunden vor, so wie er es in seiner achtunddreißigjährigen Berufslaufbahn immer getan hatte. Niemand sollte ihm nachsagen können, er wäre nachlässig geworden.

Gewissenhaft kam er seinen Aufgaben nach, ließ sich seinen Ärger über das Verhalten der Jugendlichen nicht anmerken und überhörte die Kommentare der jungen Kollegen, die sich manchmal über seine geradlinige Art lustig machten.

Wegen seines aufrechten Ganges und seines geradlinigen Wesens hatten ihm seine Schüler den Beinamen *Der letzte Preuße* gegeben. Ihn störte das nicht, im Gegenteil: Er machte ihn stolz. Er passte zu ihm, denn Karl Friedrich würde nie etwas Unrechtes oder Verbotenes anstellen oder die Kontrolle über sein Tun verlieren. Er behielt immer einen kühlen Kopf. Er parkte nicht einmal im Halteverbot. Gesetz und Ordnung waren für ihn oberstes Gebot.

Doch jetzt wollte er nur nach Hause. Nach dem Mittagessen eine Runde durch das Feld laufen, um sich anschließend auf den nächsten Tag vorzubereiten. Er liebte es, alleine zwischen Gambach und Ober-Hörgern unterwegs zu sein, den Blick auf die Burg Münzenberg gerichtet. An diesem Anblick konnte er sich erfreuen. Wann immer er aus dem Urlaub heimkehrte, vermittelte ihm das Auftauchen der Burg am Horizont ein Gefühl von Heimat und Zugehörigkeit.

Als er nun in seine Straße einbog, musste er abrupt bremsen. Zwei Streifenwagen verhinderten die Weiterfahrt. Was war denn hier los? Er konnte sich nicht erinnern, wann er das letzte Mal die Polizei in der Straße gesehen hatte.

Kapitel 15

„Woher weißt du eigentlich, was auf der Gambacher Kirmes vorgefallen ist?“, wollte Cosima auf der Rückfahrt von ihrem Kollegen wissen. „Du hast da heute Morgen so eine merkwürdige Bemerkung gemacht. Das hat mir nicht gefallen.“

„Ich weiß nichts. Aber jemand hat mir eine Nachricht aufs Handy geschickt. Ich wollte es dir eigentlich nicht sagen, um dich nicht aufzuregen. Aber nachdem, was uns Jessica Jürgens eben erzählt hat, weiß ich, dass es sich bei dem Absender der SMS um einen Idioten handeln muss“, Alexander reichte ihr sein Handy. „Aber reg dich nicht auf“, ermahnte er sie.

Cosima las die SMS, die Alexander aufgerufen hatte: *Ihre Kollegin Cosima ist eine echt heiße Braut.*

„Das ist ja eine Sauerei. Wie kommt der überhaupt an deine Nummer?“, empörte sich Cosima.

„Wen meinst du denn mit *der?* Hat die Nachricht was mit deinem sonderbaren Benehmen zu tun?“

„Es ist mir echt peinlich, darüber zu reden“, druckste Cosima herum.

„Mir kannst du alles erzählen, das weißt du doch. Also raus mit der Sprache. Vielleicht kann ich dir helfen“, ermunterte Alexander sie.

„Ich habe auf der Gambacher Kirmes mit einem Typen geknutscht“, fing Cosima an.

„Und?“, Alexander lachte, „das ist doch nichts Schlimmes.“

„Nicht wirklich. Aber ich kann mich nicht daran erinnern. Weder an die Knutscherei noch an den Mann und schon gar nicht, wie ich nach Hause gekommen bin“, fuhr Cosima fort.

„Woher weißt du dann, dass du mit jemandem rumgemacht hast?“, unterbrach Alexander sie.

„Von Juliane“, gab Cosima kleinlaut zu.

„Gestern hat mich dieser Typ mehrfach angerufen. Die Rufnummer war unterdrückt. Und, das finde ich nun wirklich einen sonderbaren Zufall, er hat mich seine *Süße* genannt.“

„Das sagen doch viele Verehrer zu ihren Angebeteten“, beruhigte Alexander Cosima. „Darüber würde ich mich nicht aufregen. Geh einfach nicht ans Telefon, wenn die Rufnummer nicht angezeigt wird. Dann hört der schon wieder auf.“

Sie nickte, wollte ihm jetzt aber alles erzählen.

„Das ist aber noch nicht die ganze Geschichte. Am Dienstagabend stand mein *Verehrer* plötzlich mit einem Rosenstrauß vor der Tür“, fuhr sie fort.

„Na ja, vielleicht ein bisschen schnell, aber eigentlich doch nett“, neckte Alexander seine aufgebrachte Kollegin.

„Kannst du mir mal zuhören und mich nicht andauernd unterbrechen?“ Jetzt wurde Cosima sauer. Alexander schwieg verdutzt und hörte ihr jetzt aufmerksam zu.

„Als ich heute Morgen ins Präsidium kam, hat mir Stückchen von dem Anruf eines Mannes erzählt. Wenig später ging bei mir eine MMS ein. Die zeigt mich nackt auf meinem Bett. Der muss in der Nacht nach der Kirmes in meinem Haus gewesen sein."

„Aber wie ist er in dein Haus und in dein Schlafzimmer gekommen?"

„Ich befürchte, ich habe ihn im Alkoholrausch mitgenommen. Anders kann ich es mir nicht erklären." Cosima war aufgewühlt.

„Was ist noch passiert?"

„Während wir in Bad Vilbel bei Frau Jürgens saßen, hat mein Handy an die fünfzig Anrufe aufgezeichnet. Ich hatte es auf lautlos gestellt. Die Nummer war immer unterdrückt."

„Auweia und dann kriege ich auch noch diese SMS heute Morgen. Das ist der Beginn einer neuen Stalker-Karriere, würde ich mal sagen", Alexanders Stimme klang besorgt.

„Was soll ich denn jetzt machen? Das Ganze macht mir Angst. Du hast ja gehört, wie es Frau Jürgens ergangen ist. Wenn mir nun das Gleiche passiert?", jammerte Cosima.

„Wir fahren jetzt erst mal ins Präsidium, leiten alles im Fall Jürgens ein und schicken Jüngling zur Überwachung zu ihr." Er machte eine kurze Pause. „Und sobald alles geregelt ist, sage ich dir, wie wir in deinem Fall vorgehen", tröstete Alexander seine Kollegin.

Kapitel 16

Martin war es doch noch gelungen, zu seinem Chef vorzudringen.

„Was gibt es denn, Martin?“, wurde er freundlich empfangen.

„Ich habe beim Saubermachen dieses Armband in ihrem Wagen gefunden. Ich wollte es Ihnen persönlich übergeben.“ Mit spitzen Fingern reichte er es Georg Steinwedel über den Tisch.

„Das ist das Armband meiner Frau. Das ist ihr wahrscheinlich vom Handgelenk gerutscht. Vielen Dank, Martin. Nicht jeder ist so ehrlich wie Sie.“

Sie wussten beide, dass es nicht das Armband von Bettina Steinwedel war.

„Gern geschehen, stets zu Diensten“, sagte er ergeben. „Aber da ist noch etwas.“ Er knetete verlegen seine Finger.

„Na kommen Sie schon, sagen Sie, was Sie bedrückt“, ermunterte Georg Steinwedel ihn. Er mochte Martin nicht wirklich, aber er schätzte seine Intelligenz und seinen Fleiß. Seitdem der Mann für ihn arbeitete, hatte er ihn nicht ein einziges Mal enttäuscht. Zudem war er verschwiegen. Er wünschte, Patrick hätte mehr von diesem Mann.

„Ihr Sohn hat gesehen, wie ich etwas in meine rechte Hosentasche gesteckt habe. Er wollte mir unterstellen, etwas zu klauen. Aber das war nicht meine Absicht. Ich habe das Armband nur schnell verschwinden lassen, damit es niemand sieht. Er wollte sogar die Polizei rufen. Wenn nicht gerade ein Kunde auf den Hof gefahren wäre, hätte er das auch getan. Er kann mich einfach nicht leiden."

Georg Steinwedel winkte ab „Ja, ich weiß, mein Sohn traut Ihnen nicht. Aber machen Sie sich nichts daraus. Er kann sich selbst nicht leiden."

„Ich befürchte, er ist eifersüchtig, weil wir beide uns so gut verstehen und weil Sie mir Aufgaben übertragen, die er selbst gern machen würde." In Martins Stimme lag ein ironischer Unterton. Martin war sicher, dass sein Chef seine Absicht erkannte.

Georg erwiderte seinen Blick für einen Moment.

„Ist gut Martin, gehen Sie jetzt", verabschiedete Georg ihn knapp.

Als sich die Tür hinter Martin Weiss-Alles geschlossen hatte, bediente sich Georg an dem Single Malt Whisky aus reinem Gerstenmalz, der auf dem Sideboard stand. Er nahm einen großen Schluck. Langsam beruhigte er sich.

Marianne versorgte ihn immer mit diesem köstlichen Getränk, das aus der Schlitzer Destillerie stammte, die seit 1585 edle Brände herstellte. Vor einiger Zeit hatten sie dort sogar an einer Whisky-Probe teilgenommen.

Er griff zum Telefon und wählte Mariannes Nummer. Er wollte ihr mitteilen, dass er ihr Armband gefunden hatte. Sicher vermisste sie es schon. Außerdem verspürte er den Wunsch, endlich mit ihr zu reden.

Nach mehrmaligem Läuten wurde abgehoben. Eine fremde Stimme meldete sich. „Hallo, wer ist da?"

Georg war perplex. Was machte ein anderer Mann an Mariannes Telefon?

„Hier ist Georg Steinwedel. Ich wollte Frau Eisener sprechen. Ist sie nicht zu Hause?“

„Was wollen Sie von Frau Eisener?“, kam es augenblicklich zurück.

„Das möchte ich ihr schon selbst sagen. Wer sind Sie überhaupt?“, fragte Georg aufgeregt.

„Hier spricht die Kriminalpolizei.“

Georg legte schnell auf.

Kapitel 17

Karl Friedrich König stieg aus dem Wagen und ging auf die Streifenwagen zu. Das blaue Blinklicht irritierte ihn.

Konnte man das nicht abstellen? Jetzt fiel ihm wieder ein, was sich im Jahr 2000 abgespielt hatte, als das Nachbarmädchen verschwunden war. Damals hatte es hier von Polizisten nur so gewimmelt. Die ganze Straße war in Aufruhr gewesen. Alle Häuser waren durchsucht worden, doch das Mädchen blieb verschwunden.

Auf dem Bürgersteig vor dem Haus von Helmut Karger standen mehrere Personen zusammen. Auch Karl Friedrichs Frau Gisla befand sich unter den Anwesenden.

„Was ist denn hier los?", wollte er wissen.

„Däi bleed Kow had main Ajax dudgefohrn!", schimpfte Helmut und deutete auf Uta, die wie ein Häufchen Elend aussah.

Nun sah Karl Friedrich den Schäferhund hinter Utas Auto auf der Straße liegen. Aus seiner Nase und dem Maul war Blut auf den Asphalt getropft.

„Ich habe nichts gemacht. Als ich rauskam, lag der Hund schon hier!" Aufgeregt, aber in reinem Hochdeutsch, verteidigte sich Uta.

Karl Friedrich König nahm seine Frau zur Seite.

„Gisla, lass uns lieber gehen." Es war ihm unangenehm, in Nachbarschaftsstreitigkeiten hineingezogen zu werden. Er war immer allem Ärger, den es in der Straße gab, aus dem Weg gegangen.

„Ich bin gerade erst angekommen und will jetzt wissen, wie das passiert ist. Die schreien sich hier gegenseitig an. Jeder beschuldigt den anderen. Helmut hat seinen Hund mal wieder frei herumlaufen lassen und jetzt liegt er da."

„Komm, lass uns ins Haus gehen, wir können sowieso nichts machen", forderte Karl Friedrich sie erneut auf.

„Ich bleibe hier, ich will jetzt wissen, wer das getan hat", ihre Stimme klang zornig, „den Karger kann ich ja auch nicht leiden, aber sein Hund kann ja nichts dafür, dass sein Herrchen so doof ist."

Gisla war eine renitente Frau, die sich nichts sagen ließ – auch nicht von ihrem Mann. Sie war schon immer ihren eigenen Weg gegangen, gab nichts auf die Meinung anderer Menschen und störte sich nicht an dem Geschwätz der Leute im Dorf. Sie hatte nicht viele Freunde hier, da nicht jeder ungefragt ständig ihre Meinung hören wollte.

„Jetzt halten alle den Mund und ich stelle hier die Fragen!" Polizeihauptkommissar Hofstetter von der Polizeistation in Butzbach schaute genervt in die Runde, zu der auch Heinrich Brandt und Siglinde Karger sowie Petra Yildirim gehörten.

„Sie fangen an. Mit ihrem Geschrei haben Sie ja die ganze Nachbarschaft angelockt", forderte Hofstetter Uta auf. Während der zweite Streifenwagen rückwärts die Straße verließ, hörte sich der Polizist an, was die anwesenden Anwohner der Straße zu sagen hatten.

„Ich wollt mei Audo in die Einfahrt fohrn und als ich rauskam, lag der Ajax midde uff de Gass. Vor lauter

Schregg hab ich geschrien. Und dann kam schon de Helmut ausem Haus gestürzt. Hinner ihm sei Fraa. Der hat mich gleisch beschimpft, ich wär dran schuld, aber des bin ich nett." Selbstsicher berichtete Uta Brandt von ihrem Erlebnis und verfiel dabei wieder in ihren Dialekt.

„Haben Sie ein anderes Auto gesehen?" Hofstetter blickte sich in der Stichstraße um. Am Ende, hinter dem Wendehammer, war nur noch ein Grundstück zu sehen, in dessen Mitte ein riesiges Haus stand. Es passte nicht zu der sonstigen Bauweise der anderen Einfamilienhäuser in der Straße.

„Wer wohnt denn da hinten?" Hofstetter deutete auf das Haus im Wendehammer.

„Mein Freund Schorsch", kam es wie aus der Pistole geschossen von Helmut.

„Aha, und wer ist dieser Schorsch? Hat er auch einen Nachnamen?", wollte nun Hofstetters Kollege wissen.

„Mein Mann meint den Georg Steinwedel, der Besitzer vom Audohaus Steinwedel in Butzbach", klärte Siglinde den Polizeibeamten auf.

„Und wieso ist von denen keiner hier?", hakte Hofstetter nach.

„Der Schorsch und der Patrick wern in Butzbach im Audohaus soi und sei Fraa geht nett uff die Gass", meinte Helmut lakonisch.

„Wer ist jetzt wieder dieser Patrick?"

„Des is dem Schorsch sei Su. Der wuhnt ach da", antwortete Helmut und deutete aufs Haus.

„Wer sind Sie?", wandte sich Hofstetter nun an Heinrich.

„Isch bin de Mann von dere Utta. Isch bin gleisch rausgerannt, als isch der ihr Geschrei gehört hab. Sie könne doch emal am Audo von de Utta nachsehe, ob Se da Spurn von dem Hund finne."

Der Polizist winkte ab. „Ist längst geschehen. Da is nix."

„Und Sie?", wandte sich Hofstetter nun an die übrigen Anwesenden.

„Ich bin Siglinde, seine Frau."

„Wir sind Gisla und Karl Friedrich König", kam es von Gisla.

„Ich bin Petra Yildirim. Wir wohnen gleich nebenan. Mein Mann ist in seiner Schreinerei."

„Hat jemand von Ihnen etwas beobachtet?"

„Ich bin gerade erst von der Schule nach Hause gekommen", antwortete Karl Friedrich, als niemand etwas sagte.

„Ich bin fünf Minuten eher hier angekommen", ließ sich Gisla vernehmen.

„Und keinem von Ihnen ist etwas aufgefallen?"

Alle schüttelten den Kopf. Betretenes Schweigen folgte. Hofstetter machte sich Notizen.

Plötzlich durchbrach Gisla die Stille. „Doch, jetzt fällt mir etwas ein." Sie berichtete kurz von ihrem Erlebnis.

Kapitel 18

Ein Mann schwankte auf dem Bürgersteig entlang, torkelte von rechts nach links. Er kam auf den Audi zu, der gegenüber von Ellen Hartmanns Haus stand. Darin saßen die beiden Polizeioberkommissare Hans-Werner Leicht und Günther Kopf in ziviler Kleidung.

Der Mann lallte etwas Unverständliches. Wurde immer lauter.

„Guck dir den Komiker an." Günther Kopf deutete auf die sich nähernde Gestalt.

„Oho, da hat ja einer ganz schön getankt", erwiderte sein Kollege.

„Ist noch ein bisschen früh, um so betrunken zu sein, meinst du nicht?", fragte Günther Kopf.

Mittlerweile hatte der Betrunkene angefangen, laut zu singen. Dabei geriet er in die Nähe der stark befahrenen Straße. Als er vor dem Auto der beiden Ermittler ankam, klopfte er auf die Kühlerhaube und begann, obszöne Bewegungen zu machen. Sein Gesang wurde immer heftiger und sein Gehabe immer unanständiger.

„Der hat sie wohl nicht alle. Da müssen wir was unternehmen", sagte Günther Kopf, den Türgriff in der Hand.

„Ich fordere einen Streifenwagen an", antwortete Hans-Werner seinem Kollegen, der bereits aus dem Auto stieg.

„He Mann, kommen Sie von der Straße weg. Sie werden noch überfahren", forderte Kopf den torkelnden Mann auf. Der ließ sich jedoch nicht aufhalten und stolperte direkt vor ein Auto, das gerade noch bremsen konnte. Er ließ sich vor dem Fahrzeug auf den Boden fallen und begann, wie am Spieß zu schreien.

Der Autofahrer, der mittlerweile ausgestiegen war, begann zu schimpfen: „Was ist das für ein Idiot?! Ich hab den nicht mal berührt. Ich kann nix dafür!"

„Beruhigen Sie sich. Dem Mann ist nichts passiert", sagte Kopf zu dem Fahrer. Er kniete sich neben den Mann und klopfte ihm auf die Wangen.

„Wachen Sie auf. Sie können hier nicht liegen bleiben." Die Alkoholfahne des Mannes ließ ihn die Luft anhalten. Hinter ihnen ertönte ein Hupkonzert. Die ganze Straße war blockiert. Doch der Mann am Boden wollte sich nicht erheben.

Mithilfe des Fahrers gelang es Kopf, den Mann von der Straße auf den Bürgersteig zu ziehen. Schaulustige waren stehen geblieben, um sie zu beobachten.

Das Sondersignal eines Streifenwagens näherte sich. Entgegen der Fahrtrichtung fuhr das Einsatzfahrzeug in die Einbahnstraße und blieb vor dem Audi der beiden Beobachtungsposten stehen.

Kapitel 19

Cosima und Alexander saßen in ihrem Büro und studierten die Akten, die Stückchen kopiert hatte.

„Hallo, Co." Eberstädter steckte den Kopf zu Tür herein.

„Hier, ich habe dir ein anderes Handy besorgt. Die Kollegen haben alle deine neue Nummer." Er warf ihr das Telefon zu, das sie geschickt auffing.

„Und was passiert mit dem anderen? Da sind alle meine Kontakte drauf."

„Die habe ich dir schon überspielt. Das alte werde ich mal im Auge behalten. Einen Verbindungsnachweis hab ich bereits angefordert. Aber ich wette, der Typ benutzt ein nicht registriertes Handy oder Telefonzellen."

„Und was ist mit meinem Festnetzanschluss?"

„Fangschaltung ist schon eingerichtet. Aber auch da verspreche ich mir wenig Erfolg."

„Vielleicht gibt er ja auf, wenn er merkt, dass du ihm auf die Schliche gekommen bist", meinte Alexander.

„Außerdem frage ich mich, wie jemand sich mit einer Kommissarin anlegen kann. Der muss sich doch denken können, dass du alle Hebel in Bewegung setzt, um herauszufinden, wer er ist."

„Wenn er mich aufgibt, sucht er sich aber jemand anderes. Diese Stalker ticken doch nicht normal", belehrte ihn Cosima.

„Da kommt wieder die Psychologin zum Vorschein."

„Ihr solltet mal mit dem Profiler aus Hamburg sprechen", mischte sich Eberstädter ein, der noch im

Türrahmen stand. Cosima blätterte in den Akten und suchte nach dem Namen des Mannes.

„Ich glaub's ja nicht! Das kann doch kein Zufall sein. Der heißt Michael Hasenhecker. So hieß ein Kommilitone von mir, mit dem ich in Erlangen zwei Semester Kriminologie und Soziologie studiert habe."

Alexander schaute von seiner Akte auf.

„Dann ruf den doch mal an. Vielleicht erfährst du noch was Interessantes über den Stalker."

Sein Handy gab ein Summton von sich. Er blickte darauf und las die neue Nachricht.

„Jüngling steht im Stau bei Karben. Es dauert noch, bis er bei den beiden Frauen in Bad Vilbel ist", teilte er seinen Kollegen mit.

„Dann informiere mal die Streifenbeamten. Ich setze mich in der Zwischenzeit mit Michael in Verbindung."

Kapitel 20

„Ich kann es kaum glauben. Was machst du denn in Hamburg?“, fragte Cosima Profiler Michael Hasenhecker.

„Hallo, Cosima, schön, deine Stimme zu hören. Um deine Frage gleich zu beantworten, ich bin wegen der Liebe hier.“

„Weswegen zieht man auch sonst aus dem schönen Frankenland in den hohen Norden!“, kam es prompt zurück.

„Und du, wo treibst du dich herum?“, wollte Hasenhecker wissen.

„Ich bin bei der Kripo in Friedberg gelandet, Kapitalverbrechen“, klärte Cosima ihn auf.

„Wo zum Teufel liegt denn Friedberg?“

„In der Wetterau zwischen Gießen und Frankfurt.“ Cosima schmunzelte. Diese Frage wurde ihr oft gestellt. Es war ihr unerklärlich, warum dieser wunderbare Landstrich so wenigen Menschen bekannt war.

„Vermisst du nicht dein geliebtes Bamberg?“, hakte er neugierig nach.

„Ein bisschen schon, aber ich habe mir vor einigen Jahren eine alte Mühle zugelegt und da fühle ich mich pudelwohl.“

„Das freut mich. Was kann ich für dich tun? Du rufst ja bestimmt nicht an, um Small Talk mit mir zu halten.“

„Nee, leider nicht. Ich wollte mich mit dir mal über Jessica Jürgens unterhalten, einem Stalkingopfer.“

Sie fragte sich, ob er wüsste, von wem die Rede war. Sicher gab es in Hamburg viele Fälle dieser Art.

Seine Antwort überraschte sie. „An die kann ich mich gut erinnern. Das arme Ding. Sie hat allerhand mitgemacht, aber jetzt ist sie ja hoffentlich in Sicherheit."

„Ist sie nicht. Das arme Mädel ist bei uns in der Wetterau und der Stalker hat sie aufgespürt", berichtete Cosima.

„Ach du Scheiße! Dann lebt die Dame nicht mehr lange", kam es aufgeregt zurück.

„Wie meinst du das? Glaubst du, der will sie umbringen?" Cosima umklammerte entsetzt den Telefonhörer.

„Cosima, der Mann ist hochgefährlich! Der will nicht nur Macht über sie ausüben, er will sie vernichten. Alles, was bis jetzt passiert ist, war nur das Vorspiel für ihn. Der gibt nicht auf, bis er sein Ziel erreicht hat. Und das ist ihr Tod."

„Ok, erklär mir, was das für eine Art Mensch ist."

Sie musste sich zusammenreißen, um mehr über den Unbekannten zu erfahren. Schließlich könnte derselbe Mann es auch auf sie abgesehen haben.

„Skrupellos, intelligent, risikobereit. Er verfügt über gewisse finanzielle Mittel. Wahrscheinlich arbeitet er selbständig, was erklärt, wieso er zu unterschiedlichen Tageszeiten agieren kann. Er ist jähzornig, von sich überzeugt, ein Narzisst. Er duldet keine Widerrede und kann mit Zurückweisung nicht umgehen. Und das ist das Entscheidende: Er stalkt Frauen, weil sie ihm einen Korb gegeben haben oder ihn auf irgendeine Art brüskiert haben. Ich bin sicher, dass Jessica

Jürgens nicht die erste und einzige Frau war, der das widerfahren ist."

„Du meinst, er hat auch schon andere gestalkt, vielleicht sogar umgebracht?", unterbrach Cosima den Profiler.

„Da bin ich mir sicher. Wir haben mehrere mysteriöse Todesfälle von Frauen hier in Hamburg. Ich bin davon überzeugt, dass sie alle auf das Konto eines Mannes gehen, da sie alle nach dem gleichen Muster tyrannisiert wurden. Zwei der Frauen haben sich umgebracht, weil sie den Druck, unter dem sie standen, nicht ausgehalten haben. Zwei weitere sind wahrscheinlich vor lauter Aufregung und Unvorsichtigkeit, weil sie die Angst zerfressen hat, tödlich verunglückt. Und wir haben noch mindestens drei Frauen, die er ganz langsam umgebracht hat, sodass sie fürchterlich gelitten haben müssen. Nur konnte bisher keinem der Todesfälle ein Täter zugeordnet werden."

„Aber wie ist es möglich, dass man ihm nicht auf die Schliche kommt?"

„Hamburg ist ein Moloch. Hier passieren die unglaublichsten Dinge." Auf diese Aussage ging er ebenfalls nicht näher ein. „Ich sagte ja schon, dass er hochintelligent ist. Meiner Meinung nach muss er ein Spezialist für Informationstechnologie sein. Er kennt sich mit allen Details von Alarmanlagen, Mobilgeräten, Computern und Überwachungskameras aus. Er hat alles geknackt. Wusstet ihr schon, dass er Frau Jürgens in ihren eigenen vier Wänden gefilmt und abgehört hat? Er hat sie rund um die Uhr in allen Räumen beobachten können."

„Ich habe von Wanzen gelesen, aber dass er sie auch gefilmt hat, ist mir neu." Cosima war verblüfft. Sie rutschte unruhig auf ihrem Stuhl hin und her.

„Könnt ihr wahrscheinlich auch noch nicht wissen, denn die neuen Besitzer des Hauses haben die Kameras erst bei der Renovierung entdeckt. Der Anwalt von Frau Jürgens hat uns darüber informiert."

„Weiß Frau Jürgens Bescheid?" Cosima wurde immer wütender.

„Nein, man hat es ihr noch nicht mitgeteilt. Der Anwalt wollte sie nicht noch mehr verunsichern."

„Henne, Co, kommt, wir müssen nach Bad Vilbel." Eberstädter war im Türrahmen aufgetaucht. Henne schaute von seinen Akten auf. Cosima unterbrach das Gespräch. „Was ist los, Eberstädter?"

Kapitel 21

Kriminaloberkommissar Jüngling bog in die Einbahnstraße, fuhr an einem dunklen Audi, der auf dem Bürgersteig an der Seite parkte, vorbei und hielt in der Einfahrt von Ellen Hartmanns Haus. Er winkte den beiden Polizeikommissaren zu. Hans-Werner Leicht und Günther Kopf stiegen aus. Der Verkehr in der Straße lief wieder normal.

„War was?", fragte Jüngling die beiden Beamten.

„Außer einem randalierenden Alkoholiker nichts", antwortete Günther Kopf.

„Ok, ich geh mal rein. Wann werden Sie abgelöst?", wollte Jüngling noch wissen.

„Um achtzehn Uhr kommen die Kollegen." Hans-Werner Leicht machte einen müden Eindruck. *Aber das ist auch kein Wunder,* dachte Jüngling. Es war nicht einfach, mehrere Stunden auf ein Haus zu starren, gleichzeitig jede Bewegung in der Umgebung zu registrieren und vorbeigehende Menschen zu beobachten. Das war kein ruhiger Job, wie Jüngling aus eigener Erfahrung wusste, noch dazu an einer viel befahrenen Straße wie dieser, wo ihre Sicht mitunter durch fahrende Autos behindert wurde.

Auf sein Läuten reagierte niemand. Jüngling wiederholte es mehrfach, aber niemand öffnete ihm. *Sonderbar,* dachte er. Frau Jürgens und ihre Großmutter wussten doch, dass er kommen würde. Warum machte ihm keine der beiden die Tür auf?

Er ging um das Gebäude herum. Die Fenster lagen hoch über dem Boden, sodass es ihm nicht möglich war, ins Haus zu sehen. An der Seite befand sich der Kellereingang. Die Kellertür war allerdings verschlossen. Er ging weiter, bis er auf der Rückseite zu einem Wintergarten gelangte.

Er konnte Frau Jürgens und ihre Großmutter hinter riesigen Stechpalmen an einem gedeckten Tisch erkennen. Sie saßen mit dem Rücken zu der großen Glasfront, durch die das Sonnenlicht fiel. Er klopfte an die Scheibe und rief: „Hallo Frau Jürgens, hier spricht Kriminalhauptkommissar Jüngling, öffnen Sie mir bitte die Tür."

Keine Reaktion. Er donnerte mit der Faust gegen das Glas. Wieder reagierten sie nicht. Jüngling beschlich ein mulmiges Gefühl. Er rannte ums Haus herum, winkte die beiden Beamten zur Hilfe. „Wir müssen die Tür aufbrechen oder die Terrassentür einschlagen. Die Frauen sitzen regungslos im Wintergarten. Da stimmt was nicht!"

„Verstehe, Schlüsseldienst kommt nicht infrage", bemerkte Leicht. Ich hole Werkzeug aus dem Kofferraum."

Kopf forderte währenddessen einen Notarztwagen an, informierte die Polizeidienststelle und rannte dann zum Wintergarten. Jüngling untersuchte die Haustür auf Einbruchsspuren. Auf den ersten Blick konnte er nichts erkennen.

Er hörte Glas splittern. Wenig später wurde ihm die Haustür geöffnet. „Das wird Ihnen nicht gefallen", empfing ihn Kopf.

Jüngling betrat das Haus. Hinter ihm folgte Leicht mit einem Wagenheber, den sie jetzt nicht mehr benötigten. Sie liefen in den Wintergarten. Der Tisch war schön gedeckt. Es duftete nach frisch aufgebrühtem Kaffee. Apfelkuchen stand zwischen dem Kaffeegeschirr. Nur der Ausdruck auf den Gesichtern der beiden Frauen passte nicht zu der sonst so friedlichen Atmosphäre im Raum.

Kapitel 22

Georg Steinwedel war nicht in der Lage, sich zu konzentrieren. Nachdem Martin ihm das goldene Armband ausgehändigt hatte, wählte er Mariannes Nummer. Er wollte ihr nur mitteilen, dass er ihr Armband gefunden hatte. Es war ein Geschenk von ihm. Am Anfang ihrer Beziehung hatte er es ihr bei einem Candle-Light-Dinner in einer schönen Geschenkpackung überreicht. Ihre Augen hatten gestrahlt.
„Ist das ein Versprechen?", hatte sie ihn damals gefragt.
„Wie meinst du das?" Ihre Frage hatte ihn irritiert.
„Na ja", druckste sie, „ich meine ja nur, könnte aus unserer Beziehung mehr werden?"
Marianne hatte ihn damit überrumpelt. Bisher hatte er nur Liebschaften gehabt, die einige Monate angehalten hatten, aber nichts Ernstes. Von den anderen Frauen hatte auch keine erwartet, dass er seine Ehe für sie aufgab. Sowohl für ihn als auch für die Damen aus der feinen Gesellschaft war es nur eine willkommene Abwechslung zu einer langweiligen Ehe.
Er musste zugeben, dass er für Marianne mehr empfand, als für die Frauen davor. Doch an eine feste Beziehung hatte er bis zu dem Zeitpunkt nicht gedacht. Das hätte bedeutet, dass er sich von seiner Frau trennte, sein altes Leben aufgab, sich vollkommen neu orientieren müsste. Zu diesem Schritt war er damals nicht bereit gewesen.
„Liebes, lass es uns langsam angehen. Dann werden wir sehen." Mit dieser Antwort hatte sie sich damals

zufrieden gegeben. Doch es folgten weitere Fragen und er spürte, dass sie lieber mehr von ihm gehabt hätte. Sie war schlau genug, ihn nicht unter Druck zu setzen. Aber warum war nun die Polizei in ihrem Haus? War bei ihr eingebrochen worden? Brauchte sie Hilfe? Normalerweise hatte sie ihm immer alles erzählt, ihn an ihrem Leben teilhaben lassen. Doch nachdem das Essen am Dienstagabend eine unangenehme, von ihm nicht beabsichtigte Wendung genommen hatte, hatte er nichts mehr von ihr gehört.
Sein Gefühl sagte ihm, dass etwas Schlimmes passiert sein musste.

Kapitel 23

Die Bürotür öffnete sich und Christoph stürmte herein. Georg, der an seinem großen Schreibtisch saß, fuhr erschrocken hoch.

„Kannst du nicht anklopfen?“, schimpfte sein Vater.

„Entschuldige“, Christoph grinste wie ein kleiner Junge, „aber früher hat es dich nicht gestört, wenn wir bei dir reingeplatzt sind.“

„Ist ja schon gut“, Georg winkte ab. „Was gibt es? Hast du dir Mutters Wagen geholt?“

„Habe ich. Aber sie war nicht gerade begeistert, mich zu sehen.“ Christoph zog die Mundwinkel nach oben.

„Sie hatte schon immer ihre Probleme mit dir, das weißt du doch. Patrick ist nun mal ihr Liebling“, bedauerte Georg.

„Fährt Mutter überhaupt mit dem Auto? Der Wagen hat ja nur wenige Kilometer auf dem Tacho.“ Christoph ging nicht auf die Äußerung seines Vaters ein. Für seine Mutter hatte er nichts außer Mitleid übrig. In seinen Augen war sie eine kleine, unscheinbare, verklemmte Person, die immer bemüht war, nicht aufzufallen oder aus der Reihe zu tanzen. Ihrem Mann und der Kirche war sie zudem treu ergeben.

Als Mutter hatte sie in seinen Augen total versagt. Immer hatte sie Patrick vorgezogen, ihn verhätschelt und ihn mit Liebe und Süßigkeiten verwöhnt. Ihn hatte sie kaum beachtet. Er konnte sich ihr Verhalten ihm gegenüber allerdings nicht erklären.

Als kleiner Junge war Christoph viel bei seinem besten Freund und Nachbarn Florian gewesen. Siglinde war froh, dass ihr einziger Sohn einen Spielkameraden hatte und versorgte ihn mit. Christoph hielt sich mehr bei Flo als zu Hause bei seiner Familie auf.

Seine Mutter hatte ihn nicht einmal getröstet, als Flo vom Dach gestürzt war.

Er hatte auch kein Lob von ihr erhalten, als er den Titel *Hessenmeister im Hundertmeterlauf* errungen hatte. Auch die Sache mit dem Nachbarmädchen hatte sie mit keinem Wort erwähnt. Sie war zur Tagesordnung übergegangen und in die Kirche gerannt.

Er wusste, dass sie erleichtert war, als er zum Studium das Haus verlassen hatte. Deshalb war er auch nur noch selten nach Hause gekommen, hatte sich stattdessen ab und zu mit seinem Vater getroffen.

„Kaum“, antwortete Georg Steinwedel, „sie fährt lieber mit dem Fahrrad. So ist sie eben. Wir werden sie nicht mehr ändern“, Georg seufzte.

„Nicht gerade ein Aushängeschild für einen Autoverkäufer.“ Christoph schürzte die Lippen.

„Wie kann ich dir helfen? Ich bin heute nicht gut aufgelegt.“ Georg fuhr sich mit der Hand durchs Haar. Christoph kannte diese Geste. Sein Vater machte das immer, wenn ihn etwas beschäftigte.

„Dann wird deine Laune gleich in den Keller sinken: Ich habe Mutters Wagen beschädigt.“

Kapitel 24

Als die Kommissare den Wintergarten von Ellen Hartmann betraten, bot sich ihnen ein kroteskes Bild. Jessica Jürgens und ihre Großmutter saßen aufrecht am gedeckten Kaffeetisch.

„Wie sind sie umgekommen?", fragte Alexander Frau Dr. Auf der Heide, die Rechtsmedizinerin aus Gießen. Zwischen den beiden, die sich am Anfang nicht hatten ausstehen können, hatte sich zur Belustigung der Kollegen ein Wettkampf entwickelt.

Frau Dr. Auf der Heide, die von Alexander als Füchsin tituliert wurde, war stets bemüht, vor den Kommissaren am Tatort zu erscheinen. Dieses Mal war das der Frau mit dem seltsamen Vornamen *Fähe* nicht geglückt. *Fähe* war die Bezeichnung für einen weiblichen Fuchs. Ihr Großvater, ein passionierter Jäger, hatte ihr diesen Namen verpasst. Alexander hatte *Füchsin* daraus gemacht. Diese Bezeichnung passte zu der Rechtsmedizinerin, sie war schlau wie eine Füchsin, witterte Verdächtiges, bevor die Ermittler etwas Ungewöhnliches wahrnahmen. Sie war die Beste in ihrem Job. Das wussten alle.

Die Füchsin hob den Schal, der um Jessica Jürgens Hals geschlungen war, an. „Sie wurde erdrosselt." Sie deutete auf die Würgemale der Toten.

„Mit dem Schal?", kam schon die nächste Frage von Alexander.

„Den Striemen am Hals nach zu urteilen eher mit einem dünnen Seil oder einer Angelschnur."

„Trifft das auch auf Ihre Großmutter zu?“, machte sich nun Cosima bemerkbar.

Die Füchsin lüftete auch Ellen Hartmanns Schal. „Sieht so aus. Die Schals wurden wahrscheinlich nur als Zierde drapiert. Das passt zu dem Gesamtbild, das sich uns hier präsentiert. Ein netter Plausch beim Nachmittagskaffee.“

„Wurden sie hier umgebracht?“, wollte Jüngling wissen, der noch immer schockiert über die Entdeckung der beiden Toten schien.

„Ich vermute ja. Das wird euch sicher die Spusi beantworten können, wenn sie das Haus auf den Kopf gestellt haben.“

„Aber wie ist der Mann hier herein gekommen?“, fragte Cosima. „Es gibt keine Einbruchsspuren.“

„Sie haben ihm die Tür geöffnet, weil sie wahrscheinlich dachten, dass Jüngling davor steht“, erläuterte Eberstädter.

„Aber woher wusste er denn, dass Jüngling kommen wollte? Kann der Mann hellsehen?“ Alexander begriff das alles nicht.

Eberstädter hatte ein tragbares Telefon von seinem Festnetzanschluss genommen und den Deckel entfernt. „Hier, siehst du das kleine Mikrofon?“ Mit dem Zeigefinger deutete er auf ein winzig kleines Teil.

„Das gibt es doch nicht! Wie um alles in der Welt hat er das angestellt?“ Cosima sah ihren Kollegen schockiert an.

„Der muss vorher im Haus gewesen sein. Vielleicht als die Gitter an den Fenstern installiert oder die

Alarmanlage eingebaut wurden", mutmaßte Alexander. „Vielleicht hat er zu den Arbeitern gehört?"

„Stellt sich noch die Frage, warum die beiden Polizisten nicht gesehen haben, wer ins Haus ging. Die standen doch die ganze Zeit vor der Tür." Jüngling kam langsam wieder zu sich.

„Stimmt, das hätte Ihnen doch auffallen müssen, wenn hier jemand geklingelt oder das Grundstück betreten hätte", wandte sich Alexander an die beiden Polizeikommissare, die betroffene Gesichter machten.

„Wir können es uns nur so erklären, dass der Mann, während wir mit dem betrunkenen Randalierer beschäftigt waren, Zugang zum Haus bekommen hat", erklärte Günther Kopf.

„Ja, es kann nur so gewesen sein", bestätigte Hans-Werner Leicht. „Der Betrunkene hat uns eine ganze Weile beschäftigt, bis wir ihn endlich von der Fahrbahn gezogen hatten. In dieser Zeit waren wir abgelenkt."

„War das nur Zufall oder Absicht", sinnierte Alexander.

Cosima schnippte mit den Fingern. „Das kann kein Zufall gewesen sein. Der Betrunkene war wahrscheinlich nur ein Ablenkungsmanöver."

„Dann hat der Täter einen Helfer!", kam es wie aus der Pistole geschossen von Jüngling.

„Wo ist der Mann jetzt?", fragte Alexander an die Beamten.

„Den haben die Kollegen mit aufs Revier genommen. Wahrscheinlich ist er in der Ausnüchterungszelle, so zugedröhnt, wie der war." Ein Hauch Erleichterung stand auf Hans-Werner Leichts Gesicht.

„Ok, Jüngling und Eberstädter, ihr bleibt hier und kümmert euch um alles Weitere. Cosima und ich fahren aufs Revier. Sie kommen mit“, befahl Alexander Leicht und Kopf.

Alexander eilte aus dem Haus. Cosima blieb noch im Wintergarten. Etwas kam ihr seltsam vor, aber sie kam nicht darauf, was es war. Sie ging noch einmal durch den Raum, betrachtete die Leichen, schaute auf den Kaffeetisch, nahm jedes einzelne Detail in sich auf. Der Geruch von frisch aufgebrühten Kaffee und selbstgebackenem Apfelkuchen erreichte ihre Nase.

„Das ist es“, Cosima schnipste mit den Fingern. „Es riecht hier nach etwas. Aber ich weiß nicht nach was.“ Sie stellte sich hinter die toten Frauen, schnupperte an ihnen.

Parfüm ist es nicht, dachte Cosima. Wieder lief sie durch den Raum, den Kopf im Nacken, die Nase nach oben.

„Riechst du das nicht?“, sie sah die Rechtsmedizinerin fragend an.

Auch Eberstädter steckte die Nase in die Luft. Er ging um den Esstisch herum und blieb vor dem Stuhl, der vor dem dritten Kaffeegedeck stand, stehen. Er beugte sich vor und roch am Polster. „Hier ist es ganz deutlich zu riechen. Der Duft muss von der Person stammen, die hier gesessen hat.“

Kapitel 25

Georg verabschiedete sich früher als gewöhnlich von Angela. „Ich hab noch was vor. Bitte schließen Sie ab."

Ohne sein sonst übliches Lächeln für die junge Angestellte verließ er das Bürogebäude.

Auf dem Heimweg grübelte er weiter über die Ereignisse am Dienstagabend nach. Er hatte Marianne mitgeteilt, dass er die Beziehung zu ihr eine Weile ruhen lassen müsste. Sein Sohn Patrick hätte von der Affäre Wind bekommen und erpresste ihn damit.

„Wir warten eine Weile, dann können wir die Beziehung wieder aufnehmen", hatte er voller Überzeugung zu ihr gesagt, obwohl er selbst nicht an diese Lösung glaubte.

„Gib ihm doch einfach das Autohaus. Er muss dir dann eben jeden Monat eine vereinbarte Summe zahlen. Das ist doch so üblich", hatte sie ahnungslos erwidert.

„Schon, aber Patrick ist kein Verkäufer. Er kann nicht mit Kunden umgehen. Er würde den Autohandel ruinieren", hatte er sie aufgeklärt.

„Dann verkauf das Autohaus", hatte Marianne vorgeschlagen, „und trenne dich endlich von deiner Frau." Voller Hoffnung hatte sie ihn angesehen.

„Das geht nicht. Bettina gehören einundfünfzig Prozent an unserem Unternehmen. Ich könnte es nur mit ihrer Zustimmung aufgeben und die wird sie mir nie geben."

„Ich habe genug Geld. Wir könnten uns ein schönes Leben machen." Sie hatte nach seiner Hand gegriffen, doch er hatte sie ihr entzogen.

„Ich habe nicht mein ganzes Leben hart gearbeitet, um zuzusehen, wie mein bescheuerter Sohn mein Lebenswerk ruiniert", hatte er gröber als beabsichtigt geantwortet.

Marianne hatte ihn eine ganze Weile stumm angeschaut. Er hatte ihre Reaktion nicht einschätzen können. War sie traurig oder wütend, enttäuscht oder hoffnungslos?

„Dann ist das jetzt wohl das Ende unserer Beziehung." Marianne hatte angefangen zu weinen. Schließlich war sie aufgestanden. „Ich möchte jetzt alleine sein. Mach`s gut." Erhobenen Hauptes war sie aus dem Restaurant geeilt.

Wie ein geprügelter Hund war er noch eine ganze Weile am Tisch sitzen geblieben, in der Hoffnung, sie würde zurückkehren. Sie hatten sich noch nie gestritten.

Doch sie war nicht zurückgekehrt. Nach einer halben Stunde hatte er gezahlt und war nach Hause gefahren. Es tat ihm leid, dass der Abend auf diese Weise hatte enden müssen. Er hatte gehofft, dass sie Verständnis für ihn haben und ihm etwas Zeit lassen würde.

Auf dem Heimweg hatte er auf einen Anruf von ihr gewartet. Das hätte zu ihr gepasst. Doch das Telefon blieb stumm. Er war enttäuscht, dass sie sich auch am nächsten Tag nicht meldete.

Er war davon ausgegangen, dass sie es ihm nicht so leicht machen und ihn mit Anrufen bombardieren würde.

Doch da hatte er sich getäuscht.

Eigentlich war er froh gewesen, als Martin ihm das Armband gegeben hatte. Ermöglichte es ihm doch eine Kontaktaufnahme zu ihr. Doch auch die war kläglich gescheitert. Dabei machte er sich inzwischen Sorgen um sie und hätte gern gewusst, wie sie sich fühlte. Was war nur passiert? Warum war die Kripo in ihrem Haus?

Er fühlte sich überhaupt nicht wohl in seiner Haut.

Kapitel 26

Mehmet Yildirim schloss die Haustür auf.

„Hallo", rief er in den Flur. „Ist jemand daaaa?" Dieses Spiel wiederholte sich jeden Abend, wenn er nach Hause kam. Er liebte seine Kinder und seine Kinder liebten ihn.

„Papa, Papa!" Yasmin und Yanis kamen die Treppe herunter gerannt und drückten sich an den Vater.

„Der Ajax ist überfahren worden", teilten sie ihm lautstark mit. „Der hat aus der Nase geblutet." Die fünfjährigen Zwillinge standen aufgeregt vor ihm.

Seine Frau Petra erschien in der Diele. „Hallo, mein Schatz, wir können gleich essen." Sie strahlte ihren Mann an.

Petra und Mehmet waren seit zehn Jahren glücklich verheiratet. Obwohl ihre Eltern Petra gewarnt hatten, einen Türken zu heiraten, hatte sie sich durchgesetzt und war Mehmet gefolgt.

Auch seine Eltern waren zunächst nicht von einer deutschen Frau begeistert gewesen, doch nachdem das junge Paar bewiesen hatte, wie gut sie ihr Leben gestalteten, war Ruhe eingekehrt. Man respektierte sich.

Vor über fünf Jahren, als Petra mit den Zwillingen schwanger war, hatten sie das Haus neben Helmut Karger gekauft und es liebevoll renoviert. Es war ein richtiges Schmuckstück geworden. Als Schreiner war es ein Leichtes für den jungen Türken gewesen, alles nach ihren Vorstellungen aus- und umzubauen.

Sie hätten mit ihrem Leben auch zufrieden sein können, wenn nicht ihr Nachbar ständig Ärger machen würde. Sie konnten sich seine ablehnende Haltung nur damit erklären, dass er etwas gegen Ausländer hatte.

Dabei war Mehmet in Deutschland aufgewachsen und hatte nie den Türken gegeben. Er benahm sich höflich. Hilfsbereit eilte er zu den anderen Nachbarn, wenn ein Rollladengurt gerissen war oder ein Fenster nicht richtig schloss. Dem einen oder anderen in der Straße hatte er schon Möbel restauriert oder Holzdecken eingebaut.

Karl Friedrich König, sein anderer Nachbar hatte ihm sogar seine Freundschaft angeboten. Erst heute Mittag waren Helmut und er wieder aneinander geraten, weil Ajax sein Geschäft in Mehmets Vorgarten verrichtet hatte. Sein Herrchen war seelenruhig daneben stehen geblieben und hatte zugesehen. Seine an Helmut gerichtete Aufforderung, den Hundedreck mitzunehmen, hatte der Nachbar ignoriert.

„Was ist denn passiert?“, fragte Mehmet seine Frau.

„Du glaubst nicht, was heute hier los war! Die Polizei ist angerückt. Alle standen auf der Straße. Ajax lag blutend hinter Utas Auto auf dem Asphalt. Helmut hat sie beschuldigt, ihn überfahren zu haben.“

„Ach du schöne Scheiße“, durchfuhr es Mehmet. Ihm schoss ein Gedanke durch den Kopf. „Ich komme gleich wieder. Fangt schon mal an.“ Er eilte zur Tür hinaus.

Kapitel 27

In der geräumigen Wohnhalle stand eine große Vase mit Sonnenblumen. Seine Frau holte sie immer vom Acker des Erdbeerbauern. Entlang der Bahnstrecke, die von Butzbach nach Münzenberg führte, unterhielt er ein Feld mit den schönen Pflanzen. Dort konnte sich jeder gegen einen Obolus die Blumen selbst schneiden. Seine Frau liebte Sonnenblumen.

Sie hatte einen guten Geschmack, das Haus war schön und hell eingerichtet. Alles passte farblich zusammen. Die Möbel waren hochwertig, die Accessoires teuer, die Gemälde geschmackvoll. Eigentlich könnte man sich in dieser Umgebung wohl fühlen, wenn nicht seine Frau ihm ständig die Laune verderben würde.

Überall standen gerahmte Bilder herum, die sie und Patrick zeigten. Patrick als Baby, als Clown verkleidet, bei der Einschulung mit einer großen Zuckertüte, auf seinem ersten Fahrrad und bei der Übereichung des Abiturzeugnisses.

Im ganzen Haus war nur ein einziges Bild von Christoph zu finden. Das stand in der Bibliothek neben mehreren Bänden eines Nachschlagewerkes, das man früher in jedem Haushalt fand.

Es zeigte Christoph auf der obersten Stufe des Siegertreppchens anlässlich der Verleihung der Urkunde zum Hessenmeister.

Georg schlug Essensduft entgegen, als er die Tür hinter sich schloss. Es roch nach Rouladen und Rotkohl, seinem Lieblingsessen. Bettina war eine hervorragende Köchin und Hausfrau.

Sie kam ihm aus der Küche entgegen.

„Hallo, mein Lieber, da bist du ja. Wie war dein Tag? Hast du ein Auto verkauft?“ Sie nahm ihm das Jackett ab, hängte es in den großen Garderobenschrank, entnahm seine Hausschuhe und stellte sie vor ihm ab. Ohne eine Antwort auf ihre immer gleichen Fragen abzuwarten, sagte sie: „Das Essen ist fertig. Wasch dir bitte die Hände.“

Bettina eilte in ihren knöchellangen Hosen und einem cremefarbenen T-Shirt in die Küche. Er hörte sie mit Geschirr und Besteck klappern. Es war jeden Tag das Gleiche. Wenn er nach Hause kam, egal zu welcher Uhrzeit, war das Essen fertig. Diese jahrelange Routine ging ihm auf die Nerven.

Im Bad wusch er sich die Hände, betrachtete sich im Spiegel. Er sah immer noch gut aus. Die Mädels waren ihm früher scharenweise hinterhergelaufen. Er hätte an jedem Finger zehn haben können, stattdessen hatte er sich wegen des Geldes für Bettina entschieden. Dafür hatte er einen hohen Preis bezahlt.

Kapitel 28

„Mehmet, was machst du in der Garage? Wir warten mit dem Essen auf dich!“ Petra baute sich vor ihrem Mann auf, der unter dem Sprinter lag, den er für seine Schreinerei benötigte.

„Alles gut. Ich komme schon.“ Mehmet kam zum Vorschein. Er lachte seine Frau an. „Mann, bin ich froh. Ich dachte schon, ich hätte Ajax beim Ausfahren vom Grundstück überfahren.“

„Wie kommst du denn darauf?“, fragte Petra ihren Mann entgeistert.

„Als ich heute nach dem Mittagessen aus der Garage gefahren bin, gab es einen Widerstand. Als ihr mir das von Ajax erzählt habt, dachte ich, ich hätte den armen Kerl angefahren und ihn hilflos liegen lassen. Aber da nichts an den Reifen und am Unterboden zu sehen ist, halte ich das für unwahrscheinlich.“

Petra reichte ihrem Mann die Hand und zog ihn lachend auf die Beine. „Du hast die Mülltonne von Uta umgefahren. Das war alles. Ich habe es zufällig aus dem Fenster gesehen und bin gleich hin, um sie aufzuheben. Sie hat es noch nicht mal bemerkt.“

„Was ein Wunder ist. Dann muss sie auf dem Klo gewesen sein. Wie hätte sie so etwas sonst übersehen können, wo sie doch immer am Fenster hängt oder hinter den Büschen lauert?“, flachste Mehmet.

„Red Ihr über misch?“, hörten sie plötzlich ihre Nachbarin sagen. Erschrocken drehten sie sich um.

„Hallo, Uta, nein, wie kommst du denn darauf?" Mehmet verdrehte die Augen. Ihm war klar, dass Uta mal wieder gelauscht haben musste. Warum sonst sollte sie auf einmal hier auftauchen?

„Wenn isch den erwisch, der mir das anhänge will, bringe ich ihn um", ereiferte sich Uta.

„Warst du schon bei Bettina?", fragte Petra. „Du wolltest sie doch fragen, wer mit ihrem Mercedes davongerauscht ist."

„Bedina kann des nett gewese sein", schwörte Uta. „Gisla muss sich täusche. Außerdem will ich mich nett mitter anlege."

„Meinst du mit ihr oder mit ihrem Mann?", fragte Petra.

Mehmet blickte von Petra zu Uta. „Kann mich mal einer aufklären, um was es hier geht?"

Petra ergriff das Wort, bevor Uta antworten konnte. „Gisla hat uns erzählt, dass der Sportwagen von Bettina heute Mittag in der Ober-Hörgerner-Straße so die Kurve geschnitten hat, dass er beinahe in ihr Auto gedonnert wäre. Das könnte bedeuten, dass Bettina zu schnell unterwegs war und den armen Ajax umgefahren hat."

„Des glaub ich nett", nahm Uta ihre Nachbarin in Schutz. „Außerdem hat Gisla doch gesacht, dass sie nett sicher iss, wer am Steuer gesesse hat. Sie maint, en junge Mann gesehn zu habbe."

„Na, der dicke Patrick wird es ja wohl kaum gewesen sein. Der kommt doch gar nicht in den Sportwagen rein, so fett wie der ist", überlegte Mehmet.

„Und erst recht nicht wieder hinaus!“ Petra lachte.

„Ich find noch raus, wer des war. Da könnt ihr Eusch druff verlasse“, versprach Uta und verschwand.

Kapitel 29

Alexander stoppte den BMW hinter dem Fahrzeug der beiden Beamten vor der Polizeistation in Bad Vilbel.

„Erdmann, du bleibst im Auto“, befahl er dem traurig dreinblickenden Dackel beim Aussteigen.

„Der wird in den nächsten Tagen wohl bei Stückchen bleiben müssen“, bedauerte Cosima, „armes Dackelchen.“

„Er wird es überleben. Das geht nun mal nicht anders“, sagte Alexander über die Schulter hinweg. Er nahm immer zwei Stufen auf einmal. Cosima war bemüht, hinterherzukommen.

„Hallo, Kollegen“, begrüßte Alexander die wachhabenden Beamten. „Wo habt Ihr den Randalierer geparkt?“

„Den haben wir nach Hause gebracht“, erklärte ihm der Beamte hinter dem Tresen.

„Wie das denn?“, fragte Leicht verblüfft. „Der war doch hackevoll. Der konnte keinen Schritt alleine gehen. Wie könnt ihr den denn alleine lassen?“

„Wir haben einen Alkoholtest gemacht. Der hatte nur geringe Mengen Alkohol im Blut. Von volltrunken war er weit entfernt.“

„Das kann nicht sein, der hat doch wie eine ganze Kneipe gerochen!“, kam es nun von Kopf. „Mir war richtig schlecht von dem Gestank.“

„Der hat sich in der Kneipe wohl ein Bier über die Jacke gekippt. Ist ein bisschen klapprig gewesen, der

Gute“, antwortete der Beamte. „Er hat uns erklärt, dass er vor lauter Hunger einen Schwächeanfall hatte. Obendrein müsse er Tabletten nehmen, die ihn manchmal aggressiv machten. Es ging ihm schon wieder besser“, berichtete er den staunenden Kommissaren. „Wir hatten keinen Grund, ihn länger festzuhalten.“

„Das gibt es doch nicht!“, wütete Kopf, der mit der flachen Hand auf den Tresen schlug. „Der Typ hat uns verarscht!“

„Ihr habt aber schon seine Personalien aufgenommen?“, fragte Alexander.

„Klar, wir haben seine Adresse und seine Aussage zu Protokoll genommen. Er hat sich mehrmals entschuldigt. Dem war das offensichtlich ganz schön peinlich.“

„Hat er euch seinen Ausweis gezeigt?“, hakte Leicht nach.

„Er hatte keinen dabei. Aber wir haben gleich bei der Stadtverwaltung die Adresse überprüft. Der Mann ist dort gemeldet. Außerdem haben wir ihn persönlich nach Hause gebracht. Wir konnten ihn in dem Zustand schließlich nicht alleine gehen lassen.“

Alexander schüttelte den Kopf. „Wie ist die Adresse des Mannes?“ Er streckte die Hand in Richtung Tresen, bewegte seine Finger auffordernd. Der Beamte reichte ihm einen Zettel mit der Adresse.

„Halt, Alexander“, Cosima stoppte ihren Kollegen, der schon im Begriff war zu gehen, „wir müssen erst mal wissen, wie der Mann aussieht. Könnt ihr den beschreiben?“

„Dick, nicht allzu groß, aufgedunsenes Gesicht, Dreitagebart, dreckige Klamotten, verwahrlost“, berichtete

Leicht der Kommissarin. „Sah aus wie ein Penner und hat auch so gerochen." Der Beamte griff sich an die Nase.

Alexander hatte offenbar genug gehört, vermutete Cosima. „Wir fahren zu der angegebenen Adresse." Er drehte sich auf dem Absatz um und verließ die Wache.

„Mannomann, was ist hier nur los?", motzte er auf dem Weg zum Auto.

„Beruhige dich. Die Kollegen konnten doch nicht wissen, dass der Mann unsere Leute ablenken sollte. Das haben wir ja auch noch nicht bestätigt. Vielleicht stellt sich alles nur als ein dummer, aber fataler Zufall heraus."

Alexander gab Gas. Mit quietschenden Reifen fuhr er an.

Er schlug wütend aufs Lenkrad. „Die können den doch nicht einfach so gehen lassen!"

„Haben sie auch nicht", unterbrach ihn Cosima. „Was sollen sie sonst machen? Du weißt doch selbst, wie das mit solchen Personen läuft. Sie haben keine Handhabe, sie länger festzuhalten."

Kapitel 30

Georg hatte kaum am Esstisch Platz genommen, als ihn seine Frau attackierte. „Dein Sohn war heute Mittag hier! Er hat mein Auto mitgenommen."

„Christoph ist auch dein Sohn. Es wäre nett, wenn du ihn endlich entsprechend behandeln würdest."

„Was will der hier?" Mit einer ihm völlig ungewohnten Energie trat sie ihm gegenüber.

„Ich habe ihn wegen des Autos zu dir geschickt. Du brauchst es ja nicht."

„Er hat seinen fahrbaren Untersatz", sie rümpfte abfällig die Nase bei dem Ausdruck, „in der Garage abgestellt und sich ziemlich lange dort aufgehalten. Ich frage mich, was er da gemacht hat."

„Woher soll ich das wissen?" Georg kaute lustlos auf dem Fleisch herum. Normalerweise genoss er das Essen seiner Frau. Ihre Kochkünste waren das Einzige, was er an ihr schätzte. Doch heute geisterten ihm zu viele Gedanken durch den Kopf.

„War sonst noch was?", fragte er Bettina scheinheilig.

„Nein, was soll gewesen sein? Ich war den ganzen Mittag im Keller und habe sauber gemacht. Aber das interessiert dich ja sicher nicht", sagte sie vorwurfsvoll.

„Hat Christoph was gesagt?", hakte er vorsichtshalber noch einmal nach und schob den Teller weg.

„Nein, wir haben nicht lange miteinander gesprochen. Was will er überhaupt hier?" In ihrem ganzen Gehabe lag Abneigung und Hass. Georg wusste, warum seine Frau ihren Zweitgeborenen hasste. Dass sie Christoph so unter seiner Verfehlung leiden ließ, machte ihn betroffen. Er wünschte, es wäre alles anders gekommen.

„Er kommt wieder in die Wetterau. Er hat eine Freundin hier." Georg erhob sich von seinem Platz.

„Um Gottes willen, bloß das nicht!", entrüstete sich Bettina und hob die Hände flehend an die Decke. *Warum musste sie immer so theatralisch sein?*, dachte Georg genervt.

„Du wirst dich daran gewöhnen müssen. Er gehört genauso zur Familie wie dein verwöhntes Söhnchen Patrick."

„Daran werde ich mich nie gewöhnen", zischte sie.

„Ich geh noch mal zu Helli", verkündete er. Durch die Terrassentür verließ er das Haus und schlüpfte durch die Öffnung in der Hecke auf das angrenzende Grundstück. Helli war ihm an Intellekt weit unterlegen, aber das störte Georg nicht. Der Nachbar war ihm treu ergeben, erledigte Dinge für ihn, die er selbst nicht tun konnte.

Zudem war Georg froh, seiner Frau zu entkommen. Es war mit ihr nicht auszuhalten. Wie sollte das alles nur enden?

Er fand seinen Freund im Garten vor. Helli war damit beschäftigt, eine Grube zu schaufeln. Das Loch war bereits ziemlich tief. Neben dem Aushub lag Ajax.

„Was machst du denn da, Helli?", fragte er den Freund.

Helli drehte sich erschrocken um. Er war so in seine Arbeit vertieft, dass er Georg offenbar nicht hatte kommen hören.

„Hallo, Schorsch, ich will Ajax begrabe. Jemand hat ihn heut Middag dudgefohrn", kam es traurig von dem grobschlächtigen Mann, der in seinem karierten Hemd wie ein Bauarbeiter aussah.

„Das tut mir leid", mimte Georg den Überraschten. „Wer macht denn so was?"

„Kei Ahnung nett." Helli wackelte mit dem Kopf, „Die Bolizei war aach da. Abba die habbe nix gefunne. Bei deiner Frau habbe se aach geklingelt. Abba da hat niemand uffgemacht. Die war wol nett daham?" Helli sah Georg fragend von der Seite an.

Georg ging nicht darauf ein. „Du kannst das Tier nicht hier vergraben. Das zieht doch Ratten und Ungeziefer an."

„Ei was soll ich dann sonst mit dem arme Dier mache?" Helli war den Tränen nahe. Das überraschte Georg nicht. Er wusste, dass Helli von Grund auf ein gutmütiger Mensch war. Es war das Schicksal, dass ihn zu einem Ekel hatte werden lassen. Ihm wurde das Liebste genommen: sein einziger Sohn. Seitdem liebte er nur noch den Hund, der sein Ein und Alles war.

Nach dem Tod seines Sohnes hatte sich Helli den ersten Schäferhund zugelegt. Die Beschäftigung mit dem Tier hatte ihn von seiner Trauer abgelenkt und über den Verlust von Florian hinweggetröstet. Ajax war bereits der zweite Schäferhund. Nun war auch er tot.

„Hör zu, ich besorge dir einen neuen. Ich habe einen Kunden, der Schäferhunde züchtet. Den rufe ich gleich morgen an. Wenn der keinen Welpen hat, kann er vielleicht woanders einen besorgen."

„Me kann doch so e Dier nett einfach so ausdausche." Helli weinte nun.

„Das sollst du doch auch nicht", versuchte Georg den trauernden Freund zu besänftigen. „Hör jetzt mal mit der Buddelei auf. Du kannst Ajax hier nicht beerdigen", wiederholte Georg. „Ich kümmere mich drum und lasse ihn abholen".

Helli sah den Freund aus geröteten Augen an. „Wenn isch disch nett hätt, isch weiß nett, wie isch all des hätt überstehe solle in de letzt Johrn."

Oder dir wäre vieles erspart geblieben, dachte Georg.

Er legte Helli tröstend die Hand auf die Schulter. „Ist schon in Ordnung, alter Freund." Er wunderte sich selbst über seine schauspielerischen Fähigkeiten.

„Willste e Bier?" Hellis Gesicht nahm einen entspannten Ausdruck an. Georg wusste, dass der Freund bei einem Bier gern über seine Sorgen redete. Obwohl er heute nicht dazu aufgelegt war, wollte er etwas bei Helli im Garten sitzen bleiben.

Kapitel 31

Bettina sah ihrem Mann nach. Blanker Hass brodelte in ihr. Sie wusste, dass er sie für eine langweilige, minderwertige Person hielt, der er außer der Haushaltsführung nicht viel zutraute. Sie wusste auch, dass er sich an ihrer Liebe zu ihrem Erstgeborenen störte. Dass sie für Christoph nichts empfinden konnte, war allein seine Schuld.

Sie hatte Georg geheiratet, weil ihr Vater es so gewollt hatte. Er brauchte einen Nachfolger für sein Unternehmen. Der junge Kfz-Mechaniker Georg kam ihm da gerade recht. Er war hervorragend ausgebildet, fleißig und liebte seinen Beruf.

Bettina war nicht abgeneigt, den gut aussehenden Georg zu heiraten. Sie war immer schon ein graues Mäuschen gewesen, wusste, dass sie unter normalen Umständen wahrscheinlich keinen attraktiven Mann finden würde. Außerdem wollte sie immer nur Ehefrau und Mutter sein. Darin sah sie die Erfüllung ihres Lebens.

Anfangs war auch alles gut gelaufen. Die ehelichen Pflichten ließ sie über sich ergehen, obwohl es ihr keine Freude bereitete. Kurz nach der Hochzeit wurde sie schwanger. Nach einer neunmonatigen komplizieren Schwangerschaft kam Patrick endlich auf die Welt. Sie hatte über dreißig Stunden in den Wehen gelegen, war danach total erschöpft und brauchte Wochen, um sich von der schweren Geburt zu erholen.

Aber sie liebte Patrick vom ersten Moment an, kümmerte sich nur noch um ihn und vernachlässigte dabei ihren Mann. Sie führte zwar den Haushalt, ging ihm aber sonst aus dem Weg. Auf ein intimes Zusammensein mit ihm verspürte sie kein Verlangen.

Nach einer Zeit der Schonung nahm sich Georg gewaltsam, was er brauchte. Er bedrängte sie immer wieder wild und zügellos.

Als Bettina erfuhr, dass sie erneut schwanger war, hasste sie dieses Kind. Wenn ihr Glaube sie nicht daran gehindert hätte, wäre Christoph niemals auf die Welt gekommen.

Ihre Mutter nahm sich des Neugeborenen an, andernfalls wäre ihr Zweitgeborener wahrscheinlich emotional und körperlich verhungert.

Alle glaubten, Bettina leide unter einer ausgeprägten Wochenbettdepression. Niemand konnte sich erklären, warum sie Christoph ablehnte.

Sie behandelte ihn nicht schlecht, sorgte für ihn, fand aber weder ein liebes oder tröstendes Wort für den heranwachsenden Jungen, noch nahm sie ihn in den Arm. Die Großmutter und Georg kümmerten sich, so gut es ging, um ihn.

Als die Großmutter starb, war Christoph viel mit Florian zusammen. Sie wurden beste Freunde. Siglinde kümmerte sich um ihn wie um einen eigenen Sohn.

Bettina war danach nie wieder intim mit ihrem Mann gewesen. Gleich nach der Geburt hatte sie sich ein zweites Schlafzimmer eingerichtet, angeblich, um ihren Mann nicht zu stören. Sie wusste, dass Georg immer wieder Affären hatte. Aber das hatte sie bisher nicht gestört.

Kapitel 32

Cosima ließ ihren Zeigefinger über die Klingelleiste des Mehrfamilienhauses gleiten. Zwölf Klingelknöpfe waren untereinander angebracht. Daneben fand sie die dazugehörigen Namen auf weißen Schildern. Albert Mair. Sie drückte den Knopf.

„Ja bitte?“, hörten sie wenig später eine zittrige Stimme aus dem Lautsprecher.

„Herr Mair, hier ist die Kripo. Bitte lassen Sie uns herein.“ Der Summer ertönte. Alexander drückte mit der flachen Hand das Portal auf. Sie hörten, wie sich weiter oben im Haus eine Tür öffnete.

„Hallo, hier im dritten Stock. Sie müssen die Treppe nehmen. Der Aufzug funktioniert schon seit Tagen nicht.“

Cosima war sich sicher, dass sie einen älteren Mann in der Wohnung vorfinden würden, der aus reinem Gehorsam geöffnet hatte. Jüngere Menschen ließen sie nicht so schnell ins Haus. Da kam meistens erst die Frage, um was es ging und, ob man sich ausweisen konnte.

Alexander war ihr wie immer voraus. Cosima wunderte sich, wie er das aushielt. Er war auch am Ende eines Tages, ohne etwas gegessen zu haben, noch topfit, während sie begann, schlapp zu machen. Sie hatte Hunger, sehnte sich nach einer Pizza und einem Glas Rotwein vor dem Kamin – und vor allem nach Ruhe. Sie wollte über den Stalker nachdenken. Zu ihrer Beruhigung waren vorerst keine weiteren Anrufe auf ihrem Handy eingegangen.

„Hallo, Herr Mair, ich bin Alexander Henneberg von der Kripo in Friedberg“, hörte sie ihren Kollegen sagen.

Im Türrahmen erwartete sie ein schmächtiger Mann in Anzug und Krawatte. Er sah aus, als wollte er gerade ins Büro gehen.

„Können wir mit Ihnen sprechen?“ Alexander hielt dem Mann seinen Ausweis vor das Gesicht.

Herr Mair öffnete die Tür ganz und ließ die Kommissare in die Wohnung. Die Luft roch abgestanden.

Im Wohnzimmer, das noch im Stil der siebziger Jahre eingerichtet war, lief der Fernseher: ein alter Röhrenapparat. Der Sprecher der Heute-Sendung beendete gerade seinen Part und übergab an den Kollegen vom Sport. Auf dem Wohnzimmertisch stand eine Flasche Bier, ein Glas und ein Teller mit einem angebissenen Käsebrot.

„Kommen Sie doch herein. Ich wollte gerade zu Abend essen.

Darf ich Ihnen etwas zum Trinken anbieten?“, sein Blick wechselte von Alexander zu Cosima.

„Wir wollen Sie nicht lange stören, Herr Mair“, versicherte Cosima ihm. „Es geht nur um eine Personenüberprüfung. Sie sind doch Herr Mair, Herr Albert Mair?“

„Ja, wollen Sie meinen Ausweis sehen?“ Er holte seine Brieftasche aus der Innenseite seines Jacketts hervor und zog den Ausweis heraus. Cosima prüfte ihn.

„Um was geht es denn überhaupt?“, fragte Herr Mair freundlich.

„Es gab heute Nachmittag einen Vorfall in der Stadt“, Alexanders Stimme nahm nun einen berufsmäßigen Ton an.

„Ich war heute nicht in der Stadt“, unterbrach ihn Mair sofort. „Seit meine Frau tot ist, fahre ich nur einmal in der Woche zum Einkaufen. Immer freitags.“

„Leben Sie allein in der Wohnung?“, mischte sich nun Cosima ein und sah sich um.

„Ja, leider, seit meine Frau tot ist.“

„Haben Sie Kinder, die Sie ab und zu besuchen?“, hakte Cosima nach.

„Leider nein. Das war uns nicht vergönnt“, kam es traurig von dem alten Mann.

„Haben Sie heute noch was vor?“, fragte Cosima mit Blick auf Mairs Anzug.

„Nein, wieso?“ Mair sah die Kommissarin irritiert an.

„Na ja, weil Sie einen Anzug tragen“, meinte Cosima.

Mair lachte verlegen. „Ich war Buchhalter und musste immer im Anzug und mit Krawatte in der Firma erscheinen. Diese Angewohnheit habe ich auch nach meiner Verrentung nicht abgelegt“.

„Na gut, das war es auch schon. Entschuldigen Sie bitte die Störung.“ Alexander stand auf und ging zum Ausgang.

„Auf Wiedersehen, Herr Mair“, verabschiedete sich Cosima freundlich.

Herr Mair schloss enttäuscht die Tür hinter den Kommissaren. Seit dem Tod seiner Frau bekam er nur selten jemanden zu Gesicht. Die Freunde waren entweder dement oder bereits verstorben. Außer seinem Neffen, der ab und zu auf ein Bier vorbeikam, hatte er keine Gesellschaft. Hätte er seinen Neffen erwähnen sollen?

Kapitel 33

Es war bereits zweiundzwanzig Uhr, als Cosima mit einem Pizzakarton zu Hause ankam. Hunger wütete in ihren Gedärmen. Ungeduldig steckte sie den Schlüssel ins Schloss. Die Tür sprang auf. *Sonderbar*, dachte sie. Die Haustür war nur ins Schloss gezogen, aber nicht abgeschlossen gewesen. Hatte sie heute Morgen vergessen, den Schlüssel zweimal umzudrehen? Das vergaß sie eigentlich nie, schon gar nicht, seit sie von dem Stalker wusste.

Sie ging ins Haus. Hier war alles unverändert. Unterwegs hatte sie bei ihrem Lieblingsitaliener gehalten und eine Pizza Toni mit extra scharfer Salami bestellt.

Walter, der Besitzer der Pizzeria, hätte ihr auch nachts um drei Uhr eine *Mafiatorte*, wie Alexander Cosimas Lieblingsspeise nannte, gemacht. Die Tre Stelle in Gambach war ihre zweite Heimat geworden. Wann immer sie Zeit hatte, saß sie dort bei einem Glas Rotwein. Manchmal ging sie nur dorthin, um mit Angela, Walters Frau, zu plaudern. Das lenkte Cosima ab und vertrieb ihre düsteren Gedanken nach einem harten Arbeitstag.

Heute hatte sie den Grappa, der ihr während der Wartezeit angeboten wurde, abgelehnt. Ihr Hungergefühl verbot ihr den Genuss des italienischen Traditionsgetränks. Sie wäre sonst wahrscheinlich volltrunken umgekippt.

Cosimas Blick fiel auf ihren Anrufbeantworter. Er blinkte wie verrückt. Sie konnte sich vorstellen, wer auf das Band gesprochen hatte, wollte sich jedoch erst in Ruhe die Pizza gönnen.

Kapitel 34

Alexander war zu Fuß auf dem Weg ins Präsidium im Grünen Weg. Erdmann lief ihm, die Nase am Boden, voraus.

Er genoss den lauen Spätsommermorgen und bereitete sich gedanklich auf den Tag vor. Der neue Fall beanspruchte seine volle Aufmerksamkeit. Erdmann würde wieder das Nachsehen haben. Entweder musste er bei Stückchen im Kommissariat bleiben oder im Auto auf ihn warten. *Das ist kein Hundeleben,* dachte er.

Seit seine Mutter vor fünf Jahren verstorben war, musste er sich um den quirligen Rauhaardackel kümmern, dessen Temperament ungebremst war. So oft wie möglich lief er mit ihm im nahen Feld spazieren. Doch viel zu häufig musste Erdmann im Büro zurückbleiben, wo ihn Stückchen in ihre Obhut nahm. Sie liebte den niedlichen Kerl, das wusste Alexander, aber sie verwöhnte ihn auch mit zu vielen Leckerlis, die Erdmanns Figur und auch seiner Verdauung nicht immer bekamen.

Stückchen konnte auch nicht ständig ein Auge auf ihn haben und merkte manchmal nicht, wenn der Dackel seine Höhle unter ihrem Schreibtisch verließ und im Präsidium herumschnüffelte. Dabei war er stets auf der Suche nach Wurstbroten und Schokoriegeln, die die Kollegen zur Arbeit mitbrachten.

Wenn er nicht fündig wurde, gab er sich auch mit Erde zufrieden, die er aus den großen Blumenkübeln auf dem Flur buddelte, oder zerfetzte Flyer, die er auf den Beistelltischen und Regalen fand. Vor ihm war kein Mülleimer sicher und bei seinen Ausflügen sprang er auch gern auf die Schreibtische.

Quietschend fand man ihn dann auf der Tischplatte vor dem Computerbildschirm, die er nicht mehr verlassen konnte, weil der Schreibtischstuhl durch seinen Sprung weggerollt war. Zuvor war er jedoch ausgiebig auf der Tastatur herumgetrampelt und hatte so schon den einen oder anderen PC zum Absturz gebracht. Wenn der Ruf nach „Eberstädter“ erklang, wussten alle Kollegen, dass Erdmann mal wieder zugeschlagen hatte und Eberstädter, der IT-Spezialist, die abgestürzten Systeme wieder hochfahren musste.

Aber keiner der Kollegen hatte je verlangt, dass Erdmann zu Hause blieb. Er war so etwas wie ein Maskottchen im Präsidium geworden. Am Eingang wurde er vom Pförtner mit Hundekuchen empfangen und aus den offen stehenden Bürotüren wurde er freudig begrüßt. Mitunter fand er auch einen der Beamten, der fünf Minuten Zeit opferte, um Erdmann zu kraulen.

„Guten Morgen, Stückchen“, rief Alexander seiner Sekretärin zu. „Kannst du heute auf Erdmann aufpassen?“

„Was für eine Frage!“, kam es freundlich zurück.

Erdmann war bereits auf dem Weg in Stückchens Büro und legte sich brummend auf einer weichen Decke in seine Höhle. Wenig später war ein gleichmäßiges Atemgeräusch zu hören, das bald in ein lautes Schnarchen überging.

Alexander ging in den Besprechungsraum. Die Kollegen warteten schon auf ihn. Cosima machte einen müden Eindruck. Um ihre Augen hatten sich Krähenfüße gebildet.

Auch Jüngling und Eberstädter wirkten schläfrig.

„Hallo Kollegen, ihr seht aus, als hättet Ihr richtig gut ausgeschlafen", frotzelte Alexander.

„Es ist gestern Abend ziemlich spät geworden", maulte Jüngling. „Es hat ewig gedauert, bis der Staatsanwalt aufgetaucht ist und die Leichen freigegeben hat."

„Was hat die Spurensicherung bis jetzt herausgefunden?" Erster Kriminalhauptkommissar Wortmann hatte Alexander die Leitung der Ermittlungen übertragen.

„Mit ziemlicher Sicherheit sind die beiden Frauen im Wintergarten erdrosselt worden", berichtete Jüngling.

„Gibt es Abwehr- oder Kampfspuren?", wollte Cosima wissen.

„Keine, was darauf schließen lässt, dass die beiden betäubt wurden, bevor man sie getötet hat", kam es nun von Eberstädter.

„Das gibt es doch nicht!", empörte sich Cosima, „Wie hat er ihnen denn das Betäubungsmittel verabreicht?"

„Vermutlich mit dem Kaffee", warf Eberstädter ein.

„Wir müssen das ganze Haus auf den Kopf stellen und nach Fingerabdrücken suchen. Jedem noch so kleinen Hinweis muss nachgegangen werden!" Alexander nahm die Aufgabenverteilung vor.

„Jüngling, du befragst die Kollegen Kopf und Leicht erneut nach dem Vorfall mit diesem Randalierer. Sorge dafür, dass ein Phantombild des Mannes erstellt wird. Anschließend veranlasst du die Fahndung."

Jüngling nickte.

„Hat die Verkehrskontrolle gestern etwas gebracht? Hat man den Motorradfahrer aufspüren können?“, fragte Alexander die Kollegen weiter aus.

„Nichts Auffälliges“, antwortete Eberstädter. „Als wir die Überprüfung der Fahrzeuge eingeleitet haben, war der Motorradfahrer sicher längst abgetaucht.“

„Jüngling, frage die Kollegen Kopf und Leicht trotzdem noch einmal, ob ihnen zur fraglichen Zeit ein Motorrad aufgefallen ist“, orderte Alexander an.

„Eberstädter, du kümmerst dich um die Alarmanlage und die Telefone im Haus. Finde heraus, wer die Anlage installiert hat.“

„Wenn es recht ist, schau ich mir auch mal den Computer an“, erwiderte Eberstädter.

„Du kannst alles machen, was uns weiterhilft“, entgegnete Alexander.

„Außerdem sollen die Kollegen in Bad Vilbel die Nachbarn befragen, ob ihnen etwas Ungewöhnliches aufgefallen ist“, wandte er sich nun erneut an Jüngling.

„Was machen wir?“, fragte Cosima und schaute Alexander an.

„Du klemmst dich noch mal ans Telefon und sprichst mit deinem ehemaligen Studienkollegen, diesem Profiler. Vielleicht kriegst du noch was aus dem raus. Dann setz dich bitte mit der Füchsin in Verbindung. Sie soll sich mit der Obduktion beeilen. Wir müssen wissen, welches Betäubungsmittel den Frauen verabreicht wurde. Vielleicht kommen wir dem Täter so auf die Spur. Ich werde mir die Akten noch einmal genau anschauen. Irgendwo muss ein Hinweis zu finden sein“, erklärte Alexander. „Wir treffen uns später in Bad Vilbel. Wir brauchen Informationen zu Verwandten und Freunden von Frau Hartmann."

Jüngling und Eberstädter verließen den Raum. Cosima gähnte ausgiebig.

„Was ist los?" Besorgt blickte Alexander seine Kollegin an. „Hast du heute Nacht nicht genügend Schlaf bekommen?"

„Mein Telefon hat mich mehrfach aus dem Schlaf gerissen. Wenn ich ran gegangen bin, war nur lautes Atmen zu hören. Irgendwann habe ich den Stecker gezogen."

„So ein Mist!", schimpfte Alexander. „Noch was?", fragte er, als er den gequälten Gesichtsausdruck von Cosima bemerkte.

„Der hat mittags meinen Anrufbeantworter vollgelabert. So eine gequirlte Scheiße habe ich in meinem ganzen Leben noch nicht gehört." Cosima stand auf. „Aber das erzähle ich dir auf dem Weg nach Bad Vilbel. Jetzt werde ich erst mal Michael anrufen."

Kapitel 35

Angela trippelte vor den beiden Männern den Gang entlang. Sie klopfte an die Tür des Büros des Seniorchefs, der heute noch nicht seinen Arbeitsplatz verlassen hatte. Das war sehr ungewöhnlich für ihn. Normalerweise ging er nach dem Kaffee und dem Lesen der Tageszeitung in die Werkstatt, um zu sehen, wie die Reparaturarbeiten an den teuren Fahrzeugen seiner Kunden vorangingen, und fragte nach Ersatzteilen und Speziallieferungen von Einbauteilen und Lacken. Er empfing Kunden zu einem persönlichen Gespräch oder machte Probefahrten mit ihnen. Doch heute Morgen hatte er alle Termine absagen lassen. Das hatte Angela während ihrer dreijährigen Tätigkeit noch nicht erlebt.

Sie öffnete die Tür. Ihr Chef saß hinter dem Schreibtisch und starrte zum Fenster hinaus. „Hier sind zwei Herren, die Sie sprechen möchten."

„Ich habe doch gesagt, dass ich heute nicht gestört werden möchte", raunzte er Angela an.

„Aber die Herren lassen sich nicht abwimmeln. Ich glaube, es ist wichtig, Chef." Steinwedel erhob sich und kam um den Schreibtisch herum. „Guten Tag, kommen Sie herein", begrüßte er die Männer mit ausgestreckter Hand. „Ab sofort keine Unterbrechung mehr, Angela", sagte Georg Steinwedel unmissverständlich. Es war offensichtlich, dass der Seniorchef wusste, wen er vor sich hatte.

Kapitel 36

Angela zog die Tür hinter sich zu, blieb aber draußen stehen und legte das Ohr ans Holz.

„Guten Morgen, Herr Steinwedel“, hörte sie einen der Männer sagen. „Wir sind Heiko Schäfermann und Nikolas Kleinschmidt von der Kripo in Alsfeld. Wir sind für den Vogelsbergkreis zuständig.“

„Bitte nehmen Sie doch Platz.“ Georg zeigte auf die Sessel vor seinem Schreibtisch. „Was kann ich für Sie tun? Hat einer meiner Kunden Ärger mit seinem Auto?“, vernahm Angela.

„Nicht das wir wüssten. Es geht um einen Todesfall“, erklärte einer der Kommissare.

„Herr Steinwedel, ist Ihnen eine Marianne Eisener bekannt?“, fragte nun die andere Stimme.

Es dauerte eine Weile, bis ihr Chef antwortete. „Ja, ich kenne sie. Sie ist eine Kundin von mir.“ Er räusperte sich. „Wieso?“

„Frau Eisener ist ums Leben gekommen.“ Wieder entstand eine Pause. Angela hätte zu gern gesehen, wie ihr Chef reagierte.

„Mein Gott, was ist passiert?“ Bestürzung lag in seiner Stimme.

„Sie wurde am Mittwochmorgen tot vor dem Turm in der Schlitzer Altstadt aufgefunden. Nach ersten Erkenntnissen ist sie aus großer Höhe gefallen.“

„Soll das heißen, sie ist herunter gesprungen?“, kam es schockiert von Georg Steinwedel.

„Das wissen wir nicht genau. Wir sind noch am Auswerten der Spuren."

„Was soll das bedeuten?"

„Na ja", kam es zögerlich von einem der beiden Kommissare, „es könnte auch sein, dass sie gestoßen wurde."

„Um Gottes willen, das glaube ich nicht!", krächzte Steinwedel. „Ich kann nicht glauben, dass sie gesprungen sein soll."

„Herr Steinwedel, wie gut kannten Sie Frau Eisener? War sie nur eine Kundin?"

„Darf ich erst mal fragen, wie Sie auf mich gekommen sind? Ist es üblich, dass man den Autohändler aufsucht, bei dem sie vor Jahren einen Wagen für ihren Mann gekauft hat?"

Georgs Stimme klang wieder fest. Er hatte sich offensichtlich gefangen.

„Natürlich nicht. Aber Sie haben gestern Nachmittag auf dem Handy von Frau Eisener angerufen und auf die Frage, was sie von ihr möchten, einfach wieder aufgelegt. Es war nicht schwer herauszufinden, wer sich hinter dem Anrufer verbirgt."

„Das war blöd von mir, aber ich war geschockt, als sich ein Kripobeamter anstelle von Frau Eisener gemeldet hat", versuchte sich Georg zu rechtfertigen.

„Also noch einmal: Wie gut kannten Sie Frau Eisener?", kam es nun in einem härteren Ton.

Georg antwortete nach einer kurzen Pause. „Ich will kein Geheimnis daraus machen. Sie finden es ja sowieso heraus. Frau Eisener und ich hatten eine Affäre." Er stockte.

„Wie lang ging das?“

„Seit ungefähr vier Jahren.“

„Hat die Liebesbeziehung zwischen Ihnen vor oder nach dem Unfalltod ihres Mannes begonnen?“

„Nachdem ihr Mann verstorben ist. Wieso fragen Sie mich das?“

Die Kommissare übergingen die Gegenfrage. „Trifft es zu, dass Sie Frau Eisener den Maserati verkauft haben, mit dem ihr Mann tödlich verunglückt ist?“

„Es war ein Geschenk von ihr zum fünfzigsten Geburtstag ihres Mannes. Es war tragisch, dass er sich kurze Zeit später mit dem Wagen überschlagen hat. Aber Sie kennen ja am besten die Straßen im Vogelsberg, die sind tückisch.“

„Ist es üblich, dass Sie verunfallte Autos abschleppen lassen?“

Angela blieb die Luft weg. Was wollten sie ihrem Chef da unterstellen?

„Natürlich nicht. Aber Frau Eisener hat mich darum gebeten.“

„Was haben Sie anschließend mit dem Fahrzeug gemacht?“

„Es stand so lange bei uns auf dem Hof, bis die Versicherung den Schaden abgewickelt hatte. Danach haben wir es verschrottet.“

„Wie wir den Unterlagen von Frau Eisener entnommen haben, hat Ihr Autohaus damals ein *Rundum-Sorglos-Paket* für den Wagen angeboten.“

„Das ist richtig. Das bieten wir den meisten unserer Kunden an. Aber was sollen diese Fragen? Ich denke, es geht um den Tod von Frau Eisener?“

„Was wollten Sie eigentlich von Frau Eisener, als Sie gestern angerufen haben?“, kam es bissig zurück

„Ich war am Dienstagabend mit ihr in Schlitz essen. Seitdem hatte ich nichts von ihr gehört. Ich wollte mich erkundigen, wie es ihr geht.“

„Wieso haben Sie sich erst am übernächsten Tag bei ihr gemeldet?“

„Wir haben nicht in der Regel jeden Tag miteinander telefoniert.“

„Warum haben Sie dann am Mittwoch versucht, sie mehrfach auf dem Handy anzurufen?“ Der Kommissar hatte Steinwedel eine Falle gestellt.

„Sie hat etwas in meinem Auto verloren. Das wollte ich ihr mitteilen. Damit sie sich keine Sorgen macht. Sie hat meine Anrufe nicht entgegengenommen.“ Steinwedels Stimme klang nun unhöflich. „Vermutlich wissen Sie das auch schon.“

„Im Moment haben wir keine weiteren Fragen an Sie. Wir möchten Sie bitten, sich zu unserer Verfügung zu halten.“ Angela hörte, wie Stuhlbeine über den Boden rutschten. Die Männer mussten aufgestanden sein. Sie eilte an den Tresen und setzte sich auf ihren Platz. Wenig später verließen die beiden Beamten das Autohaus.

Kurz darauf kam Patrick aus seinem Büro: „Wer war das eben?“, fragte er barsch.

Angela stellte sich ahnungslos. „Keine Ahnung, Herr Steinwedel. Da müssen Sie Ihren Vater fragen.“ Sie zuckte mit den Schultern und machte ein unschuldiges Gesicht.

Kapitel 37

Georg war in seinem Sessel sitzen geblieben. Er hatte sich nicht erhoben, um die Kommissare zu verabschieden. Ihm war bewusst, dass sein Verhalten sonderbar auf die beiden gewirkt haben musste. Aber wer würde bei der Überbringung der Todesnachricht eines geliebten Menschen nicht sonderbar reagieren?

Er hatte erst gar nicht versucht, seine Beziehung zu Marianne abzustreiten. Sie hätten es früher oder später sowieso erfahren. Mariannes Sohn wusste über ihre Beziehung Bescheid. Sie hatte es ihm erzählt und darum gebeten, zu akzeptieren, dass seine Mutter eine Affäre mit einem verheirateten Mann unterhielt. Ihr Sohn war zwar nicht begeistert gewesen, aber er machte seiner Mutter auch keine Vorhaltungen. Sie war schließlich alt genug und für sich selbst verantwortlich.

„Solange eure Beziehung nicht unserem Geschäft schadet, ist das für mich in Ordnung“, hatte er zu seiner Mutter gesagt. Ab und zu hatte Georg Mariannes Sohn auch getroffen. Sie waren keine Freunde geworden, aber respektierten sich gegenseitig.

Marianne hatte Georg auch ihre beste Freundin vorgestellt. Aber sonst, so hatte sie ihm geschworen, war niemand in ihr *süßes Geheimnis*, wie sie es nannte, eingeweiht worden. Sie wollte ihre Beziehung erst dann öffentlich machen, wenn Georg sich von seiner Frau trennte. Diese Hoffnung hatte sie wohl nie aufgegeben.

Seine Bitte, ihre Beziehung eine Weile ruhen zu lassen, musste sie am Dienstagabend in einen Schockzustand versetzt haben. Er konnte sich jedoch nicht erklären, was danach geschehen sein konnte. Marianne war eine starke Frau. Es passte nicht zu ihr, dass sie aus enttäuschter Liebe von einem Turm sprang. Aber wer hätte sie herunter stoßen sollen und warum? Das konnte er noch viel weniger nachvollziehen.

Ihm war schlecht. Er stand auf und schenkte sich einen Whisky ein. In einem großen Schluck kippte er den Alkohol herunter. Seine Kehle brannte, Tränen traten ihm in die Augen. Kurz schüttelte er sich. Dann spürte er, wie sich Wärme in seinem Körper ausbreitete. Aber die erhoffte Ruhe trat nicht ein. Sein Herz klopfte wild vor Aufregung.

Er dachte an Marianne, an ihre Liebe, die gemeinsamen Reisen, die teuren Hotels und die Einkäufe mit ihr. Ihm kamen Konzert- und Theaterbesuche in den Sinn, die vielen schönen Stunden zu zweit. Plötzlich fühlte er unendliche Trauer.

Mit Marianne hatte er die schönsten Jahre seines Lebens verbracht. Er konnte nicht glauben, dass das nun endgültig vorbei sein sollte, dass es nach der Unterbrechung keine zweite Chance mehr für sie gab.

Er sah seine Zukunft plötzlich in einem düsteren Licht und neben der Trauer spürte er auch Angst in sich aufsteigen. Zuviel war in den letzten zwei Tagen passiert. Er war nicht sicher, ob er all das in seiner üblichen Art bewältigen und unbeschadet davonkommen würde.

Kapitel 38

„Guten Morgen Michael, ich bin es noch einmal“, meldete sich Cosima bei ihrem ehemaligen Studienkollegen.

„Moin, moin, was war denn gestern los? Warum hast du mich einfach abgewürgt?“ Michael Hasenhecker lachte ins Telefon.

„Es ist etwas Furchtbares passiert“, antwortete Cosima kleinlaut. „Frau Jürgens und ihre Großmutter wurden umgebracht.“

„Ach du Scheiße!“, entwich es ihm.

„Wie konnte das denn passieren? Hatten die Frauen keinen Polizeischutz?“

„Ja. Nein.“ Cosima konnte ihre Gedanken nicht so schnell in Worte fassen.

„Was denn nun? Hatten Sie Polizeischutz oder nicht?“, verlangte Michael eine Antwort.

„Wir hatten zwei Polizisten in einem Zivilfahrzeug gegenüber postiert. Aber es gab einen Zwischenfall auf der Straße. Die Beamten waren abgelenkt. Das muss der Täter ausgenutzt und sich in der Zwischenzeit Zugang zum Haus verschafft haben.“

„Habe ich dir nicht gesagt, dass er sie umbringen wird?“

„Hast du“, stimmte Cosima traurig zu.

„Was war das für ein Vorfall?“, wollte Michael wissen. Cosima erzählte ihm nun die ganze Geschichte von dem Randalierer, dem Alkoholtest und dem Besuch bei Herrn Mair, dem angeblich betrunkenen Mann.

„Der hat euch ganz schön an der Nase herumgeführt."

„Das haben wir gemerkt. Der Mann muss sehr gerissen sein. Wir können nicht verstehen, wie er ins Haus gekommen ist."

„Untersucht das Haus auf Wanzen, Kameras, schaut euch den Computer an, falls es einen gibt. Der hackt diese Dinger. Nur so kann er an die Information gekommen sein, wo sich Frau Jürgens aufhält. Frau Jürgens' Anwalt hat uns versichert, dass außer ihm niemand von ihrer neuen Adresse wusste. Er hatte aber die ganze Abwicklung ihres Falls in seinen Computer eingegeben. Er hätte allerdings einen Rechner nehmen sollen, der nicht mit dem Internet verbunden ist. Vor allem, wenn man doch weiß, dass der Täter hacken kann. Aber so weit hat der Anwalt offensichtlich nicht gedacht."

„Habt ihr in Hamburg denn einen Hinweis auf einen Hacker, einen IT-Spezialisten?"

„Nicht den geringsten Hinweis. Wir sind jeder Spur nachgegangen, aber alle sind im Sande verlaufen. Wir haben uns in der Branche umgehört. Natürlich gibt es da jede Menge Spinner, die sich einen Spaß daraus machen, in Firmensysteme einzudringen, ganze Anlagen lahmzulegen, Bankcodes zu knacken und Konten auszurauben. Du glaubst nicht, was sich in dieser Beziehung alles auf dem Markt tut. Aber wir haben verdammt noch mal nicht herausgefunden, mit wem wir es zu tun haben."

„Michael, das macht mir Angst. Das ist eine neue Form von Kriminalität, der wir nicht gewachsen zu sein scheinen", beklagte sich Cosima.

„Da gebe ich dir Recht. Hier geht es nicht um Stalking. Hier geht es um Macht. Und noch was." Cosima war wie elektrisiert von Michaels warnendem Ton. „Jetzt, wo er die Frau getötet hat, wird er sich das nächste Opfer suchen."

Kapitel 39

Patrick ging ohne anzuklopfen in das Büro seines Vaters und baute sich vor dessen Schreibtisch auf. Er warf ihm die gestrige Ausgabe des Boulevardblatts mit den vier großen Buchstaben vor die Nase.

„Hier lies", befahl er.

„Was soll ich damit? Du weißt, dass ich dieses Schmierblatt nicht lese", erwiderte er wütend.

„Solltest du aber. Die Zeitung ist mir gestern Abend in die Hände gefallen. Schau mal auf die erste Seite", Patrick tippte mit dem Finger auf das Papier.

„Unfall oder Mord?", las Georg Steinwedel. „Frau mit zerschmetterten Gliedern aufgefunden. Austrägerin stößt beim Zustellen der Zeitung am frühen Mittwochmorgen auf eine blutüberströmte Leiche auf dem historischen Pflaster in der Altstadt von Schlitz."

Georg war entsetzt. Er las grundsätzlich nur den Wirtschaftsteil einer in Frankfurt ansässigen Tageszeitung und hörte abends die Nachrichten. Die Börsenkurse holte er sich aus dem Internet oder besprach sie mit seinem Finanzberater. Für Schauergeschichten, wie sie in bestimmten Medien zu finden waren, interessierte er sich nicht.

Er fuhr sich durchs Haar und sah seinen Sohn aus glasigen Augen an. „Was willst du Patrick?"

„Die Firma." Patricks Stimme triefte vor Hohn.

„Ich habe dir schon einmal gesagt, dass ich dir die Firma nicht überlasse. Du bist nicht für das Geschäft geeignet. Solange ich kann, werde ich hier auf meinem

Stuhl sitzen. Daran wirst du nichts ändern. Akzeptiere das endlich! Und jetzt verschwinde und stiehl mir nicht meine kostbare Zeit."

Patrick drehte sich um und ging zur Tür. Georg konnte es nicht erwarten, dass sein Sohn den Raum verließ. Er nahm ihm die Luft zum Atmen.

„Meinst du, ich will zusehen, wie die Firma unter deiner Leitung vor die Hunde geht?", rief Georg Steinwedel dem Davoneilenden hinterher.

„Wir werden ja noch sehen, wer hier vor die Hunde geht", schrie Patrick zurück.

Kapitel 40

Martin kam zur Tür herein. „Hallo, schöne Frau. Du siehst heute wieder toll aus", sagte er schmeichelnd zu Angela. Er wusste, dass die junge Frau für Komplimente empfänglich war.

„Guten Morgen, Herr Weiss-Alles." Angela betonte den Namen. „Was gibt es?"

„Ich muss zum Chef. Ist er da?" Martin ging um den Tresen herum und baute sich neben ihr auf.

Angela sprang auf. „Das geht jetzt nicht. Sein Sohn ist gerade drin. Kommen Sie später wieder."

„Es muss aber jetzt sein", gab Martin wichtigtuerisch zurück.

„Alles was unser Chef tut, ist wichtig", belehrte ihn die Empfangsdame. „Oder glauben Sie, er wäre sonst so erfolgreich in seinem Leben?"

„Wow, da hat wohl jemand ein Faible für den Senior?" Martin fuchtelte mit dem Zeigefinger vor ihrem Gesicht herum. „Der ist aber ein bisschen zu alt für unser Blondie." Er tätschelte ihren Po. Angela schlug nach ihm.

„Verschwinden Sie einfach und kommen Sie später wieder", zischte sie. Angela fasste Martin an der Schulter und schob ihn in Richtung Ausgang.

„Wir werden ja noch sehen, wer hier vor die Hunde geht", hörten sie den Juniorchef schreien. Eine Tür schlug knallend zu.

Martin und Angela sahen sich erschrocken an. „Dicke Luft in den heiligen Hallen", sagte Martin, „kein guter Zeitpunkt. Dann verschwinde ich mal lieber."

Kapitel 41

„Hey, Cosima. Kann ich dich kurz sprechen?"

„Hallo Juliane, klar komm doch rein. Hast du was über meinen unheimlichen Verehrer herausbekommen?" Cosima verdrehte die Augen.

„Leider nicht. Die Mädels haben sich umgehört. Aber keines kennt den. Zum Schluss waren auch nur noch die ganz Jungen da. Für die sind doch alle über Dreißig Grufties."

„Na danke auch. Dann bin ich ja mit meinen fast vierzig schon eine Mumie", grummelte Cosima.

„Was soll ich denn da mit meinen Anfang fünfzig sagen? Jeder ist so alt, wie er sich fühlt. Und ich fühle mich noch verdammt jung. Außerdem siehst du fantastisch aus und musst dich nicht hinter diesen Hühnern verstecken", versuchte Juliane, die Kommissarin aufzuheitern.

„Hast du noch was erfahren, zum Beispiel über sein Aussehen?"

„Die Mädels haben wieder betont, dass er ein Hingucker war: groß, schlank, sportlich, kurze dunkle Haare, attraktiv. Mehr nicht."

„Das passt auf ungefähr die Hälfte aller jungen Männer, die mir in der letzten Zeit über den Weg gelaufen sind", seufzte Cosima.

„Höre ich da etwa Verzweiflung in deiner Stimme?" Juliane sah die Freundin aufmerksam an.

Cosima warf den Kuli auf den Tisch. „Ach, ist doch wahr. Seit ich mich von meinem Ex getrennt habe, hat sich nicht ein Mann für mich interessiert. Und dann tut es ausgerechnet einer, der einen an der Klatsche hat."

Cosima hatte vor fünf Jahren herausgefunden, dass ihr Ehemann auch Männer liebte. Mit dieser Situation hatte sie nicht umgehen können und ihn sofort verlassen. Sie hatte nichts gegen eine gleichgeschlechtliche Liebe, aber sie konnte sich nicht vorstellen, ihren eigenen Mann mit einem anderen zu teilen. Die Scheidung war nach einem Jahr vollzogen worden, seitdem hatte sie nichts mehr von ihm gehört. Das schmerzte sie heute noch, sie hatte ihn wirklich geliebt.

„Hat sich dein unheimlicher Verehrer noch mal gemeldet?"

„Als ich gestern Abend nach Hause kam, war die Haustür nur ins Schloss gezogen, aber nicht abgeschlossen. Ich bin mir sicher, dass ich sie beim Verlassen des Hauses verriegelt habe."

„Hast du im Haus Spuren von ihm entdeckt?"

„Nee, aber der hat meinen Anrufbeantworter vollgelabert. Ich habe dann den Netzstecker gezogen, damit er mich nicht mehr belästigen kann."

„Hat er sich auf deinem Handy gemeldet?"

„Eberstädter hat mir ein neues besorgt. Du hast doch meine aktuelle Nummer?" Sie sah Juliane an.

„Klar. Der Mann ist echt fix. Was ist mit dem anderen Teil?"

„Hat Eberstädter. Aber da hat keiner mehr angerufen. Das ist doch komisch, findest du nicht?"

„Vielleicht hat der Typ schon die Lust an dir verloren."

„Hoffentlich, so etwas wie Frau Jürgens möchte ich nicht erleben."

„Die arme Frau.“ Juliane sah aus dem Fenster.

„Wenn du Hilfe brauchst, melde dich. Du weißt, du kannst jederzeit zu uns kommen. Notfalls kann ich dir auch Amiga ausleihen. Die schlägt jeden Eindringling in die Flucht.“ Julianes Appenzeller Sennhündin war ein liebes Tier, solange man sie nicht ärgerte oder unerlaubt Julianes Grundstück betrat. Sie wäre Cosima sicherlich eine große Hilfe.

„Mal nicht gleich den Teufel an die Wand.“

Kapitel 42

Helmut schaute dem Transporter des Tierbestatters traurig hinterher. Vor einer Viertelstunde hatte es an seiner Haustür geklingelt. Ein fremder Mann hatte sich höflich vorgestellt. „Guten Morgen, Herr Karger. Ich komme von der Tierbestattung."

Helmut war nur zu einem Nicken fähig. Siglinde erschien hinter ihrem Mann. „Guten Morgen, Se wolle de Ajax hole, nemm ich an."

„Guten Morgen, Frau Karger", begrüßte er sie freundlich. „Herr Steinwedel hat uns beauftragt. Wo ist denn Ihr Ajax?", fragte er mitfühlend.

„Komme se mit, der leiht in de Garasch." Siglinde ging schaukelnd voraus. Man merkte ihr deutlich die Schmerzen an, die ihr das Gehen bereitete.

Helmut war ihnen gefolgt und nahm nun die Decke von Ajax. Er hatte den Hund mit Georgs Hilfe am Vorabend in der Garage abgelegt.

„Was ist denn ihrem Liebling passiert?", fragte der Bestatter

„Er ist überfahren worden", antwortete Helmut traurig.

Der Bestatter, der den Hund mittlerweile aufgenommen hatte, sah Ajax Herrchen seltsam an.

„Komisch, da müsste er doch etwas gebrochen haben. Sind Sie sicher, dass er überfahren wurde?", hakte der Mann nach.

„Ganz sicher", seufzte Helmut.

„Wir werden Ihren Liebling verbrennen und Ihnen dann die Urne mit seiner Asche überbringen“, erklärte der Tierbestatter. Bei dieser Aussage schüttelte er fast unbemerkt den Kopf. In Helmuts Augen sammelten sich Tränen.

„Aber des könne mir uns nett leiste, mein Mann kriegt nur e klei Rente.“ Auch Siglinde wirkte ergriffen. Dem Tierbestatter waren solche Szenen wohl nicht unbekannt.

„Machen Sie sich keine Sorgen, Frau Karger. Herr Steinwedel übernimmt die Kosten“, beruhigte er die beiden.

„Ei, wieso das dann? Helmut, wast dou was defo?“

Helmut schwieg betreten. Er konnte seiner Frau nicht sagen, was der Freund am Vorabend angedeutet hatte.

Kapitel 43

Georg Steinwedel nahm den Telefonhörer in die Hand. Er blätterte in seinen Visitenkarten, bis er den Züchter gefunden hatte. Er bemühte sich, nach dem unerfreulichen Gespräch mit seinem Sohn in die Realität zurückzukehren.

Er wollte Helli einen neuen Schäferhund besorgen. Das war er ihm schuldig. Sein Freund war der felsenfesten Überzeugung, dass sein Hund überfahren wurde. Georg hatte ihn in dem Glauben gelassen und sich zum wiederholten Male Helmuts Lamento über den Tod seines Sohnes Florian angehört. Auch nach so vielen Jahren war sein Freund nicht über den grausamen und nie aufgeklärten Unfall hinweggekommen. Bis heute wusste er nicht, warum sein Sohn in den Tod gestürzt war. Hatte er im Dunkeln den Halt verloren oder war er über etwas gestolpert? Warum hatte er so dicht am Rand des Daches gestanden? Alle diese Fragen beschäftigten Helli noch immer.

Georg hatte versucht herauszufinden, was Helli wusste. Erleichtert hatte er festgestellt, dass er absolut ahnungslos war, was damals in Stuttgart auf dem Dach der Jugendherberge wirklich passiert war. Die Wahrheit hätte ihre Freundschaft nicht verkraftet.

Er versuchte, sich von den Geistern der Vergangenheit zu befreien, indem er zum Tagesgeschäft überging. Den Tierbestatter hatte er bereits organisiert. Helli wäre damit fürs Erste ruhig gestellt.

Dafür machte Patrick ihm das Leben umso schwerer. Georg hatte angenommen, dass sein Sohn das Büro verlassen würde, als er ihn unfreundlich dazu aufgefordert hatte. Doch Patrick hatte nur die Tür zugeknallt und sich provozierend vor seinem Schreibtisch niedergelassen.

Er passte mit seinem massigen Körper gerade so zwischen die Sessellehnen. Seine Fettpolster quollen hervor, sein Bauch ragte wie ein Berg vor ihm auf. Patricks ganze Körperhaltung strotzte vor Anmaßung und Überheblichkeit.

„Was willst du denn noch?" Müde fuhr sich Georg über den Kopf.

„Das habe ich dir schon gesagt." Patricks Haare glänzten feucht. Schweiß rann ihm übers Gesicht.

„Und ich habe dir schon mehrfach gesagt, dass ich das nicht tun werde. Du würdest die Firma innerhalb kürzester Zeit ruinieren."

„Gut, wenn du mir die Leitung der Firma nicht zutraust, stellen wir eben einen erfahrenen Verkaufsleiter ein." Patricks Vorschlag traf Georg wie ein Vorschlaghammer.

„Das ist absurd!" Georg warf seinem Sohn einen hasserfüllten Blick zu.

„Wir haben drei erfahrene Verkäufer. Wenn, dann würde ich einen von ihnen als meinen Nachfolger bestimmen."

„Du gibst also nach?" Patrick blickte ihn provozierend an.

„Warum sollte ich? Ich denke gar nicht daran! Mich wirst du so schnell nicht los", erwiderte Georg gehässig.

„Wart`s ab!“ Patrick stand auf und stützte sich mit den Händen auf dem Schreibtisch ab.

„Ich könnte mich ja mal ans Finanzamt wenden.“ Er hielt inne und richtete sich zu einer drohenden Haltung auf.

„Oder wie wäre es denn mit einer Überprüfung des Unfallberichts?“, setzte er drohend hinterher.

„Das wagst du nicht!“ Georgs Gesicht war vor Zorn rot angelaufen.

„Und was wird Mutter zu deiner Affäre mit Marianne Eisener sagen? Mutter besitzt immer noch einundfünfzig Prozent des Unternehmens.“ Schweiß tropfte auf das Boulevardblatt, das vor ihm lag.

„Nichts wirst du tun.“ Georg war aufgesprungen und sah seinem Sohn in die Augen, „Denk immer daran: Mord verjährt nicht.“

Patricks Gesicht nahm eine ungesunde Blässe an. Ein Hustenkrampf schüttelte seinen fetten Leib. Unter Aufbietung all seiner Kräfte verließ er das Büro.

Georg hatte die Schlacht geschlagen, doch der Krieg war noch nicht gewonnen, das wusste er.

Kapitel 44

Cosima und Alexander waren den ganzen Tag in Bad Vilbel beschäftigt. Sie hatten sich den Tatort noch einmal genau angesehen. Hier war fast alles unverändert, nur der Apfelkuchen und die Kanne mit dem Kaffee waren zur Untersuchung ins kriminaltechnische Labor gebracht worden.

Die Ermittler Jüngling und Eberstädter waren ebenfalls vor Ort.

„Ich vermute, der Mann hat mit den Damen zusammen gesessen, seelenruhig Kaffee getrunken und zugeschaut, wie die ohnmächtig wurden. Hier standen drei Teller. In allen drei Tassen befand sich Kaffee und auf jedem Teller lag ein Stück Kuchen." Jüngling deutete mit der Hand auf den Tisch in der Mitte des Raums.

„Also haben die Damen ihn selbst ins Haus gelassen, weil sie dachten, dass du es wärst", mutmaßte Alexander.

„Sie wussten ja nicht, wie ich aussehe. Nur das ich jung bin", erwiderte Jüngling.

„Das stimmt nicht, ich habe Frau Jürgens einen großen, schlanken Mann mit kurzen Haaren beschrieben", korrigierte Eberstädter Jünglings Aussage.

„Das ist doch prima. Dann wissen wir schon mal, wie unser Täter ungefähr ausgesehen hat." Cosima schnippte mit den Fingern. Gleichzeitig erfasste sie ein mulmiges Gefühl.

„Und als die beiden das Bewusstsein verloren, hat das Arschloch sie in aller Ruhe erdrosselt“, konstatierte Eberstädter.

„Eberstädter, zügele dich, bitte“, ermahnte ihn Alexander.

„Ach, ist doch wahr. Was muss das für ein krankes Hirn sein. Da ist *Arschloch* noch viel zu harmlos“, widersprach der Kollege. Er hielt sich wie üblich nicht mit bösartigen Kommentaren zurück. Er hatte sich noch nie den Mund von seinen Kollegen verbieten lassen.

„Dann muss es sich doch um ein schnell wirkendes Betäubungsmittel handeln, denn der Mann hatte ja nicht viel Zeit“, überlegte Jüngling laut. „Spätestens wenn ich aufgetaucht wäre, hätte ich seine Pläne zunichte gemacht.“

„Nee, der hätte dich platt gemacht, genauso wie die beiden Frauen“, klärte Eberstädter ihn auf.

Jüngling wurde ganz bleich. „Meinst du etwa, der hätte mich auch umgebracht?“

„Da bin ich mir sicher. Du kannst froh sein, dass du noch am Leben bist“, Eberstädter schickte ihm einen mitleidigen Blick.

„Wieso bist du eigentlich so spät gekommen? Was war das für ein Stau?“, mischte sich Alexander ein.

„Die Ortsdurchfahrt von Ober-Wöllstadt war blockiert. Da hatte sich eine von diesen riesigen Landmaschinen festgefahren. Die Straße war so zugeparkt, dass der Fahrer nicht passieren konnte. Es hat eine ganze Weile gedauert, bis die Fahrzeughalter gefunden und die Autos entfernt wurden.“

„Hm, das ist mehr als sonderbar. Das sind mir ein paar Zufälle zu viel“, äußerte Alexander und klopfte mit einem Kuli auf seine linke Handfläche.

„Was soll das bedeuten? Glaubst du, der Täter hat auch den Stau verursacht?“ Cosima sah den Kollegen aus großen Augen an.

„Dem trau ich mittlerweile alles zu“, antwortete er. „Hast du die Nummern von den Fahrzeughaltern?“, wandte er sich erneut an Jüngling.

„Nee“, Jüngling schaute Henne irritiert an. „Natürlich nicht. Ich konnte doch nicht wissen, welche Ausmaße das alles annehmen würde.“

„Ok, dann finde sie heraus. Ebenso den Halter der Landmaschine. Wie weit sind wir mit dem Phantombild von diesem Mann, der sich Mair nannte?“, fragte Alexander unvermittelt.

„Läuft, die Kollegen aus Bad Vilbel sind damit in der Stadt unterwegs, befragen die Passanten“, berichtete Eberstädter, „und sie befragen auch die Nachbarn, ob ihnen ein unbekannter Mann aufgefallen ist, der sich Zutritt zum Haus von Frau Hartmann verschafft hat.“

„Sehr gut“, nickte Alexander.

„Ich werde mich jetzt mit der Firma, die die Alarmanlage eingebaut hat, in Verbindung setzen“, wollte sich Eberstädter verabschieden.

„Was ist mit dem PC von Frau Jürgens?“, hielt Alexander ihn zurück.

„Darum kümmert sich schon einer von der Kriminaltechnik. Der überprüft das Ding auf einen Hackerangriff.“

„Mit wem haben wir es hier nur zu tun, Cosima?" Alexander wandte sich an seine Kollegin.

„Ich befürchte, mit dem nächsten Monster", sagte Cosima traurig. Wieder ging sie durch den Raum. Sie schnüffelte.

Alexander beobachtete sie irritiert. „Was machst du da?"

„Riechst du das nicht? Hier hängt immer noch ein Duft in der Luft, ganz leicht wahrzunehmen."

Alexander ging ebenfalls mit erhobener Nase durch den Wintergarten. „Ich kann nur den Geruch des Todes riechen und der ist schrecklich."

Kapitel 45

Alexander und Cosima fuhren erneut auf die Polizeiwache in Bad Vilbel und ließen sich die Kopie des Phantombildes aushändigen, das mithilfe von Kopf, Leicht, den beiden wachhabenden Beamten und den Schutzpolizisten, die Mair nach Hause gebracht hatten, angefertigt worden war.

„Sagt mal, warum habt ihr diesen angeblichen Herrn Mair nicht in seine Wohnung begleitet und euch dort den Ausweis von ihm zeigen lassen?“, fragte Alexander.

„Mensch, Henne, du bist gut. In dem Moment, als wir vor dem Haus gehalten haben, kam ein Notruf rein. Wir mussten eine Unfallstelle sichern. Du weißt doch, was im Feierabendverkehr los ist und wie schnell sich ein Rückstau bis nach Frankfurt bildet. Wir hatten keine Zeit mehr“, erklärte ihm einer der beiden Schutzpolizisten.

„Außerdem sind wir unterbesetzt“, belehrte ihn der Dienststellenleiter.

„Ist ja schon gut. Das sollte doch kein Vorwurf sein. Ich wollte nur wissen, wie sich das alles abgespielt hat“, beschwichtigte Alexander den Polizeihauptkommissar.

„Wir fahren jetzt noch mal zu diesem Mair und zeigen ihm das Phantombild. Vielleicht kennt er den Mann.“ Damit verließ Alexander die Wache.

„Er hat es wirklich nicht so gemeint. Aber wenn Henne mal Witterung aufgenommen hat, kann er etwas unsensibel sein“, entschuldigte ihn Cosima, bevor auch sie die Wache verließ.

„Guten Morgen, Herr Mair“, begrüßte Cosima den kleinen Mann, der erneut wie aus dem Ei gepellt im Anzug vor ihnen stand. „Wir müssen noch mal kurz mit Ihnen reden.“

Erfreut öffnete Herr Mair die Wohnungstür und ließ die Kommissare eintreten.

„Kommen Sie herein, setzen Sie sich doch“, sagte er beflissentlich. „Kann ich Ihnen etwas anbieten?“ Herr Mair schien sich Hoffnung auf ein längeres Gespräch zu machen.

„Danke, das ist sehr aufmerksam von Ihnen, aber wir haben nicht viel Zeit“, wandte Alexander ein.

„Herr Mair“, Cosima hielt ihm das Phantombild hin, „Kennen Sie diesen Mann?“

Einen Moment veränderte sich das Gesicht von Herrn Mair. Einem ungeübten Beobachter wäre das vielleicht nicht aufgefallen. Doch die beiden Kommissare hatten die Reaktion des alten Herrn bemerkt.

„Nein, den kenne ich nicht“, versicherte Herr Mair hektisch.

„Sind Sie sicher, dass Sie den Mann noch nie gesehen haben?“, hakte Alexander nun in einem forscheren Ton nach.

„Ganz sicher“, antwortete der kleine Mann trotzig.

„Herr Mair, wir suchen diesen Mann als Zeugen in einem Mordfall“, ermahnte Cosima ihn. „Wenn Sie etwas wissen, müssen Sie uns helfen.“

„Ich weiß aber nix. Bitte gehen Sie jetzt“, forderte er die Kommissare mit gesenktem Blick auf.

Kapitel 46

„Der Mann hat uns belogen.“ Alexander zog an seiner Zigarette. Sie standen vor dem Mehrfamilienhaus. Cosima wartete geduldig, bis er die Zigarette aufgeraucht hatte. Sie fragte sich, wie viele Stunden sie schon damit verbracht hatte, Alexander beim Rauchen zuzusehen. Die Erhebung der Fakten würde sie wahrscheinlich genauso überraschen, wie die Aussage der Meinungsforschungsinstitute über die Anzahl der Stunden, die man in Verkehrsstaus oder vor roten Ampeln ausharrte.

„Wir warten jetzt ein Weilchen und dann lassen wir ihn aufs Revier bringen.“ Cosima schnipste mit den Fingern. „Dann wird das Vögelchen schon singen.“

„Das ist eine super Idee. Ich bin sicher, der Gute weiß etwas. Er kennt den Mann. Hast du seine Reaktion beobachtet?“

„Und ob. Die war eindeutig. Wenn wir den Mann finden, sind wir dem Täter schon ein Stück näher.“

„Hoffentlich hast du Recht. So gerissen, wie der Täter ist, hat er dem Randalierer mit Sicherheit nicht sein wahres Gesicht gezeigt.“

„Das kann schon sein“, stimmte Cosima zu. „Aber eins wurde eben ganz deutlich: Der Betrunkene war nicht zufällig in der Straße von Frau Hartmann. Der war bestellt.“ Sie holte einen Schokoriegel aus ihrer Tasche, riss die Verpackung auf und biss herzhaft in das süße Teil.

Kapitel 47

„Chef, ich mach jetzt Mittag“, sagte Angela zu Georg Steinwedel. „Ich hab den Anrufbeantworter eingeschaltet.“

„Ja, ist gut“, kam es fahrig zurück.

„Ist alles in Ordnung mit Ihnen, Chef?“ Angela ging ein Stück in das Büro hinein. Das Aussehen des Seniors gefiel ihr nicht. Unter seiner sonst so gesunden Bräune wirkte er grau. In seinem Gesicht standen Falten, die sie bisher nicht bemerkt hatte.

„Es ist alles in Ordnung, Angela. Ich glaube, ich habe mir nur den Magen verdorben“, wehrte er ab.

„Dann soll ich Ihnen auch nichts vom Italiener mitbringen?“

„Nein, heute nicht. Vielen Dank.“

Ihm schien es wirklich nicht gut zu gehen. Normalerweise hätte er ihr jetzt einen guten Appetit gewünscht. Nachdem was sie heute Vormittag schon alles erlebt hatte, wunderte sie sich nicht. Hoffentlich war das nicht der Untergang des Unternehmens. Zwei Chefs, die sich hassten, konnten alles zerstören. Dann würde sie ihren Job verlieren, der ihr großen Spaß machte. Sie arbeitete gern hier, verdiente gut. Die Kunden waren interessant und insgeheim hoffte sie, dass irgendwann einer der reichen Käufer auf sie aufmerksam werden und sie ausführen würde.

Jetzt allerdings war sie gespannt, was Martin ihr zu sagen hatte. Er wartete bereits vor der Tür auf sie.

Kapitel 48

Martin saß Angela in der Pizzeria am Marktplatz gegenüber. Die Tische draußen waren alle besetzt gewesen, weshalb sie sich einen Platz im Inneren suchen mussten. Auf einem rot karierten Deckchen stand eine Blumenvase. Die Tische waren bereits eingedeckt. Aus den Lautsprechern war italienische Musik zu hören.

Martin sah sich in der Gaststätte um. Gemälde von italienischen Landschaften und idyllischen Hafenstädten zierten die Wände. Bilder von schönen Reisen an die Adria tauchten vor seinem geistigen Auge auf. Wie lange war es her, dass er seinen Urlaub in Italien verbracht hatte? Wann hatte er zum letzten Mal Ferien gehabt?

Auch zum Essen war Martin schon lange nicht mehr in eine Gaststätte eingekehrt. Während seiner Zeit als Versicherungsvertreter war er täglich Gast in den besten Restaurants gewesen. Doch das war lange her. In der Zwischenzeit war viel passiert und daran trug er ganz allein die Schuld.

Der Kellner brachte eine große Flasche Wasser mit zwei Gläsern und einen trockenen Weißwein für Angela.

Martin sah gierig auf die goldene Flüssigkeit in dem bauchigen Glas. Wie gern hätte er zu seinen Nudeln Arabiata ein Glas Wein getrunken. Er hatte immer einen trockenen Rotwein bevorzugt, am liebsten einen Montepulciano. Doch er musste standhaft bleiben, durfte auf keinen Fall rückfällig werden.

„Was willst du jetzt so Wichtiges mit mir besprechen?“ Angela sah ihn herausfordernd an. Sie duzte

Martin nun ebenfalls. Er hatte sie gebeten, mit ihm essen zu gehen, weil er mit ihr über das Autohaus reden wollte. Eigentlich ging ihn das nichts an, er stand an der untersten Stufe in dem Unternehmen. Doch nachdem was in den letzten zwei Tagen vorgefallen war, witterte er seine große Chance. Und er wusste, dass auch Angela gern ein Stück vom Kuchen abhaben wollte. Nicht ohne Grund hatte sie an der Tür ihres Chefs gelauscht.

„Was haben die beiden Kripobeamten von unserem Chef gewollt?", kam Martin auf den Punkt.

„Welche Kripobeamten?", stellte sich Angela ahnungslos.

„Die beiden Männer, die heute Morgen da waren." Er klopfte mit dem Finger auf die Tischplatte.

„Woher willst du wissen, dass das Kripobeamte waren?", fragte sie angriffslustig.

„Ich habe in meinem früheren Beruf ständig mit der Polizei zu tun gehabt. Die erkenne ich auf den ersten Blick. Also, raus mit der Sprache, was wollten die?"

„Woher soll ich das wissen? Ich war bei dem Gespräch nicht dabei", erwiderte sie mit der Schulter zuckend.

„Du hast aber an der Tür gelauscht." Lachend drohte er ihr mit dem Zeigefinger.

Angela lief rot an. „Das ist nicht wahr!", empörte sie sich.

„Wie kann ein so schönes Mädchen wie du, so unverschämt lügen. Ich will dir doch nichts Böses. Aber wenn du mir erzählst, was du weißt, haben wir vielleicht beide etwas davon. Du willst doch nicht ewig Empfangsdame bleiben, oder?"

Angela hatte verstanden.

Kapitel 49

Cosimas Handy klingelte. „Was gibt es?“, fragte sie.

„Hallo Co, ich wollte dir zwischendurch Bescheid geben, dass ich eben eine Mail mit dem Nachweis der eingegangenen Anrufe auf deinem Handy bekommen habe“, informierte Eberstädter sie.

„Und? Ist da was Verwertbares dabei?“ Cosima platzte vor Neugier.

„Nichts, vergiss es. Wie ich mir schon dachte, alles Anrufe von öffentlichen Telefonzellen“, berichtete er.

„Ich wusste nicht, dass es noch so viele öffentliche Telefonhäuschen hier gibt. Ich dachte, die sind inzwischen alle abgeschafft worden“, sagte sie enttäuscht.

„Offensichtlich nicht. Bis jetzt hat es aber auch keinen anonymen Anruf mehr gegeben“, beruhigte er Cosima.

„Das ist doch komisch, findest du nicht?“, fragte Cosima den IT-Spezialisten.

„Nee, finde ich nicht“, klärte er Cosima auf, „Der hat gemerkt, dass du unter männlichem Schutz stehst. Der wird dich jetzt in Ruhe lassen“, versicherte er ihr.

„Dein Wort in Gottes Ohr.“ Cosima lachte. „Und sonst hat niemand angerufen?“

„Ich hab doch allen Kollegen deine neue Nummer mitgeteilt. Alle anderen müssen vorerst mit mir Vorlieb nehmen.“

„Soll heißen?“

„Du sollst dich baldmöglichst bei deinem Nachbarn Bernhard melden.“

„Mach ich. Wo bist du gerade?“, wollte sie noch wissen.

„Auf dem Weg zum Hersteller der Alarmanlage. Der hat eine Firma an der Friedberger Landstraße in Frankfurt.“

„Das ist gut und wo steckt Jüngling?“

„Der kümmert sich um die beiden Fahrzeughalter. Einer kommt direkt aus Wöllstadt, der andere aus Karben.“

„Gut, dann bis später. Wir sehen uns im Präsidium.“ Sie beendete das Gespräch.

„Was gibt es, Co?“, rief ihr Alexander über die Schulter zu.

„Erzähl ich dir gleich, muss nur mal kurz meinen Nachbarn kontaktieren.“

Sie suchte gerade die Nummer in den gespeicherten Kontakten, die ihr Eberstädter auf das neue Handy übertragen hatte, als es erneut klingelte.

„Von Mittelstedt“, meldete sie sich mit ihrem Nachnamen.

„Hallo Co, hier ist Günther Kopf. Wo seid ihr?“

„Wieder in Ellen Hartmanns Haus. Wieso, was gibt es?“

„Kommt so schnell wie möglich zur Wasserburg.“

„Was ist los?“, fragte sie alarmiert.

„Nur so viel vorab: Die Suche nach dem Randalierer können wir einstellen.“

„Ihr habt ihn gefunden? Das ist ja Spitze. Endlich mal ein Lichtblick.“

„Nicht so voreilig.“

Bei dem, was er ihr anschließend berichtete, verschwand ihre Freude genauso schnell wie sie gekommen war.

Kapitel 50

„Hallo Chef, darf ich eintreten?“ Martins Kopf erschien in der Tür. *Heute geht es zu wie in einem Taubenschlag*, dachte Georg Steinwedel. „Was gibt es?“, fragte er müde.

Martin stand verlegen vor ihm, offenbar beschäftigte ihn etwas.

Martin kratzte sich am Kopf. „Ich weiß nicht so recht, wie ich mich ausdrücken soll.“

„Mann, nun sagen Sie schon“, forderte Steinwedel ihn ärgerlich auf. „Ich habe keine Zeit, um auf ihre Befindlichkeiten Rücksicht zu nehmen.“

„Das Auto Ihrer Frau steht doch in der Werkstatt. Ich sollte es putzen.“

„Und? Warum machen Sie es dann nicht?“, kam es nun ungeduldig von Steinwedel.

„Der Wagen ist vorne rechts beschädigt. Da kleben Blutspuren und Haare dran.“

„Mein Sohn hat einen Waschbären überfahren. Das kann schon mal passieren. Waschen Sie das Auto und lassen Sie es anschließend in der Werkstatt ausbeulen. Das kann ja kein so großer Akt sein.“

Martin kniff die Augen zusammen. „Das muss aber ein ziemlich großer Waschbär gewesen sein.“ Martin hielt seine rechte Hand einen Meter über den Boden.

Kapitel 51

„Das gibt es doch nicht!“

Cosima und Alexander standen fassungslos vor dem Randalierer. Er saß auf der Bank gegenüber des Eingangs der Wasserburg in Bad Vilbel. Sein Gesicht hatte einen fahlen Ausdruck. Die Augen waren geschlossen. Der Mann sah aus, als ob er schlief. Doch der Mann war tot, mausetot.

„Na, das nenne ich ja mal eine tolle Statistik: drei Tote in zwei Tagen“, konnte sich Cosima nicht verkneifen. Dafür erntete sie einen bösen Blick von Alexander.

„Ist das der gleiche Mann, der euch gestern auf Trab gehalten hat?“, fragte Alexander die Bad Vilbeler Beamten.

„Exakt der, kein Zweifel“, antwortete Kopf betreten.

„Wer hat ihn gefunden?“

„Die Kinder da drüben.“ Leicht deutete auf eine Gruppe kleinerer Kinder mit Schulranzen auf dem Rücken. Alexander schätzte sie auf ungefähr acht Jahre. Eine Schutzbeamtin sprach mit Ihnen.

„Wann war das?“

„Vor einer guten halben Stunde. Sie fanden es komisch, wie er so dasaß, und haben ihn gefragt, ob er ein Problem hat. Nachdem er nicht geantwortet hat, haben sie ihn angestupst. Und da er immer noch nicht reagiert hat, haben sie den Notarzt alarmiert.“

„Ganz schön clever, die Kiddis“, meinte Cosima.

„Wie konnten die denn anrufen? Hier ist doch weit und breit kein Telefon.“ Alexander sah sich auf dem

Platz um. Vor der Einfahrt zur Burg stand ein Rettungswagen. Die Zufahrten wurden durch Streifenwagen blockiert.

„Auch Kinder haben heutzutage Handys, mein Lieber", bemerkte Cosima spöttisch.

„Haha, danke, dass du mir das Leben erklärst", knurrte Alexander.

„Wie lange ist er schon tot?", fragte Cosima einen der Rettungssanitäter.

„Ich bin kein Fachmann, aber ich schätze mal, dass er schon länger hier so sitzt. Die Leichenstarre ist bereits eingetreten."

„Ist Ihnen an dem Mann was aufgefallen? Haben Sie Anzeichen von Gewalt an ihm entdecken können?"

„Nein, sobald wir merkten, dass er tot ist, haben wir ihn nicht angerührt."

Alexander nickte zustimmend. „Haben Sie die Polizei gerufen?"

„Ja, umgehend", bestätigte der Sanitäter. „Können wir wieder fahren? Wir sind im Dienst."

„Geben Sie vorher bitte Ihren Namen und Ihre Adresse zu Protokoll, damit wir Sie später eventuell noch befragen können", sagte Cosima.

„Noch eins: Haben die Kinder erwähnt, dass ihnen etwas Ungewöhnliches aufgefallen ist?"

„Nein, nichts."

Kapitel 52

„Henne, gib mir deinen Autoschlüssel", forderte Cosima ihren Kollegen auf.

„Was willst du denn damit? Hast du was im Auto vergessen?", fragte er.

„Gib ihn mir einfach. Ich erkläre es dir später."

Alexander warf Cosima den Autoschlüssel zu. Er vertraute ihr. Sie waren seit Jahren ein eingespieltes Team, verstanden sich meistens, ohne viele Worte zu wechseln, oftmals genügte ein Blick.

Cosima rannte zum Auto. Mit quietschenden Reifen fuhr sie davon. Sie installierte das Blaulicht, das für Notfälle auf das Wagendach gesetzt wurde, verschaffte sich damit ein schnelles Durchkommen. Sie kannte sich in Bad Vilbel zwar nicht so gut aus, aber ihr untrüglicher Orientierungssinn brachte sie zu der Straße, die auf den Heilsberg führte.

Sie ließ den BMW vor dem Eingang des Mehrfamilienhauses stehen und klingelte bei Albert Mair. Er antwortete nicht. Mit der flachen Hand drückte sie auf die Klingelleiste, bald darauf hörte sie eine Stimmen fragen: „Wer ist denn da?"

„Die Stadtwerke, wir wollen die Wasseruhren ablesen", antwortete sie spontan. Sofort ertönte der Summer des Türöffners. Sie rannte die Stufen bis in den dritten Stock. Am oberen Ende der Treppe stieß sie mit einem Mann zusammen, der es eilig zu haben schien. Cosima achtete nicht weiter auf ihn.

An der Tür von Albert Mair klingelte sie Sturm. Als sich nichts tat, klopfte sie energisch gegen das Holz.

„Herr Mair, sind Sie da? Hier ist Frau von Mittelstedt. Bitte öffnen Sie. Es ist wichtig."

Cosima befürchtete schon, dass Herr Mair nicht zu Hause war, als sich von innen ein Schlüssel im Türschloss drehte. Herr Mair öffnete, wie immer in Anzug und Krawatte. Es duftete nach frisch aufgebrühtem Kaffee.

„Gott sei Dank", entfuhr es Cosima, „ich dachte schon, Sie wären ausgegangen."

Herr Mair sah sie irritiert an. „Wo soll ich denn um diese Uhrzeit hingehen? Ich habe gerade Kaffee aufgebrüht, möchten Sie auch eine Tasse?", fragte er arglos.

„Nein", sagte sie streng, „ich möchte, dass Sie mitkommen."

Kapitel 53

Frau Doktor Auf der Heide war endlich am Tatort angekommen. „Na ihr macht mir ja Spaß. Ich bin noch nicht mit den andern Leichen fertig, da präsentiert ihr mir schon das nächste Opfer." Sie stellte ihren Koffer mit den für die Untersuchung notwendigen Utensilien ab und beugte sich über den Toten. Routiniert hob sie seine Augenlider an, tastete den Kopf und den Hals ab, öffnete den Hemdkragen des Mannes. Alexander sah zu, wie sie den Leichnam systematisch untersuchte.

„Und, was sagst du?" Alexander schaute die Rechtsmedizinerin fragend an.

„Ich kann auf den ersten Blick keine Anzeichen von Gewalt entdecken. Aber nach der Leichenstarre zu urteilen, ist er schon länger tot."

„Mit anderen Worten, du kannst uns erst Genaueres sagen, wenn du ihn auf deinem Tisch aufgeschnitten hast?", kam es lakonisch von Alexander.

„Genau so ist es, lieber Henne. Bring ihn in meinen Keller und ich mach mich an die Arbeit." Sie zwinkerte dem Kommissar zu.

„Hast du was bei den beiden Frauen gefunden?" Jessica Jürgens und Ellen Hartmann waren gerade mal vierundzwanzig Stunden tot. Aber Alexander wusste, dass die Rechtsmedizinerin sich sofort an die Obduktion der Leichen gemacht hatte und nicht locker ließ, bevor sie nicht etwas entdeckt hatte. Dafür verzichtete sie sogar auf Schlaf.

„Es war GHB", antwortete sie trocken. „Damit wurden sie betäubt und anschließend wurden sie erdrosselt – wie ich schon gestern vermutet habe." Die Rechtsmedizinerin meinte damit Gamma-Hydroxybuttersäure, besser bekannt als Liquid Extasy oder K.O. Tropfen.

„Dachte ich mir schon." Zorn funkelte in seinen Augen. „Gibt es noch andere Spuren?"

„Nichts, keine Abwehrverletzungen, keine Hautpartikel unter den Fingernägeln, falls du das meinst."

Alexander nickte stumm. Er hätte gern eine Zigarette geraucht, aber am Tatort musste er darauf verzichten und seine Sucht unterdrücken.

Mittlerweile wimmelte es von Männern in weißen Overalls, die sich bemühten, auf dem Platz Spuren zu sichern. Weiter hinten tummelten sich Schaulustige.

„Wo ist eigentlich mein kleiner Freund?", fragte die Rechtsmedizinerin und sah sich suchend um. Sie meinte damit Erdmann.

„Der musste heute in Friedberg bleiben. Wir können ihn ja schlecht mit in dieses *Leichenhaus* nehmen."

„Seid ihr da weitergekommen?"

„Die Kollegen haben bis eben jeden Winkel in Ellen Hartmanns Haus auf den Kopf gestellt. Bin gespannt, ob sie verwertbare Spuren gefunden haben."

Kapitel 54

Georg Steinwedel griff zum Telefon und wählte die Nummer von Christoph.

„Hallo", wurde er freudig begrüßt, „was gibt es denn?" Christoph hatte es schon immer verstanden, ihn für sich einzunehmen. Georg hatte ihm nie etwas abschlagen können.

„Hallo, mein Junge? Wo steckst du denn?"

„Ich bin bei meiner Freundin. Wieso? Hat jemand Sehnsucht nach mir?", scherzte Christoph.

„Wann stellst du sie uns mal vor?" Georg hätte zu gern gewusst, mit wem sein Sohn liiert war. Bis heute hatte er nicht eine seiner Freundinnen kennengelernt. Bisher waren es auch nur – nach Christophs Aussage – lose Beziehungen gewesen. *Dieses Mal scheint es etwas Ernstes zu sein, wenn er der Freundin sogar in die Wetterau hinterher reist*, dachte Georg.

Er war froh, dass Christoph eine feste Bindung eingegangen war. Er wollte nicht, dass sein Sohn auch in dieser Hinsicht nach ihm kam und eine Affäre nach der anderen hatte.

Er musste an die Geschichte mit Ingrid Brandt, der Tochter der Nachbarn, denken. Sie war so alt wie Christoph, hatte die gleiche Klasse wie er besucht. Die beiden kannten sich seit Kindertagen, spielten gemeinsam mit den anderen Kindern aus der Straße.

Nachdem Christoph mit dem Motorrad verunglückt war, hatte er sich verändert. Er hatte schon immer eine

Vorliebe für Ingrid gehabt. Aber mit seiner jähzornigen Art hatte er auch sie vertrieben.

Ingrid war damals plötzlich über Nacht verschwunden. Tagelang hatte man vergeblich nach ihr gesucht. Eines Morgens stand sie heulend vor ihrem Elternhaus, total verdreckt und stinkend.

Sie berichtete, dass man sie mit verbundenen Augen gefangen gehalten hatte. Sie war an Händen und Füßen gefesselt gewesen, hatte nicht einmal zur Toilette gehen dürfen. Ab und zu war jemand aufgetaucht, hatte ihr zu trinken und zu essen gegeben. Aber die Person hatte weder mit ihr gesprochen, noch hatte sie die junge Frau gequält oder geschlagen.

Sie konnte nicht viele Angaben zu ihrem Aufenthaltsort machen. Nur dass sie schrecklich gefroren hatte, weil es so zugig war. Das Schlimmste aber waren die haarigen Tiere, wahrscheinlich Ratten und Mäuse, die über ihre Füße und Beine gekrabbelt waren. Die seltsamen Geräusche der Tiere und der Wind, der um ihr Gefängnis heulte, hatten sie in panische Angst versetzt.

Die Polizei hatte erst Monate später herausgefunden, wo das Mädchen gefangen gehalten worden war. Das Versteck lag direkt vor ihren Augen. Doch wer sie entführt hatte, kam nie heraus. Man hatte Christoph verdächtigt, aber man konnte ihm nichts nachweisen.

Ingrid war danach nicht mehr die Gleiche. Sie musste monatelang von einem Psychologen betreut werden, der ihr erklärte, dass man sie demütigen, ihr Angst machen, Macht über sie ausüben wollte.

Ingrid bestand mit Ach und Krach ihr Abitur, machte eine Ausbildung beim Finanzamt und ging anschließend nach Berlin, so weit wie möglich von zu Hause fort. Von Helli wusste er, dass sie bis heute nicht verheiratet war und ihr Leben ganz der katholischen Kirche widmete. In der Wetterau war sie schon lange nicht mehr gewesen.

„Vater, hörst du mir eigentlich zu? Warum antwortest du mir nicht?“, unterbrach Christoph seine Gedanken.

„Entschuldige, mein Sohn. Was hast du gerade gesagt?“

„Das ich erst nach Hause komme und meine Freundin vorstelle, wenn Mutter mich anständig behandelt. Sie hat mich das letzte Mal unter Druck gesetzt und mir Vorhaltungen gemacht.“

„Das tut mir leid.“ Georg bedauerte wirklich die untragbare Situation in seiner Familie. „Aber das wird auch nicht besser, wenn sie herauskriegt, dass du ihr Auto beschädigt hast. Das auch immer dir so etwas passieren muss.“

„Ich bedauere das selbst. Du weißt, ich könnte keiner Fliege etwas zu Leide tun“, säuselte Christoph ins Telefon. „Aber das Tier ist plötzlich über die Straße gelaufen. Ich hatte keine Chance, ihm auszuweichen.“

„Mutters Auto lasse ich gerade reparieren. Du kannst es in den nächsten Tagen wieder holen, wenn du möchtest“, erklärte Georg den Grund seines Anrufes.

„Danke, ist nicht nötig. Ich habe mir einen Leihwagen geholt. Ich wollte dich nicht noch einmal belästigen.“

Kapitel 55

Cosima kam auf die Gruppe der Ermittler zu, die um die Bank, auf der der Tote saß, herumstanden. Hinter ihr folgte Herr Mair.

„Geht mal bitte zur Seite", forderte sie die Kollegen auf.

Alle drehten sich gleichzeitig zu ihr um und sahen sie erstaunt an.

„Herr Mair, wer ist dieser Mann?", fragte Cosima.

„Cosima, was fällt dir ein?", knurrte Alexander wütend.

„Du kannst doch nicht diesen Mann hier anschleppen!"

„Siehst du doch. Hätte er uns gleich reinen Wein eingeschenkt, könnte der Typ", sie deutete auf den Toten, „noch leben."

„Oh mein Gott, Junge. Was ist denn mit dir passiert?", schluchzte Herr Mair. Er ging näher an den Toten heran, starrte ihn ungläubig an.

Cosima sah triumphierend zu Alexander und wandte sich dann wieder dem alten Mann zu. „Herr Mair, wer ist das?"

„Ist Albert tot?", fragte Mair zögerlich.

„Leider. Wer ist dieser Albert?" Cosima wurde langsam ungeduldig, was sonst nicht ihrer Art entsprach. Eigentlich war Alexander derjenige, der schnell aus der Haut fuhr.

„Das ist Albert Mair", antwortete der alte Mann mit Tränen erstickter Stimme.

„Ich denke, Sie sind Albert Mair." Cosima verstand gar nichts mehr.

„Bin ich ja auch. Aber er heißt so wie ich: Albert Mair. Er ist mein Neffe."

Kapitel 56

„Henne, beruhige dich wieder. Ich habe es nur gut gemeint", redete Cosima auf ihren Kollegen ein.

„Ja, so gut, dass wir diesen alten Mann ins Krankenhaus befördern mussten! Hoffentlich stirbt er jetzt nicht an einem Schock", warf Alexander seiner Kollegin vor.

„Dort ist er wenigstens sicher", sagte Cosima bestimmt.

„Was soll das heißen?", knurrte Alexander.

„Das soll heißen, dass der Neffe von Herrn Mair wahrscheinlich umgebracht wurde und dass der Täter vielleicht auch seinen Onkel beseitigen will."

Der alte Mann hatte ihnen erklärt, dass der tote Mann deshalb den gleichen Namen trug, weil er vor über fünfzig Jahren bei ihm Pate gestanden hatte. Damals war es noch üblich gewesen, die Kinder nach ihren Paten zu benennen.

Der Neffe war sein einziger noch lebender Verwandter. Ab und zu besucht er den Onkel. Meistens, um ihn um Geld zu bitten. Der Neffe hielt sich mit Gelegenheitsjobs über Wasser, hatte keinen festen Wohnsitz und schlief bei Bekannten. Hin und wieder auch bei Albert Mair. Er hatte seinem ruhelosen Neffen oft angeboten, zu ihm zu ziehen, doch das lehnte er kategorisch ab.

Am Abend zuvor war der jüngere Albert bei seinem Onkel aufgetaucht. Er hatte ihm Geld gegeben, mit der Erklärung, er hätte einen guten Job gemacht und wäre dafür ordentlich entlohnt worden. Er wollte seine Schulden begleichen und sich bei dem Onkel bedanken. Die Antwort auf die Frage, was er für das viele Geld getan hatte, blieb er dem alten Mann allerdings schuldig. Danach war er verschwunden. Das erklärte auch das sonderbare Verhalten von Albert Mair am Morgen. Er hatte seinen Neffen nicht verraten wollen.

„Jetzt hat der Täter einen Fehler gemacht“, sagte Alexander.

„Wieso? Der Neffe ist tot. Der kann ihn ja nicht mehr beschreiben.“

„Nee, aber wenn der dem Onkel nach dem Leben trachtet, wie du annimmst, taucht er vielleicht im Krankenhaus auf.“

„Du meinst, er muss annehmen, dass der Onkel was weiß.“

„Genau.“ Alexander trommelte mit der flachen Hand aufs Lenkrad.

„Weißt du, was komisch war?“ Cosima schnippte mit den Fingern. „Als ich die Treppe hoch gerannt bin, kam mir ein Mann entgegen. Er hatte es ziemlich eilig und ist mit mir zusammengestoßen, hat sich aber nicht entschuldigt.“

„Na ja, in diesem Haus wohnen noch mehr Leute. Da kann einem schon mal einer im Treppenhaus begegnen. Und was erwartest du von Leuten in so einem Haus?“, belehrte Alexander sie.

„Da gebe ich dir grundsätzlich Recht. Aber ich hatte das Gefühl, dass ich ihn bei etwas gestört hätte“.

„Kannst du den Mann beschreiben?“ Alexander war wie elektrisiert.

„Leider nicht, aber ich kann mich erinnern, dass ein bestimmter Geruch in der Luft lag."

„In diesen Häusern riecht es immer nach irgendetwas", meinte Alexander.

„Nicht nach Essen oder so. Der Geruch war eindeutig, das war Aftershave." Sie schnippte wieder mit den Fingern.

„Das ist aber nicht außergewöhnlich? Worauf willst du hinaus?" Alexander sah sie gespannt an.

„Dieser Duft erinnert mich an den in dem Wintergarten von Frau Hartmann."

„Also ich habe nichts gerochen. Das musst du dir einbilden", wehrte Alexander ab. „Kannst du dich noch an etwas anderes erinnern?"

Cosima schüttelte den Kopf. „Nein, das war alles."

„Ok, setz dich bitte mit dem Dienststellenleiter in Bad Vilbel in Verbindung. Er soll sofort zwei Leute in das Haus schicken. Sie sollen alle Nachbarn fragen, ob ihnen etwas aufgefallen ist."

Kapitel 57

Cosima war erschöpft. Die Ereignisse des Tages hatten sie überanstrengt. Außer dem Schokoriegel am Mittag hatte sie nichts mehr gegessen. Auf Pizza verspürte sie heute keine Lust. Sie wollte niemanden mehr sehen. Im Eisfach ihres Kühlschranks würde sie sicher noch etwas Essbares finden. Aber bevor sie endlich auf dem Sofa entspannen konnte, musste sie noch ihren Nachbarn fragen, was er eigentlich von ihr wollte. Sie hatte ihn bisher nicht erreichen können.

Am schnellsten würde sie über ihre Terrasse und den Garten zu Bernhard gelangen. Sie ging zur Tür und wollte den Griff nach oben ziehen. Doch der Griff stand in der Mitte. Die Terrassentür war nicht verriegelt. *Das gibt es doch nicht!*, dachte sie. Sollte sie heute Morgen schon wieder vergessen haben, die Tür zu schließen? Sie war doch sonst nicht so nachlässig.

Sie ging über den Rasen auf Bernhards Haus zu. Die Terrasse war leer. Sie hatte gehofft, den Nachbarn dort bei einem Glas Rotwein vorzufinden. Bernhard saß oft abends draußen und genoss den Blick über die Landschaft. Hinter den Fenstern war kein Licht zu sehen. Bernhard war offenbar nicht zu Hause – oder bereits schlafen. Auf dem Fensterbrett lag eine Schiefertafel und Kreide. Der Nachbar hatte sie dort deponiert, damit man ihm eine Nachricht hinterlassen konnte. Cosima nahm sie zur Hand und schrieb: *Kannst du dich bitte mal bei mir melden?*

Ihr Handy vibrierte in der Hosentasche.

„Was gibt es?“, sie ging zurück zur Mühle.

„Hallo Cosima, ich bin es, Juliane. Ich wollte nur mal hören, ob bei dir alles in Ordnung ist.“

„Hallo. Bin gerade erst nach Hause gekommen. Wenn ich ehrlich sein soll, bin mir nicht so sicher ich, ob alles gut ist. Meine Terrassentür war offen.“

„Vielleicht hast du in der Eile vergessen, sie zu schließen?“, vermutete Juliane.

„Keine Ahnung. Ich weiß bald gar nichts mehr. Dieser Fall macht mich ganz verrückt. Ich habe Angst, dass es mir genauso geht wie dieser Jessica.“

„Vielleicht redest du dir das auch nur ein. Ich bringe dir gern Amiga, wenn du magst. Die lässt keinen ins Haus“, bot die Freundin an.

„Das ist lieb von dir. Aber im Moment nicht.“ Cosima fühlte, wie Müdigkeit von ihr Besitz ergriff. Sie wollte nur noch schlafen.

„Aber versprich mir, dass du dich meldest, wenn irgendetwas Auffälliges passiert.“

„Mache ich. Tschüss.“ Cosima legte sich auf die Couch vor den Kamin und schlief sofort ein.

Kapitel 58

Cosima schrak auf. Ein dumpfer Knall hatte sie aus dem Schlaf gerissen. Sie setzte sich auf und sah zur Terrassentür. Von dort war das Geräusch gekommen. Die Umrisse eines Mannes vor der Tür konnte sie in der Dunkelheit nur erahnen. *Mein Verehrer* ging es ihr durch den Kopf. Das konnte doch nicht wahr sein. Instinktiv griff sie an die Stelle, wo normalerweise ihre Waffe, die in einem Holster steckte, lag. Doch ihre Hand griff ins Leere. Ihre Dienstwaffe lag in einer abschließbaren Schublade im Polizeipräsidium.

„Hey Cosima, ich bin es, Bernhard. Mach doch mal die Tür auf".

Erleichtert stand sie auf und wankte zur Tür, die sie gleich darauf öffnete. Kühle Nachtluft strömte ins Zimmer. „Guten Abend, du wolltest mich sprechen?" Bernhard sah sie erwartungsvoll an.

„Wieso ich? Ich dachte, du wolltest mit mir reden", erwiderte Cosima schläfrig. „Oder warum hast du mich heute angerufen".

„Hä?", Bernhard sah sie irritiert an, „wieso sollte ich dich denn anrufen?" Cosima machte ein betretenes Gesicht. „Komm doch erst mal rein." Sie öffnete die Tür ganz und ließ ihn eintreten. „Entschuldige bitte. Ich bin noch etwas durcheinander."

„Das scheint mir auch so. Was ist denn los?", fragte Bernhard voller Mitgefühl.

„Wenn ich das wüsste. Wenn du mich nicht angerufen hast, wer war es dann?“, sprach Cosima mehr zu sich selbst, als zu ihrem Nachbarn.

„Cosima, hast du schon was gegessen?“

„Nee, ich hab keinen Appetit.“ Cosima machte einen völlig verstörten Eindruck.

„Hör mal, mein Mädchen“, seit sie in der Mühle wohnte, sprach der Ältere sie oft so an, „wir gehen jetzt zu mir rüber. Ich habe noch leckeren Käse, Baguette und eine Flasche Rotwein. Das werden wir uns jetzt zu Leibe führen und dann erzählst du mir, was passiert ist.“

Am Anfang hatte Bernhard sie mit seiner fürsorglichen Art genervt. Doch nachdem sie öfter abends bei einem Glas Wein zusammengesessen und sie alles Mögliche über ihn erfahren hatte, änderte Cosima ihre Meinung. Er war so etwas wie ein väterlicher Freund geworden, den sie ab und zu um Hilfe bat.

„Bernhard, das klingt gut, aber ich möchte heute nicht mehr aus dem Haus gehen. Kannst du denn nicht alles herüberholen?“ Cosima sah ihn bittend an.

„Ok, mach ich. Aber dann will ich auch alles wissen.“

Cosima gähnte herzhaft.

Kapitel 59

Georg Steinwedel erhob sich aus seinem Ledersessel. „Ich geh ins Bett“, sagte er zu seiner Frau. Eigentlich war es noch viel zu früh für ihn. Normalerweise zog er sich erst gegen Mitternacht in sein Zimmer zurück. Es kam selten vor, dass er seinen Feierabend vor dem Fernseher verbrachte. Wenn er die Abende nicht seiner Geliebten widmete, war er mit Kunden unterwegs oder saß mit seinem Nachbarn Helli an der Theke im Bürgerhaus.

Seine Frau sah ihn erstaunt an. „Was ist denn los?“, fragte sie ihn.

„Als ob dich das interessieren würde“, kam es gelangweilt zurück.

„Ist es wegen des Hundes?“, hakte sie nach.

„Wie kommst du denn darauf?“

„Du hast dich schon immer mehr für die Probleme anderer Leute interessiert als für die deiner eigenen Familie“, warf sie ihm an den Kopf.

„Woher weißt du überhaupt von dem Hund? Hast du mit jemandem gesprochen?“

„Patrick hat es mir erzählt. Hat Christoph was damit zu tun? Hat er den Hund mit meinem Auto überfahren?“, forderte sie ihn heraus.

„Christoph hat einen Waschbären auf dem Gewissen und nicht den Hund. Außerdem ist Ajax nicht überfahren worden. Wahrscheinlich wurde er vergiftet.“

So redselig war Georg selten, wenn er mit seiner Frau alleine war. Aber vielleicht würde sie Ruhe geben, wenn er ihr ausnahmsweise einmal antwortete.

Bettina schaute ihren Mann schockiert an. „Wieso denn vergiftet? Wer macht denn so etwas? Und woher willst du das überhaupt wissen?“, kamen die Worte wie aus einer Maschinenpistole geschossen.

„Ich habe heute noch mal mit dem Tierbestatter telefoniert. Er hat mir mitgeteilt, dass Ajax nicht überfahren worden sein kann. Er vermutet, dass der Hund vergiftet wurde. Die Symptome sind eindeutig. Er lässt das Tier auf meine Kosten hin untersuchen.“ Er fuhr sich mit den Händen durch die Haare.

„Ich kann es sogar irgendwie verstehen. Helli hat die Leute zu sehr provoziert, hat den Hund überall hinscheißen lassen. Wahrscheinlich hat einer von denen Giftköder ausgelegt. Würde mich nicht wundern“, erklärte Georg seiner staunenden Frau.

„Oh Gott, der arme Hund. Wenn das stimmt, hat er sicher fürchterlich gelitten. Aber ich gebe dir Recht, die Nachbarn waren alle verärgert wegen der großen Hundehaufen. Letzte Woche hat Patrick in unserem Garten so eine Tretmine erwischt. Ich hatte alle Mühe, seine Schuhe zu putzen. Ekelhaft, dieser Gestank.“

„Was du nicht sagst?“ Georg sah sie verwundert an.

„Warum putzt er seine Schuhe nicht selbst? Wie lange willst du ihn noch so verwöhnen, Bettina? Es wird allmählich Zeit, dass er selbständig wird. Er sollte ausziehen.“

„Aber warum denn, das Haus ist doch groß genug. Solange er keine eigene Familie hat, kann er doch hier wohnen“, jammerte Bettina.

„Patrick wird nie eine eigene Familie haben. Sieh ihn dir doch an. Wer will sich denn mit so einem Walross einlassen?“, kamen die Worte gehässig aus Georgs Mund.

„Du bist gemein. Warum könnt ihr euch nicht vertragen?“

„Nicht ich bin gemein, sondern du mit deiner übertriebenen Fürsorge. Wenn du ihn nicht so verhätschelt hättest, wäre er vielleicht ein normaler junger Mann und hätte eine Frau und Kinder.“

„Du hast dich ja immer nur für Christoph interessiert, hast ihm immer alles nachgesehen, alles schön vertuscht oder mit Geld wieder gutgemacht. Wenn ich daran denke, wie er das arme Mädchen gequält hat.“ Sie schlug die Hände vors Gesicht.

„Wenn du dich da mal nur nicht täuschst. Es ist nicht immer alles so, wie es scheint.“ Georg seufzte und verließ das Zimmer.

Kapitel 60

Bettina blieb allein in dem großen, geschmackvoll eingerichteten Wohnzimmer zurück. Das war das erste Mal seit langer Zeit, dass sie so etwas Ähnliches wie eine Unterhaltung mit ihrem Mann geführt hatte. Sie konnte sich nicht erinnern, wann sie zuletzt länger miteinander geredet hatten. Georg verließ morgens nach dem Frühstück das Haus und kehrte oft erst spät abends zurück. Angeblich musste er Kunden zum Essen ausführen oder mit Helli einen trinken gehen. Die wenigen Male wenn er zu Hause aß, sprach er selten ein Wort.

Wenn Patrick nicht in ihrem Hause wohnen würde, hätte sie außer den Frauen in der Kirchengemeinde niemanden, mit dem sie reden könnte. Ab und zu sprach sie mit den Nachbarn am Zaun. Es wurde aber nie eine ernsthafte Unterhaltung daraus. Es ging eher um belanglose Dinge wie das Wetter oder die Pflanzen im Garten.

Grundsätzlich sprach sie mit niemandem über ihre Gefühle und Gedanken. Dabei gab es so viel, was sie bewegte. Andere Menschen hatten für so etwas Freunde. Doch sie hatte noch nie eine richtige Freundin gehabt, mit der sie über alles hätte reden und lachen können oder einfach nur albern sein. Sie war ein einsamer Mensch. Schon in ihrer Kindheit war ihr beigebracht worden, dass man seine Probleme nicht nach draußen trug.

Bis vor wenigen Tagen hatte sie sich wegen der Affären ihres Mannes niemandem anvertraut. Dabei wusste sie von jeder seiner Liebschaften. Er hatte sich nie groß angestrengt, sie zu vertuschen. Die Spuren von Lippenstift an seinen Hemden, die fremden Haare an seinen Anzugsjacken oder der Geruch von Frauenparfüm an seiner Kleidung verrieten ihr jedes Mal, wenn er mit einer anderen Frau unterwegs gewesen war.

Ab und zu fand sie Rechnungen von Restaurants oder Hotels. Sie hatte ihn nie daraufhin angesprochen. Sie wusste ja, dass er sich schnell mit einer Frau langweilen und ein neues Abenteuer mit einer anderen suchen würde. Deshalb hatte sie immer großzügig darüber hinweggesehen. Sie wollte nicht als verschmähte Ehefrau allein zurückbleiben. Schweigend ertrug sie die Demütigungen, aber sie war und blieb Frau Steinwedel, die Frau eines erfolgreichen Autohändlers.

Die letzten vier Jahre hatten sie allerdings auf eine harte Geduldsprobe gestellt. Diese Affäre dauerte viel zu lange und war viel zu intensiv, um als harmlose Liebschaft abgetan zu werden. Hier hatte sie sich nicht darauf verlassen, dass er sie von sich aus beenden würde.

In den letzten Tagen hatte sie unerwartete Hilfe erhalten. Sie konnte selbst kaum glauben, dass ein anderer Mensch ihr zuhörte, sich mit ihren Problemen befasste, ihr einen Rat erteilte und sie sogar bei ihrem Vorhaben unterstützte.

Kapitel 61

Auf dem Weg zur Arbeit hielt Cosima am Lebensmittelmarkt in der Butzbacher Straße an, um sich zwei belegte Brötchen zu holen.

„Hi Cosima", rief ihr jemand hinterher. „Wohin so eilig?"

Cosima drehte sich um und sah in das freundliche Gesicht von Andreas Schmid, dem Schäfer vom *Dünnen Wald* in Gambach.

„Hallo Andreas", grüßte sie verlegen. „Ich hab dich nicht kommen sehen".

„Jaja, kleine Leut übersieht man gern", witzelte er. „Wie geht es dir? Hast du dich erholt?"

„Oh je, war ich so schlimm?", fragte sie peinlich berührt.

„Ne, wie kommsten da drauf? War doch alles ganz normal."

„Naja, ich hatte wohl ganz schön einen im Tee."

„Normal, sag ich doch. Das geht jedem beim ersten Mal auf der Gambacher Kirmes so. Mach dir nix draus."

„Ist mir aber schon irgendwie peinlich", druckste Cosima.

„Muss es nett."

Cosima packte die Gelegenheit beim Schopf und fragte Andreas: „Hast du eine Ahnung, mit wem ich getanzt habe? Da war so ein Typ, muss ziemlich attraktiv gewesen sein. Ich kann mich nur nicht an den erinnern." Sie lachte jetzt.

„Außer mir hab ich da keinen attraktiven Mann gesehn." Andreas zwinkerte ihr zu.

„Du bist ne Nummer." Cosima lachte wieder. „Aber kannst du dich nicht an so jemanden erinnern?"

„Nee, da warn die üblichen Verdächtigen und den Dicke wirste ja wohl kaum meine?"

„Welchen Dicken?"

„Ei, de Patrick Steinwedel. Der sitzt immer allein inner Eck."

„Den kenne ich nicht und ich kann mich auch nicht dran erinnern, mit ihm geredet zu haben."

„Der hat dir aber en Erdbeersecco spendiert."

„Echt jetzt?" Cosima riss die Augen auf.

„Haste aber nix verpasst. Ich muss jetzt wieder. Die Kinner warte auf die Brötchen. Lass dich mal wieder sehn. Die Sabrina würd sich freue." Mit erhobener Hand ging er auf sein Auto zu.

Cosima fuhr ins K 10 nach Friedberg. Wenn sich die Gelegenheit ergab, wollte sie Juliane nach diesem Patrick fragen.

Kapitel 62

„Guten Morgen, Co“, begrüßte Alexander sie, als sie das gemeinsame Büro im K 10 betrat. In seiner Stimme schwang ein sonderbarer Unterton mit.

Erdmann schoss auf sie zu und warf sich winselnd auf den Rücken, streckte alle Viere in die Luft. Cosima verstand die eindeutige Aufforderung des Vierbeiners, beugte ich zu ihm herab und kraulte seine breite Brust ausgiebig.

„Hallo Henne, schon so früh am Start?“, begrüßte sie ihren Kollegen.

„Es gibt viel zu tun. Wir sollten noch mal nach Bad Vilbel fahren.“

Sie stand auf und ging zu ihrem Schreibtisch. Ihr Blick fiel auf einen Strauß dunkelroter Rosen, der in einer Vase mitten auf dem Tisch stand. Ihr Herz begann, schneller zu schlagen. Normalerweise sollte man sich beim Anblick eines Blumenstraußes freuen. Doch Cosima war weit davon entfernt.

„Wo kommt der denn her?“, fragte sie wütend.

„Der Pförtner hat ihn heute Morgen vor der Tür auf dem Boden gefunden. Er war an dich adressiert“, antwortete Alexander.

Cosima betrachtete den Strauß aufmerksam. Eine Karte steckte zwischen den Blüten. *Ich wünsche dir einen schönen Tag, meine Süße*, stand in schwungvollen Lettern auf der Karte.

„So ein Mist aber auch. Das gibt es doch gar nicht!“

„Wäre nett, wenn der Rosenkavalier nicht die Absicht verfolgen würde, dich zu verunsichern", konstatierte Alexander.

„Du glaubst mir also?"

„Natürlich tue ich das. Deshalb lassen wir auch die Karte auf Fingerabdrücke untersuchen." Er reichte ihr eine Plastiktüte. Cosima steckte mit spitzen Fingern die Karte hinein.

„Wenn ich Zeit hätte, würde ich alle Blumengeschäfte abklappern und nachfragen, wer so einen Strauß gekauft hat", erklärte Cosima.

„Hast du aber nicht. Aber wie ich Stückchen kenne, wird sie der Sache schon nachgehen", tröstete Alexander sie.

„Wer spricht hier von mir?" Stückchen kam hereingerauscht.

„Guten Morgen, Co." Sie strahlte die Kommissarin an.

„Guten Morgen, Stückchen. Wieso bist du so gut gelaunt?"

„Warum denn nicht? Ist doch ein herrlicher Tag. Die Sonne scheint. Ich habe Arbeit. Was will man mehr?"

Cosima verdrehte die Augen. Wenn Stückchen so gut gelaunt war, war etwas im Busch.

„Also, wenn ich mal was sagen darf", fuhr Stückchen fort, „diese Rosen da sind Freilandrosen. Die kann man überall an der Straße kaufen. Da gibt es mehrere Stände in der Wetterau. Sind bestimmt aus Steinfurth."

„Ok", erwiderte Cosima zögerlich, „kannst du herausfinden, von welchem Stand die stammen?"

„I will do my very best", kam es lachend von Stückchen.

Alexander schmunzelte. Erdmann bellte freudig und wedelte wie wild mit dem Schwanz. Die gute Stimmung der Sekretärin schien sich auf den Rauhaardackel zu übertragen. Freiwillig folgte er ihr in ihr Büro und schlüpfte unter den Schreibtisch in seine Höhle.

Kapitel 63

„Das macht mir Angst“, sagte Cosima auf dem Weg nach Bad Vilbel zu Alexander. Sie fuhren gerade durch den Kreisel am Ende des Grünen Wegs. Alexander nahm die erste Ausfahrt und folgte dem Schild in Richtung Bad Vilbel. Wie nicht anders zu erwarten, war die Straße im morgendlichen Berufsverkehr dicht befahren. Es ging nur langsam vorwärts.

Erdmann fehlte ihr. Normalerweise lag er auf ihren Knien und ließ sich von ihr ausgiebig streicheln. Das wirkte beruhigend auf sie, denn dass sie etwas quälte, war daran festzustellen, dass sie ihren Kollegen bei seinem Vornamen nannte. Seit Jahren sprachen sie sich nur mit Henne und Co an, Spitznamen, die ihnen der ehemalige Kollege und Trainingspartner von Alexander verpasst hatte und der nun ausgerechnet der Nachbar der Kommissarin in Ober-Hörgern war: Bernhard Weghaus.

„Ich glaube dir ja. Aber bist du sicher, dass die Terrassentür geschlossen war?“ Er schaute seine Kollegin besorgt von der Seite an. „Oder machst du aus lauter Nervosität vielleicht Fehler?“, mutmaßte Alexander.

„Das ist es ja, Alexander. Ich weiß es nicht. Ich bin total durcheinander.“ Cosimas Verzweiflung war unüberhörbar. „Bernhard will nach der Mühle schauen. Er muss im Garten arbeiten und will dabei mein Anwesen beobachten“, erklärte sie.

„Das ist doch gut. Aber wenn die Belästigungen nicht aufhören, stellen wir dir einen Beamten vor die Tür“, verkündete Alexander.

„Bis jetzt ist ja nichts passiert. Erst mal abwarten." Cosima seufzte. Sehr überzeugt klang sie nicht.

„Wie geht es meinem alten Sportsfreund Bernhard?", wollte Alexander seine Kollegin ablenken.

„Dem geht es gut. Der hat so viel Kohle, der kann sich alles leisten, muss nicht arbeiten, kann tun und lassen, was er will."

Ihr Nachbar Bernhard war seit 2006 Witwer. Seine Frau war auf tragische Weise ums Leben gekommen. Beim Überbringen der Todesnachricht war auch sein Schwiegervater verstorben. Bernhard und sein Sohn Jens hatten daraufhin ein riesiges Vermögen geerbt. Bernhard hatte seinen Dienst quittiert und reiste seitdem um die Welt.

Jens studierte an einer privaten Universität in München *Internationales Recht* und jobbte zwischendurch in einer bekannten und angesehenen Kanzlei als Praktikant. Zudem musste er mehrere Semester im Ausland absolvieren. Im Moment war er gerade in Buenos Aires.

„Beneidenswert. Aber ich bin mir nicht sicher, ob ich ohne Arbeit leben will. Das ist doch auf Dauer langweilig", meinte Alexander.

„Das könnte ich mir auch nicht vorstellen, aber momentan nervt mich mein Job. Was dieser jungen Frau passiert ist, macht mich fassungslos. Es ist doch Wahnsinn, dass eine fremde Person so viel Macht über sie ausüben konnte. Wir müssen dieses feige Arschloch fassen."

„Mal abgesehen davon, dass mir deine Formulierung nicht gefällt, wieso nennst du ihn feige?"

„Weil er Kontakt zu einer Frau gesucht hat, die nichts von ihm wollte. Statt sich zurückzuziehen, hat er sie vor lauter Enttäuschung immer weiter belästigt. Das nenne ich feige."

„Aber wie kann jemand enttäuscht sein, wenn er die Person nur einmal getroffen und sie anschließend nur am Telefon gesprochen hat? Da kann man doch noch nicht von Liebe sprechen", erwiderte Alexander.

„Es gibt solche Typen, die glauben, dass eine Frau ihre Gefühle teilt, weil sie Blickkontakt mit ihr hatten. Wenn es dann noch zu einem Flirt kommt, vielleicht sogar zum Austausch von Zärtlichkeiten, ist derjenige davon überzeugt, dass die Frau etwas für ihn empfindet. Er liebt sie und glaubt, dass auch sie ihn liebt."

„Aber jeder normale Mann hört doch auf, eine Frau anzubaggern, wenn die ihn zurückweist."

„Du sagst es, jeder *normale* Mann. Aber so ein Stalker ist nicht normal. Er handelt aus anderen Gründen wie nicht erwiderter Liebe, Demütigung, Zurückweisung, Rache oder Hass."

„Ich dachte immer, die Opfer kennen ihre Stalker. Sie wären Nachbarn, ehemalige Freunde, Ex-Partner oder frustrierte Arbeitskollegen." Alexander sah Cosima von der Seite an.

„In vielen Fällen ist das so. Aber es gibt auch Fälle, wo der Kontakt beiläufig war. Die Opfer erinnern sich oft nicht an eine Begebenheit. Deshalb ist es ja auch so schwierig, die Stalker ausfindig zu machen", erklärte Cosima ihm, die ihr Wissen aus ihrem Studium der Psychologie schöpfte.

„Und wenn Frau Jürgens ihren Mörder von früher kannte? Dieser Spur ist man meines Wissens nicht intensiv genug nachgegangen."

„Stimmt, nach der Aktenlage haben sich immer alle auf diesen Unbekannten von dem Partyschiff konzentriert. Aber sie hat ja selbst gesagt, dass sie sich nicht vorstellen kann, dass jemand aus ihrer Vergangenheit zu so etwas fähig wäre."

Endlich konnte Alexander an der Ampel bei Karben auf die Umgehungsstraße nach Bad Vilbel abbiegen. Der Berufsverkehr in Richtung Frankfurt hatte sie am schnellen Vorwärtskommen gehindert. Er trat aufs Gaspedal. Die PS des schweren BMW machten sich sofort bemerkbar und ließen den Wagen davon schießen.

„Wir fahren erst mal aufs Präsidium, um uns mit den Kollegen abzustimmen. Aber wenn dich der Fall zu sehr mitnimmt, kannst du auch Schreibtischarbeit erledigen und ich nehme Jüngling oder Eberstädter mit", bot Alexander an.

„Nee, lass mal. Wird schon gehen", winkte Cosima ab. „Eberstädter ist besser in Sachen IT und Jüngling kennt sich mit der Datenabfrage aus. Uns nützen die beiden mehr am Schreibtisch als auf der Straße."

„Apropos Datenabfrage: War denn noch etwas Auffälliges bei der Liste der Anrufer festzustellen?"

„Nee, nichts. Die Anrufe kamen alle von öffentlichen Telefonzellen. Und seit Eberstädter mein altes Handy übernommen hat, hat nur zweimal eine unbekannte Nummer angerufen. Als der Anrufer bemerkte, dass ein Mann antwortete, hat er aufgelegt."

„Und unter deiner neuen Nummer hat noch niemand Fremdes angerufen?“ Alexander sah sie fragend an.

„Nee, bis jetzt noch nicht. Aber das kann noch kommen.“ Cosima schnaubte.

„Vielleicht gibt der Typ ja schnell wieder auf“, hoffte Alexander.

„Eigentlich will ich das nicht. Ich möchte wissen, wer der Stalker ist und ihn einbuchten, damit er nicht noch andere Frauen belästigen kann“, kam es wütend zurück.

Kapitel 64

Uta Brandt stand am Küchenfenster. Hinter der Gardine wartete sie darauf, dass sich etwas auf der Straße tat. Heute Morgen war es seltsam ruhig. Helli war bis jetzt noch nicht erschienen. Das lag wahrscheinlich daran, dass er nicht mit dem Hund rausgehen konnte, um seine übliche Tour durchs Dorf zu drehen und die Leute auszuspionieren.

Georg Steinwedel und sein Sohn Patrick waren schon am frühen Morgen getrennt aufgebrochen. Bettina sah Uta nur selten auf der Straße. Und wenn, dann fuhr sie eilig mit dem Fahrrad davon.

Zu dumm, dass Uta nicht gesehen hatte, wer mit dem Wagen von Bettina vorgestern gefahren war. Dass jemand anderes den Wagen gesteuert hatte, wusste sie von Gisla. Bis jetzt hatte die Polizei nicht herausgefunden, wer am Steuer des Wagens gesessen hatte – allerdings stellte sich die Frage, ob das überhaupt von Interesse für sie war.

Aber Uta wollte es wissen. Schließlich stand noch immer die Behauptung im Raum, sie hätte den Hund überfahren, obwohl das anhand der Spurenlage ausgeschlossen war, wie Polizeihauptkommissar Hofstetter dem wütenden Nachbarn erklärt hatte. Doch Helli dachte nicht daran, die Unterstellung zurückzunehmen und sich zu entschuldigen.

Uta hatte daraufhin verzichtet, ihr Auto weiterhin auf die Straße zu stellen. Ihr Versuch, den Nachbarn damit zu ärgern, hatte zwei Dellen im Dach ihres Wagens zur

Folge und den Ärger wegen des toten Hundes, der hinter ihrem Auto gelegen hatte.

Schräg gegenüber fuhr Mehmet mit seinem Transporter von seinem Grundstück auf die Straße. Er hatte seine beiden Kinder dabei. Jeden Morgen um die gleiche Zeit verließ er das Haus und brachte die beiden in die Schule, bevor er selbst in seine Schreinerei im Gewerbegebiet von Gambach fuhr.

Sie mochte den türkischstämmigen Deutschen, der mit seiner Familie seit fünf Jahren in der Straße wohnte. Sie wusste, dass er genauso unter Helli zu leiden hatte wie die meisten ihrer Nachbarn.

Auch Karl Friedrich und seiner Frau Gisla ging es so mit dem zänkischen Nachbarn. Doch die beiden Lehrer hielten sich aus allem raus, gingen ihrer eigenen Wege.

Früher hatten die Bewohner der Straße alle zusammen gegrillt, Straßenfeste organisiert und Silvester gefeiert. Jeder Geburtstag wurde gemeinsam begangen, man war eine eingeschworene Gruppe, die auch zusammen die Feste im Dorf besuchte.

Doch nach dem Tod von Hellis Sohn hatte sich der Nachbar total verändert. Obwohl ihm alle ihre Unterstützung angeboten hatten, ihn trösten wollten, war Helli nur auf Krawall gebürstet. Der einzige, der Zugang zu ihm fand, war Georg Steinwedel. Auch Schorsch, wie sie Georg früher nannten, hatte sich aus der Clique zurückgezogen. Die Gemeinschaft war auseinandergebrochen. Gegenseitige Beschuldigungen, Bespitzelungen und Beleidigungen waren an der Tagesordnung. Noch schlimmer wurde es, nachdem ihre

Tochter Ingrid für eine Woche spurlos verschwunden war. Uta dachte mit Grauen an diese Zeit.

Uta hatte das Zimmer des Mädchens eines Morgens leer vorgefunden. Ihr Bett war unbenutzt. Alles war ordentlich aufgeräumt. Da es keine Spuren eines gewaltsamen Eindringens oder eines Kampfes gab, musste das Mädchen freiwillig aus dem Haus gegangen sein.

Christoph, ein guter Freund und Schulkamerad von Ingrid, war zunächst in Verdacht geraten, etwas mit ihrem Verschwinden zu tun zu haben. Aber man konnte ihm nichts nachweisen. Er behauptete, nicht zu wissen, wo sich das Mädchen aufhielt. Es waren keine Lösegeldforderungen bei den Eltern eingegangen und auch sonst keine Hinweise auf eine Entführung. Die Polizei untersuchte den Fall in alle Richtungen. Das Gebiet um Gambach wurde gründlich durchsucht. Doch Ingrid blieb verschwunden. Sie hatten die Hoffnung, sie lebend wieder zu sehen, schon aufgegeben, als Ingrid plötzlich wieder aufgetaucht war.

Uta fröstelte bei dem Gedanken an diese Zeit. Nichts war mehr so wie zuvor. Sie bedauerte diese Tatsache zutiefst. War sie doch selbst immer eine lustige Person gewesen, die gern feierte und mit anderen Menschen zusammenkam. Aber ihre Fröhlichkeit und Unbeschwertheit waren wie Seifenblasen geplatzt. Aus ihr war eine gehässige und geschwätzige Person geworden, die neugierig alle Bewegungen in ihrer Straße verfolgte und die Nachbarn ausspähte. Was sie ihrem Nachbarn Helli verübelte, tat sie selbst.

Uta seufzte verzweifelt. Was würde sie darum geben, wenn sie die Zeit zurückdrehen und die schrecklichen Ereignisse ungeschehen machen könnte!

Sie wurde aus ihren Gedanken gerissen, als ein großer, dunkler Wagen in ihre Einfahrt fuhr.

„Ei Heinrich, komm doch emoal bei. Da fährt doch einfach ainer in unser Einfahrt. Des gibt's doch nett. Was e Frechheit!", empörte sich Uta.

„Ach Muddi, was hast du denn schon wieder?" Heinrich tauchte hinter seiner Frau auf.

Kapitel 65

Martin ging um den Wagen herum, blieb an der rechten Vorderseite stehen, untersuchte den Lack und strich über das verbeulte Metall. Haare blieben an seinen Fingerkuppen hängen. Wenn er seinem Chef glauben durfte, waren es nicht die Haare von Ajax, sondern die eines Waschbären.

Auf dem Weg zur Arbeit hatte er in den letzten Wochen öfter tote Tiere am Rand der Bundesstraße von Gambach nach Butzbach entdeckt. Seit einigen Tagen lag tatsächlich ein größeres Exemplar in der Höhe der Spedition auf dem Grasstreifen. Es war also nicht auszuschließen, dass sein Chef die Wahrheit sprach. Dann hätte er Christoph tatsächlich fälschlich verdächtig.

Deshalb hatte der Senior auch so merkwürdig reagiert, als Martin die Andeutung gemacht hatte. Er hatte dafür, dass er über den Vorfall Schweigen bewahren würde, mehr Lohn verlangt. Martin hatte das so geschickt formuliert, dass man ihn juristisch nicht dafür belangen konnte. Von einem Erpressungsversuch war sein Kommentar weit entfernt gewesen. Dennoch hatte Steinwedel sofort verstanden, worum es ihm ging.

„Setzen Sie sich, Martin“, hatte der Chef ihn aufgefordert. Martin befürchtete, dass er nun die Kündigung wegen seiner bösartigen Unterstellung erhalten würde.

„Sie sind ein Schwein.“ Sein Chef hatte das in einem Ton gesagt, als würde er ihm ein Kompliment, aber keine Vorhaltungen machen. Im gleichen Ton fuhr er fort: „Sie sollten sich schämen, meinem Sohn zu unterstellen, dass er einen Hund überfahren und sich anschließend aus dem Staub gemacht hätte. Der Gipfel Ihrer Unverfrorenheit ist der, dass Sie nun auch noch versuchen, mich zu erpressen. Alle Achtung."

Martin hatte wie das Kaninchen vor der Schlange vor seinem Chef gesessen. Er konnte sich nicht erklären, wie er die Reaktion von Steinwedel deuten sollte. Auf dem Stuhl verharrend, hatte er auf das bittere Ende gewartet, auf einen Schrei, eine Beschimpfung und nicht zuletzt auf den Rausschmiss. Er glaubte, sich verhört zu haben, als sein Chef schließlich zu ihm sagte: „Sie gefallen mir." Steinwedel hatte eine Weile geschwiegen und Martin direkt in die Augen gesehen. „Leute wie Sie kann ich gebrauchen. Jetzt mehr denn je."

Ein Gefühl der Erleichterung hatte sich in Martin breit gemacht. „Ich verstehe nicht ganz, Chef", hatte er stotternd hervorgebracht.

„Müssen Sie auch nicht. Zu gegebener Zeit werde ich es Ihnen erklären. Gehen Sie wieder an die Arbeit und sorgen Sie dafür, dass endlich der Wagen meiner Frau repariert wird."

Martin war schon an der Tür, als Steinwedel ihn noch einmal zurückhielt.

„Ach Martin, was Patrick betrifft, vor dem müssen Sie sich nicht fürchten." Er machte eine wegwerfende Handbewegung. „Ich habe hier das Sagen und hier geschieht ausschließlich, was ich will."

Die bis dahin neutrale Stimme seines Chefs hatte eine plötzliche Schärfe angenommen. „Habe ich mich verständlich ausgedrückt, Martin?“ Steinwedel hatte so mit dem Zeigefinger auf die Schreibtischplatte getippt, als wollte er sie durchbohren.

„Alles klar, Chef.“ Martin hatte grinsend zugestimmt und erleichtert das Büro verlassen. Auf dem Weg nach draußen hatte er vor sich hin gepfiffen.

„Warum hast du denn so gute Laune? Hast du eine Gehaltserhöhung bekommen?“, hatte Blondie ihn gefragt.

„Hallo, meine Schöne“, hatte er Angela überschwänglich begrüßt.

An diese Szene musste er nun denken, als er den Wagen von Bettina untersuchte. Erst jetzt fiel ihm auf, dass sein Chef nicht mehr auf die Gehaltserhöhung eingegangen war. Bei passender Gelegenheit würde er ihn noch einmal darauf ansprechen.

Ein Schatten fiel auf die Motorhaube. Martin sah auf. Vor ihm hatte sich Patrick mit verschränkten Armen und einem überheblichen Blick aufgebaut.

„Was wird das, wenn es fertig ist?“, verlangte er in einem arroganten Ton zu wissen.

„Das geht Sie nichts an. Ich bin Ihnen keine Rechenschaft schuldig“, antwortete Martin gelassen, in Erinnerung an die Worte seines Chefs.

„Ich glaube, ich habe mich verhört. Ich bin hier der Juniorchef und ich habe jedes Recht, zu fragen!“, schnaufte Patrick.

„Fragen können Sie, aber ob Sie eine Antwort erhalten, ist eine andere Sache.“ Frech grinste Martin den jungen Mann an.

Kapitel 66

Den mache ich mir zum Werkzeug, dachte Steinwedel. Der Mann ist schlau, gerissen, niederträchtig, hemmungslos, skrupellos, manipulativ. Seiner Meinung nach besaß Martin alle schlechten Eigenschaften, die Steinwedel künftig von Nutzen sein konnten.

Er stand auf, bediente sich am Whisky und setzte sich mit dem fast vollen Glas auf seinen Sessel, den Blick auf den Hof gerichtet. Er sah Patrick in die Werkstatt gehen. Seine Laune verschlechterte sich schlagartig.

Was wollte sein Sohn dort? Die Werkstatt gehörte nicht zu seinem Arbeitsbereich. Sie hatten bei Patricks Eintritt in die Firma die Zuständigkeiten genau geregelt. Die Werkstatt war Georgs ureigenes Aufgabengebiet, sein Sohn hatte dort nichts verloren. Er verstand zudem nichts von diesen Dingen.

Patricks Tätigkeit beschränkte sich auf die kaufmännische Leitung des Betriebes. Davon verstand er wirklich etwas. Aber alles andere ging ihn nichts an.

In letzter Zeit war Georg jedoch aufgefallen, dass sich der Junior ständig auf dem Hof und in der Werkstatt herumtrieb. Georg wollte nicht, dass Patrick mit Kunden zusammentraf, sich in Verhandlungen einmischte oder seine Verkäufer kommandierte. Ebenso wenig wollte er, dass er den Gesellen in der Werkstatt oder der Lackiererei Anweisungen erteilte. Dafür hatte er zwei hervorragende Meister im Betrieb, die ihr Metier verstanden.

Er würde Patrick nachher daran erinnern.

Georg drehte sich um und bediente den Knopf der Gegensprechanlage.

„Ja Chef, was kann ich für Sie tun?“, ertönte Angelas Stimme.

„Bringen Sie mir doch mal eine Kopie von dem Organigramm unseres Betriebes“, forderte er seine Mitarbeiterin auf.

Als er sich zurück zum Fenster drehte, fuhr gerade eine dunkle Limousine – ein älteres Fabrikat, eindeutig nicht der Klasse von Autos zuzuordnen, die er veräußerte – auf den Hof. Er erkannte die Männer, die ausstiegen und machte sich auf weitere unangenehme Fragen gefasst.

Kapitel 67

„Das gibt es doch nicht, da entlässt der Mann sich selbst aus dem Krankenhaus!" Alexander schüttelte den Kopf.

„Ich freue mich, dass es ihm wieder gut geht", konterte Cosima. „Nicht auszudenken, was ich mir hätte anhören müssen, wenn er den Schock nicht überlebt hätte."

Beide hingen während dem Rest der Fahrt nach Bad Vilbel ihren Gedanken nach.

Schließlich standen sie zum wiederholten Male vor Albert Mairs Wohnungstür am Heilsberg. Sie wollten ihn noch einmal befragen, in der Hoffnung, dass er ihnen etwas über den Mann verraten könnte, der seinem Neffen das Geld gegeben hatte. Sie waren sicher, dass er mehr wusste.

Doch die Wohnungstür blieb verschlossen. Cosima drückte erneut den Klingelknopf. Nichts passierte.

Alexander donnerte mit der Faust gegen das Holz der Wohnungstür. Ungeduldig wartete er, dass etwas passierte. „Das gibt es doch nicht!", sagte er zornig, „der muss doch da sein! Kopf hat ihn doch nach Hause gebracht."

„Vielleicht ist er bei einem Nachbarn. Oder er ist einkaufen", überlegte Cosima.

„Der soll sich doch nicht von der Stelle rühren! Warum ist denn keiner hier, der auf ihn aufpasst, verdammt noch mal?!"

„Du hast doch gehört, dass Kopf nach der langen Nacht im Krankenhaus müde ist und die auf der Dienststelle eh schon zu wenige Leute haben. Wer soll ihn denn bewachen?", versuchte Cosima, den Kollegen zu beruhigen.

Nebenan öffnete sich eine Tür. „Was wollen Sie hier? Wir kaufen nichts", äußerte eine ältere Dame in missbilligendem Ton zu den beiden Kommissaren.

Alexander wandte sich der Dame zu. „Wir wollen Ihnen nichts verkaufen. Wir kommen von der Kripo in Friedberg und suchen Herrn Mair. Wissen Sie, wo er ist?"

„Das kann ja jeder sagen. Können Sie sich ausweisen?" Die alte Dame musterte die beiden Ordnungshüter von oben bis unten.

Alexander zückte seinen Dienstausweis und hielt ihn der Frau hin. Sie nahm ihn mit ihren knochigen Fingern entgegen, betrachtete abwechselnd das Bild und Alexander.

„Können Sie sich auch ausweisen, junge Frau?", wandte sie sich nun an Cosima, als sie Alexander das Plastikkärtchen reichte.

Cosima hatte bereits ihren Ausweis aus ihrer Gesäßtasche hervorgeholt und zeigte ihn ihr.

„Na gut, was wollten Sie noch mal wissen?"

„Haben Sie eine Ahnung, wo Ihr Nachbar Herr Mair ist?"

„Ich bin doch nicht seine Aufpasserin. Hat er was verbrochen?", fragte sie neugierig.

„Natürlich nicht. Wie kommen Sie auf diese Idee?"

„Na, weil hier ständig irgendwelche merkwürdigen Typen ein und aus gehen. Vorhin war sogar ein Polizist da“, kam es besserwisserisch von der Alten.

„Das haben Sie gut beobachtet, gnädige Frau. Unsere Arbeit könnte sich leichter gestalten, wenn wir auf mehr aufmerksame Mitmenschen wie Sie treffen würden“, schleimte Alexander. Cosima schaute zu Boden, damit man ihr Grinsen nicht sah.

„Darf ich einen Moment hereinkommen? Würden Sie mir noch ein paar Fragen beantworten?“

Bevor die alte Dame antworten konnte, grätschte Cosima dazwischen „Haben Sie vielleicht einen Schlüssel zur Wohnung von Herrn Mair?“

„Der Hausmeister hat bestimmt einen.“

„Und wo finde ich den?“, fragte Cosima genervt.

„Im Keller“, kam es knapp zurück. Gleichzeitig öffnete sie die Tür, um Alexander hereinzulassen.

Kapitel 68

Cosima rannte die Treppe hinunter bis ins Kellergeschoss. Die Tür der Hausmeisterwohnung stand offen. „Hallo“, rief sie hinein. „Ist jemand da?“

Aus einem dunklen Gang kam eine Person auf sie zu, die einen überdimensionalen Bauch in einem dreckigen Overall vor sich herschob.

„Was wollen Sie? Sie wohnen doch nicht hier?“, fragte der kleine Mann mit knarrender Stimme.

Ohne einen Ton zu sagen, zückte Cosima erneut ihren Ausweis und hielt ihn dem Mann vor die wässrigen Augen, die wie zwei schmale Schlitze in seinem fleischigen Gesicht eingekerbt schienen. Ihr schlug der Geruch von Schweiß entgegen, vermischt mit einer Alkoholfahne.

„Sind Sie der Hausmeister?“, fragte Cosima angewidert.

„Wenn Sie nichts dagegen haben.“ Der Dicke nahm den Ausweis mit globigen vor Dreck starrenden Händen entgegen und betrachtete ihn ganz genau.

„Was will denn die Polizei hier?“ Unverhohlen sah er Cosima an und reichte ihr die Karte. Cosima nahm sie entgegen und wischte sie unauffällig an ihrer Hose ab.

„Sie müssten mir die Wohnungstür von Herrn Mair im dritten Stock öffnen. Wir befürchten, dass ihm etwas zugestoßen ist.“

Der Hausmeister nickte, drehte sich um und nahm einen Schlüsselbund von einem Brett hinter sich.

„Dann wollen wir mal", knurrte er, eilte zum Aufzug und drückte den Knopf. Die Tür glitt im gleichen Moment auf.

„Das verstehe ich nicht", bemerkte Cosima verwundert. „Ich denke, der Aufzug ist defekt."

„Den habe ich blockiert, weil die Kiddis darin spielen und ihn ständig hoch und runter fahren lassen."

Der Aufzug ratterte und brachte sie im Schneckentempo in die dritte Etage. Cosima war die Gegenwart des schwitzenden Mannes unangenehm. Er musterte sie aufmerksam und seine Augen blieben an ihrem Busen haften. In dem engen Aufzug hatte sie keine Möglichkeit, ihm auszuweichen.

Oben angekommen, öffnete der Hausmeister die Tür und ging in die Wohnung.

„Sie warten besser draußen", forderte Cosima den Hausmeister auf. Doch der ging unbeirrt voraus ins Wohnzimmer. Cosima folgte ihm und öffnete nach und nach alle Türen. Das Schlafzimmer lag im Dunkeln. Sie betätigte den Lichtschalter und machte sich auf eine böse Überraschung gefasst. Albert Mair lag im Bett. Sie ging auf ihn zu und berührte sacht seine Schulter.

„Herr Mair, hallo", Cosima war überzeugt, dass der Mann kein Lebenszeichen von sich geben würde. Sie rüttelte etwas heftiger, weil sie nicht glauben wollte, einen Toten vor sich zu haben.

Plötzlich kam ein Seufzer von dem alten Mann und er schlug die Augen auf.

„Was- was ist denn hier los?", stotterte er und sah entsetzt von Cosima zum Hausmeister.

„Gott sei Dank, Sie leben!“

Herr Mair richtete sich auf. Die Decke rutschte von seinen Schultern. Ein gestreiftes Schlafanzugoberteil kam zum Vorschein. Cosima schob den Hausmeister zur Tür hinaus.

„Vielen Dank für Ihre Hilfe. Ich komme jetzt allein zurecht.“

Als sie sich zu Herrn Mair umdrehte, war der alte Mann im Begriff, das Bett zu verlassen.

„Können Sie mir mal erklären, warum Sie in meine Wohnung eindringen?“, fragte er böse und schlüpfte mit den Füßen in die Pantoffeln vor seinem Bett.

„Sie müssen entschuldigen, Herr Mair. Ich habe mir Sorgen um Sie gemacht. Ich dachte, Ihnen wäre etwas passiert, als sie auf das Klingeln nicht reagiert haben.“

„Wie kommen Sie denn darauf? Ich war nur fix und fertig. Im Krankenhaus konnte ich nicht schlafen. Das ständige Gepiepe und das Hin und Her auf dem Gang haben mich verrückt gemacht. Deshalb wollte ich nach Hause. Ich habe eine Schlaftablette genommen, um zur Ruhe kommen.“

Erleichtert seufzte Cosima. „Dann ist ja alles in Ordnung. Ich lasse Sie mal allein, damit Sie sich anziehen können. Dann müssen wir aber noch mal reden. Es gibt da ein paar ungeklärte Fragen.“

Kapitel 69

Heinrich öffnete die Haustür und ging neugierig die Treppe hinunter. In der Einfahrt stand ein großer, dunkler BMW mit Hamburger Kennzeichen, ein Modell der Luxusklasse. Die Fahrertür öffnete sich. Zuerst sah er nur einen blonden Schopf. Als die Person ausstieg, erkannte er seine Tochter Ingrid. Mit ihrem Silberblick fixierte sie ihn über das Wagendach. Die dunkle Hornbrille betonte ihren Augenfehler noch. Ihr ebenmäßiges Gesicht wirkte streng.

„Ingrid, was machsten du he?", fragte Heinrich völlig perplex. Seine Tochter war eine Ewigkeit nicht mehr zu Hause gewesen. Sie hatten in den letzten Jahren nur telefonisch Kontakt gehabt. Ingrid wohnte in Berlin und meldete sich nur zu Geburtstagen, Weihnachten und Ostern. Ab und zu erhielten sie eine Karte aus dem Urlaub. Sie waren sich völlig fremd geworden.

Die große, schlanke Frau kam um den Wagen herum. Sie trug einen schwarzen Hosenanzug aus Seide. Eine teure Kette zierte ihren schlanken Hals. Ihr ganzes Gehabe wirkte arrogant und unnahbar.

Als sie ihren Vater begrüßte, beugte sie sich mit dem Oberkörper weit vor und berührte seine Wange mit ihrer.

„Hallo Papa", hauchte sie. „Wie geht es dir?" Ein schwerer, süßlicher Duft umgab sie.

„Ingrid, mei Dochter, was führt dich dann he nach Gambach? Warum haste dich dann nett angemeldt?", fragte Heinrich erstaunt. In seiner Stimme lag

Überraschung und Freude zugleich. „Komm doch erin“, forderte er sie auf.

„Ach, des gibt’s ja nett, des Froilein Dochter lässt sich ach mal widder blicke“, kam es nun giftig von Uta, die in der Haustür stand. „Hast dich wohl im Haus geirrt, wie?“

„Hallo Mama, dir auch einen schönen Tag. Können wir vielleicht reingehen? Ich habe euch etwas mitzuteilen“, sagte Ingrid betont freundlich.

Kapitel 70

Bettina kauerte hinter der Hecke und beobachtete die Ankunft von Ingrid Brandt. Was wollte die denn plötzlich hier? Die war ja schon Ewigkeiten nicht mehr in Gambach gewesen – und das war auch gut so. Bettina erinnerte sich an den Morgen, als Ingrid wieder zu Hause aufgetaucht war. Keiner konnte sich erklären, wo die Jugendliche eine Woche gewesen war. Alle waren erleichtert, vor allem, als das erschöpfte Mädchen den staunenden Eltern und der Polizei berichtete, dass man ihr keine Gewalt angetan und sie nicht missbraucht hatte.

Ihrem Sohn Christoph hatte man nichts nachweisen können, obwohl man ihm hinter dem Verschwinden des Mädchens vermutete. Dass sich die ganze Sache völlig anders verhalten hatte, wusste außer ihr und dem Entführer niemand. Doch sie schwieg, obwohl sie durch ihr Wissen Schaden von Christoph hätten abwenden können. Sie ließ zu, dass der Junge von allen gemieden und argwöhnisch betrachtet wurde.

Ingrid war ebenso wie Christoph nach der Schule weggezogen. Ihr Auftauchen würde womöglich alte Wunden aufreißen und alles wieder aufwühlen. In diesem Zusammenhang fand Bettina auch das plötzliche Erscheinen von Christoph in den letzten Tagen sehr sonderbar. Sollten die beiden hinter ihr Geheimnis gekommen sein und sie nun damit konfrontieren?

Kapitel 71

„Meine Herren, was verschafft mir die Ehre?" Georg Steinwedel empfing die beiden Kommissare aus Schlitz in seinem Büro.

Jovial bot er ihnen etwas zu trinken an. Das lehnten die Kommissare ab und blieben vor dem großen Schreibtisch stehen.

„Herr Steinwedel, nach Lage der Dinge wurde Frau Eisener von dem Turm in Schlitz gestoßen", schleuderte ihm einer der Kommissare entgegen.

„Wie bitte? Das kann doch nicht sein! Wer sollte so etwas tun?" Steinwedel war von seinem Platz aufgesprungen. Sein Schreibtischstuhl rollte nach hinten und donnerte gegen die Wand.

„Das versuchen wir gerade herauszufinden", kam es unfreundlich zurück.

„Verdächtigen Sie etwa mich?" Steinwedel fasste sich an den Hals.

„Hätten wir denn Grund dazu?"

„Nein, um Gottes willen. Ich habe Marianne geliebt. Ihr Tod hat mich zutiefst erschüttert. Ich hätte ihr nie etwas antun können. Das müssen Sie mir glauben."

„Was denken Sie, wie oft wir solche Beteuerungen schon gehört haben?", winkte der Kommissar verächtlich ab.

„Was kann ich tun, damit Sie mir glauben?" Hilfe suchend schaute Steinwedel die beiden Beamten an.

„Setzen Sie sich erst mal wieder und beantworten Sie einige Fragen zu Ihrem Treffen am Dienstagabend."

Steinwedel zog den Stuhl zu sich und ließ sich darauf sinken. „Bitte setzen Sie sich doch. Das macht es mir leichter, mit Ihnen zu reden“, bat er die Kommissare. Sein Gesicht hatte eine blasse Farbe angenommen. Schweiß rann ihm von der Stirn in die Augen. Er zerrte an seiner Krawatte und öffnete seinen Hemdkragen. Ihm war schlecht. „Also, was wollen Sie wissen?“, stieß er keuchend hervor.

Kapitel 72

Cosima klingelte ungeduldig bei der Nachbarin von Albert Mair. Es dauerte eine ganze Weile, bis sie schlurfende Schritte auf der anderen Seite hörte. Zaghaft wurde die Tür geöffnet.

„Frau Kommissarin, kommen Sie doch rein", forderte die Nachbarin Cosima auf.

Hinter der alten Dame erschien Henne.

„Ich muss dann mal wieder, gnädige Frau", sagte er höflich. „Herzlichen Dank für den Kaffee und den leckeren Kuchen."

„Wie schade, dass Sie schon gehen müssen, junger Mann. Es war so nett, mit Ihnen zu plaudern. Sie kommen doch mal wieder?" Sie himmelte den Kommissar förmlich an.

„Liebend gern, gnädige Frau. Sobald wir den Fall gelöst haben, besuche ich Sie." Er griff nach der Hand der alten Dame und hauchte einen Handkuss darauf.

Cosima musste sich das Lachen verkneifen.

„Was sollte das denn jetzt? Musst du immer so übertreiben und sogar noch alten Damen den Kopf verdrehen?" Cosima schüttelte den Kopf.

„Ich weiß nicht, was du willst", gab sich der Kommissar unschuldig. „Die alte Dame hat mir übrigens viel verraten."

„Na, da bin ich ja mal gespannt. Herr Mair hat auch noch einiges Interessantes preisgegeben", konterte sie und drückte den Knopf des Aufzugs.

„Der geht doch nicht", meinte Alexander und stürmte die Treppe hinunter.

Vor der Haustür trafen sie sich wieder. Alexander hatte die unvermeidliche Zigarette angesteckt und blies blauen Dunst in den trüben Himmel.

„Was hältst du davon …", weiter kam Cosima nicht. Ihr Handy bimmelte. Erstaunt blickte sie auf das Display.

„Bernhard, was gibt es?", fragte sie verwundert.

„Was?! Das gibt es doch nicht! Das habe ich nicht bestellt!", empörte sich Cosima. „Schick die wieder weg."

Sie lauschte gespannt der Stimme am anderen Ende der Leitung. „Das ist doch Quatsch, ich habe gar keine Ölheizung. Ich heize mit Pellets. Warum sollte ich denn 10.000 Liter Heizöl bestellen?" Sie sah zu Alexander. „So eine Schweinerei. Da steckt dieser Typ dahinter!", schrie sie ins Telefon.

Alexander nahm ihr das Handy aus der Hand. „Beruhige dich, Co", ermahnte er sie. „Bernhard, was ist los?" Der Kommissar hörte aufmerksam eine Weile zu, dann gab er seinem ehemaligen Kollegen die Anweisung, den Tankwagen wegzuschicken.

„Gib dem Fahrer zehn Euro und sag ihm, dass ich später mit seiner Firma Kontakt aufnehmen werde. Ich kenne den Chef ganz gut." Er seufzte

„Wir müssen herausfinden, wer das Öl bestellt hat. Dir vielen Dank. Pass schön weiter auf unsere Cosima auf." Damit verabschiedete er sich.

Cosima schnaufte vor Wut und Empörung. „Heute Morgen die Rosen, jetzt das Heizöl. Ich bin gespannt, was als Nächstes kommt!"

Kapitel 73

„Lass uns noch mal schauen, ob wir die neuen Nachbarn von Frau Hartmann antreffen. Vielleicht bringt uns das weiter." Alexander sah Cosima besorgt an.

„Die werden ebenso wenig wie alle die anderen etwas gesehen haben", gab Cosima besserwisserisch von sich.

Die beiden Kommissare hatten eine längere Mittagspause eingelegt und waren bei einem Italiener in Bad Vilbel eingekehrt. Cosima ließ ihre Pizza unangetastet zurückgehen. Nur das Glas Rotwein hatte sie zügig geleert. Normalerweise trank sie keinen Alkohol im Dienst. Doch heute war sie so aufgewühlt, dass sie eine Ausnahme machte.

„Du weißt, dass das nicht in Ordnung ist", hatte Alexander sie ermahnt. „Außerdem löst das nicht deine Probleme."

Sie hatten sich gegenseitig berichtet, was Herr Mair und seine Nachbarin erzählt hatten.

Cosima fand ihre Annahme bestätigt, dass Herr Mair am Vortag Besuch von einem Mann gehabt hatte, der intensiv nach After Shave gerochen hatte. Der Mann hatte sich als Freund seines Neffen ausgegeben und ihn gesucht. Der Fremde hatte ihn ausgefragt und Herr Mair hatte ihm bereitwillig Auskunft gegeben. Er hatte sich nichts dabei gedacht.

Dass er vermutlich einem Verbrecher gegenübergestanden hatte, der für mehrere Kriminaldelikte verantwortlich war, hatte ihm Cosima verschwiegen. Sie wollte den Mann nicht beunruhigen. Stattdessen hatte sie ihn aufgefordert, den Mann nicht mehr in die Wohnung zu lassen und sofort die Polizei zu verständigen, wenn er auftauchte. Immerhin wusste Cosima jetzt, wie der Gesuchte aussah.

Die Nachbarin konnte den Mann ebenfalls beschreiben. Die Aussagen der beiden Alten deckten sich. Die alte Dame hatte auch den Besuch vom Vortag bestätigt sowie die Besuche des Neffen in den letzten Tagen. Sie musste ständig hinter der Tür gelauscht und durch den Spion geschaut haben, sonst hätte sie alle diese Beobachtungen nicht machen können.

„Alte Leute eben. Die haben nichts Besseres zu tun und reden zu viel", hatte Alexander abschließend erklärt.

„Wir sollten ein Phantombild anfertigen lassen und eine Fahndung nach dem Mann herausgeben", schlug Cosima vor.

„Die beiden brauchen zudem Polizeischutz", meinte Alexander.

„Der Typ kommt bestimmt nicht wieder", belehrte ihn Cosima. „Was soll er denn jetzt noch da? Er hat erfahren, was er wollte."

„Wenn ich mir vorstelle, dass der alte Mann dem Typen gutgläubig anvertraut hat, wo sein Neffe sich aufhält und damit vermutlich seinen Tod verursacht hat ..." Alexander schüttelte den Kopf.

„Na ja, er hat angenommen, dass er von der Polizei ist." Cosima zuckte mit den Schultern.

„Auf jeden Fall muss der Neffe ganz schön verzweifelt gewesen sein, wenn er sich auf der Straße von einem Fremden ansprechen lässt und für Geld die Polizei an der Nase herumführt“, überlegte Alexander.

„Allerdings, jeder normale Mensch muss da doch stutzig werden“, meinte Cosima.

Kapitel 74

Auf dem Klingelschild stand kein Name.

„Ja bitte“, schallte es aus dem Lautsprecher.

„Guten Tag, hier ist die Kripo. Öffnen Sie bitte die Tür.“

„Was wollen Sie?“, kam es unfreundlich zurück.

„Es geht um den Mord an den beiden Frauen auf der anderen Straßenseite. Wir haben ein paar Fragen an Sie.“

Eine Weile passierte nichts. Schließlich drehte sich ein Schlüssel im Schloss und die Haustür wurde aufgezogen.

Eine große, blonde Frau erschien im Türrahmen. Die Begrüßung blieb aus, stattdessen sagte sie in einem arroganten Ton: „Ich habe nichts von einem Mord gehört. Außerdem bin ich erst heute hier angekommen. Mein Partner hat dieses Haus gekauft. Wir sind gerade am Umziehen.“

„Ist er zu sprechen?“, fragte Cosima ebenso unfreundlich.

„Tut mir leid. Der macht noch Besorgungen. Aber ich glaube nicht, dass er etwas weiß. Das hätte er mir bestimmt erzählt“, antwortete sie abweisend.

„Wann kommt er denn wieder? Wir möchten ihn gern persönlich befragen.“

„Ich denke erst gegen Abend.“

Henne gab der Frau seine Visitenkarte. „Bitte richten Sie ihrem Partner aus, dass er mich anrufen soll. Es ist wichtig.“ Eindringlich sah er die Bewohnerin des Hauses an.

„Das mache ich.“ Mit spitzen Fingern nahm sie die Visitenkarte entgegen und steckte sie in ihre Jackentasche.

„Dürfen wir erfahren, wie Sie und Ihr Partner heißen?“, hakte Cosima nach.

Ohne den Blick abzuwenden, griff die Frau in die andere Tasche ihres schwarzen Seidenblazers und zog etwas hervor. „Hier bitte schön.“ Sie reichte Henne ein Kärtchen. „Hier finden Sie meinen Namen und unter dieser Handynummer bin ich erreichbar.“ Cosimas Anwesenheit ignorierte sie einfach.

Henne betrachtete interessiert die Adresse. „Und wie heißt Ihr Lebensgefährte?“, wollte er noch wissen.

„Seinen Namen wird er Ihnen selbst sagen“, kam es herablassend zurück. „Auf Wiedersehen. Ich habe noch zu tun.“

Die Kommissare waren schon am Gartentor, als sich Cosima noch einmal umdrehte. „Fährt Ihr Lebensgefährte ein Motorrad?“

Die Blonde stand noch immer im Türrahmen und beobachtete sie geringschätzig.

„Auch das soll er Ihnen selbst beantworten.“ Sie trat zurück und die Haustür fiel ins Schloss.

Kapitel 75

Erdmann rannte jaulend und quietschend auf die Kommissare zu. Er warf sich auf den Rücken und streckte alle Viere von sich. Cosima ging in die Hocke und nahm den Dackel hoch. Wie ein Baby wog sie ihn hin und her, versenkte ihre Nase in dem Fell.

„Mein Dicker, du bist der einzige Grund, warum ich heute noch mal hier aufschlage." Der Dackel blickte sie aus seinen dunklen Augen unter den langen Brauen aufmerksam an.

„So ein Verräter", maulte Alexander. „Du bist mein Dackel, vergiss das nicht." Mahnend hob er den Zeigefinger vor Erdmanns Augen.

„Ist da jemand eifersüchtig?" Stückchen lachte, während sie eifrig auf die Tastatur ihres PC`s hämmerte.

„Ist doch wahr. Erst hat die Dame eine Tierhaarallergie und will nichts von ihm wissen und jetzt sind die zwei ein Herz und eine Seele", erklärte Alexander.

Cosima hatte zu Beginn tatsächlich ein Problem mit der Anwesenheit von Erdmann gehabt. Wegen einer Tierhaarallergie, die sich mit juckenden und tränenden Augen, Schnupfen und Husten bemerkbar gemacht hatte, konnte sie zunächst kein freundschaftliches Verhältnis zu dem niedlichen Dackel aufbauen. Sie hatte sich schließlich bei einer in Butzbach ansässigen Hautärztin erfolgreich desensibilisieren lassen.

„Dann darf man halt nicht wegfahren und den Dackel alleine zurücklassen. Selber schuld." Cosima spielte auf Alexanders Reise in die USA im Dezember letzten Jahres an.

„Von mir aus kannst du den Verräter haben."

Cosima wusste, dass die Aussage nicht ernst gemeint war. Alexander würde Erdmann niemals freiwillig hergeben.

Sie überlegte schon seit einiger Zeit, ob sie sich nicht auch ein Tier zulegen sollte, das ihr das Alleinsein erleichtern würde. Am einfachsten wäre eine Katze. Die könnte sie tagsüber alleine lassen. Aber sie mochte keine Katzen. Ein Hund würde ihr gefallen, aber was sollte sie mit ihm machen, wenn sie arbeiten musste? Sie konnte den Kollegen unmöglich zumuten, noch einen weiteren Vierbeiner im Präsidium zu ertragen. Auch der Chef würde da nicht mitspielen. Aber vielleicht gab es doch eine dritte Möglichkeit. Sie würde bei Gelegenheit mit Alexander darüber reden.

Eberstädter und Jüngling erschienen im Türrahmen.

„Können wir mal kurz die Lage besprechen? Ich möchte ausnahmsweise mal pünktlich nach Hause gehen", kam es vorwurfsvoll von Jüngling. Der junge Kollege, der seit über einem Jahr im Präsidium tätig war, hatte seit einiger Zeit eine Freundin.

Cosima war froh darüber und gleichzeitig erleichtert, denn zu Beginn seiner Tätigkeit hatte er sie angehimmelt. Jüngling war allerdings nicht ihr Typ und mit Kollegen fing sie grundsätzlich nichts an. Anfangs war das Verhältnis zu ihm deshalb schwierig gewesen, doch mittlerweile verstanden sie sich recht gut und arbeiteten gern miteinander. Das eine oder andere Mal hatte Jüngling sie sogar schon um Rat gefragt, wie er seine neue Freundin am besten beeindrucken könnte.

Stückchen hatte Kaffee vorbereitet und Kuchen gekauft. Alles stand hübsch angerichtet auf dem großen Konferenztisch im Besprechungsraum. EKHK Wortmann saß am Kopfende. Links von ihm hatten Jüngling und Eberstädter Platz genommen, rechts saßen Cosima und Juliane.

Die Tür ging auf. Henne samt Dackel stürmten herein. Während er sich zwischen Cosima und Juliane auf seinen Platz fallen ließ, sprang Erdmann am anderen Ende des Tisches auf einen Stuhl und starrte Wortmann an.

„Was macht der Hund hier?“ Wortmann schaute zu Henne. „Wir waren uns doch einig, dass er im Büro bei Stückchen bleibt.“

„Stückchen musste zum Zahnarzt und Erdmann wollte nicht alleine in seiner Höhle bleiben. Er stört uns bestimmt nicht“, versicherte Henne.

„Hoffentlich“, murrte Wortmann mit einem warnenden Blick zu Erdmann, der es vorzog, sich rasch mit einem Brummen auf den Stuhl zu legen.

Alle lachten und die angespannte Stimmung verzog sich.

„Der würde mich wahnsinnig machen.“ Nun lachte auch Wortmann.

Jüngling begann, ungeduldig mit den Fingerspitzen auf der Tischplatte zu trommeln.

„Ist ja schon gut, Kollege. Du darfst anfangen. Was hast du zu berichten?“, nahm Henne den Faden auf.

„Ich habe sowohl den Traktorfahrer als auch den PKW-Fahrer ausfindig machen können. Das ist echt nicht zum Aushalten in diesen Käffern! Den Leuten bleibt aber auch nichts verborgen. Kaum habe ich in der Straße nachgefragt, wusste jeder, um wen es sich bei dem Landwirt handelt. Das ist unheimlich. Ich würde da nicht wohnen wollen“, erklärte Jüngling.

Henneberg sah ihn streng an. „Kannst du dich bitte auf das Wesentliche konzentrieren? Was hast du bei dem Landwirt und dem Autofahrer herausgefunden?“

„Nichts. Das war alles purer Zufall. Die haben so bescheuert geparkt, dass ein LKW nicht zwischen den beiden Fahrzeugen hindurch fahren konnte. Und bis man die beiden Fahrer aufgespürt hat, war schon ein langer Rückstau entstanden. Mit unserem Motorradfahrer hatte das aber nichts zu tun. Für mein Zuspätkommen bei den beiden Damen ist er nicht verantwortlich.“

„Das hätte mich auch gewundert“, gab Henne zu. „Was ist mit den Nachbarn von Frau Hartmann? Hat sich da was ergeben?“

„Das ist ja das Komische: Während in Wöllstadt alle sofort Bescheid wussten, will in Bad Vilbel niemand etwas gesehen oder bemerkt haben. Aber alle mochten Frau Hartmann und haben ihren Tod sehr bedauert.“

„Was ist mit den Verwandten von Frau Hartmann?“

„Gibt keine nahen Verwandten in Bad Vilbel, außer ihrer Enkelin. Alle anderen sind bereits verstorben.“

„Hast du was über die neuen Nachbarn herausgefunden, die gerade gegenüber eingezogen sind?“, wollte Cosima wissen.

„Nachdem du mich vorhin angerufen hast, habe ich mich gleich mit der Stadt in Verbindung gesetzt. Die Leute sind seit Beginn des Monats dort gemeldet. Sie kommen aus Berlin. Er ist Informatiker, sie Finanzbeamtin. Sie haben das Haus von einem", Jüngling blickte auf seine Notizen, „zu blöd, jetzt kann ich meine eigene Schrift nicht entziffern." Er wurde unruhig. „Na ja, auf jeden Fall von einem alten Bad Vilbeler gekauft. Der ist kürzlich in ein Seniorenheim gezogen."

„Ok, diese neuen Nachbarn müssen wir uns auf jeden Fall noch mal vornehmen", beschloss Cosima.

„Was ist mit den anderen Mitbewohnern in Herrn Mairs Haus? Hast du da was Neues für uns?", fragte Alexander Jüngling.

„Nach Rücksprache mit der Polizeidienststelle in Bad Vilbel weiß ich nur, dass alle Einwohner von Kopf und Leicht befragt wurden, aber auch da hat angeblich keiner was gesehen. Nur eine Frau hat sich über den penetranten Geruch eines Parfüms im Treppenhaus beschwert. Als ob das wichtig wäre." Jüngling rollte mit den Augen.

Cosima fuhr auf. „Und ob das wichtig ist! Mir ist gestern auf dem Weg zu Herrn Mair im Treppenhaus einer begegnet, der so impertinent nach After Shave gestunken hat, dass mir übel wurde."

„Klärt mich einer auf? Was hat denn jetzt das After Shave mit dem Fall zu tun?", fragte Wortmann ungeduldig.

„Diesen Geruch habe ich in der Nase, seit wir die beiden toten Frauen gefunden haben. Da hing etwas in der Luft und ich bin sicher, es war der gleiche Duft", fuhr Cosima dazwischen.

„Nicht nur das", mischte sich Henneberg ein. „Als Frau Hartmann uns von dem Motorradfahrer erzählt hat, erwähnte sie unter anderem, dass der Mann gut gerochen hätte. Das wäre das einzig Positive an der Begegnung gewesen."

„Aber wieso sollte jemand so blöd sein und sich so stark parfümieren? Der kann sich doch denken, dass man ihn daran erkennt", bemerkte Wortmann, dem das Thema offenbar suspekt erschien.

„Vielleicht will er das ja. Vielleicht hat er die Nase voll und will gefunden werden", warf Eberstädter nun ein.

„Oder er ist Alkoholiker und will damit den Alkoholgeruch übertünchen." Cosima schnippte mit den Fingern.

„Wir reden gleich noch mal über den Herrenduft", unterbrach Henne. „Eberstädter, was hast du herausgefunden?"

„Die Firma Weissmann in der Friedberger Landstraße in Frankfurt gibt es gar nicht. Unter der Adresse ist eine Firma Aldai für Rohrreinigung gemeldet. Gehört einem Türken." Er schaute in die Runde. „Aber das ist noch nicht alles. Als ich weiter recherchiert habe, habe ich festgestellt, dass sich unter dieser Adresse noch weitere Firmen verbergen: ein Schlüsseldienst, eine Firma für Warnsysteme und Sicherheits- und Überwachungsdienste. Letztere bietet die Öffnung von Tresoren an und so einiges mehr, was mir sehr dubios erscheint."

„Du meinst doch nicht etwa, dass dieser Türke hinter all dem steckt?"

„Nee, das nicht, zumal der den Auftrag, die Alarmanlage zu installieren, nicht selbst ausgeführt hat. Den hat er an einen Subunternehmer weitergegeben.

Angeblich hat er das erste Mal mit dem Typen zusammengearbeitet und bar abgerechnet. An den Namen kann oder will er sich nicht erinnern", berichtete Eberstädter. „Die Jungs sind echt toll, die öffnen die Tresore, klauen den Inhalt und bieten dann Alarmsysteme an. Ist doch klasse, oder?" Eberstädter grinste breit.

„Eberstädter, lass unsere Brüder mit Migrationshintergrund in Ruhe", ermahnte ihn Wortmann.

„Ach, ist doch wahr. Aber was den Computer von Frau Hartmann betrifft, der ist eine uralte Gurke. Es war leicht, sich einzuloggen. Aber da ist nichts Verwertbares drauf. Der Laptop ihrer Nichte wurde allerdings seit drei Wochen nicht mehr benutzt, wahrscheinlich seit sie Hamburg verlassen hat."

Henneberg schlug wütend auf die Tischplatte. „Das gibt es doch nicht! Wie ist dieser Stalker nur an all die Informationen gekommen?!"

„Das kann er nur über das System des Anwaltes in Hamburg erfahren haben. Außerdem hat er das Telefon abgehört. Das ist für einen Fachmann nun wirklich nicht schwer", erklärte Eberstädter. „Vielleicht sollten wir uns mal bei der Telekom umhören. Wir gehen immer davon aus, dass der Stalker ein Computerfachmann sein muss. Warum eigentlich? Vielleicht hat er bei einem Dienstleister für Telefone gearbeitet."

Hennes Handy summte, interessiert lauschte er dem Anrufer, sprang dann auf und verließ mit erhobener Hand den Raum.

Kapitel 76

Georg Steinwedel betrachtete den Knopf in der Plastiktüte. Sein linkes Auge begann zu zucken.

„Der gehört mir nicht." Er warf das Tütchen auf die Tischplatte. Kommissar Schäfermann nahm sie auf, behielt sie aber in der Hand und betrachtete den Inhalt, als hätte er einen Rohdiamanten gefunden.

Steinwedel war klar, dass Schäfermann das mit Absicht tat, um ihn zu verunsichern. Obwohl er nichts mit dem Mord an Marianne zu tun hatte, fühlte er sich nicht wohl in seiner Haut.

Die Kommissare betrachteten ihn schweigend.

„Gibt es noch etwas meine Herren?", unterbrach er die Stille.

„Wusste Ihre Frau von dem Verhältnis zu Frau Eisener?", überraschte ihn Kommissar Kleinschmidt.

„Das kann ich mir nicht vorstellen. Wir waren vorsichtig. Außerdem haben wir uns immer in Hotels im Vogelsberg getroffen. Dort kennt mich keiner."

„Was Sie sich vorstellen können oder nicht, ist uns ziemlich egal", erwiderte Kleinschmidt.

„Meine Frau und ich leben schon seit Jahren wie Freunde unter einem Dach. Wenn Sie verstehen, was ich meine." Steinwedel sah Kleinschmidt und Schäfermann um Verständnis bittend an. „Sie interessiert sich weder für meine Geschäfte noch für mich. Sie glauben doch nicht ernsthaft, dass sie etwas mit dem Mord an Frau Eisener zu tun hat?" Er riss ungläubig die Augen auf.

„Haben Sie eine Ahnung, zu was Frauen in der Lage sind, wenn sie sich hintergangen fühlen? Ihre Frau wäre nicht die erste, die aus Verzweiflung einen Mord begeht", belehrte ihn Schäfermann.

„Das mag schon sein, aber meine Frau fährt nicht gern Auto und nachts schon gar nicht. Ich kann mir nicht vorstellen, dass sie im Dunkeln alleine nach Schlitz gefahren sein soll." Er schüttelte den Kopf. „Nein, nein, das können Sie sich abschminken. Meine Frau kommt dafür nicht infrage. Für sie lege ich meine Hand ins Feuer."

„Hoffentlich verbrennen Sie sich nicht", kam es süffisant von Kleinschmidt.

„Das würde vor allem ihrer christlichen Grundhaltung widersprechen." Obwohl er nichts mehr für seine Frau empfand, wollte Steinwedel nicht, dass sie in diese Sache mit hineingezogen wurde.

„Sie haben uns berichtet, dass Sie zwei Söhne haben. Was ist mit denen? Könnten die vor lauter Angst, um ihr Erbe gebracht zu werden, einen Mord begehen?"

„Die wussten mit Sicherheit nichts von meinem Verhältnis", log Steinwedel. „Mein Ältester wäre schon körperlich nicht in der Verfassung, einen Turm zu besteigen und der andere ist erst vor ein paar Tagen in die Wetterau gezogen. Der kann nichts davon gewusst haben."

„Wie meinen Sie das, er wäre körperlich nicht dazu in der Lage? Ist er behindert?" Kleinschmidt sah ihn mit großen Augen an.

„Nein, das nicht, aber er ist", Steinwedel hielt einen Moment inne und suchte nach Worten, „wie soll ich sagen? Er ist zu dick, zu schwer, zu behäbig."

Die Kommissare blickten sich schulterzuckend an.

„Aber mir fällt da gerade noch etwas ein." Die Kommissare horchten auf. „Sie stören sich daran, dass ich kein Alibi für die Tatzeit habe."

Die Kommissare nickten.

„Ich habe eine Nachbarin, die Tag und Nacht am Fenster hängt und die Straße beobachtet. Vielleicht hat sie meine Rückkehr am Dienstagabend beobachtet und kann meine Aussage bestätigen."

„Solche Nachbarn soll es ja geben." Kommissar Kleinschmidt zückte einen Stift und einen Notizblock, „Wie heißt die Nachbarin?"

„Uta Brandt, sie wohnt in Haus Nummer vier. Fragen Sie sie bitte. Ich kann mich erinnern, dass in ihrem Haus noch Licht brannte, als ich nach Hause kam."

Kapitel 77

Henne kehrte in den Besprechungsraum zurück. „Das war die Füchsin“, entschuldigte er sein Verschwinden, „Albert Mair wurden ebenfalls KO-Tropfen verabreicht. Es waren wohl ein paar zu viele.“

„Der Typ hat Frau Jürgens und Frau Hartmann beseitigt, ebenso seinen Gehilfen. Für ihn ist die Sache vermutlich erledigt. Wenn er Frau Jürgens in die Wetterau hinterher gereist ist, was will er noch hier? Vielleicht ist er schon längst wieder über alle Berge“, überlegte Eberstädter.

„Oder er hat ein neues Opfer gefunden“, meldete sich Juliane zu Wort, die die ganze Zeit nur zugehört hatte.

„Du meinst doch nicht etwa, dass er sich nun mich ausgesucht hat?“ Cosima war der Schreck deutlich anzumerken. „Warum nicht? Passt doch alles zusammen. Die Anrufe, die Rosen, heute das bestellte Öl“, mischte sich Eberstädter wieder ein.

„Kann mich mal einer aufklären, was hier los ist?“, fragte EKHK Wortmann „Habe ich was verpasst?“

Henne ergriff das Wort und berichtete von den Ereignissen seit der Kirmes.

„Ach du lieber Himmel, warum sagt mir das keiner!“, empörte sich Wortmann.

„Die Sache macht mir schon Angst, aber ich will mich von diesem Stalker nicht unter Druck setzen lassen. Ich habe gehofft, der würde von allein aufhören.“

„Das glaubst du doch selbst nicht! Das Ganze trägt die gleiche Handschrift wie bei Frau Jürgens. Nur dass er dieses Mal schneller vorgeht", erklärte Eberstädter.

„Das stimmt", gab ihm Henne Recht. „Es ist das gleiche Muster nur im Eiltempo."

„Vielleicht handelt es sich ja nicht um den gleichen Mann. Vielleicht ist das alles nur ein Zufall", mutmaßte Jüngling.

Wortmann schlug mit der flachen Hand auf den Tisch. „Wie auch immer. Du erhältst ab sofort Polizeischutz, Cosima, und es wird verstärkt nach dem Stalker gefahndet." Er blickte in die Runde. „Ist das klar, Herrschaften?"

„Das will ich nicht", warf Cosima ein. „Ich kann mich selbst verteidigen. Außerdem wacht Bernhard schon über mich."

„Ich könnte bei dir wohnen und dich beschützen", bot Eberstädter an. Seit seine Frau sich von ihm getrennt hatte, war ihm jede Abwechslung willkommen.

„Das könnte dir so passen." Cosima grinste. „Damit ich dich bekoche und umsorge. Da stellt sich die Frage, wer hier auf wen aufpasst."

„Ich werde bei dir wohnen. Amiga bringe ich mit. Die kann nachts draußen bleiben und aufpassen." Juliane legte Cosima eine Hand auf den Arm.

„Das geht so nicht, Herrschaften!", schimpfte Wortmann. „Du kriegst Polizeischutz. Heute Nacht ist das mit Juliane in Ordnung. Morgen werden wir jemanden finden, der dich bewacht. Ist das klar?"

„Ja, Chef", kam es kleinlaut von Cosima. Alle anderen nickten zustimmend.

„Juliane, ich hab da aber noch eine Frage wegen Montagabend. Heute Morgen hat mir Andreas erzählt, dass mir zur Kirmes ein Patrick Steinwedel einen Erdbeersecco an der Bar spendiert hätte. Aber an den kann ich mich auch nicht erinnern. Weißt du, wer das ist?"

„Das ist der Juniorchef vom Autohaus Steinwedel in Butzbach. Aber der ist harmlos. Den kannst du vergessen." Juliane machte eine abwehrende Handbewegung.

„Können wir uns jetzt wieder auf den eigentlichen Fall konzentrieren?", unterbrach Wortmann die beiden Frauen und sah dabei demonstrativ auf seine Uhr.

Reihum berichteten alle von ihren Ermittlungen. Juliane wurde beauftragt, einen entsprechenden Bericht zu verfassen.

Nachdem alle anderen den Raum verlassen hatten, wandte sich Alexander noch einmal an Cosima und Juliane.

„Seid vorsichtig heute Nacht. Wenn etwas ist, ruft ihr sofort die Dienststelle in Butzbach an. Unternehmt um Gottes willen nichts alleine", ermahnte Henne sie, „und was diesen Steinwedel betrifft, sollten wir uns mal vorsichtig nach dem erkundigen. Man weiß ja nie."

Kapitel 78

„Brandt“, schnarrte Uta ins Telefon.

„Hallo Uta“, meldete sich eine Männerstimme, „hier ist Georg Steinwedel.“

Uta hätte beinahe vor Schreck den Hörer fallen lassen. Wie lange war es her, dass ihr Nachbar sich bei ihr gemeldet hatte?

„Ei Schorsch, des gibt`s ja nett, wieso rufst du mich dann an? Is was bassiert?“

„Nein, ganz und gar nicht. Ich wollte dir nur mitteilen, dass Ajax vergiftet wurde. Du kannst ihn nicht überfahren haben.“

„Und desdewesche rufst du misch an. Haste des schon dem Helli erzählt? Der muss sich erste mal beruische.“

„Dem werde ich das schon beibringen. Wie geht es euch so? Ich habe euch schon lange nicht mehr gesehen“

„Intressiert disch des wirglisch? Oder willste du was anneres?“ Uta konnte nicht glauben, dass der Nachbar nur deswegen anrief. Sie witterte Unheil.

„Ganz ehrlich, es kommen gleich zwei Polizeibeamte aus Schlitz zu dir. Die ermitteln in einem Kriminalfall und suchen Zeugen. Du hast nicht zufällig gesehen, wann ich Dienstag nach Hause gekommen bin?“

Uta reagierte neugierig. „Ei was dann für en Griminalfall?“

„Das kann ich dir leider nicht sagen. Aber ich muss beweisen, dass ich am Dienstagabend um dreiundzwanzig Uhr nach Hause gekommen bin. Du könntest mir dabei helfen."

„Kann das denn die Bedina net bestätige? Die war doch bestimmt dahaim."

„Die hat schon geschlafen. Du weißt doch, die geht immer früh ins Bett. Und ich wollte sie nicht stören." Dass die beiden schon lange in getrennten Schlafzimmern schliefen, war in der Nachbarschaft kein Geheimnis.

„Isch kann misch ehrlisch gesacht net erinnern, ob ich disch hab heimkomme sehn. Da muss ich mal drübber nachdenke."

„Wenn ich dir beim Nachdenken helfen kann, lass es mich wissen."

Uta verstand das Angebot sofort. „Wenn ich so überlege tu, mir müsste neue Winterreife für unser Audo habbe."

„Kein Problem. Wir können es bei der Gelegenheit auch gleich mal durchchecken. Sollte was sein, geht es auf Kosten des Hauses."

„Ja wenn des so iss. Ich main, ich hätt disch um elf Uhr heimkomme sehn." Nach einer kurzen Pause setzte sie hinzu: „Ich bin mer sogar ganz sischer."

In diesem Moment klingelte es an der Haustür. „Isch muss jetzt e mal uffmache. Des wern die Gommissare sein."

Sie ging mit dem mobilen Telefonapparat am Ohr zur Haustür. „Ach, bevor ich es vergesse du, die Ingrid war heut hier. Stell dir vor, die zieht widder hierher.

Uta Brandt öffnete die Tür und sah sich zwei Herren gegenüber. „Ja bitte?“, fragte sie höflich.

„Guten Tag, Frau Brandt, wir sind von der Kripo.“ Die Beamten zückten ihre Ausweise. „Wir hätten da eine Frage zu ihrem Nachbarn.“

Uta trat zurück und ließ die beiden Kommissare ins Haus.

Sie führte sie ins Wohnzimmer und bat sie, sich zu setzen. Sie platzte vor Neugier, beherrschte sich aber und nahm sich vor, hochdeutsch zu sprechen.

„Wie kann ich Ihnen denn behilflich sein, meine Herren? Um welchen Nachbarn handelt es sich denn?“ Sie stellte sich absichtlich dumm, um Georg nicht zu verraten.

„Es geht um Herrn Steinwedel.“

„Ach, um de Schorsch!“ Sie tat überrascht. „Ei was hatt er dann ausgefresse?“ Vor lauter Aufregung vergaß sie ihren Vorsatz.

„Gar nichts. Wir würden gern von Ihnen wissen, ob Sie gesehen haben, wann Herr Steinwedel am Dienstagabend nach Hause gekommen ist.“

Uta tat, als würde sie nachdenken. Sie schaute an den Kommissaren vorbei und fixierte einen Punkt hinter ihnen. Nach einer Weile löste sie die Spannung. „Ich main, der wär so um elf heimgekomme.“

„Können Sie das mit Bestimmtheit sagen?“, bohrte Kleinschmidt nach.

„Na ja“, Uta zögerte, „es könnt auch fünf vor oder fünf nach elf gewese sain. Aber es war um elf erum. Da bin isch ganz sicher.“

„Wieso sind Sie da so sicher?"

„Um die Zeit geht mein Mann immer ins Bett. Der war schon im Bad verschwunne. Also muss es um elf erum gewese sain."

„Aha", machte Schäfermann. „Und was haben Sie gemacht, dass Sie gesehen haben wollen, wann Herr Steinwedel heimgekommen ist?"

„Isch sitz immer gern noch e bissi am Küchefenster und guck uff die Gass." Sie machte eine wegwerfende Handbewegung. „Sie glaube ja nett, was me nachts so alles sehn dud."

Kleinschmidt und Schäfermann grinsten. Die Frau war besser als jede Karikatur der Frau Hesselbach im Fernsehen aus den sechziger Jahren.

Uta hatte das Grinsen der Kommissare bemerkt. *Wenn die wüssten, was ich noch weiß*, dachte sie.

Kapitel 79

Georg beobachtete, wie die beiden Kommissare seinen Sohn Patrick auf dem Hof ansprachen. Patrick war ein durchtriebenes Stück Dreck, aber den Mord an Marianne traute er ihm nicht zu. Außerdem wäre er nicht in der Lage, diesen Turm zu erklimmen, wie er es auch den Kommissaren berichtet hatte. Ihm wäre schon nach der Hälfte der Strecke die Luft ausgegangen. Georg erinnerte sich, wie er selbst mehrfach mit Marianne auf den Turm gestiegen war und er vor lauter Anstrengung hatte anhalten müssen.

Und jetzt das Gespräch mit Uta, das ihm zu denken gab.

Georg schenkte sich einen Whisky ein. Was sollte er davon halten? Die Tochter der Nachbarn zog wieder hierher. War das nur ein Zufall, dass es seinen Sohn Christoph ausgerechnet jetzt auch hierher zurück verschlug?

Er hoffte, dass Uta ihm ein Alibi geben würde. Er war wirklich um dreiundzwanzig Uhr nach Hause gekommen. Seine Frau hätte das leicht bestätigen können, aber ihr Wagen hatte nicht in der Garage gestanden. Er hatte sie nicht gefragt, wo sie gewesen war. Es hatte ihn einfach nicht interessiert.

Sollte seine Frau ihm nach Schlitz gefolgt sein und etwas mit dem Tod seiner Geliebten zu tun haben? Das konnte er sich nicht vorstellen. Aber was hatte es mit dem Knopf auf sich? Wie war der Knopf von Bettinas Jacke nach Schlitz gekommen? Es musste einen

Zusammenhang geben. Womöglich unterschätzte er seine Frau.

Fragen über Fragen gingen ihm durch den Kopf. Seine bisher heile Welt war in eine gefährliche Schieflage geraten.

Er griff erneut zum Hörer und rief seinen Freund Helli an.

Kapitel 80

Heinrich sah sich im Fernsehen die *Heute*-Sendung an, als es erneut an der Haustür klingelte.

„Was is dann haut he lus? Des iss jetzt scho des dritte Mal, dass es klingeln dud“, fuhr er wütend hoch. Normalerweise kam nur selten jemand zu ihnen. Das war ihm sehr Recht. Er wollte einfach seine Ruhe haben. Zudem hasste er es, bei den Nachrichten gestört zu werden.

Über den Besuch seiner Tochter hatte er sich allerdings sehr gefreut. Noch mehr hatte er die Nachricht von ihrer Hochzeit mit großer Verwunderung und noch größerer Freude vernommen. Er war gespannt, wer sich hinter dem jungen Mann verbarg, den sie geheiratet hatte.

Er hörte, wie seine Frau die Haustür öffnete. Er konnte kaum glauben, um wen es sich handelte. Er stand auf und ging in den Flur. Diesen Besuch konnte er sich nicht entgehen lassen.

„Des iss ja en seltener Besuch. Was willsten he?“, empfing Uta den großen Mann, dem sie gerade die Tür geöffnet hatte.

„Mai Fraa schickt misch. Isch soll misch entschuldische. Du hast den Ajax nett dud gefohrn. Der Schorsch hat den Hund unnersuche lasse. Der is vergifft worn. Stellt Eusch dessemal vor!“ Tränen standen in Hellis Augen.

„Ei komm doch erin, Helli. Des dud uns ja aach laid. Wer mäscht dann so was? Waas me, mit was der vergifft worn iss?“

Uta führte ihren ungewöhnlichen Besucher in die große Wohnküche.

„Vermudlich mid Raddegifft." Helli nahm an dem Küchentisch, auf dem eine bunte Tischdecke lag, Platz. Er schaute sich neugierig in dem Raum um. Er war mindestens 15 Jahre nicht mehr in dem Haus gewesen. Hier hatte sich nichts verändert. Die Küche war die gleiche wie damals. Alles stand noch an seinem Platz.

„Heinrich, hol de goate Schnapps", befahl Uta ihrem Mann, „dadruff müsse mer aan drinke." Uta holte drei Gläschen aus einer Vitrine und knallte sie auf den Küchentisch.

Heinrich kam mit der Schnapsflasche zurück und goss die Gläser randvoll. Er hob sein Glas. „Es wird Zeit, dass mir uns widder vertrache, Helli." Er sah den Nachbarn auffordernd an.

„Von mir aus gern", antwortete Helli geziert auf Hochdeutsch. Er hob ebenfalls sein Glas und prostete Uta zu.

„An mir soll`s nett scheitern", versicherte ihm Uta.

Es wurde ein lustiger Abend. Man tauschte allerlei Neuigkeiten aus. Helli erfuhr von Ingrids Besuch und die Brandts von Christophs Rückkehr.

Von Ingrids Heirat erzählte sie allerdings nichts. Sie wollte den Ehemann erst kennenlernen, bevor sie etwas in der Nachbarschaft ausplauderte.

Helli berichtete, dass Schorsch ihm einen neuen Hund schenken wollte und versprach hoch und heilig, dass der nicht mehr frei herumlaufen dürfe. Auch sein Auto wolle er nicht länger auf die Straße stellen. In Zukunft würde es in seiner Einfahrt stehen bleiben.

Zudem beschlossen sie, wieder ein Straßenfest wie früher zu feiern und von Helli aus durfte auch der Kümmeltürk kommen.

Unter dem Siegel der Verschwiegenheit erzählte Uta ihnen zu später Stunde von dem Besuch der beiden Polizisten, die nach Schorschs Alibi gefragt hatten. Sie bedauerte sehr, dass sie nicht erfahren hatte, warum sie das wissen wollten.

Helli konnte ihr in diesem Fall jedoch auch nicht weiterhelfen.

Am Ende war die Schnapsflasche leer, alle waren zufrieden und Helli trat schwankend die Heimkehr an.

Kapitel 81

Juliane und Cosima hatten es sich vor dem großen Kamin in der alten Mühle gemütlich gemacht. Amiga tollte im Garten herum und jagte Fliegen. Sie aßen die Reste vom Vortag, die Bernhard ihr dagelassen hatte. Obwohl das Weißbrot schon etwas trocken war, schmeckte der Käse allemal und mit einem kräftigen Schluck Rotwein rutschte alles gleich viel besser.

„Ich werde hier unten auf der Couch schlafen. Da kriege ich mit, wenn sich was im Garten tut. Der Typ soll nur kommen. Den haue ich ungespitzt in den Boden", versicherte Juliane ihr.

„Bist du sicher, dass dieser Patrick ungefährlich ist?" Cosima dachte die ganze Zeit darüber nach, ob sich dieser Mann nicht vielleicht etwas eingebildet hatte, als sie das Glas mit dem Erdbeersecco entgegengenommen und ihm zugeprostet hatte. So hatte es zumindest Andreas Schmid berichtet.

„Den kannst du wirklich abhaken." Juliane wischte Cosimas Einwand mit einer Handbewegung weg. „Der tut keiner Fliege was zuleide. Der sitzt jedes Jahr dort und spendiert Getränke. Dabei ist das die reinste Verschwendung. Die Luxusautos, die die verkaufen, kann sich eh keiner leisten." Juliane lachte.

Sie hörten ein Auto vorfahren und eine Tür zuschlagen. Amiga bellte wild und rannte um die Mühle herum. Gleich darauf klingelte es an der Haustür. Juliane sprang auf. „Du bleibst sitzen. Wenn das der Typ ist, wird er mir nichts tun. Der erwartet ja dich.“ Die Tür wurde geöffnet.

„Guten Abend, Lieferservice. Ich bringe Ihre Familienpizza.“

„Wir haben keine Pizza bestellt. Das muss ein Irrtum sein. Sie haben sich bestimmt in der Hausnummer geirrt“, hörte Cosima ihre Freundin antworten. Sie stand auf und ging ebenfalls zur Tür. Ihr war klar, auf wessen Konto die Bestellung ging.

„Nee, ich irre mich nicht, das ist doch ihre Hausnummer.“ Er zeigte Juliane den Bestellzettel. „Hier wohnt doch eine Frau von Mittelstedt.“

„Juliane, lass gut sein.“ Cosima schob sie beiseite. „Was kriegen Sie?“, fragte sie den Pizzaboten.

„Dreizehn Euro.“ Er reichte ihr eine Quittung. Cosima holte zwei Scheine aus der Tasche. „Stimmt so.“ Sie nahm den Karton entgegen und schloss die Tür.

„Warum hast du denn die Pizza angenommen? Die hast du doch gar nicht bestellt!“

„Das bringt doch nichts, wenn ich mit dem jungen Mann streite. Der kann schließlich auch nichts dafür.“ Sie hob resigniert die Schulter.

„Die willst du doch nicht wirklich essen?“ Juliane blickte ihre Freundin schockiert an.

„Warum denn nicht? Meinst du, die wäre vergiftet?“ Cosima zwinkerte ihr zu.

„Nee, das nicht.“ Juliane ließ sich auf die Couch sinken. „Aber das geht doch so nicht.“

„Ich werde morgen dort anrufen und denen sagen, dass sie in Zukunft keine Bestellungen mehr in meinem Namen annehmen sollen.“

„Dann bestellt der Stalker woanders. Das ist doch ein Fass ohne Boden."

„Alexander hat mir versprochen, dass wir allen Fällen von Stalking nachgehen werden. Vielleicht gibt es da eine Parallele, die uns zu dem Typen führt."

„Und wenn es kein Mann ist, sondern eine Frau?", fragte Juliane herausfordernd.

„Nee, das glaube ich nicht. Frauen reagieren anders." Cosima schüttelte den Kopf. „Ich kenne auch keine Frau, die mir so was antun würde. Das ist ja das Schlimme: Man kennt die Person, die sich dahinter verbirgt, meistens nicht."

„Hast du mal über die Fälle in den letzten Jahren nachgedacht? Ist da vielleicht jemand dabei, dem du auf die Füße getreten bist?"

„Da gäbe es eine ganze Menge, die infrage kommen. Aber das glaube ich nicht." Sie nahm sich ein weiteres Stück Pizza und aß es mit Genuss.

„Du solltest auch etwas davon essen. Schmeckt gut", forderte sie Juliane auf.

„Sag mal, Cosima, als dieser Typ dir die Rosen gebracht hat, hast du da diesen Herrenduft gerochen?"

„Darüber habe ich auch schon nachgedacht. Aber ich war ja im ersten Moment so geschockt, dass ich gleich die Tür zugeschlagen habe. Derjenige war anschließend hier im Raum und hat sich eine Vase vom Regal genommen, sie mit Wasser gefüllt und auf den Tisch gestellt. Er war also eine ganze Weile hier. Da hätte ein Duft hängen bleiben müssen. Aber das Einzige, was ich wahrgenommen habe, war der Duft der Rosen."

„Also können wir den Stalker von Frau Jürgens ausschließen?"

„Ich kann mir nicht vorstellen, dass es sich um die gleiche Person handelt. Das ist sicher nur ein Zufall und hat eher mit der Kirmes am Montag zu tun."

„Du bist also der Überzeugung, dass es der junge Mann ist, mit dem du geflirtet hast? Dann müssen wir den doch ausfindig machen können!"

„Wir lassen nicht nur ein Phantombild von dem Mann aus Bad Vilbel anfertigen, sondern auch eins von dem Mann aus der Bar", schlug Cosima vor. „Dann werden wir den schon finden."

Juliane nickte und stand auf. „Ich mach mich mal bettfertig."

Cosima nahm den Pizzakarton vom Tisch und brachte ihn in die Küche. Sie öffnete die Terrassentür und rief nach Amiga. Es dauerte eine ganze Weile, bis die Appenzeller Sennhündin angetrottet kam.

„Amiga, setz dich schön hier vor die Tür und pass auf." Sie kraulte den Hund unter der Schnauze. Amiga sah sie treuherzig an und fiepte.

Kapitel 82

Alexander war noch länger im Büro geblieben. Er hatte mit dem Heizölhändler aus Griedel telefoniert, der ihm sowohl eine Festnetznummer als auch eine Handynummer gegeben hatte, die zu dem Auftrag von Cosimas Lieferung gehörte.

Laut den Unterlagen, die der Händler im Computer fand, war der Auftrag telefonisch erfolgt, die Liefer- und Rechnungsadresse war die von Cosima. Eine Mitarbeiterin hatte die Bestellung entgegengenommen. Es war das übliche Verfahren, nichts worüber man lange hätte nachdenken müssen. Die auf der Bestellung enthaltenen Rückrufnummern konnte er jedoch nicht auf seiner Anrufliste finden. Aber auch das hätte nichts zu bedeuten. Oftmals würden sich die Kunden von ihrer Arbeitsstelle aus melden oder die Nummer des Anrufers wurde nicht übermittelt. Er versprach Henne, am nächsten Tag mit der Sachbearbeiterin zu reden und sie zu fragen, ob ihr etwas Ungewöhnliches an dem Auftraggeber aufgefallen war.

Auch Stückchen hatte mit ihren Ermittlungen nichts erreicht. In einer SMS hatte sie Alexander mitgeteilt, dass an keiner der Verkaufsstände im Wetteraukreis eine Person eine große Menge roter Rosen gekauft hätte.

Bei den Kollegen in Butzbach, Büdingen und Bad Vilbel hatte er bereits nachgefragt, ob es in der letzten Zeit vermehrt Anzeigen wegen Belästigungen gegeben hätte. Aber auch diese Anfrage war ins Leere gelaufen.

Die Sache ließ Alexander keine Ruhe. Morgen würde er selbst mit den Mädels, die Dienst an der Sektbar gehabt hatten, reden und ein Phantombild von dem jungen Mann anfertigen lassen, mit dem Cosima geflirtet haben sollte.

Er glaubte nicht, dass es sich bei dem Stalker von Cosima und dem Mörder der beiden Frauen um die gleiche Person handelte. Dennoch mussten sowohl der Mörder als auch der Stalker gefunden werden, bevor die ganze Angelegenheit eskalierte.

Erdmann kam unter dem Tisch hervor und machte sich mit lautem Gebell bemerkbar.

„Ist ja schon gut, mein Dicker. Wir gehen jetzt gleich." Alexander erhob sich, löschte das Licht an seiner Schreibtischlampe und folgte Erdmann nach draußen. Die Luft war noch angenehm warm. Der Grüne Weg lag verlassen in der Dunkelheit. Die Firmen rundherum hatten längst ihren Betrieb eingestellt. Auf der Frankfurter Straße gab es nur wenig Verkehr. Erdmann eilte ohne anzuhalten voraus.

Das ist ungewöhnlich, dachte Alexander. Normalerweise schnüffelte der Dackel an jedem Busch und setzte eine Duftmarke an die Zäune, die auf dem Weg lagen. Wieso hatte er es nur so eilig, nach Hause zu kommen?

Kapitel 83

Georg Steinwedel bog in die Straße ein, in der er seit über dreißig Jahren wohnte. Sie lag in einer Dreißiger-Zone, so dass er nur langsam fahren konnte. In einiger Entfernung sah er im Schein der Laterne eine Person die Seiten wechseln. Im Näherkommen erkannte er seinen Freund Helli, dem es offensichtlich schwerfiel, sich aufrecht zu halten. Er schwankte bedrohlich. Georg wartete geduldig, bis er auf dem Bürgersteig angekommen war. Langsam passierte er das Haus. Er wollte seinen Freund in diesem Zustand nicht ansprechen.

Sein Auto glitt gemächlich, fast geräuschlos auf die Auffahrt. Er blieb vor dem Garagentor stehen, das sich im Zeitlupentempo öffnete. Er schaltete den Motor des Wagens aus. Das Licht erlosch.

Seine Frau musste noch wach sein. Das Wohnzimmer war hell erleuchtet. Nachdenklich blieb Georg im Wagen sitzen. Die Zeit verstrich. Plötzlich flammte die Beleuchtung über der Haustür auf. Im Türrahmen erschien Karl Friedrich. Georg rutschte im Sitz nach unten. Er wollte nicht gesehen werden. Aus seiner Position konnte er nur erahnen, dass sich sein Nachbar von Bettina verabschiedete.

Die Haustür fiel ins Schloss. Ein Schatten huschte an seinem Wagenfenster vorbei. Georg wartete noch einen Moment, bevor er sein Auto in die Garage fuhr und ausstieg.

Sein Blick fiel auf ein Päckchen, das auf dem Regal an der Garagenwand stand. Ein Totenkopf zierte die

Vorderseite. Er betrachtete es genauer. Der Beschreibung des Inhalts entnahm er, dass es sich um Gift für Nagetiere handelte.

Als er die Diele durch den Seiteneingang betrat, erloschen die Lichter im Haus. Seine Frau stieg leichtfüßig die Treppe hinauf.

„Guten Abend, Bettina", hielt Georg sie auf.

Seine Frau zuckte erschrocken zusammen und blieb stehen. „Guten Abend, Georg", kam es stotternd zurück. „Mit dir habe ich nicht gerechnet."

„Das habe ich gesehen. Was hat Karl Friedrich um diese Zeit hier gemacht?" Er konnte seine Verärgerung nicht verbergen. Sie drehte sich um und kam die Treppe herunter. „Willst du noch was essen? Soll ich dir noch was von dem Braten aufwärmen?", wollte sie besorgt wissen, ignorierte dabei aber seine Ausgangsfrage.

„Nein danke, ich habe keinen Hunger. Außerdem ist mir der Appetit vergangen." Auf seinem Gesicht breiteten sich Zornesfalten aus. Die Beziehung zu Karl Friedrich war im Laufe der Jahre genauso eingeschlafen wie zu all den anderen Nachbarn. Außer ein paar Floskeln hatten sie sich nichts zu sagen gehabt. Er hatte sich so weit von ihnen entfernt, ein vollkommen anderes Leben geführt, dass ihm seine Mitmenschen vollkommen egal geworden waren. Karl Friedrich war der Letzte, den er in seinem Haus vermutet hätte und den er hier sehen wollte. Noch immer schwebte der Unfalltod von Florian, für den man Karl Friedrich verantwortlich gemacht hatte, wie ein Damoklesschwert über ihnen.

„Wieso war Karl Friedrich hier?", wiederholte er seine Frage.

„Ich habe ihn gebeten, mir zu helfen“, antwortete Bettina, die sich von ihrem ersten Schrecken offenbar erholt hatte, nun forsch.

„Um diese Zeit? Welche Art von Hilfe soll das denn sein?“

„Das geht dich nichts an. Du interessierst dich doch sonst auch nicht für das, was ich tue“, sagte sie gehässig.

„Ich will wissen, was hier vorgeht. Das ist immer noch mein Haus.“

„Irrtum mein Lieber. Das ist auch mein Haus.“ In Bettinas Stimme war ein seltsamer Unterton zu hören. „Und solltest du es vergessen haben, die Firma gehört immer noch zu einundfünfzig Prozent mir. Du hast mir also gar nichts zu sagen.“ Sie drehte sich um und rannte die Treppe hinauf. Im oberen Stockwerk fiel die Tür zu ihrem Schlafzimmer mit einem lauten Knall zu.

Georg blieb verwirrt zurück. Was war in seine Frau gefahren? Sie hatte noch nie ihren Anteil an der Firma erwähnt, geschweige denn, dass sie sich so aufmüpfig ihm gegenüber verhalten hätte. Bisher hatte sie sich wie ein kleines, graues Mäuschen benommen. Diese Seite an ihr war neu. Was hatte das zu bedeuten?

Kapitel 84

Juliane räkelte sich auf der Couch in Cosimas Wohnzimmer. Etwas hatte sie geweckt. Erneut drang der Ton in ihr Bewusstsein. Es war die Glocke an der Haustür. Vorsichtig stand sie auf. Von draußen fiel dämmriges Tageslicht ins Zimmer. Es musste früh am Morgen sein. Zwischen den Klingelattacken hörte sie durch das gekippte Fenster die Vögel im Garten zwitschern. Sie vermisste etwas, wusste aber nicht, was es war. Jemand schlug heftig gegen die Tür.

„Hallo, ihr Taxi ist da“, war nun eine Männerstimme zu hören.

„Was ist das denn für ein Krach?“ Cosima kam barfuß die Treppe herunter. Die Haare hingen ihr wirr ins Gesicht. In ihrem weißen, knielangen Schlafshirt sah sie aus wie ein junges Mädchen.

Juliane öffnete vorsichtig die Tür. Die Vorhängekette ermöglichte nur einen Spalt. Durch die Öffnung sah sie einen jungen Mann.

„Wie spät es denn?“, fragte sie.

„Es ist halb sieben.“ Der junge Mann kam mit dem Gesicht näher an den Spalt, „Sie haben ein Taxi bestellt. Haben Sie verschlafen?“ Hinter ihm erkannte Juliane einen beigefarbenen Mercedes mit laufendem Motor.

Cosima drängte sich an ihr vorbei und nahm die Kette ab. „Wir haben kein Taxi bestellt. Was soll das?“, fauchte sie.

„Ich wurde von meiner Zentrale an diese Adresse geschickt. Sie haben gestern Abend ein Taxi geordert. Ich soll Sie zum Flughafen bringen“, berichtete der Fahrer verblüfft.

„Wir haben nichts bestellt“, fauchte Cosima erneut.

„Wollen Sie denn nicht verreisen?“, fragte der Mann erstaunt.

„Nein, wollen wir nicht. Hauen Sie ab.“ Cosima schlug ihm die Tür vor der Nase zu.

Der Taxifahrer trommelte gegen die Tür. „Und was ist mit meinem Geld?“

Juliane öffnete erneut die Tür. „Hören Sie, jemand hat sich mit meiner Freundin einen fiesen Scherz erlaubt. Sie sind nicht der erste, der hier erscheint, um etwas zu liefern. Bitte fahren Sie wieder. Die Polizei wird sich im Laufe des Tages mit Ihrer Zentrale in Verbindung setzen. Können Sie mir eine Visitenkärtchen dalassen?“

„Verarschen kann ich mich selbst.“ Wütend drehte sich der Fahrer um. Die erhobene Hand deutete einen Stinkefinger an.

„Ihnen auch einen schönen Tag“, rief Juliane ihm hinterher und drückte die Tür zu.

Erst jetzt fiel ihr auf, dass Amiga nicht erschienen war. Sie hatte auch nicht gebellt oder sich sonst bemerkbar gemacht. Normalerweise hätte sie zu Hause beim ersten Klingeln angeschlagen. Wo trieb sie sich herum?

Kapitel 85

„Cosima, wo steckst du denn?“ Seine Kollegin ging nicht ans Handy. Ihr Festnetzanschluss war vorübergehend gesperrt worden, damit der Stalker sie nicht weiter mit Anrufen belästigen konnte.

Alexander war in Sorge um sie. Cosima war normalerweise die Pünktlichkeit in Person. Nur wenn sie in einen Stau geriet, kam sie später. Aber keiner der Radiosender hatte eine Verkehrsbehinderung oder einen Unfall auf ihrer Strecke gemeldet.

Er suchte in seinen Kontakten nach Julianes Nummer. Fehlanzeige, auch unter dieser Nummer antwortete niemand. Er versuchte es auf Bernhards Mobiltelefon und ließ es lange klingeln. Vielleicht schlief der ehemalige Kollege noch.

Keuchend drang Bernhards Stimme schließlich an sein Ohr. „Moin Alexander. Was gibt es?“

„Weißt du, wo Cosima steckt? Sie ist nicht zum Dienst erschienen und an ihr Telefon geht sie nicht. Juliane kann ich auch nicht erreichen.“

„Wir sind alle drei im Feld unterwegs. Amiga ist verschwunden. Wir suchen sie.“

„Wieso das denn? Wie kann sie denn verschwinden?“

„Juliane hat den Hund über Nacht im Garten gelassen. Amiga sollte sie beschützen und bellen, sobald sich jemand dem Grundstück nähert. Offenbar hat sie das nicht so ernst genommen und ist im Feld spazieren gelaufen.“

„Oder es hat sie jemand mitgenommen", sinnierte Alexander.

„Da kannst du Recht haben. Bei den beiden war ganz schön viel los. Der Stalker scheint nicht aufzugeben. Gestern Abend wurde eine Familienpizza geliefert und heute Morgen hat sie ein Taxifahrer aus dem Schlaf gerissen."

„So ein Mist! Ich brauche Juliane hier. Wir haben um zehn Uhr eine Pressekonferenz. Außerdem haben wir einen Haufen Arbeit. Wortmann reißt mir den Kopf ab, wenn er hört, was passiert ist."

„Ok, ich sorge dafür, dass die Mädels nach Friedberg kommen. Anschließend kümmere ich mich um die Suche nach Amiga."

Alexander rannte aus dem Büro und stand wenig später vor Wortmanns Schreibtisch. „Cosima ist in ernsthafter Gefahr. Wir müssen was unternehmen!" Er berichtete seinem Chef, was vorgefallen war. Er befürchtete das Schlimmste, was den Hund betraf.

Kapitel 86

Bernhard hatte einen Freund aus dem Dorf um Hilfe gebeten, der ihm bei der Suche nach Amiga helfen wollte. Peter hatte selbst viele Jahre Hunde gezüchtet und ausgebildet. Er brachte seinen Schäferhund mit.

„Hast du genau auf dem Grundstück nachgeschaut?“, fragte Peter und blickte sich im Garten um. „Manchmal verkriechen sich die Tiere, wenn sie Schmerzen haben.“

„Bis jetzt haben wir nur gerufen und im Feld nach ihr gesucht. Aber dein Vorschlag ist gut, wir sollten mal hier unter den Büschen nachschauen.“

„Hast du vielleicht etwas, das nach Amiga riecht?“

Bernhard gab ihm das Kissen aus Amigas Körbchen, das auf der Terrasse stand.

„Astor, was hast du da?“, kam es plötzlich von Peter. Astor saß brav vor etwas, das am Boden lag. Peter nahm es auf. Es war ein Stück Fleischwurst, das er eingehend betrachtete. In dem Stück Wurst fand er kleine blaue Kügelchen. Ihm war sofort klar, um was es sich dabei handelte.

„Bernhard, Astor hat was entdeckt.“ Er hielt dem Freund den gefährlichen Fund vor die Augen.

Bernhard besah sich das Stück Wurst. „Rattengift“, er zog die Luft durch die Zähne. „Wenn Amiga das gefressen hat, könnte das ihren Tod bedeuten.“

Peter hielt Astor das Kissen unter die Nase und ließ ihn ausgiebig daran riechen. „Such mein Freund.“ Astor begann, sich mit der Nase am Boden schnüffelnd über die Wiese zu bewegen.

Kapitel 87

Unruhig saß Juliane neben Alexander und blickte auf die anwesenden Personen im Raum vor ihnen. Sie kämpfte mit den Tränen und konnte sich kaum konzentrieren. Sie musste an Amiga denken.

Auf der anderen Seite von Alexander hatte EKHK Wortmann Platz genommen.

Sie hatten die Redakteure der lokalen Presse über die Umstände des grausamen Doppelmordes an Jessica Jürgens und Ellen Hartmann und die neuesten Erkenntnisse zum Tod von Albert Mair informiert. Absichtlich hatten sie bis jetzt die Informationen zurückgehalten, um den Täter in Sicherheit zu wiegen, in der Hoffnung, dass er einen Fehler begehen würde.

Das K 10 hoffte, dass der Aufruf und die Ablichtung des Phantombildes in der Presse auf die Spur des Täters führen würde. Obwohl EKHK Wortmann den Hinweis auf den Duft als lächerlich empfand und die Redakteure bei der Nennung des ungewöhnlichen Indizes süffisant das Gesicht verzogen, versprach sich Alexander dadurch einen Erfolg.

„Willst du nun alle Männer, die nach Aftershave riechen, hierher bestellen und verhören?“, hatte Wortmann ihn gefragt.

„Das nicht, aber alle Fakten zusammengenommen, könnten uns das zum Täter führen“, hatte er mit Überzeugung geantwortet.

„Warum hat Frau Jürgens den Mann in das Haus

gelassen? Hat sie ihn nicht erkannt?“, wollte einer der Redakteure wissen.

„Das fragen wir uns auch“, antwortete Henne. „Wir können es uns nur so erklären, dass der Mann sein Aussehen verändert hat. Außerdem hat sie ihn das letzte Mal vor drei Jahren gesehen.“

„Aber sie sagten, die Großmutter hätte am gleichen Morgen den Mann gesehen. Dann müsste sie doch stutzig geworden sein, als er vor ihrer Tür aufgetaucht ist?“, fragte ein anderer Redakteur.

„Auch hier gilt die Vermutung, dass der Mann sein Aussehen verändert hat“, war Hennebergs Antwort. „Außerdem hat der Motorradhelm sein Gesicht teilweise verdeckt.“

Dass die beiden zur Observierung abgestellten Schutzpolizisten durch ein geschicktes Manöver abgelenkt worden waren, erwähnte Alexander jedoch nicht. Das war ein unglücklicher Umstand, der nicht hätte passieren dürfen. Aber er war weit davon entfernt, jemanden dafür verantwortlich zu machen.

Der Mörder war ihnen einfach immer einen Schritt voraus, geschickt und durchtrieben, unberechenbar. „Wahrscheinlich ein Soziopath“, hatte Cosima erklärt. Was Henne zu seiner üblichen Äußerung veranlasste: „Da kommt wieder die Psychologin durch.“

Kapitel 88

Georg Steinwedel saß am Frühstückstisch im Esszimmer. Er war heute ungewöhnlich spät aufgestanden. Sein Kopf brummte. In der Nacht hatte er noch lange im Wohnzimmer gesessen und reichlich Whisky getrunken. Die Entdeckung, die er in der Garage gemacht hatte, hatte ihn nicht zur Ruhe kommen lassen.

Seine Frau hatte ihm das Frühstück zubereitet, sich aber nicht zu ihm an den Tisch gesetzt. Sie war in der Küche beschäftigt. Offensichtlich wollte sie ihm aus dem Weg gehen.

„Bettina, komm bitte mal", rief er ihr zu.

Sie erschien in der Tür. „Was gibt es?", fragte sie unfreundlich.

„Kannst du mir mal sagen, was los ist?"

„Was soll schon los sein?", erwiderte sie aufmüpfig.

„Du bist so anders. Und was wollte Karl Friedrich gestern Abend verdammt noch mal hier?"

„Wir hatten etwas zu besprechen. Und was los ist, müsstest du mir beantworten", sagte sie boshaft. „Warum war die Polizei schon zweimal bei dir im Büro? Warum hast du mir das nicht erzählt?"

„Ich wollte dich nicht beunruhigen. Außerdem geht es da um eine Kundin, die du sowieso nicht kennst", wich er aus. „Und woher weißt du überhaupt davon? Hat dein Liebling Patrick mal wieder geplaudert?"

„Wenn Patrick mir nicht mal ab und zu was erzählen würde, wüsste ich gar nicht, was in der Firma läuft."

„Als ob du dich jemals für die Firma interessiert hättest", empörte sich Georg.

„Jetzt interessiert es mich aber."

„Wieso? Hat das etwas mit Christoph zu tun? Ist dein Liebling besorgt, dass Christoph in die Firma einsteigen will?" Er funkelte seine Frau böse an. „Er hätte genauso das Recht dazu wie Patrick."

„Das ist nicht dein Ernst." Bettina schnappte nach Luft. „Das will ich nicht."

„Was du willst oder nicht, interessiert mich nicht. Interessant ist das, was am besten für die Firma ist. Und das ist bestimmt nicht Patrick."

„Warum bist du nur so gegen ihn?"

„Das fragst ausgerechnet Du? Meinst du, ich wüsste nicht, was damals in Stuttgart passiert ist? Oder wer für das Verschwinden von Ingrid verantwortlich war? Hast du geglaubt, dass ich so dumm bin und nicht gemerkt habe, was gelaufen ist? Ich habe all die Jahre nur geschwiegen, um Schaden von unserer Familie abzuwenden!"

„Daran bist nur du schuld", warf ihm Bettina an den Kopf und verschwand Türe knallend in der Küche.

Jetzt ist es endlich ausgesprochen, dachte Georg. Aber ändern würde es nichts. Es würde Florian nicht zurückbringen und Ingrid nicht die schreckliche Erinnerung an ihre Entführung und Gefangenschaft nehmen.

Er fuhr sich mit den Händen durch die Haare und stand auf.

Bettina hantierte noch immer in der Küche.

„Mir gefällt nicht, was ich gestern Abend in der Garage gefunden habe. Weißt du was davon?“

Bettina blickte erschrocken auf.

Kapitel 89

Astor verließ das Grundstück und lief über den asphaltierten Weg in Richtung Salzwiesen. Er überquerte die Wetter und bog nach links ins Feld ab. Immer mit der Nase am Boden folgte er dem Lauf des kleinen Flüsschens, das sich durch die flache Ebene schlängelte. Peter und Bernhard gingen in einigem Abstand hinter dem Schäferhund her und verhielten sich still.

Astor war ein schöner Hund, sehr gepflegt. Sein braunschwarzes Fell glänzte in der Septembersonne. Geschmeidig bewegte er sich über die Wiese. Plötzlich tänzelte er aufgeregt. Seine Route bewegte sich heftig hin und her. Er sah auf und bellte.

„Der hat Witterung aufgenommen. Da muss was sein." Peter und Bernhard rannten auf Astor zu, der sein Herrchen erwartungsvoll anschaute.

„Gut gemacht, Astor." Peter tätschelte den großen Kopf des Schäferhundes.

Bernhard beugte sich nach vorn und zog die Zweige auseinander. In einer Kuhle lag Amiga. Sie zitterte am ganzen Körper. Die Augen waren verdreht, sodass man nur das Weiße sah. Ihre Atmung war kaum zu spüren. Aus ihrem Maul tropfte blutiger Schleim. Bernhard zog die Lefze des Hundes nach oben. Das Zahnfleisch zeigte eine blassrosa Farbe.

„Schnell, hol mein Auto. Wir müssen Amiga nach Münzenberg zum Tierarzt bringen." Er gab dem Freund seinen Schlüssel und ging vor der Appenzeller Sennhündin in die Hocke. Er streichelte ihr über den

Kopf. „Du Arme, wir werden dir jetzt helfen." Er zog sein Handy aus der Tasche und wählte die Nummer des Tierarztes.

Als Peter mit Bernhards Wagen vorfuhr, war der Tierarzt in Münzenberg bereits über Amigas Zustand informiert und erwartete sie.

Bernhard packte Amiga in eine warme Decke und setzte sich mit ihr auf den Rücksitz. Astor hatte auf dem Beifahrersitz Platz genommen und schaute aus dem Fenster.

„Fahr durchs Feld nach Münzenberg. Es dauert viel zu lange, bis wir gedreht und durch das Dorf zurückgefahren sind", forderte er seinen Freund auf. „Ich übernehme die Verantwortung." Der Betonweg war normalerweise für den Verkehr gesperrt. Nur landwirtschaftlichen Maschinen war es gestattet, hier entlangzufahren.

Links des Weges stand eine Schafherde. „Schäfchen zur Linken, das Glück wird dir winken", sagte Bernhard ironisch, „hoffen wir mal, dass Amiga Glück hat." Peter raste vorbei an abgeernteten Feldern, immer die Burg Münzenberg vor sich. Normalerweise konnte man sich an diesem Anblick erfreuen, doch heute verschwendeten sie keine Zeit damit. Bernhard streichelte Amiga sanft über den Rücken und sprach beruhigend auf sie ein.

Endlich hielt Peter vor der Tierarztpraxis das Auto an. Das Tor stand offen. Das Personal stand wartend davor. Jemand lief um den Wagen herum, öffnete die hintere Tür und hob Amiga behutsam heraus.

Kapitel 90

„Henne, kannst du mal kommen?“ Stückchen erschien in der Tür. Das Gespräch mit der Presse war vorbei, aber sie saßen noch zusammen, um einige Details zu besprechen.

„Was gibt es?“

„Dein Handy hat ununterbrochen gebimmelt. Da bin ich dann mal dran gegangen.“ Sie rollte mit den Augen und nickte mit dem Kopf in Richtung seines Büros. Alexander verstand den Hinweis und folgte ihr. Erdmann begrüßte sein Herrchen stürmisch. Doch Alexander hatte keine Zeit, sich um seinen Vierbeiner zu kümmern.

„Was ist denn los?“, fragte Alexander und ahnte bereits das Schlimmste.

„Bernhard hat angerufen. Sie haben Amiga gefunden. Offensichtlich hat sie einen Giftköder gefressen. Sie haben sie zum Tierarzt nach Münzenberg gebracht.“

„Ach du große Scheiße!“, entfuhr es Henne, der sich selten so ausdrückte. „Das fehlt gerade noch.“ Er nahm sein Handy auf und blickte auf das Display. Es waren mehrere Anrufe verzeichnet.

„Ich will nicht gestört werden.“ Er ging in sein Büro und schloss die Tür hinter sich. Er war gerade im Begriff, sich zu setzen, als er ein Kratzgeräusch an der Tür hörte. Er öffnete sie und ließ Erdmann herein, der ihn aus seinen braunen Augen treu anschaute, als wollte er ihm beistehen. Murrend ließ sich der Dackel neben dem Schreibtisch nieder. Er beobachtete sorgenvoll sein Herrchen. Alexander musste trotz der traurigen Nachricht lachen. Erdmann war in den letzten Tagen besonders anhänglich. Alexander kraulte ihn hinter den Ohren, bevor er Bernhard anrief.

„Bernhard, was ist mit Amiga?“, fragte er seinen ehemaligen Kollegen.

„Sie wird noch behandelt. Anscheinend hat sie Fleischwurst gespickt mit Rattengift gefressen. Wir haben einen Giftköder im Garten gefunden.“

„Hat sie eine Chance?“, fragte Alexander hoffnungsvoll.

„Der Tierarzt tut sein Bestes.“

„So eine Scheiße, was sage ich denn jetzt Juliane?“

„Gute Frage. Da kann ich dir leider auch keinen Rat geben. Aber weißt du, was merkwürdig ist?“ Ohne Alexanders Antwort abzuwarten, sprach er weiter: „In Gambach ist am Anfang der Woche ein Schäferhund ebenfalls mit Rattengift getötet worden.“

„Woher weißt du das?“

„Mein Freund Peter, der mir bei der Suche nach Amiga geholfen hat, züchtet Schäferhunde und richtet sie ab. Er hat mir erzählt, dass jemand ihn angerufen hätte, weil er einen Welpen für einen Freund sucht, dessen Hund an Rattengift verendet ist.“

„Das ist ein sonderbarer Zufall. Wie heißt der Käufer?“

„Georg Steinwedel. Er ist Unternehmer und verkauft Luxuskarossen, also ab Mercedes S-Klasse aufwärts, nichts für Normalverdiener.“

„Den Namen habe ich doch vor kurzem gehört. Hat der einen Sohn, der Patrick heißt?“

„Exakt“, kam es knapp zurück.

„Tu mir einen Gefallen, Bernhard. Behalt das erst mal für dich. Bleib mit dem Tierarzt in Kontakt und wenn sich etwas ändert, ruf mich sofort an. Ich werde Juliane informieren.“

„Alles klar.“

Alexander legte auf und starrte aus dem Fenster. Hoffentlich würde sich Juliane damit zufrieden geben. Wenn es sein Hund wäre, würde er sofort in die Tierarztpraxis fahren und sich von niemandem aufhalten lassen.

Er griff erneut zum Handy und wählte die nächste Nummer, die auf seiner Anrufliste stand. Der Besitzer des Heizölhandels aus Griedel meldete sich. Er berichtete, dass seine Mitarbeiterin ihm kurz den Ablauf des Auftrages für die Lieferung an Cosima geschildert hatte. Ein Mann war am Telefon gewesen, der die Angelegenheit sehr dringlich gemacht und bei sofortiger Lieferung weitere Aufträge in Aussicht gestellt hatte.

Hinter der folgenden Person auf Alexanders Liste verbarg sich der neue Nachbar von Frau Hartmann, den sie gestern nicht angetroffen hatten. Er erzählte, dass er gerade erst mit seiner Frau aus Berlin hierher gezogen war und von der ganzen Aufregung nur am Rande etwas mitbekommen hätte. Er hätte Frau Hartmann und ihre Enkelin aber nicht gekannt, geschweige denn jemals zu Gesicht bekommen.

Alexander fand die Aussage des Mannes sonderbar. Wieso sprach er von seiner Ehefrau? Die Blonde hatte gestern von ihrem Partner gesprochen.

Schließlich rief er Britta Lindemann an.

„Juliane Landmann hat mir gesagt, Sie wollten mich sprechen", sagte sie kokett, nachdem sich Alexander vorgestellt hatte.

„Ich bräuchte Informationen über den jungen Mann, mit dem meine Kollegin Cosima am Montagabend an der Sektbar geflirtet hat. Können Sie mir da weiterhelfen?"

„Juliane hat mir schon erzählt, um was es geht. Ich könnte Ihnen den jungen Mann genau beschreiben. Wenn Sie ein Phantombild anfertigen möchten, kann ich gern vorbeikommen. Ich könnte den Mann aber auch selbst zeichnen. Ich bin gut in solchen Sachen."

„Das ist ja fantastisch!" Alexander schmunzelte. Wer weiß, was die Dame noch für verborgene Talente besaß. „Aber beantworten Sie mir bitte erst noch ein paar Fragen."

„Gerne", kam es wieder kokett. Alexander gefiel die Stimme der Frau.

„Können Sie mir den Mann vorerst beschreiben, also Haar- und Augenfarbe, Figur? Wie hat er sich verhalten?"

„Das sind ganz schön viele Fragen auf einmal", neckte sie ihn.

Na, die würde ich ja gern mal in echt erleben, dachte Alexander. Wenn sie so gut aussah, wie ihre sympathische Stimme vermuten ließ, könnte er sich für sie interessieren. Abwesend kraulte er Erdmann, der es sich inzwischen auf seinem Schoß gemütlich gemacht hatte.

„Der Mann war erste Sahne. So jemanden habe ich hier noch nie gesehen. Normal groß, schlank mit breiten Schultern, durchtrainiert. Sein Sixpack konnte man unter seinem taillierten Hemd erahnen. Dunkle, etwas längere Haare, blaue Augen."

„Sprechen Sie von mir?", witzelte Alexander. Wenn die Situation nicht so ernst gewesen wäre, hätte er sich mit der Anruferin glatt verabredet, aber vermutlich könnte sie seine Tochter sein.

Ein helles Lachen erklang. „Wenn Sie wirklich so gut aussehen, hat der Mann einen Zwilling."

„Wie hat der Mann sich meiner Kollegin gegenüber verhalten? War er aufdringlich?"

„Nicht die Spur. Er war ein echter Gentleman. Und wie der die geküsst hat!" Ihre Stimme klang schwärmerisch. „Einfach genial."

„Ist Ihnen etwas Ungewöhnliches aufgefallen?"

„Na, wenn das nicht ungewöhnlich war, ich weiß ja nicht. Ich konnte meinen Blick überhaupt nicht abwenden. Wie der Ihre Kollegin angeschmachtet hat. Ich würde sagen, das war Liebe auf den ersten Blick."

„Ich meinte jetzt, ob Ihnen sonst noch andere ungewöhnliche Begebenheiten an dem Abend aufgefallen sind", berichtigte Alexander.

„Eigentlich war alles wie immer. Am Anfang war es total eng, fast überfüllt. Es waren die gleichen Verdächtigen wie jedes Jahr da." Sie lachte. „Es wurde viel zu viel durcheinander getrunken. Wer clever war, hat sich früh abgesetzt. Aber in jedem Jahr bleiben ein paar hängen und wissen nicht, wann sie aufhören müssen."

„Sagen Sie mal, da war doch auch dieser Patrick Steinwedel, was ist das für einer?"

„Och, der Patrick ist harmlos. Der ist immer am Kirmesmontag da. Sitzt in einer Ecke und spendiert Drinks. Der ist halt ein bisschen groß geraten. Nicht gerade ein Mann zum Verlieben."

„Hat er keine Freundin?"

„Kann ich mir nicht vorstellen. Ich habe den auf jeden Fall noch nie in Begleitung einer Frau gesehen." Sie klang nachdenklich.

„Hat er auch mit meiner Kollegin gesprochen?", hakte Alexander nach.

„Am Anfang schon. Er hat ihr einen Erdbeersecco ausgegeben und ihr zugeprostet."

„Und meine Kollegin, was hat sie gemacht?"

„Na, zurückgeprostet und gelacht."

„Könnte der Mann sich darauf etwas eingebildet haben?"

Alexander lehnte sich damit ziemlich weit aus dem Fenster.

„Sie meinen, ob er sich Hoffnung gemacht haben könnte?"

„Genau." Ihm war klar, dass er die Frau damit in die Sache hineinzog.

„Glaube ich nicht."

„Sie scheinen sich ja gut auszukennen, junge Frau."

„Danke für die *junge Frau*. Aber so jung bin ich nun auch wieder nicht. Ich mache das schon zwanzig Jahre hintereinander. Ich bin sozusagen die Dienstälteste." Ihr Lachen klang wie eine helle Glocke.

Alexander spürte seine Chancen auf ein Date steigen. „Wie alt sind Sie denn, wenn ich mal fragen darf?"

„Ganze neununddreißig und Sie, Herr Kommissar?"

„Jetzt schweifen wir aber ab“, meinte Alexander lakonisch.

„Schade. Wenn Ihnen mein Bild von dem Verehrer Ihrer Kollegin gefällt, können Sie sich ja mal melden. Die Fax-Nummer habe ich schon im Internet gefunden. Die Zeichnung schicke ich Ihnen schnellstmöglich. Falls Sie keine weiteren Fragen haben, würde ich jetzt gern weiterarbeiten.“

„Vielen Dank.“ Er zögerte einen Moment. „Vielleicht melde ich mich noch einmal.“

„Ich würde mich freuen“, kam es fröhlich zurück.

„Ach ja, ich hätte noch eine Bitte.“

„Schon gewährt.“

„Erzählen Sie niemandem von dem Inhalt unseres Gespräches. Das muss unter uns bleiben“, sagte Alexander eindringlich.

„Das ist doch klar“, versprach Britta Lindemann.

Alexander setzte Erdmann auf den Boden. „Geh zu Stückchen, mein Dicker“, forderte er den Dackel auf, „Herrchen muss arbeiten.“ Erdmann lief ihm voraus in Stückchens Büro.

„Alexander, hier ist gerade ein Fax für dich gekommen.“ Stückchen hielt ihm ein DIN A 4 Blatt hin.

„Das ging ja fix.“ Er betrachtete das Bild des Mannes, das ihm von Britta Lindemann avisiert worden war.

Alexander hörte Eberstädter fluchen, als er zu den anderen zurückkehrte. „Wir kommen kein Stück weiter! Wenn wir keine Hinweise durch die Pressemeldungen bekommen, können wir einpacken!“

„Keine Ahnung, in welche Richtung wir ermitteln sollen“, äußerte sich nun Cosima.

„Bis jetzt sind alle Spuren im Sand verlaufen. Auch der Türke, der die Alarmanlage installiert hat, scheidet als Verdächtiger aus“, berichtete Jüngling, der den Mann mittlerweile ausfindig gemacht hatte.

„Schön, dass du dich auch mal wieder blicken lässt“, motzte Cosima ihren Kollegen an.

Alexander ignorierte ihren Einwand. „Wo ist Juliane?“

„An ihrem Schreibtisch. Sie wartet auf einen Anruf von Bernhard“, klärte Cosima ihn auf.

„Das ist gut so.“ Henne setzte sich an den Tisch. Er legte Cosima ein Fax hin. „Kennst du diesen Mann?“

Cosima betrachtete interessiert das Bild. „Kann mich echt nicht erinnern“, sagte sie verzweifelt und raufte sich die Haare. „Wo hast du das her?“

„Das hat mir eben Britta Lindemann zugefaxt. Sie hat es in aller Eile erstellt.“

Eberstädter zog das Blatt zu sich. „Mensch, der sieht doch saustark aus. An den muss man sich doch erinnern.“

Cosima schüttelte den Kopf. Tränen standen in ihren Augen. „Absolut nicht. Ich könnte verrückt werden.“ Sie hob die Arme.

Eberstädter schob das Blatt zu Jüngling.

„Den kenne ich“, sagte er. Alle Augen richteten sich gespannt auf den jungen Kollegen.

„Woher? Wer ist das? Sag schon!“, drängte Cosima.

„Das ist doch dieser Sänger, der jetzt so angesagt ist.“ Jüngling überlegte angestrengt. „Wie heißt der noch mal?“

Die Tür ging auf, Juliane steckte den Kopf herein. „Wann wolltest du mir sagen, dass Amiga wieder aufgetaucht ist?", fragte sie streng und funkelte Henne an.

Alexander schaute bedrückt zurück. „Ich wollte dich nur nicht beunruhigen. Woher weißt du es?"

„Der Tierarzt hat mich angerufen."

„Und, wie geht es Amiga? Kommt sie durch?"

„Es geht ihr schon etwas besser. Ich vertraue auf ihn."

„Die Kosten übernehme ich", bot Cosima an. „Ich bin ja schließlich auch daran schuld."

„Quatsch, du kannst nichts dafür. Ich komme dann später wieder und bleibe über Nacht bei dir." Juliane winkte ab.

„Schmink dir das ab, Juliane", fuhr Alexander dazwischen. „Cosima kommt über das Wochenende zu mir. Da ist sie sicher."

Cosima sah ihn verwundert an. „Davon weiß ich ja noch gar nichts. Wer hat das beschlossen?"

„Ich, gerade eben", kam es knapp von Alexander. „In die Mühle gehst du vorerst nicht mehr."

Juliane verdrehte die Augen und zog die Tür zu.

„Ich dachte, Cosima soll Polizeischutz bekommen?", warf Jüngling ein.

„Ja und? Bin ich etwa nicht die Polizei?", maulte Alexander.

„Apropos Polizeischutz: Unser lieber Herr Mair aus Bad Vilbel hat nun einen Notfallsender erhalten. Falls etwas sein sollte, muss er nur auf den Knopf drücken. Außerdem kriegt er stündlich einen Anruf von der Vilbeler Dienststelle. Zudem fährt ein Streifenwagen regelmäßig am Haus vorbei. Aber das Tollste ist“, Eberstädter schüttelte lachend den Kopf, „die alte Dame von nebenan hat sich nun seiner angenommen. Ist doch süß, oder?“

„Es geschehen noch Zeichen und Wunder“, sagte Jüngling spitz.

„Das finde ich schön. Dann hat das Ganze ja doch noch was Gutes.“ Cosima lächelte.

„Das freut mich für die beiden“, bemerkte Alexander.

„Um den Mair müssen wir uns keine ernsthaften Sorgen mehr machen“, meinte Eberstädter. „Wenn der Täter befürchten müsste, dass der alte Mann etwas über ihn ausgesagt hätte, dann wäre er von der Polizei schon festgenommen worden.“

„Das ist auch wieder wahr. Aber die ganze Sache ist sonderbar. Es ist gerade so, als wenn es den Täter nicht gäbe“, meinte Jüngling.

„Ich denke, du kennst ihn? Wer ist es denn deiner Meinung nach?“, fragte Cosima, die sich nicht vorstellen konnte, dass ein Sänger sich für sie interessierte.

Jüngling winkte ab. „Vergiss den Sänger. Der Typ sieht nur jemandem ähnlich.“

Cosima verzog die Mundwinkel.

„Habt ihr was in Sachen Motorrad unternommen?“ Alexander blickte von Eberstädter zu Jüngling.

„Ich habe eine Liste von allen angemeldeten großen BMW und deren Halter aus dem Wetteraukreis. Aber altersmäßig kommen nur ein paar davon infrage.“

„Ok, bleib dran“, riet ihm Alexander.

„Jüngling, was gibt es eigentlich von der Spusi? Haben die verwertbaren Spuren gefunden?“

„Ein paar Haare, aber keine Fingerabdrücke, keine Fasern von Kleidungsstücken. Ich sag doch: Es ist so, als hätte es den Mann nicht gegeben, als wäre er nie dort gewesen. Das ist echt unheimlich."

„Und die Haare? Können die einer bestimmten Person zugeordnet werden?"

„Nee, es gibt keine vergleichbare DNA in unserem System." Jüngling war offensichtlich enttäuscht. „Aber es sind ja noch nicht alle Spuren ausgewertet. Es besteht also noch Hoffnung."

„Was ist mit den Leichen der beiden Frauen? Sind die schon zur Bestattung freigegeben?", wollte Alexander wissen.

„Ist noch zu früh. Das wird nichts vor nächster Woche", berichtete Jüngling.

„Hat eigentlich einer von euch mit den Verwandten gesprochen?", setzte Alexander seine Fragen fort.

„Es gibt keine Verwandten." Jüngling hob die Augenbrauen.

„Und wer kümmert sich um die Beerdigung?" Alexander war schockiert. Er musste daran denken, wie es ihm einmal ergehen würde. Er stand ja auch ganz allein da. Bisher hatte er sich keine Gedanken gemacht, was nach seinem Tod passieren, wer sich um seinen Nachlass kümmern würde.

„Wir haben den Hinweis auf ein Testament gefunden. Das liegt beim Amtsgericht in Friedberg. Wir haben es schon angefordert. Wahrscheinlich geht daraus hervor, wer sich um die Angelegenheiten von Frau Hartmann kümmern soll."

„Jüngling, du bleibst am Ball. Gib mir Bescheid, wenn du mehr weißt."

„Geht klar, Henne." Jüngling tippte sich mit dem rechten Zeigefinger an die Stirn.

„Sag mal, Eberstädter", wandte sich Alexander nun an den anderen Kollegen. „Du hattest doch erwähnt, dass die Anrufer auf Cosimas Handy und ihrem Festnetz alle von Telefonzellen aus Butzbach und der Umgebung kamen. Kann ich die Liste mal sehen?"

„Bring ich dir gleich ins Büro. War`s das?" Eberstädter war im Begriff, aufzustehen.

Jüngling rollte mit seinem Stuhl zurück und tat es ihm nach. „Ich muss dann auch mal wieder an meinen Schreibtisch."

„Wir sehen uns." Alexander hob die Hand zum Gruß. „Cosima, du wartest bitte mal. Ich habe noch etwas mit dir zu besprechen."

Kapitel 91

Juliane verließ zeitig das Präsidium, um nach Münzenberg in die Tierarztpraxis zu fahren. Sie liebte diese Strecke, die sie über schmale Sträßchen und kleine Örtchen führte.

Als sie Rockenberg verließ, erblickte sie die Burg Münzenberg. Die kurvenreiche Straße schlängelte sich durch Wiesen und Felder, hob und senkte sich und veränderte nach jeder Wendung den Blick auf die mächtige Stauferburg, die über dem kleinen historischen Städtchen thronte.

In Münzenberg sah sie keine Menschenseele. Der Ort war wie ausgestorben. Juliane musste an das Klischee, dass nach 18 Uhr die Bürgersteige hochgeklappt werden, denken. Hinter den Fenstern des Alten Rathauses brannte kein Licht mehr. Auf dem dreieckigen Marktplatz war eine graue Katze unterwegs, die gemächlich über das Pflaster lief.

Sie dachte sehnsüchtig an ihre Hündin und war gespannt, was sie erwarten würde.

Hinter dem großen Holztor im Steinweg mit seinen vielen historischen Fachwerkhäusern lag ein wunderschöner Innenhof, mit großen Pflanzen. Wein und Efeu rankten sich an Holzbalken entlang. Neben einer Bank und einem Stuhl stand jeweils ein Tischchen, auf dem Laternen Licht spendeten. Die spätsommerliche Wärme und das weiche Licht zauberten eine südländische Atmosphäre. Leise Klaviermusik war zu hören.

Hinter einem der beleuchteten Fenster, die zum Hof gingen, sah sie einen Mann sitzen.

Juliane ging auf die Glasfront am Ende des Hofes zu. Der Tierarzt empfing sie freundlich und bat sie, einzutreten. Er führte sie in einen kleinen Raum, in dem Amiga in einem Wärmebett lag. Der Hund hatte die Augen geschlossen und atmete gleichmäßig. In seiner Vorderpfote steckte eine Kanüle, an der ein langer dünner Schlauch hing. Eine klare Flüssigkeit war darin zu erkennen.

„Wir geben ihr eine Kochsalzlösung und ein Beruhigungsmittel. Das macht sie schläfrig. Sie braucht im Moment nur Ruhe, Wärme und viel Flüssigkeit."

Juliane schossen bei dem Anblick ihrer Hündin Tränen in die Augen. „Die arme Maus. Ich hoffe, sie muss nicht allzu sehr leiden."

„Amiga hatte Glück. Offenbar hat sie nicht so viel von dem Giftköder gefressen. Sie ist jetzt stabil", beruhigte der Tierarzt sie.

„Wissen Sie, was es für ein Gift war?", fragte Juliane.

„Aufgrund der Einblutungen gehe ich von Rattengift aus. In der letzten Zeit hatten wir mehrere Fälle von Vergiftungen dieser Art. Hier in der Gegend treibt sich anscheinend ein Hundehasser herum", erklärte der Tierarzt.

„Diesem Menschen sollte man das Rattengift löffelweise verabreichen, damit sie mal sehen, wie schrecklich das ist!" Sie streichelte Amiga sanft über den Rücken. Nach einem letzten Blick auf ihren Liebling verließ sie die Tierarztpraxis.

Auf dem Bürgersteig kramte sie ihr Handy hervor, um Cosima über den Zustand ihrer Hündin zu informieren. „Du kannst dich beruhigen. Meinem Hund geht es wieder besser."

„Na Gott sei Dank, ich hätte mir ewig Vorwürfe gemacht, wenn dieser Drecksack Amiga auf dem Gewissen gehabt hätte!"

„Es ist nicht gesagt, dass der Stalker dahintersteckt. Der Tierarzt hat mir erzählt, dass er in der letzten Zeit mehrere Fälle dieser Art behandelt hat. Es ist durchaus möglich, dass ein Hundehasser unterwegs ist."

„Wenn ich einen dabei erwische, mache ich ihn kalt", erwiderte Cosima böse.

„Das solltest du als Kriminalkommissarin aber nicht laut sagen", ermahnte Juliane ihre Freundin.

Kapitel 92

Cosima hatte so gut geschlafen wie schon lange nicht mehr. In dem breiten Boxspringbett in Alexanders Gästezimmer hatte sie sich unter einer großen, weichen Daunendecke wie eine Prinzessin gefühlt. Der Raum war gemütlich eingerichtet. Gegenüber dem Bett stand ein großer Schrank. Er war eindeutig antik. Wenn sie sich nicht täuschte, handelte es sich um einen Frankfurter Wellenschrank. *Der muss ein Vermögen wert sein*, dachte Cosima.

Auf den Nachttischen aus massiver Eiche neben dem Bett spendeten Jugendstillampen ein schummriges Licht. *Die Runddeckeltruhe war sicher auch ein Familienerbstück*, dachte sie. Vor der Terrassentür stand ein Schaukelstuhl neben einem Tischchen mit Intarsien.

So viel Geschmack hätte sie ihrem Kollegen nicht zugetraut. Bisher hatte sie nur das Erdgeschoss seiner Villa betreten, das sehr beeindruckend eingerichtet war. Die oberen Räume waren ihr bis heute verborgen geblieben.

Sie schob die Decke von sich und stellte die Füße auf den Boden. Ihre Zehen versanken in einem Berberteppich. Sie verließ das Zimmer und begab sich in das Bad. Schlichte Eleganz empfing sie. Weißer Marmor glänzte am Boden und an den Wänden. Über dem Waschtisch bedeckte ein goldgefasster Spiegel die Wand. Cosima musterte sich darin.

Als Wasserhahn diente ein goldener Drachenkopf, der Wasser in das Marmorbecken spuckte. Die Toilette war in einer komfortablen Höhe angebracht und in der ebenerdigen Dusche hätten glatt drei Personen auf einmal Platz gefunden.

Cosima war am Vorabend mit Alexander nach Hause in die Mainzer Toranlage gefahren. Man hatte ihr nicht erlaubt, noch einmal in die alte Mühle zurückzukehren, um einige persönliche Sachen zu holen.

Nachdem Alexander sie mit einem leckeren Salat mit Rinderfiletstreifen und mehreren Gläsern Chardonnay verwöhnt hatte, brachte er ihr eine Zahnbürste sowie einige Kosmetikartikel.

„Handtücher findest du im Bad", hatte er gesagt. „Vielleicht kannst du mit einem meiner Schlafanzüge Vorlieb nehmen. Meine Putzfrau hat ihn frisch gewaschen und gebügelt." Cosima hatte das edle Teil entgegengenommen.

Sie duschte und begab sich dann ins Erdgeschoss der Villa. Hier roch es lecker nach gebratenem Speck und Rühreiern. Sie betrat die geräumige Küche. Alexander hantierte am Herd.

„Guten Morgen, Cosima. Hast du gut geschlafen? Frühstück ist gleich fertig. Setz dich."

„Guten Morgen, Alexander. Seit wann bist du denn wach?" Verblüfft schaute sie ihren Kollegen an.

„Ich war schon um sechs Uhr auf und habe auf dem Markt eingekauft. Unser Wochenende ist gerettet."

„Ich fasse es nicht. Du bist ja ein echter Hausmann!"

„Was dachtest du denn? Ich muss mich schließlich alleine versorgen." Er zwinkerte ihr zu.

„Nicht schlecht, mein Lieber." Sie nahm sich von dem Rührei und dem Schinkenspeck, den Alexander vor sie auf den Tisch gestellt hatte.

„Hast du auch Toast oder Brötchen?“ Sie sah Alexander erwartungsvoll an.

„Oh, entschuldige, die habe ich noch nicht ausgepackt.“ Er warf ihr eine Tüte zu. „Bedien dich.“

Kapitel 93

Patrick zog die Tür leise hinter sich zu und schlich in gebückter Haltung an der Hauswand entlang zu seinem Auto, das er am Ende des Weges neben einer Straßenlaterne im Lichtschatten einer alten Scheune abgestellt hatte. Niemand war zu sehen. Die Häuser an der Straße lagen noch im Dunkeln. Um diese Zeit an einem Samstagmorgen schliefen die Bewohner noch.

Er startete den Motor, wendete den Wagen und fuhr langsam in Richtung Ortsmitte. Niemand begegnete ihm. Die Bundesstraße nach Butzbach lag ebenso verlassen da. In Höhe der Spedition musste er das Tempo drosseln. Ein LKW verließ den Betriebshof. Langsam fuhr er hinter dem Fahrzeug her.

Er hatte es nicht eilig. Es war Samstag und er hatte nichts vor. Was sollte er mit dem Tag anfangen? Niemand wartete auf ihn. Ein Hobby, dem er nachgehen konnte, hatte er nicht. Da er schon mal unterwegs war, würde er in die Firma fahren. Hier konnte er ungestört am Computer ein paar Spielchen ausführen oder vielleicht im Chatroom mit ein paar Frühaufstehern kommunizieren. Das Internet bot die einzige Abwechslung für ihn. Hier konnte er Kontakt mit anderen Menschen unterhalten, denen er noch nie begegnet war und die er wahrscheinlich auch nie treffen würde.

Er lenkte seinen Wagen an den *Drive-in-Schalter* der Bäckerei, ärgerte sich einmal mehr über diesen blödsinnigen, aus dem Amerikanischen stammenden Namen, bestellte mehrere Donuts und einen großen

Becher Kaffee to go. Obwohl er hier regelmäßig anhielt und Kuchen holte, kannte man ihn nicht. Man war nicht unhöflich zu ihm, aber es ergab sich auch nie ein persönliches Gespräch, wie es normalerweise zwischen Verkäuferinnen und langjährigen Kunden üblich war.

Während er an seinem Schreibtisch sitzend die fettige Backware verschlang, malte er sich das Gesicht der Frau aus, die beim Anblick seiner Morgengabe sicherlich nicht entzückt sein würde. In den letzten Tagen hatte er ihr einiges Kopfzerbrechen bereitet. Doch die Genugtuung hielt nur kurze Zeit an. Er musste etwas tun, was nachhaltiger wirkte.

Kapitel 94

„Hallo Patrick“, begrüßte Georg seinen Sohn auf dem Hof des Autohauses. „Was machst du denn heute hier?“ In seiner Stimme war deutlich Argwohn zu vernehmen.

Üblicherweise ließ sich Patrick am Wochenende nicht in der Firma blicken. Für Georg war es allerdings normal, anwesend zu sein. Obwohl nur seine Verkäufer verpflichtet waren, an Samstagen zu arbeiten, war der Seniorchef immer vor Ort. Aus langjähriger Erfahrung wusste er, dass dann die meisten Kaufabschlüsse getätigt wurden. Oft kamen Leute auf den Hof, um sich nur mal umzuschauen. Sie hatten Langeweile, kamen ohne den Vorsatz, ein Auto zu erwerben. Dennoch verließen viele der Kunden nach einigen Stunden das Autohaus mit einem Vertrag in der Hand.

Die auf Hochglanz polierten Luxuskarossen warteten in der großen Verkaufshalle auf einen neuen Besitzer und die gut ausgebildeten und geschickten Verkäufer verstanden es, den Kunden das Geld aus der Tasche zu ziehen. Bei einem letzten Zweifel half oft das persönliche Erscheinen des Seniorchefs, um alle Bedenken beiseite zu schieben.

„Ich habe noch was zu erledigen. Lass dich nicht stören“, gab ihm Patrick zur Antwort. „Da kommt ja schon der erste Kunde.“ Patrick sah zu einem BMW, der gerade auf den Hof fuhr.

„Bevor du gehst: Was hat eigentlich die Kripo gestern von dir gewollt?“, fragte Georg seinen Sohn.

„Sie haben mich nach meinem Alibi für Dienstagabend gefragt. Als ob ich etwas mit dem Mord an deiner Geliebten zu tun hätte", sagte er süffisant.

„Und hast du ein Alibi für den Abend?", wollte sein Vater wissen.

„Ich war zu Hause und habe schon geschlafen, weil ich so müde war. Am Vortag war ich bis spät in der Nacht auf der Kirmes", berichtete er.

Steinwedel blieb gerade noch Zeit, sich zu fragen, wer dann mit dem Cabriolet unterwegs gewesen war, das bei seiner Heimkehr nicht in der Garage gestanden hatte. Er konnte kaum glauben, dass seine Frau um diese Uhrzeit noch außer Haus gewesen sein sollte, noch dazu mit dem Wagen.

Der Kunde kam direkt auf die beiden Männer zu. Steinwedel lächelte den Mann freundlich an.

„Bleib ruhig hier, Patrick", forderte Steinwedel seinen Sohn mit vor Hohn triefender Stimme auf. „Vielleicht kannst du ja mal zur Abwechslung was lernen."

„Guten Tag", begrüßte der Neuankömmling sie. „Sind Sie für den Verkauf zuständig?"

„Mein Sohn Patrick wird sich um Sie kümmern." Jovial deutete der Seniorchef auf seinen Sohn und überließ ihm das Gespräch.

„Was kann ich für Sie tun?" Steinwedel bemerkte Patricks abschätzenden Blick. Seinem Sohn war deutlich anzumerken, dass er den Mann nicht als potentiellen Kunden ansah. Der Mann war zwar gut gekleidet, aber sein Wagen entsprach eher der Mittelklasse.

„Ich suche ein Auto für meine Freundin", kam der Kunde gleich zur Sache. „Das heißt, sie soll es noch werden." Er lachte geringschätzig. „Sie wissen doch, wie die Weiber sind, die wollen immer mit etwas beeindruckt werden." Er boxte dem Juniorchef freundschaftlich gegen den Oberarm.

„Was schwebt Ihnen denn so vor, für ihre neue Freundin?", begann Patrick mit dem Verkaufsgespräch in arrogantem Ton. Steinwedel stöhnte innerlich über so viel Hochmut.

„Eher etwas Rassiges oder vielleicht ein Oldtimer?"

„Beides zusammen wäre nicht schlecht. Die Kleine ist atemberaubend, wenn Sie wissen, was ich meine." Der Kunde blickte verschmitzt von Steinwedel zu Patrick. „Da muss es schon was Besonderes sein."

„Wenn Sie meinen, dass sich die Investition lohnt", fuhr Patrick gelangweilt fort und ging auf die Ausstellungshalle zu. Steinwedel glaubte sich verhört zu haben. Sein Sohn würde es nie lernen.

„Aber unbedingt. Ich bin schon gespannt, wie sie auf das Geschenk reagieren wird. Da kann sie nicht mehr nein sagen."

„Dann soll es also ein Hochzeitsgeschenk sein?", folgerte Patrick.

„Ich hab nicht vor, sie zu heiraten, ich will sie nur ins Bett kriegen." Der Kunde lachte.

Steinwedel bemerkte Patricks irritierten Blick.

„Was wollen Sie denn ausgeben? Danach richtet sich, was ich Ihnen anbiete." Er deutete auf die Fahrzeuge in der Halle.

„Der Preis spielt keine Rolle. Die Hauptsache ist, das Auto passt zu der Kleinen“, sagte der Kunde freudig.

„Ich bin ja der Meinung, dass man Frauen nicht so sehr verwöhnen sollte“, hörte Steinwedel seinen Sohn sagen. Er hätte ihm am liebsten das Gespräch entzogen. So würde es mit dem Verkauf nichts werden.

„Sie haben wohl schlechte Erfahrungen mit Frauen gemacht, wie?“, fragte der Kunde und sah dem jungen Steinwedel direkt in die Augen. Patrick senkte den Blick.

„So könnte man es auch sagen.“

„Sind Sie verheiratet?“, fragte der Kunde unverblümt. Steinwedel zog die Augenbrauen hoch. *Dieser Kunde war speziell,* dachte er.

„Nein, ich hatte bisher nicht das Vergnügen“, knurrte Patrick. „Die meisten Frauen interessieren sich doch nur für das Äußere und nicht für die inneren Werte.“ Damit spielte er auf seine körperliche Fülle an, die auf jeden anderen abstoßend wirken musste.

„Da haben Sie Recht, die Weiber lassen sich zu leicht von Äußerlichkeiten blenden.“ Der Kunde nickte zustimmend. „Aber sie sind ja nicht dick, sondern nur *besser zu sehen*“, sagte er anzüglich zu Patrick, der ihn verblüfft anstarrte.

Patrick hielt vor einem dunkelgrünen Morgan mit Rechtssteuerung. Steinwedel blieb etwas zurück und beobachtete die Männer. „Würde dieses Auto ihren Ansprüchen entsprechen?“ Steinwedel merkte, dass sein Sohn den unangenehmen Mann schnellstmöglich loswerden wollte.

„Nicht schlecht." Der Kunde schürzte die Lippen und ging um den Sportwagen herum. „Was soll der kosten?"

Patrick beugte sich in das Fahrzeug und nahm eine schwarze Mappe vom Beifahrersitz. Er holte ein Blatt hervor und reichte es dem Kunden. „Hier finden Sie alle Angaben, über Baujahr, PS und so weiter." Mit seinen wurstigen Fingern deutete er auf das untere Ende des Blattes. „Hier steht unser Angebot."

„Ein stolzer Preis." Der Kunde sah auf. „Kann man da noch was machen?"

„Aber mein Herr, dieses schöne Geschöpf ist jeden Cent wert", erklang eine Stimme hinter ihnen.

Patrick sah wütend in die Richtung des Neuankömmlings. „Was willst du denn hier?"

„Dir auch einen schönen guten Morgen, mein lieber Bruder", sagte Christoph, den eine Wolke eines gut riechenden Herrendufts umgab.

Der Kunde blickte ihn neugierig an.

„Diese Chance sollten Sie sich nicht entgehen lassen." Christoph strich über die Karosserie des Sportwagens, als würde er eine Frau streicheln. „Sehen Sie nur welche Eleganz, die charakterstarke Linienführung." Er öffnete die Motorhaube und ließ den Kunden hineinschauen. „Und wie gepflegt das schöne Stück ist." Er sprach ununterbrochen weiter und beeindruckte mit seinem Wissen über die Ausstattung und die Vorzüge des Sportwagens.

Patrick stand wie ein begossener Pudel daneben. Er kam nicht mehr zu Wort. Steinwedel sah sich wieder bestätigt, dass sich Patrick nicht als Verkäufer eignete und bedauerte gleichzeitig, dass Christoph nicht ins Geschäft einsteigen wollte.

„Na, wie schaut es aus, haben Sie ein Geschenk für Ihre Freundin gefunden?" Steinwedel kam nun wieder näher.

„Ihr Sohn hat mich überzeugt. Ich nehme den Morgan." Dabei blickte er zu dem jüngeren Bruder.

„Guten Morgen, Christoph", wandte Georg sich nun an seinen jüngsten Sohn. „Was machst du denn hier? Dich habe ich nicht erwartet."

„Das siehst du doch: Ich verkaufe Autos." Christoph schmunzelte.

„Du bist wirklich ein Genie, mein Lieber." Steinwedel legte einen Arm um Christophs Schulter.

Patrick schnaubte wütend. „Ich bin dann wohl überflüssig. Auf Wiedersehen, die Herren." Er verschwand in Richtung Bürogebäude.

Dem Kunden war die Missstimmung offenbar nicht entgangen. „Ich wollte Ihren Sohn nicht verärgern."

Steinwedel Senior winkte ab. „Machen Sie sich keinen Kopf. Er taugt nicht zum Verkäufer. Das habe ich ihm schon hundertmal zu erklären versucht. Aber er will es einfach nicht wahrhaben. Christoph hätte das Zeug dazu, aber der hat ja leider kein Interesse." Stolz blickte Steinwedel zu seinem Jüngsten.

„Autos interessieren mich nicht so sehr. Ich sammele alte Motorräder", erzählte er dem staunenden Kunden.

„Ich habe noch eine alte BMW mit Seitenwagen von meinem Vater im Schuppen stehen. Eigentlich wollte ich sie mal restaurieren lassen, aber ich verstehe zu wenig davon", berichtete der Kunde.

„Wollen Sie die Maschine vielleicht verkaufen? Kann ich sie mir mal ansehen?" Aufgeregt sah Christoph zu dem Kunden.

„Ich überlege es mir“, antwortete er zögerlich. „Darf ich fragen, in welcher Branche Sie tätig sind?“

„Ich bin im IT-Bereich unterwegs. Habe eine eigene Firma“, antwortete Christoph stolz.

„Das ist ja interessant. Wo denn?“, hakte der Kunde nach.

Steinwedel, der den beiden eine Weile zugehört hatte, unterbrach nun das Gespräch. Er wollte den Fisch nicht vom Haken lassen. „Vielleicht können wir erst das Geschäftliche regeln und dann über Privates sprechen.“

„Aber natürlich, Herr Steinwedel.“ Der Kunde folgte dem Seniorchef in das Bürogebäude. Auf dem Weg sagte Steinwedel:„Es freut mich, dass Sie etwas Passendes gefunden haben.“

Kapitel 95

Alexander fuhr vom Hof des Autohauses und reihte sich in den Verkehr ein. Mit Abscheu dachte er an das Verhalten des Seniorchefs gegenüber seinem Sohn. Dessen Benehmen hatte ihm zwar auch nicht gefallen, aber es gehörte sich seiner Meinung nach nicht, dass man vor Kunden so negativ über seine Kinder sprach.

Er musste sich ablenken, bediente den MP 3-Player und suchte in Erinnerung an Elvis, der ein großer Autonarr gewesen war, den Song „Pink Cadillac". Die Stimme des Sängers ertönte. Alexander musste bei dem Lied schmunzeln. *Jetzt habe ich mir doch tatsächlich ein Auto gekauft.*

Dabei wollte ich mich nur mal in der Firma umsehen und den Juniorchef unter die Lupe nehmen. Vielleicht war seine Vermutung, dass es sich bei Patrick Steinwedel um den Stalker handeln könnte, völlig falsch. Aber er war immerhin auch einer der Männer, die mit Cosima auf der Kirmes Kontakt gehabt hatten. Nach allem, was er gehört hatte, wäre das nicht auszuschließen. Er wäre nicht der erste Mann, der sich wegen unerwiderter Gefühle rächen wollte. Da reichte es mitunter schon, wenn sie auf sein Zuprosten in der Sektbar nicht reagiert hätte.

Im Internet hatte sich Alexander über das Autohaus und Patrick Steinwedel informiert. Das Porträt des Mannes auf der Homepage des Unternehmens war vorteilhaft im Vergleich zu seiner tatsächlichen Erscheinung. Alexander war geschockt, als er Patrick

Steinwedel zu Gesicht bekommen hatte. Es war nicht nur seine Körperfülle, die Alexander abschreckte, sondern auch das Auftreten und das ganze Gehabe des Unternehmers hatten abstoßend auf ihn gewirkt. Der Ausdruck seines breiten, fleischigen Gesichtes wirkte zudem dümmlich.

Zum Verkäufer eignete er sich wirklich nicht. Da musste Alexander dem Senior Recht geben. Ganz offensichtlich bevorzugte der alte Steinwedel seinen Sohn Christoph. Der hatte ihn geschickt um den Finger gewickelt und ihm einen Sportwagen verkauft, den er eigentlich nicht brauchte. *Aber was soll`s,* ging es Alexander durch den Kopf, *ich weiß sowieso nicht, wem ich mein Eigentum vermachen soll. Dann kann ich mir auch mal etwas gönnen.* Und so einen schicken Sportwagen hatte er schon immer fahren wollen.

Außerdem hatte er nun etwas in der Hand, dass den Stalker überführen könnte. Er war auf Cosimas Reaktion gespannt.

Kapitel 96

„Du sagst kein Wort zu Cosima, ist das klar, Eberstädter?“

Juliane hatte den Kommissar gebeten, nach Ober-Hörgern in die alte Mühle zu kommen. Sie war hier, um ein paar Kleidungsstücke für Cosima zusammenzupacken, um sie nach Friedberg in Alexanders Villa zu bringen.

Als sie das Schlafzimmer der Freundin betrat, fand sie eine tote Ratte auf dem Bettvorleger.

„So eine Schweinerei!“, schrie sie. Sie ekelte sich vor dem toten Tier. Eberstädter entfernte es und sah ihr dann beim Packen zu.

„Wie kommt der Typ denn ins Haus? Ich verstehe das nicht!“ Sie sah ihren Kollegen fragend an.

„Nichts leichter als das. Die Haustür kriegst du ruckzuck mit jeder Plastikkarte auf. Komm mit, ich beweise es dir.“ Juliane folgte ihm ins Erdgeschoss.

Eberstädter zog sein Portemonnaie aus der Gesäßtasche und holte die Karte eines Discounters hervor. Er ging vor die Tür und zog sie ins Schloss. Juliane wartete gespannt im Inneren des Hauses. Sie hörte ein Schleifgeräusch, dann ein Knacken. Die Tür sprang auf. Eberstädter stand lachend davor. „Das ist ein Kinderspiel. Cosima sollte sich mal eine neue mit einer dreifachen Verriegelung einbauen lassen. Jeder, der einigermaßen geschickt ist, krieg die im Nu auf.“

„Ist ja unglaublich! Und so was bei einer Polizistin“, empörte sich Juliane.

„Ich installiere jetzt eine Kamera, die Bilder an mein Handy sendet. Sobald der Typ wieder hier eindringt, steh ich auf der Matte."

„Erstens weißt du nicht, ob der noch mal kommt. Zweitens hat der sich längst verzogen, bevor du von Eberstadt hier bist. Und drittens weißt du doch, dass solche Aufnahmen vor Gericht nicht als Beweis anerkannt werden. Also, was willst du damit bezwecken?"

„Aber nicht, wenn ich ihn auf frischer Tat ertappe", Eberstädter grinste sie frech an.

„Und wie willst du das bewerkstelligen?"

„Das lass mal meine Sorge sein. Sollte der wirklich hier noch mal einfallen, schnapp ich mir den."

Kapitel 97

Cosima hatte Osso Buco vorbereitet. Als Alexander nach Hause zurückkehrte, fand er einen schön gedeckten Tisch vor.

„Gut, dass du da bist, wir können gleich essen", rief ihm Cosima aus der Küche zu, als wäre sie die Frau des Hauses und hätte auf ihren Mann gewartet. Sie stellte gerade einen Topf mit Wasser auf ein Kochfeld des Induktionsherdes.

Alexanders Küche war perfekt ausgestattet. Nach dem Tod seiner Mutter hatte er sie neu eingerichtet. Dabei hatte er offensichtlich an alles gedacht. Neben dem Induktionsherd mit sechs Kochfeldern, der Mikrowelle und zwei Backöfen gab es noch einen Dampfgarer, der in die Wand eingelassen war. Cosima war beeindruckt.

Alexander erschien im Türrahmen und schnupperte.

„Was gibt es denn Leckeres?"

Cosima hatte das ganze Haus inspiziert. Nicht etwa aus Neugierde, sondern aus Langeweile. Alexander hatte ihr verboten, einen Fuß nach draußen zu setzen. Sie durfte nicht einmal den Garten betreten. Erdmann lag faul in seinem Körbchen und hatte keine Lust gehabt, mit ihr Bällchen fangen zu spielen. Er schnarchte friedlich.

Die Musik aus den sechziger und siebziger Jahren interessierte sie genauso wenig wie die zahlreichen Geschichtsbücher im Regal und die Fachzeitschriften, die sie in einem Zeitungskorb fand. Überrascht war sie über die Stapel von Jerry Cotton- und Perry Rhodanhefte, die auf einem Sidebord lagen.

Während ihres Rundganges hatte sie die Speisekammer entdeckt. Dort stieß sie auf einen Gefrierschrank, in dem unter anderem Beinscheiben vom Kalb lagen. Im Gemüsefach fand sie Karotten, Sellerie und Lauch.

Cosima hatte immer gern gekocht, aber der Job ließ ihr nur wenig Zeit dazu. Heute hatte sie es genossen, das Gemüse zu schnippeln, zu dünsten und dann mit Brühe und Weißwein abzulöschen und das Ganze mit Tomatenmark anzudicken. Nachdem sie das Fleisch in der Mikrowelle aufgetaut und in Mehl gewendet hatte, briet sie es von beiden Seiten kurz an. In eine gefettete Auflaufform hatte sie zuerst die Kalbsscheiben gelegt und anschließend den Gemüsesud darüber gegeben.

Jetzt schmorte das Gericht bei Zweihundert Grad in der Heißluftröhre. Immer wieder hatte sie durch die Glasscheibe in den in Brusthöhe eingebauten Ofen geschaut. Sie war zufrieden mit sich und freute sich auf das gute Essen. Es fehlten nur noch die Gnocchi, die sie nun in das kochende Wasser warf. Mit der umgebundenen Schürze und ihrem wippenden Pferdeschwanz, ihrem vom Kochen erhitzten Gesicht, fühlte sie sich wie eine Teilnehmerin bei einem Kochwettbewerb.

„Wow, ich wusste gar nicht, dass du so gut kochen kannst." Alexander stand staunend vor dem Backofen. „Was wollen wir dazu trinken?"

„Und ich wusste nicht, dass du Jerry Cotton und Perry Rhodan-Romane liest." Cosima lachte schelmisch.

„Verrate das bloß niemandem. Die Hefte habe ich im Schuppen entdeckt und beim Durchblättern habe ich doch tatsächlich Gefallen daran gefunden“, erklärte Alexander wie zur Entschuldigung.

„Genau wie an den Platten von Elvis, was?“, fragte Cosima kokett.

„Sehr richtig. Ich habe nicht nur das gute Aussehen meines Vaters geerbt, sondern auch seine Vorliebe für die guten Dinge des Lebens“, witzelte er. „Da sind übrigens noch andere interessante Sachen in dem Schuppen. Wenn du artig bist, zeige ich sie dir vielleicht.“

„Hol lieber eine Flasche Weißwein aus deinem Flaschenkeller. Dann können wir essen.“

„Hast du den auch schon entdeckt?“ Alexander verdrehte die Augen. „Warst du eigentlich im ganzen Haus unterwegs?“

Cosima glaubte, Besorgnis in seiner Stimme zu hören, und musste lachen. „Nur keine Bange, deine Folterkammer habe ich nicht entdeckt.“

Kopfschüttelnd ging Alexander in den Keller. Als er zurückkam, öffnete er eine Flasche Pinot Grigio. Der französische Wein passte perfekt zum Gericht.

„Ich habe dir auch was mitgebracht“, sagte er zu Cosima, die gerade die Glasschale mit dem Osso Buco auf den Tisch stellte.

„Was ist es denn?“, fragte sie neugierig.

„Wart`s ab. Vielleicht hilft uns das weiter.“

Kapitel 98

Eberstädter war nach Linden zu einem Elektronikfachhandel gefahren. Er wollte sich nach einer Kamera umsehen, die er mit seinem Handy verbinden konnte. Hier war er inzwischen Stammkunde, kannte alle Verkäufer und war mit den meisten per Du. Ständig kaufte er irgendwelche technischen Geräte, egal ob er sie brauchte oder nicht.

Kürzlich hatte er sich eine Kamera zugelegt, die man am Kopf tragen konnte, um während des Joggens, Radfahrens, oder beim Tauchen Aufnahmen von der Umgebung zu machen. Dabei trieb er gar keinen Sport, obwohl der ihm sicher gut getan hätte.

Seit seine Frau ihn verlassen hatte, war sein Bauchumfang beträchtlich gewachsen. Er trank zu viel und hatte zu wenig Bewegung. Der Amtsarzt würde ihm bei der nächsten Untersuchung mit Sicherheit ermahnen, abzunehmen.

Mit seinem Leben war er im Moment nicht zufrieden. Die ständigen Überstunden und Wochenenddienste hatten dazu geführt, dass seine Frau die Scheidung eingereicht hatte. Da sie keine Kinder hatten und seine Ex einem gut bezahlen Job nachging, musste er sie nicht unterhalten. Er konnte tun und lassen, was er wollte, aber alleine machte das keinen Spaß. Die Kumpels aus dem Ort lebten alle in einer festen Beziehung oder hatten Familie und so kam er sich oft wie das fünfte Rad am Wagen vor.

Nur im Präsidium in der Gegenwart seiner Kollegen fühlte er sich wohl. Hier wurde er gebraucht und er freute sich, wenn sie seine Fachkenntnisse in Sachen Computer in Anspruch nahmen. Doch in seiner Freizeit blieb er allein und einsam zurück. Wo sollte man in seinem Alter auch noch eine nette Frau kennenlernen? Aber er war kein Mensch, der Trübsal blies. Er blickte optimistisch in die Zukunft und war sicher, dass das Schicksal ihm irgendwann wieder etwas Glück bescheren würde. Seine momentane Unzufriedenheit würde sicher vorübergehen.

Als er den Verkaufsraum betrat, wurde er von allen Seiten mit einem freundlichen Hallo begrüßt. Momentan waren alle Verkäufer in Kundengesprächen. Das störte ihn nicht weiter. Er wusste, wo er das Gesuchte fand und ging zielstrebig auf die Reihe mit den Kameras zu.

Ein weiterer Kunde stand vor den angebotenen Waren und betrachtete intensiv die Packung mit einer Kamera, die er in den Händen hielt. Als sich Eberstädter näherte und freundlich grüßte, wandte sich der Kunde zur Seite. Das machte Eberstädter stutzig. Wieso sollte er sich wegdrehen? Eberstädter hatte das Gefühl, als wollte der andere nicht gesehen werden. Noch etwas störte ihn an dem Fremden. Nicht nur seine Körperhaltung kam ihm sonderbar vor, er nahm auch einen intensiven Geruch wahr, der ihn regelrecht benebelte. Der Geruch kam ihm bekannt vor. Es war der gleiche, der unheilschwanger im Bad Vilbeler Totenhaus in der Luft lag und auf den Cosima ihn aufmerksam gemacht hatte.

Die langen Beine des Mannes steckten in einer teuren Lederhose. Über dem linken Arm hing eine dazu passende Jacke, eindeutig eine Kombination, wie sie Motorradfahrer trugen. Er beobachtete den Mann aus den Augenwinkeln.

Kapitel 99

Der Mann wartete geduldig an der Tür. Er hatte schon zweimal geklingelt. Aber niemand öffnete. Eine ganze Woche hatte er sich auf diesen Moment gefreut. Er war auf das Wiedersehen gespannt. Hatte sie sich genauso nach ihm gesehnt wie er sich nach ihr? Er war sich nicht sicher, ob der Strauß dunkelroter Rosen nicht zu übertrieben war.

Es wäre zu schade, wenn er sie nicht antreffen würde. Vielleicht hätte er doch vorher anrufen sollen? Aber sie hatte ihm versichert, dass sie samstags zu Hause wäre, um die Hausarbeit zu erledigen. Er trat näher an die Tür und horchte, ob die Klingel, die er erneut betätigte, überhaupt funktionierte.

„Das gibt`s ja nett!“

Ein kräftiger Schlag landete im Genick des Mannes. Er fiel nach vorn. Sein Kopf schlug hart gegen die Tür. Benommen fiel er zu Boden. Alles drehte sich um ihn herum.

„Dir werd ich helfe, du Drecksack!“

Er spürte einen kräftigen Tritt in der Seite. Er wurde herumgerissen und an den Armen gepackt. Jemand zog ihn über den Boden.

Als er zu sich kam, waren seine Arme mit Kabelbindern fixiert. Er lag seitlich auf einer Rasenfläche. Die Mittagssonne blendete ihn. Er konnte den Fremden im Gegenlicht nur schemenhaft erkennen.

„Na Freundchen, das haste dir ja schön ausgedacht.“

„Was wollen Sie von mir? Warum haben Sie mich geschlagen?“, fragte der Mann ängstlich. Aus seiner Nase tropfte Blut.

„Das fragst du noch? Dass du dich nett schämst, dem arme Ding so was anzutun.“

„Wovon reden Sie denn? Ich verstehe nicht, was Sie meinen!“, sagte der Mann verzweifelt.

„Das wird sich gleich klärn, du Drecksack. Die Polizei ist schon unnerwegs.“

Der Mann schaute irritiert zu ihm auf. Er hatte doch nur die Frau besuchen wollen, die er nach vielen Jahren wieder getroffen und in die er sich erneut unsterblich verliebt hatte. War sie in der Zwischenzeit etwa verheiratet? Nach so langer Zeit wäre das nicht ungewöhnlich. Aber warum hatte sie ihm das verschwiegen?

Kapitel 100

Patrick biss in den doppelten Cheeseburger. An seinen Händen liefen Ketchup und Mayonnaise entlang. Sein Kinn triefte vor Fett. Er liebte Fastfood. Mit dem Genuss dieser Speisen versuchte er, sich über sein trauriges Leben hinwegzutrösten.

Nach dem unerfreulichen Zusammenstoß am Vormittag hatte er sich still und heimlich davongemacht, war zu dem Restaurant der amerikanischen Fastfood-Kette in der Nähe gefahren. Dort kannte man ihn bestens. Er musste sich nicht in die Schlange der Wartenden einreihen oder an den Tresen kommen, um eine Bestellung aufzugeben. Es genügte, wenn er beim Betreten des Restaurants die Hand hob. Die Servicekräfte wussten Bescheid und brachten ihm das Gewünschte an den Tisch in der hintersten Ecke. Dafür bedankte er sich mit einem großzügigen Trinkgeld.

In der Ecke hatte er seine Ruhe und konnte die Burger in aller Ruhe verspeisen. Dazu trank er eine große Cola und aß eine doppelte Portion Pommes mit Mayo und Ketchup. Zum Abschluss trank er noch einen Cappucchino und verspeiste dazu ein Eis mit vielen bunten Smarties und Schokostreuseln.

Ihm war bewusst, dass die kalorienhaltige Mahlzeit seine Gewichtsprobleme nicht verbessern würde, aber er war machtlos gegen die Gier, die ihn jedes Mal befiel, wenn er eine Niederlage einstecken musste.

Das hatte er seiner gluckenhaften Mutter zu verdanken, die ihn seit frühester Kindheit mit Kuchen und anderen Süßigkeiten vollgestopft hatte, um ihn zu trösten. Dafür hasste er sie. Aber nicht nur dafür. Immer hatte sie ihn vor Schaden bewahren wollen, ihn von anderen Kindern ferngehalten und ihn wegen seiner Körperfülle vom Sport befreien lassen.

Dabei sehnte er sich danach, ein Teil der Gemeinschaft zu sein, hätte gern mit anderen Kindern gespielt und auf dem Schulhof getobt. Stattdessen fristete er ein einsames Dasein abseits der Gesellschaft. Keiner sprach mit ihm mehr als das Notwendige oder lud ihn ein. Aber er war auch nicht in der Lage, dagegen aufzubegehren.

Allerdings hatte es auch keiner seiner Mitschüler gewagt, ihn zu hänseln oder etwas gegen ihn zu sagen. Der Sohn von Georg Steinwedel, der großzügig die Schulen und Vereine mit Spenden unterstützte, war unantastbar. Das wiederum empfand er als großen Vorteil.

Nur wegen der Großzügigkeit seines Vaters hatte er an Ausflügen und sportlichen Events als Zuschauer teilnehmen dürfen. Aber auch während der Fahrten hielten alle Abstand von ihm.

Patrick hatte sich zum Schutz einen Mantel aus Arroganz und Herablassung zugelegt. Seine bissigen Kommentare gegenüber seinen Mitmenschen waren gemein und respektlos – das wusste er, dennoch wollte er nichts daran ändern. Bis heute hatte er keine Frau für sich einnehmen können. Immer wieder hatte er versucht, auf Festen mit dem weiblichen Geschlecht in Kontakt zu treten. Zur Gambacher Kirmes spendierte er großzügig Cocktails und andere Getränke in der

Sektbar und hoffte, so eine Partnerin fürs Leben zu finden. Doch alle seine Versuche waren gescheitert.

Auch auf der letzten Kirmes hatte er vergeblich versucht, an der Sektbar mit einer Frau ins Gespräch zu kommen. Ausgerechnet ein Fremder hatte ihm seinen Annäherungsversuch vermasselt. Dabei hatte die Frau mit dem wippenden Pferdeschwanz ihn angelächelt und ihm zugeprostet. Er war kurz davor gewesen, sie anzusprechen, als dieser Typ aufgetaucht war und sie zum Tanzen aufforderte. Wieder war er auf seinem Barhocker als stiller Beobachter allein zurückgeblieben.

Erneut riss er jetzt den Mund weit auf, um in den Cheeseburger zu beißen, kaute ein paar Mal auf dem großen Brocken herum, um ihn dann hastig hinunterzuschlucken und mit einem großen Schluck Cola nachzuspülen.

Sein Vater traute ihm nichts zu. Er hielt ihn für einen Versager, obwohl er sein Abitur mit Bravour bestanden und das BWL-Studium in Rekordzeit absolviert hatte. Er war intelligent, hatte eine schnelle Auffassungsgabe und konnte Zusammenhänge schnell erkennen.

Dass er in dem Familientrieb als kaufmännischer Leiter tätig werden konnte - sein Job machte ihm ja durchaus Spaß - hatte er seiner Mutter zu verdanken. Sie hatte darauf bestanden, dass er diese Stelle bekam, nachdem der langjährige kaufmännische Leiter in den Ruhestand verabschiedet worden war.

Obwohl Patrick seine Arbeit zufriedenstellend ausführte, erhielt er nie ein Lob von seinem Vater. Für Georg Steinwedel war es selbstverständlich, dass alles reibungslos funktionierte.

Aber auch die Angestellten in der Firma nahmen Patrick nicht ernst. Das beste Beispiel für die offensichtliche Ablehnung seiner Person war der neue Mitarbeiter: Martin Weiss-Alles. Patrick hatte schon bemerkt, dass sein Vater dem Angestellten viele Rechte einräumte, die ihm aufgrund seiner Position eigentlich nicht zustanden. Patrick beneidete den Mann um das Vertrauensverhältnis zu seinem Vater.

Sein Nachbar Helli hatte ihm schon an seiner Konfirmation geraten, seinen Namen abzulegen und in eine andere Region zu ziehen, um sich von der Familie und vor allem seinem übermächtigen Vater zu lösen.

„Am beste wärs, doa heiratst und nimmst de Noame deiner Fraa an. Als Steinwedel wirst doa he naut", hatte der Freund seines Vaters gesagt. Diese Aussage schmerzte Patrick noch immer. Dafür hatte er sich bitter an Helli gerächt. Niemand war ihm auf die Schliche gekommen. Er freute sich heute noch über seinen stillen Triumph.

Die Rache hatte auch seinem Bruder gegolten. Er war schon immer der Liebling seines Vaters gewesen. Egal was Christoph tat, er war immer der Größte und Beste. Er war überall beliebt.

Als er seinen Bruder auf dem Siegerpodest im Sportstadion hatte stehen sehen und mitverfolgen musste, wie er den Pokal für den Titel des Hessenmeisters entgegennahm, hatte er erneut Rachepläne geschmiedet. Die sportliche Karriere von Christoph endete abrupt durch einen Motorradunfall, ebenso die Freundschaft zu der Nachbarstochter.

Aber Christoph verstand es, selbst aus einer Niederlage noch etwas Gutes zu machen. Er war eben ein Gewinnertyp. Während man Patrick für einen Verlierer hielt und ihm nichts zutraute. So hatte man für das Verschwinden der Nachbarstochter nur Christoph verdächtigt. Einzig seine Mutter hatte geahnt, wer wirklich dafür verantwortlich sein musste. Aber sie hatte geschwiegen. Bis heute. Stattdessen umsorgte sie ihn noch immer wie ein Kleinkind, hielt seine Wohnung in Ordnung, machte die Wäsche und putzte sogar seine Schuhe.

Kapitel 101

Karl Friedrich kam ihm auf der Straße entgegen. Seinen Gruß erwiderte Georg mit einem kurzen Nicken. Nach Florians Unfalltod war der Kontakt zu dem Nachbarn nicht mehr so intensiv gewesen, dennoch waren sie sich immer respektvoll gegenübergetreten.

Es war schon das zweite Mal in dieser Woche, dass Karl Friedrich aus Georgs Haus kam. Er konnte sich nicht erinnern, wann er den Nachbarn das letzte Mal getroffen, geschweige denn in sein Haus eingeladen hatte. Was wollte er dort?

An der Haustür roch Georg schon die Erbsensuppe. Samstags gab es immer einen Eintopf. Das hatte sich seit Beginn seiner Ehe nicht geändert. Er liebte Erbsensuppe mit Rindswürstchen. Aber es mussten die vom hiesigen Metzger sein. Das waren seiner Meinung nach die besten. Obwohl es wenig gab, auf das er sich zu Hause freute, das von seiner Frau zubereitete Essen gehörte auf jeden Fall dazu.

Normalerweise kam Bettina aus der Küche, wenn er das Haus betrat. Doch heute war sie nicht zu sehen. Er konnte sich nicht erinnern, wann sie das letzte Mal nicht zur Begrüßung in der geräumigen Diele erschienen war.

Der Esstisch war gedeckt. Die Suppe köchelte auf dem Herd. Das Radio lief.

Georg rief nach seiner Frau, erhielt aber keine Antwort. Er ging auf die Terrasse, schaute in den Garten. Bettina war nirgends zu sehen. Er setzte sich an den

Tisch und begann, seine Suppe zu löffeln. Wie aus dem Nichts tauchte Bettina plötzlich vor ihm auf. Ihr Erscheinen wirkte bedrohlich.

Kapitel 102

„Da wird doch de Hund in de Pann verüggt!“, empörte sich Uta. „Jetz is doch de Kall Friedrisch schon widder bei de Bedina gewese.“

„Ja und? Vielleicht hatt er ihr bei irgendwas geholfe, Muddi. Das geht disch doch gar nix an“, entgegnete Heinrich Brandt genervt.

„Geholfe is gut. Isch frach misch, was der de Bedina Dienstachnacht geholfe hat, wo die zwa mittem Audo unnerwegs warn!“, feixte Uta. „Des is doch komisch, des musste doch zugebbe. Die warn stunnelang fort, genauso wie de Patrick. Ich frach misch, wo der sich rumgetribbe hatt.“

„Mein Gott, Muddi, Patrick is en junger Mann. Warum soll der nett abends unnerwegs sei? Vielleicht hatt er endlisch e Frau gefunne. Des wär doch schön füren“, wand Heinrich ein.

„Des glaabste doch selbst nett. Wer soll sisch dann mit so aim einlasse?“ Uta sah ihren Mann an, als hätte sie einen Außerirdischen vor sich. „Da hilft dem auch sei ganz Geld nix.“

„Des geht uns trotzdem nix an“, beharrte Heinrich auf seiner Meinung.

„Wenn das de Schorsch rauskriegt, dann gibt's Ärscher.“ Uta rieb sich die Hände.

„Du wirst es ihm nicht sagen, Muddi“, ermahnte Heinrich sie. „Misch dich da nett ein.“

„Des brauch isch gar nett, des wird de Helli schon dun. Dem entgeht doch aach nix.“ Uta winkte ab.

Heinrich schüttelte den Kopf. Seine Frau konnte mit ihrer Neugierde fürchterlich nerven. Ihn plagte stattdessen etwas anderes. „Was wird der Schorsch erst sache, wenn er von de Hochzeit unserer Kinner erfährt?“

„Oh je, erinner misch nett da dran. Des wird eh schö Geschrei gebbe.“ Uta schlug die Hände vors Gesicht. „Vor allem wenn der erfährt, dass der Christoph unsern Name angenomme hat.“

„Des mir des nett gemerkt habbe, Muddi“, wunderte sich Heinrich.

„Wie willste des dann gemerkt habbe? Die sinn doch gar nett hamkomme in de letzte Joahrn“, bemerkte Uta bissig. „Abber des die Ingrid sisch noch emal mit dem Christoph einlässt, des hätt isch im Lebe nett gedacht.“

„Ich frach mich nur, wer die Ingrid damals entführt hat, wenn es nett der Christoph war. Ich hätt schwörn könne, dass er hinner dieser Sach gesteggt hat.“ Heinrich klopfte wie zur Bestätigung seiner Aussage mit dem rechten Zeigefinger auf den Tisch.

„Des frach ich mich allerdings aach.“ Uta begann, das Geschirr abzuräumen.

Kapitel 103

„Ihr kommt mir vor wie ein altes Ehepaar."

Juliane schaute sich in der geräumigen Wohnküche in Alexanders Haus um. Auf dem Esstisch standen benutzte Teller. In den Schüsseln waren noch ein paar Reste übrig geblieben. Aus dem Flaschenkühler ragte der Hals einer Weinflasche. Die schlanken Gläser waren gut gefüllt. Cosimas Gesicht wies eine leichte Röte auf, während Alexander sie eine Spur zu freundlich anlächelte.

„Habe ich was verpasst?", fragte Juliane amüsiert.

„Nee, wieso?" Cosima klang beschwipst.

„Willst du auch Wein, Juliane?" Bevor sie antworten konnte, nahm Alexander ein Glas von der Anrichte. Auch er klang leicht alkoholisiert.

„Nee, lass mal. Einer von uns sollte nüchtern bleiben. Wie viel von dem edlen Gesöff habt ihr denn schon getrunken?" Sie deutete auf den Flaschenkühler.

„Das ist die zweite Flasche." Cosima lächelte sie süffisant an. „Musst du mal probieren. Ist köstlich." Sie hob das Glas, prostete Juliane zu und trank einen großen Schluck. Gleich darauf war ein deutliches Hicks aus Cosimas Kehle zu vernehmen.

„Ich habe deine Sachen geholt und dir deine Lieblingskekse mitgebracht. Soll ich dir das vielleicht in dein Zimmer tragen?", bot Juliane an.

„Danke Juliane, du bist ein echter Schatz, aber ich bring das nachher selbst hoch. Setz dich doch." Alexander schob ihr einen Stuhl hin.

„Wo ist denn Erdmann?" Der Dackel war gar nicht zur Begrüßung erschienen.

„Der ruht im Garten", erklärte Alexander.

„Ihr habt ihm doch hoffentlich keinen Wein gegeben?" Juliane schüttelte den Kopf. Die Kollegen hatten offenbar mehr getrunken, als es bekömmlich war.

„Der hat nur vom Fleisch bekommen", beteuerte Alexander mit Unschuldsmiene.

„Und da war Weißwein dran", prustete Cosima.

„Ihr seid unmöglich." Juliane schnaubte, obwohl sie sich insgeheim freute, ihre Freundin so munter zu sehen. Um den kleinen Dackel tat es ihr aber leid.

„Darf ich dir einen Espresso anbieten?" Alexander war offenbar bemüht, die Lage zu entspannen.

„Darfst du", Juliane funkelte ihren Gastgeber zornig an, „und ihr trinkt am besten auch einen starken Kaffee. Wer weiß, was heute noch passiert."

Alexander hantierte an der Kaffeemaschine. „Was soll das denn heißen?"

„Eberstädter besorgt gerade eine Kamera. Die will er in deinem Flur anbringen, in der Hoffnung, dass der Stalker noch einmal vorbeikommt und er ihn auf frischer Tat ertappt", wandte sie sich an Cosima.

„Wieso noch einmal?", Cosima sah die Freundin mit großen Augen an. Juliane biss sich auf die Lippen.

„Es ist nur wegen deiner Haustür", wich Juliane aus. Sie hatte sich vorgenommen, nichts von der toten Ratte zu sagen. „Die kann ja jedes Kindergartenkind öffnen. Du musst neue Schlösser und Verriegelungen einbauen lassen." Juliane machte ein sorgenvolles Gesicht.

„Also war der Stalker wieder da", konstatierte Alexander und stellte vor Juliane eine kleine Tasse auf den Tisch.

Bevor Juliane antworten konnte, öffnete sich die Terrassentür. Kühle Luft strömte in den Raum. Erdmann schlüpfte herein und trottete langsam in den Flur. Sein tiefes Brummen klang beunruhigend.

„Oh je, der Arme. Dem dröhnt bestimmt der Kopf", vermutete Juliane.

Es klingelte an der Haustür.

„Wer kommt denn jetzt?", wunderte sich Alexander. „Hier geht es ja heute zu wie in einem Taubenschlag."

Kapitel 104

Eberstädter war dem Mann unauffällig nach draußen gefolgt. In einer Ecke auf dem Hof stand eine große BMW mit einem silbernen Fahrgestell. Der Mann nahm einen Helm aus dem Gepäckfach, stülpte ihn über den Kopf und klappte das Visier herunter.

Eberstädter setzte sich in seinen Wagen und startete den Motor. Als das Motorrad den Hof verließ, scherte Eberstädter aus der Parklücke und fuhr dem Mann hinterher.

Im Ortsbereich fuhr der Mann vorschriftsmäßig, sodass Eberstädter kein Problem hatte, dem Motorrad zu folgen. Das Kennzeichen trug eine Hamburger Nummer.

Eberstädter betätigte die Freisprechanlage seines Handys und wählte die Nummer des Präsidiums in Friedberg. Der diensthabende Beamte meldete sich sofort. Eberstädter bat ihn, das Kennzeichen des Motorrades zu überprüfen.

Als er aus dem Kreisel zur Autobahn-Auffahrt in Richtung Butzbach fuhr, erhielt er den Namen und die Adresse des Besitzers der Maschine. Mit einigem Abstand verfolgte er das Motorrad.

Der Fahrer hielt sich auffällig an die Geschwindigkeitsbegrenzung. Normalerweise brausten die Biker mit hohem Tempo davon, sobald sie freie Fahrt hatten.

Am Gießener Südkreuz fuhr er in Richtung Süden. Wenig später wechselte er auf die A 5 in Richtung Frankfurt.

Kapitel 105

Christoph Steinwedel stand vor der Tür. Er steckte in einer schwarzen Lederkombi mit langen Fransen an den Ärmeln. Unter dem Arm hatte er eine Halbschale geklemmt. Vor dem Gartentor erblickte Alexander einen schwarzen Chopper.

„Welche Überraschung", log Alexander.

„Entschuldigen Sie bitte meinen Überfall. Aber ich war in Gambach, um mein Motorrad abzuholen und da dachte ich mir, ich fahre mal bei Ihnen vorbei, um mir die BMW Ihres Vaters anzusehen."

Alexander kratzte sich am Kopf. „Das passt mir im Moment nicht so gut. Ich habe Besuch." Alexander schaute den jungen, gut aussehenden Mann irritiert an. Er kannte die Stimme des Mannes. Es war die gleiche Stimme wie die des Nachbarn von Frau Hartmann, mit dem er am Vortag telefoniert hatte. Zudem fuhr der Mann Motorrad und verströmte den intensiven Duft eines Herrenparfüms. Aber der Nachname passte nicht. Der Nachbar von Frau Hartmann hatte sich mit einem anderen Familiennamen vorgestellt.

Sollte hier dennoch der Stalker von Jessica Jürgens vor ihm stehen? Alexander hatte schon auf dem Hof des Autohandels hinter dem Anrufer den jüngsten Sohn von Georg Steinwedel vermutet. Aber er war ja wegen einer ganz anderen Vermutung auf den Hof gekommen. Jetzt hatte er gleich zwei Verdächtige.

„Warten Sie einen Moment, ich hole nur den Schlüssel vom Schuppen.“ Alexander ließ den Motorradfahrer stehen und eilte in die Küche.

„Cosima, draußen ist ein Typ, den musst du dir ansehen. Er weiß nicht, dass ich von der Polizei bin. Ich gehe jetzt mit ihm in den Schuppen. In fünf Minuten kommst du nach. Schau ihn dir genau an. Falls er dir bekannt vorkommt, lass dir nichts anmerken.“

Kapitel 106

Karl Friedrich König zog die Tür hinter sich zu. Er setzte sich an seinen Schreibtisch und sah durch das Fenster in den Garten. Gisla mähte den Rasen. Sie liebte Gartenarbeit und war ständig dabei, Unkraut zu jäten oder die Hecken zu schneiden. Der Rasen sah aus wie ein grüner Teppich, ohne Löcher oder braune Flecken. Die Rasenkanten verliefen säuberlich an den Blumenrabatten entlang.

Es war Zeit, mit Gisla zu reden. Schon ihr Name bereitete ihm Unbehagen. Früher fand er es noch interessant, wenn sie ihre Mitmenschen darauf aufmerksam machte, dass sie Gisla und nicht Gisela heißt und der Standesbeamte auch keineswegs ein *E* in ihrem Namen vergessen hatte, sondern es Absicht ihrer Eltern gewesen war, sie so zu taufen.

Doch heute weckte allein die Nennung dieses Namens Aggressionen in ihm. Deshalb war es an der Zeit, ihr reinen Wein einzuschenken. Ihre gemeinsame Zeit war vorbei. Sie hatten sich in ihrer fast vierzigjährigen Ehe auseinander gelebt. Ihre Gegensätzlichkeit zog sie nicht mehr an, sondern hinderte sie an einem harmonischen Zusammenleben. Sie lebten mehr aus Gewohnheit, als aus tief empfundener Liebe zusammen.

Ihre Ehe war trotz aller Bemühungen kinderlos geblieben. Gisla war in ihrem Beruf aufgegangen, hatte sich zu einer richtigen Emanze entwickelt und jegliche Weiblichkeit verloren. Nicht nur ihm, sondern auch ihren Mitmenschen gegenüber ließ sie den gebührenden

Respekt vermissen, sagte jedem ungefragt ihre Meinung und überschritt dabei oftmals die Grenzen der Höflichkeit. In der Schule hatte sie sich mit ihren Auftritten bei den Kollegen und Schülern unbeliebt gemacht. Während Karl Friedrich selbst unter dem schlechten Benehmen und den ständigen Angriffen der Eltern litt, ließ sie nichts an sich herankommen. Sie machte sich über ihren Mann lustig, wenn er seine Sorgen mit ihr besprach.

„Du bist ein Weichei!", hatte sie ihn mehrfach beschimpft. „Lass dich doch von diesen Pissern nicht so niedermachen! Die sind doch von dir abhängig, nicht umgekehrt." Ihre Wortwahl war verletzend und entsprach nicht ihrem Alter.

In letzter Zeit hatte Karl Friedrich vermehrt an Magenschmerzen gelitten. Er wollte so nicht weiterleben. Sein Arzt hatte ihm geraten, Stress abzubauen und sein Leben zu ändern.

Vor Kurzem war eine neue Situation eingetreten, die ihm Hoffnung auf ein besseres, schöneres Dasein in Aussicht stellte. Diese Chance wollte er nutzen, in der Hoffnung, dass er die Jahre, die ihm noch blieben, in einer angenehmen Atmosphäre verbringen könnte.

Kapitel 107

Gisla schob den Rasenmäher vor sich her. Sie war wütend. Deshalb widmete sie sich zur Ablenkung der Gartenarbeit. Das war die einzige Möglichkeit, sich zu beruhigen.

Karl Friedrich hatte heute Morgen das Haus verlassen und war viele Stunden weggeblieben. Das hatte er in den letzten Tagen öfter gemacht. Sie sollte nicht wissen, dass er nicht in seinem Büro über Klausuren saß, die zu korrigieren waren. Doch sie war ihm schnell auf die Schliche gekommen.

Einmal war sie ihm gefolgt, um festzustellen, wo sein Weg ihn hinführte. Alles hatte sie erwartet, nur nicht das.

Ihr war nicht verborgen geblieben, dass sie sich entzweit hatten. Karl Friedrich ging ihr mit seiner Besorgnis wegen der veränderten Situation in der Schule auf die Nerven. Es passte nicht zu dem Mann, den sie während des Lehramtsstudiums kennengelernt hatte. Wenn sie es sich recht überlegte, hatte sich alles mit Florians Tod verändert.

Sie hatte selbst keine Kinder bekommen können. Sie beneidete die Nachbarinnen, die nach und nach ein Baby bekamen.

Gisla hatte insgeheim Karl Friedrich die Schuld gegeben. Aus diesem Grund hatte sie sich mit einem anderen Mann eingelassen, um sich von ihm schwängern zu lassen. Doch als das Techtelmechtel ergebnislos blieb, musste sie sich eingestehen, dass es an ihrer

Unfruchtbarkeit lag, dass ihre Ehe nicht mit Nachwuchs gesegnet wäre. Karl Friedrich hatte von ihrer Liebschaft nichts erfahren. Er hätte ihr das sonst nie verziehen.

Er hatte sich dem Sport und seiner Trainertätigkeit gewidmet. Viele Jahre war er damit zufrieden gewesen, bis Florian vom Dach gestürzt war. Obwohl Karl Friedrich nachgewiesenermaßen nicht für den Sturz des Nachbarjungen verantwortlich war, hatte er sich die Schuld für Florians Tod gegeben. Daraufhin hatte er seine Mitarbeit im Verein beendet, sich immer mehr zurückgezogen und sich nur noch dem Unterricht an der Schule gewidmet.

Den einzigen Ausgleich fand er im Joggen. Er lief bei jedem Wetter und zu jeder Jahreszeit – selbst im Urlaub. Das war die einzige Gemeinsamkeit, die sie in den letzten Jahren noch verbunden hatte.

Aber die neue Entwicklung in ihrer Ehe machte sie wütend. Wie konnte er es wagen, hinter ihrem Rücken eigene Wege zu gehen?

Kapitel 108

„Ich geh mal raus in den Schuppen." Juliane sah, wie sich Cosima schwerfällig von ihrem Stuhl erhob. Der Wein hatte sie offenbar benebelt.

„Mach das, ich räume in der Zwischenzeit mal das Chaos hier auf." Juliane nahm das dreckige Geschirr vom Tisch und stellte es in die Spüle.

„Erdmann, du blöder Dackel. Was machst du da schon wieder?", hörte Juliane kurz darauf ihre Freundin fauchen. Sie eilte in den Flur, um zu sehen, was der Vierbeiner angestellt hatte. Erdmann lag in der Reisetasche, die Juliane mitgebracht hatte. Nur sein Kopf lugte heraus. Mit einem Seitenblick und einem ungnädigen Brummen strafte er Cosima.

„Das blöde Vieh hat meine Kekse gefressen!", kreischte Cosima, ein deutliches Zeichen ihres Alkoholkonsums. Juliane konnte sich ein Lachen nicht verkneifen. Der Dielenboden war übersät mit Krümeln. Die Tüte, in die sie die selbstgebackenen Kekse gefüllt hatte, lag zerknautscht neben der Reisetasche.

„Oh je, ich hätte die Tasche wohl besser zugemacht." Juliane lachte. „Das kommt davon, wenn man einem Hund Alkohol gibt", tadelte sie.

„Das ist kein Hund, das ist ein Dackel. Ein Hund benimmt sich nicht so schlecht, der ist anständig erzogen und gehorcht aufs Wort und ist nicht so verfressen", wurde Juliane von ihrer Freundin belehrt.

„Beruhige dich und geh jetzt raus. Ich räume auf." Juliane beugte sich zu Erdmann hinab und kraulte ihn hinter den Ohren. „Das haben sie jetzt davon, die Bösen.“

Erdmann leckte ihr über die Hand.

„Ich wäre sehr interessiert an dem Motorrad“, sagte gerade ein Mann zu Alexander. „Nennen Sie mir Ihren Preis.“

Cosima betrat den Schuppen, in dem es heiß und stickig war. Sie lehnte sich an die Wand und beobachtete den Fremden. In der Luft lag ein Geruch, den sie kannte. Es war der gleiche Duft, den sie im Wintergarten von Frau Hartmann und im Treppenhaus in Bad Vilbel gerochen hatte. Stand hier der Mörder der beiden Frauen vor ihr? Der Mann, der auch Albert Mair ins Jenseits befördert hatte? Sie spürte, wie ihr Magen rebellierte. Das reichhaltige Essen, der Wein und der schwere Duft verursachten ihr Übelkeit. Sie stürzte ins Freie und übergab sich.

„Entschuldigen Sie bitte. Meiner Bekannten geht es nicht so gut in letzter Zeit.“ Alexander eilte Cosima hinterher.

Cosima drehte sich um und starrte den Mann an. Ihre Gesichtszüge entspannten sich. Freundlich lächelte sie den Interessenten an. „Bitte entschuldigen Sie meinen Auftritt. Ich muss mir den Magen verdorben haben.“

„Ist schon in Ordnung. So was kommt vor.“ Er lächelte Cosima an. „Ich will dann auch nicht länger stören. Überlegen Sie es sich bitte. Ich würde mich sehr freuen, wenn wir ins Geschäft kämen“, wandte er sich an Alexander.

„Ich denke darüber nach und rufe Sie an“, verabschiedete Alexander ihn.

„Ich habe da eine Frage an Sie“, hielt Cosima den Mann auf. „Bitte halten Sie mich nicht für verrückt, aber was ist das für ein Herrenduft, den Sie tragen? Er riecht sehr angenehm. Das wäre auch etwas für meinen Freund. Ich suche schon lange nach einem neuen After Shave für ihn.“

Goldene Funken blitzten in den blauen Augen des Fremden. Er nannte ihr den Namen eines französischen Labels, das auch für schöne Gürtel, Taschen und seidene Tücher bekannt war.

Kapitel 109

Das Dröhnen des startenden Choppers drang in die Stille wie ein Vorschlaghammer. Das Brummen der schweren Maschine war noch lange zu hören.

„Das ist nicht der gesuchte Mörder", richtete Cosima das Wort an Alexander.

„Wie kommst du darauf, dass es der Mörder sein könnte?", fragte Alexander verwundert.

„Warum sonst hast du mich nach draußen beordert?"

„Dir kann man auch nichts vormachen." Alexander schmunzelte.

„Was war das für ein Typ?", wollte sie wissen.

„Das war Christoph Brandt, der Sohn von Georg Steinwedel und der neue Nachbar von Ellen Hartmann, der Mann dieser unfreundlichen Tussi."

„Also hat sie ihren Namen behalten? Das passt ja zu dieser Zicke."

„Aber das schien sein Vater noch nicht zu wissen. Und ich habe auch eine Weile gebraucht, bis ich kapiert habe, dass der Anrufer von gestern, der sich als neuer Nachbar von Frau Hartmann vorstellte, identisch ist mit dem Sohn von Georg Seinwedel. Wer kann denn auch ahnen, dass ein Mann den Namen seiner Frau angenommen hat?"

„Und was ist so interessant an dem Mann, dass du ihn herbestellt hast?"

Alexander berichtete ihr von dem Gespräch im Autohaus.

„Und da dachtest du, der neue Nachbar von Ellen Hartmann ist ihr Mörder?“, schloss Cosima.

„Es hätte ja sein können.“ Alexander runzelte die Stirn. „Aber ich habe ihn nicht direkt bestellt. Er ist eigentlich wegen der Maschine im Schuppen zu mir gekommen. Er interessiert sich ernsthaft dafür. Und bei der Gelegenheit habe ich ihn ein bisschen ausgehorcht.“

„Und was hast du herausgefunden?“

„Nur, dass er nicht der Gesuchte sein kann. Zum einen fährt er nur Chopper, zum anderen hat er nach einem vierjährigen Aufenthalt in Hamburg alle Zelte abgebrochen und ist wegen seiner großen Liebe nach Berlin gezogen. Er war also nicht in Hamburg, als Jessica Jürgens belästigt wurde.“

„Und warum ist er nun ausgerechnet aus der Metropole in die Wetterau gezogen?“

„Wegen seiner Frau, die übrigens auch aus der Wetterau stammt. Sie hat einen Job bei der Bundesbank in Frankfurt angetreten. Und er kann seine Firma auch von hier aus führen. Er hat wohl einen Online-Handel.“

„Die Augenfarbe stimmt auch nicht. Er hat blaue Augen und Frau Hartmann sagte, dass ihr das aufgefallen wäre, wenn er blaue Augen gehabt hätte.“

„Wieso hast du ihn nach dem Herrenduft gefragt?“

„Ich bin mir ziemlich sicher, dass es die gleiche Marke ist, die ich in der Nähe der Opfer und im Treppenhaus von Albert Mair wahrgenommen habe. Jetzt wissen wir zumindest, wonach der Mörder riecht.“

„Wenn es der Mörder war, dem du im Treppenhaus begegnet bist“, berichtigte Alexander sie.

„Ich bin mir sicher.“

„Und was sollen wir jetzt deiner Meinung nach tun? Eine Fahndung nach einem Mann herausgeben, der nach diesem After Shave riecht?"

„Das ist ein ziemlich teurer Duft. Den dürften nicht so viele Männer verwenden. Vielleicht kriegen wir etwas über die Parfümerien heraus." Cosima schnippte mit den Fingern.

„Du spinnst. Wenn der wirklich in Hamburg gelebt hat, kriegst du das nicht raus. Dort gibt es wahrscheinlich hunderte Parfümerien."

„Da muss ich dir widersprechen. Zum einen wird es nicht so viele geben, zum anderen haben den Duft sicher nicht alle Geschäfte im Sortiment."

„Vielleicht klärt sich die ganze Sache anders auf", bemerkte Alexander.

„Wie denn?" Cosima sah ihn gespannt an.

„Das kann ich dir noch nicht sagen." Alexander schüttelte den Kopf. Er konnte ihr den Namen des Mannes, den er gerade überprüfen ließ, nicht nennen. Es war nur eine vage Hoffnung, die er aufgrund einer Bemerkung des neuen Nachbarn von Ellen Hartmann schöpfte.

„Ist ja mal wieder typisch, erst gackern und dann keine Eier legen", zog Cosima den Kollegen auf.

Kapitel 110

Die Frau ging mit gesenktem Kopf die Stufen hinunter. Sie wurde von zwei Männern begleitet. Steinwedel erkannte die Kommissare Kleinschmidt und Schäfermann von der Kripo Vogelsberg. Im Türrahmen stand Uli Eisener und beobachtete die Szene mit finsterer Miene.

Steinwedel blieb im Wagen sitzen, bis sich das Auto der Kommissare entfernt hatte. Er stieg aus und ging auf das Haus zu.

„Hallo, Uli", rief er dem Mann zu, der regungslos im Eingang stand.

Eisener erschrak und blickte zu Steinwedel.

„Georg, was machst du denn hier?", fragte er überrascht.

„Ich wollte dir mein Beileid zum Tod deiner Mutter aussprechen und mich nach den Ermittlungen erkundigen. Ich wollte nicht einfach anrufen, sondern persönlich mit dir sprechen. Immerhin verbindet uns ja so einiges", sagte Steinwedel aufrichtig.

„Du kommst gerade im richtigen Moment. Die Kripo hat meine Frau verhaftet. Sie steht im Verdacht, meine Mutter vom Turm gestoßen zu haben", berichtete Uli Eisener mit weinerlicher Stimme.

Betroffen sah Steinwedel den Mann an. „Das kann ich mir nicht vorstellen. Wieso sollte deine Frau so etwas tun?"

„Komm erst mal rein. Wir reden drinnen weiter." Er ließ Steinwedel eintreten.

„Wo sind denn eure Kinder?“, wollte Steinwedel wissen.

„Bei meiner Schwiegermutter. Wenn die erfährt, was ihrer Tochter vorgeworfen wird, geht für sie die Welt unter.“

Steinwedel folgte Eisener in die geräumige Küche.

„Willst du einen Kaffee?“

„Wenn es dir keine Mühe macht. Aber jetzt erkläre mir mal, wieso deine Frau verdächtigt wird.“

Während Eisener das hochmoderne Gerät bediente, begann er zu berichten. „Zwei Zeugen haben sich gemeldet. Sie wollen meine Frau am Dienstagabend vor dem Hotel, in dem ihr gegessen habt, gesehen haben. Sie haben beobachtet, wie meine Frau meiner Mutter vor dem Tor aufgelauert und anschließend mit ihr gestritten hat. Meine Mutter ist davongelaufen und meine Frau hinterher.“

„Und das genügt, um deine Frau zu verdächtigen?“, hakte Georg verblüfft nach.

„Meine Frau hat einen Schlüssel zum Turm. Sie ist doch in diesem Förderverein. Das erklärt auch, wie meine Mutter auf den Turm gekommen sein könnte.“

„Ist sie die Einzige, die einen Schlüssel hat?“

„Das nicht, aber mit den anderen Vorstandsmitgliedern, die über einen Schlüssel verfügen, hatte meine Mutter nichts zu tun. Aber das ist ja noch nicht alles.“

„Da bin ich ja mal gespannt.“ Steinwedel war ernsthaft besorgt.

„Meine Frau hatte wirklich Streit mit meiner Mutter.“

„Das kann ich nicht glauben. Deine Frau ist der friedlichste und netteste Mensch, den ich kenne.“

„Meine Mutter hat uns am letzten Sonntag beim Mittagessen mitgeteilt, dass sie ihren Anteil an der Firma ausbezahlt haben möchte. Sie wollte zudem ihr Haus verkaufen, um mit dir ein neues Leben anzufangen."

Steinwedel schwieg.

„Marlies wollte das nicht hinnehmen. Sie beschimpfte meine Mutter und war total sauer. So habe ich sie noch nie erlebt. Dabei war immer klar, dass meine Mutter das Recht dazu hatte. Sie hätte sich schon nach dem Tod meines Vaters ausbezahlen lassen können."

„Warum hat deine Frau so überreagiert?"

„Marlies hat sich in der Altstadt mit einem Laden für Wohnaccessoires selbständig gemacht. Das war immer ihr großer Traum. Zudem hat sie unsere Kunden bei der Einrichtung ihrer Häuser beraten. Ihre neueste Leidenschaft galt dem Entwerfen von Gefäßen, speziell von Flaschen. Sie hat für die hiesige Destillerie eine Serie für die Abfüllung von Getränken für Frauen entworfen. Ich habe ihr mehrfach finanziell unter die Arme gegriffen. Dabei haben wir uns etwas übernommen."

„Also kam die Forderung deiner Mutter zur falschen Zeit?", mutmaßte Steinwedel.

Eisener nickte. Eine Träne löste sich aus seinem Augenwinkel. Steinwedel hielt ihm sein Taschentuch hin.

„Hat deine Frau zugegeben, dass sie für Mariannes Tod verantwortlich ist?"

„Sie hat zugegeben, ihr am Dienstagabend aufgelauert und mit ihr gestritten zu haben, aber sie bestreitet, etwas mit dem Mord zu tun zu haben."

„Das tut mir alles so leid, Uli. Du weißt, ich habe deine Mutter geliebt. Wenn ich das gewusst hätte, hätte ich mich am Dienstagabend anders verhalten. Ihr Tod ist so sinnlos."

„Ein Mord ist immer sinnlos", erwiderte Uli Eisener traurig. „Aber weißt du, was sonderbar ist?" Ulis Miene wirkte versteinert.

„Sag schon." Georg blickte ihn gespannt an.

„Du ahnst nicht, wer die beiden Zeugen waren."

Kapitel 111

Martin ging ins Erdgeschoss und klingelte an der Wohnungstür seines Vermieters. Siglinde hatte ihn wie jeden Samstag zum Kaffeetrinken eingeladen. Im Treppenhaus roch es nach selbstgebackenem Kuchen. Martin lief das Wasser im Mund zusammen. Als er noch als Versicherungsvertreter tätig war, hatten ihn seine Kunden öfter zu Kaffee und Kuchen eingeladen.

„Ei Maddin, komm doch erin", sagte Helli, als er die Tür öffnete. Martin folgte seinem Gastgeber in die Küche. Siglinde war gerade dabei, den Kaffee aufzubrühen. Sie schüttete heißes Wasser aus einem Wasserkocher in einen Filter und beobachtete, wie das schwarze Getränk in die Glaskanne lief.

„Maddin, setz disch. De Kaffee is gleisch fertisch. Mei Maschin hat ihrn Geist uffgegebe."

Martin ließ sich auf der Eckbank vor dem Fenster nieder. Auf dem blanken Holztisch standen buntes Geschirr, eine Platte mit Zwetschgenkuchen und eine Schüssel mit Schlagsahne. Der Hefekuchen war dick mit Streusel belegt. Martin konnte es kaum erwarten, von dem *Quetschekuche* zu essen.

Seit er hier wohnte, wurde er nicht nur jeden Samstag zu Kaffee und Kuchen eingeladen, er traf Siglinde fast täglich im Treppenhaus, wenn er das Haus verließ oder heimkehrte. An einen Zufall konnte er nicht glauben. Er hatte das Gefühl, dass die Hausherrin ihm auflauerte. Ob es nun reine Neugierde war oder nur Langeweile, vermochte er nicht zu sagen.

Sie interessierte sich beinahe zu sehr für seine Arbeit im Autohaus Steinwedel, vor allem aber für Georg und Patrick.

„Was macht dann die Erwet?", kam Siglinde gleich auf den Punkt.

„Danke, sehr gut. Der Chef will mir mehr Verantwortung übertragen", berichtete er stolz. Er musste dabei an das sonderbare Gespräch mit Georg Steinwedel denken, in dem er ihm offenbart hatte, dass ihm seine Art gefalle.

„Des is ja schiee", sagte Siglinde erfreut und schob ihm ein großes Stück Kuchen auf den Teller.

„Da gibt's aach miee Geld", meinte Helli, der seiner Frau die Glaskanne abgenommen hatte und nun die Tassen füllte.

„Is der Patrick aach damit einverstanne?" Siglinde beobachtete Martin aufmerksam.

„Das ist mir egal. Im Autohaus gilt nur das Wort des Seniorchefs", antwortete Martin kühl.

Helli lachte. „Des woar scho immer su. An den musste disch halde, dann wirste ebbes."

„Sach emoal, hatt der ebbes zu unserm Hund gesacht?" Siglinde kniff die Augen zusammen.

Martin schüttelte den Kopf und aß schweigend weiter.

„Waast do aach, dass der anner Su vom Schorsch widder hierher kimmt?", nahm Siglinde nach einer Weile das Gespräch wieder auf.

„Keine Ahnung. Den kenne ich nicht." Martin hielt sich mit seinem Wissen zurück. Es war ihm unangenehm, ständig von seinen Vermietern ausgefragt zu werden.

„Dann waast do aach nett, dass der geheirat hutt." Siglinde beobachtete ihn argwöhnisch.

„Wirklich, ich habe keine Ahnung." Martin erhob sich von seinem Platz. „Ich muss jetzt auch mal wieder. Vielen Dank für den leckeren Kuchen."

„Ei warim gihste dann scho widder?" Helli war die Enttäuschung deutlich anzumerken. „Mir wollte doch noch en Schnabs drinke."

„Ein anderes Mal gern." Martin eilte zur Tür, bevor ihm weitere Fragen gestellt werden konnten. So war bisher jeder Besuch bei dem Ehepaar verlaufen. Sie stellten ihm ständig Fragen zu seinem Chef. Heute war es noch harmlos gewesen.

Bisher war es Martin gelungen, sich ahnungslos zu geben. Die Fragerei war ihm nicht nur unangenehm, er befürchtete auch, es sich wegen einer unbedachten Bemerkung mit seinem Chef verderben zu können. Helli konnte nichts für sich behalten und würde alles *Schorsch* erzählen.

Er ging in das obere Stockwerk und nahm sich vor, demnächst nach einer anderen Wohnung Ausschau zu halten. Sobald er mehr Verantwortung und mehr Geld erhalten würde, würde er sein Vorhaben umsetzen.

Kapitel 112

Juliane kam aus dem Haus gerannt. „Es ist etwas passiert! Kommt mit!" Ihre Stimme klang aufgeregt. Hinter ihr kam Erdmann mit wehenden Ohren angerannt.

„Was ist los? Wo willst du hin?", wollte Alexander wissen.

„Bernhard hat gerade angerufen. Er hat den Stalker in flagranti erwischt", erklärte Juliane, die in ihrer Handtasche wühlte. „Verdammt, wenn ich doch nur einmal etwas in dieser blöden Tasche finden würde!", fluchte sie.

„Ich fahre", rief Alexander ihr zu, der seinen Schlüsselbund aus der Hosentasche zog und ihn grinsend hochhielt.

„Kommt nicht infrage. Du hast zu viel Wein getrunken. Du fährst mit mir", bestimmte sie. Sein Mund klappte auf. „Schließ die Tür und mach den Mund wieder zu."

„Weiber", war die einzige Reaktion von Alexander. Murrend ging er zu Julianes Cabriolet, das auf der anderen Straßenseite geparkt war. Cosima hatte es sich bereits mit Erdmann auf dem Rücksitz bequem gemacht. Offenbar war ihr Ärger über die Kekse bereits verflogen.

„Was hat Bernhard denn gesagt?" Cosima beugte sich vor.

„Nichts weiter, nur dass er den Stalker erwischt hat und wir sofort kommen sollen." Juliane schaute die Freundin im Rückspiegel an.

„Hoffentlich hat Bernhard ihm nichts getan." Cosima verdrehte die Augen.

„Du hast doch nicht etwa Mitleid mit dieser Kreatur?" Alexander drehte sich entsetzt zu seiner Kollegin um.

„Das nicht, aber ich kenne Bernhard. Der überschreitet öfter mal Grenzen." Co kraulte Erdmann im Nacken.

„Ras` doch nicht so. Das hier ist eine Dreißiger-Zone!", motzte Alexander. „Hier wird öfter geblitzt." Er nahm sein Handy und tippte eine Nachricht ein.

„Ich brauch sowieso mal wieder ein schönes Foto von mir", erwiderte Juliane schnippisch und gab Gas, als die Ampel auf Grün umsprang. Sie lenkte das Audi Cabriolet auf die Kaiserstraße. Um diese Zeit am Samstagnachmittag waren nur wenige Autos unterwegs.

Alexander schwitzte. „Kannst du nicht die Klimaanlage anstellen?", fuhr er Juliane an.

Sie drehte ihr Gesicht zu ihm. „Hat da jemand schlechte Laune?"

„Bis jetzt hatte ich noch keine, aber ich krieg gleich welche. Außerdem kann ich bei der Hitze nicht denken!"

„Du kannst denken?" Juliane warf den Kopf in den Nacken und Gab erneut Gas.

„Das war jetzt aber dunkelrot", tadelte Alexander. „Du bist wohl lebensmüde?" Der Kommissar schüttelte den Kopf. Ihm behagte die Fahrweise von Juliane offensichtlich nicht.

„Jetzt hör doch mal auf, zu motzen und berichte uns, was du noch weißt."

„Ich erzähle euch alles, wenn Juliane in angepasstem Tempo fährt. Sonst steige ich aus."

Juliane bremste abrupt. Der Wagen hielt am Straßenrand.

„Was ist denn jetzt schon wieder los?", fuhr Alexander sie an.

„Du wolltest doch aussteigen." Sie beugte sich über Alexander und betätigte den Öffner. Die Beifahrertür schwang auf. Von einem vorbeifahrenden Auto ertönte aufgeregtes Hupen.

„Mit dir möchte ich nicht verheiratet sein." Alexander zog die Tür wieder zu. „Fahr endlich. Ich werde mich nicht mehr zu deinem Fahrstil äußern."

„Ich wollte mit dir auch nicht verheiratet sein", kam es von Juliane zurück, die ihn belustigt ansah.

Cosima boxte gegen die Rückenlehne von Alexanders Sitz. „Ihr benehmt euch wie kleine Kinder. Jetzt erzähl schon."

„Ich habe die Kollegen von der Butzbacher Dienststelle gebeten, bei den Rosenständen zwischen Butzbach und Friedberg nachzuforschen, ob da vorgestern jemand eine größere Menge Rosen gekauft hat", begann Alexander.

„Und?", warf Cosima ungeduldig ein.

„Bingo, sie sind gleich in Butzbach fündig geworden. Da hat ein junger, sehr kräftiger Mann vorgestern Abend die Rosen, die er zuvor dort bestellt hat, abgeholt."

„Jetzt mach es doch nicht so spannend. Kannten sie den Mann? Hat er seinen Namen genannt?", kam es ungeduldig vom Rücksitz.

„Er hat sich als Herr Müller ausgegeben. Ein Allerweltsname. Da er bar bezahlt hat, konnte seine Identität weder bestätigt noch widerlegt werden."

„Na toll“, bemerkte Cosima enttäuscht.

„Hast du denn nicht gesehen, wie der Rosenkavalier aussah? Der hat doch direkt vor dir gestanden“, wollte Alexander nun wissen.

„Ich habe nur diesen gigantischen Strauß wahrgenommen. Ich war total erschrocken“, entschuldigte sich Cosima. „Haben die Kollegen gefragt, ob er vor Dienstag schon mal einen größeren Strauß Rosen dort gekauft hat?“ Cosima schnipste mit den Fingern.

„Nee, davon wussten sie nichts. Ich fahre morgen früh noch mal vorbei. Die stehen doch auch am Sonntag dort“, versicherte ihr Alexander.

„Morgen steht da vielleicht ein anderer als am Dienstag“, warf Cosima ein.

„Egal“, Alexander winkte ab. „Die Beschreibung des Rosenhändlers passt übrigens auf Patrick Steinwedel vom Autohaus und er ist der Mann, der dir am Montagabend den Erdbeersecco spendiert hat.“

„Und du glaubst, dieser Patrick ist Cosimas Stalker?“ Juliane klang ungläubig. „Das ist aber ziemlich weit hergeholt.“

„Da muss ich dir widersprechen“, mischte sich Cosima ein. „Manche Typen ticken so. Wenn sie Blickkontakt mit einer Frau haben, bilden sie sich gleich ein, dass die was von ihnen will.“

„Und alle haben gesagt, dass er dir Erdbeersecco spendiert und zugeprostet hätte. Du hättest zurückgeprostet. Anschließend ist der andere Mann aufgetaucht, mit dem du getanzt und geflirtet hast“, konstatierte Alexander. „Das hat Steinwedel bestimmt nicht gepasst. Außerdem liegt eine der Telefonzellen, von der aus Anrufe an dich abgegangen sind, gleich in der Nachbarschaft des Autohauses. Und die ganze dilettantische Vorgehensweise würde zu diesem Mann passen."

„Das wär ja ein Ding." Juliane schlug mit der flachen Hand aufs Lenkrad.

„Es ist ja nur eine Vermutung. Der Mann hat sich auf jeden Fall abfällig über Frauen geäußert und so fett, wie der ist, hat der bestimmt noch nie eine Freundin gehabt."

„Jetzt, wo du es sagst", unterbrach ihn Juliane. „Ich kann mich erinnern, dass Ende der Neunziger eine junge Frau in Gambach verschwunden ist. Eine Woche hat man ergebnislos nach ihr gesucht. Dann ist sie urplötzlich wieder aufgetaucht. In diesem Zusammenhang fiel auch der Name Steinwedel."

„Na, das werden wir ja gleich sehen. Wenn Bernhard den wirklich erwischt hat, hätte die ganze Sache endlich ein Ende." Cosima kraulte den Dackel vor lauter Aufregung so fest, dass er aufjaulte.

„Aber den Mörder der beiden Frauen haben wir immer noch nicht", wandte Juliane ein.

„Das war noch nicht alles, Mädels. Aber das erzähle ich euch später. Vielleicht weiß ich bis dahin mehr. Den Kollegen habe ich gerade per Mail einen Namen mitgeteilt, den sie mal überprüfen sollen."

Kapitel 113

„Du bleibst hier“, befahl Alexander seiner Kollegin. „Juliane und ich schauen uns den Stalker erst mal in Ruhe an. Ich möchte nicht, dass du ausflippst.“

Bernhard hatte schon auf sie gewartet und führte sie in den Garten. Der Mann lag seitlich auf dem Boden. Die Hände waren hinter dem Rücken mit Kabelbindern fixiert. An seiner Nase klebte getrocknetes Blut. Seine rechte Gesichtshälfte war deutlich angeschwollen. Er stöhnte und zitterte.

„Findest du das nicht übertrieben, Bernhard?“

Alexander kniete neben dem Mann nieder und fasste ihn an die Stirn. Er war eiskalt. „Du machst jetzt sofort die Fesseln los“, zischte er. „Juliane, hol eine Decke und ein Glas Wasser für den Mann.“

Er half dem Fremden, sich aufzurichten. Bernhard schnitt mit einer Schere das Plastik durch.

„Gern mach ich das nett.“

„Sei still, darüber reden wir noch.“ Alexander führte den Mann zu einem Terrassenstuhl und betrachtete ihn intensiv. Mit dem gezeichneten Bild von Frau Lindemann hatte der Mann allerdings nur wenig Ähnlichkeit. Vielleicht hatte Frau Lindemann doch nicht so viel Talent, wie sie vorgab.

Juliane reichte dem Mann das Wasser und legte ihm eine Decke um die Schulter. Er konnte das Glas kaum halten, die Hälfte der Flüssigkeit schwappte auf seine Hose. An den Handgelenken zeichneten sich rote

Striemen deutlich ab. Juliane nahm ihm das Glas ab und stellte es auf den Tisch.

„Geht's wieder?" Alexander musterte den Mann besorgt. Der Mann nickte mit einem Seitenblick auf Bernhard.

„Wer sind Sie?", wollte Alexander wissen, als der Mann sich einigermaßen erholt hatte.

„Ich bin Carsten Bendel aus Münzenberg. Und wer sind Sie?"

„Mein Name ist Alexander Henneberg." Er zückte seinen Ausweis und hielt ihn Herrn Bendel vors Gesicht. „Ich bin Kriminalhauptkommissar im K 10 in Friedberg." Seine persönliche Beziehung zu Cosima wollte er noch nicht preisgeben.

„Können Sie sich ebenfalls ausweisen?"

„Meine Papiere sind im Auto. Das steht vor dem Haus nebenan", antwortete er mit zittriger Stimme.

„Sollen wir einen Arzt holen, Herr Bendel?", fragte Juliane besorgt.

„Das ist nicht nötig. Es geht schon wieder." Er schlang die Decke enger um sich.

„Darf ich fragen, was Sie von Frau von Mittelstedt wollen?"

„Cosima und ich haben uns Montagnacht verabredet. Sie sagte mir, sie wäre heute zu Hause und ich könnte vorbeikommen. Das ist alles."

„In der Zwischenzeit hatten Sie keinen Kontakt zu Frau von Mittelstedt?"

„Ich war die ganze Woche im Ausland. Erst heute Morgen bin ich in Frankfurt gelandet und auf dem

Heimweg hier vorbeigekommen. Mein Ticket finden Sie bei meinen Papieren im Auto. Aber was soll diese Fragerei? Was ist hier eigentlich los?", wütend sah der Mann von Alexander zu Bernhard.

„Sie waren also die Woche über nicht hier und haben sie auch nicht angerufen?", hakte Alexander nach.

„Das wäre bei der Entfernung nur sehr schwierig möglich. Ich weiß nicht, was Sie von mir wollen. Ich komme in friedlicher Absicht hierher und werde niedergeschlagen."

„Offensichtlich liegt eine Verwechslung vor. Das werden wir gleich klären." Alexander wandte sich an die beiden anderen. „Juliane, hol doch bitte mal Cosima. Bernhard du bringst etwas Kaltes, das wir dem Mann aufs Auge legen können."

„Wo waren Sie im Ausland und was machen Sie beruflich?", fragte Alexander weiter, als Juliane und Bernhard verschwunden waren.

„Ich muss Ihre Fragen nicht beantworten, das wissen Sie." Seine Lebensgeister waren offensichtlich wieder erwacht. „Ich habe mir nichts zu Schulden kommen lassen. Ticken die Wetterauer alle so?" Carsten sah Alexander aufgebracht an. „Da will man eine Frau besuchen, mit der man verabredet ist, und wird zusammengeschlagen." Ihm war ein fränkischer Akzent anzuhören.

„Ich kann mich nur für Herrn Weghaus entschuldigen. Er hat es sicher nicht so gemeint. Frau von Mittelstedt hatte ihn gebeten, ihr Haus zu bewachen. Sie wird seit ein paar Tagen auf übelste Art und Weise belästigt.

Wahrscheinlich hat er gedacht, dass Sie die Person sind, die Frau von Mittelstedt so zusetzt."

Überrascht schaute Carsten Bendel zu dem Kommissar. „Ich würde Cosima nie etwas zu Leide tun. Warum sollte ich? Ich bin froh, dass ich ihr nach so vielen Jahren erneut begegnet bin. Seit einem halben Jahr wohne ich in Münzenberg und wusste nicht, dass sie nur einen Steinwurf entfernt von mir zu Hause ist. Sie können sich nicht vorstellen, wie ich mich am Montagabend gefreut habe, sie wiederzusehen." Er redete wie ein Wasserfall.

Alexander griff sich ans Kinn. „Das Schlimme ist, dass sich Cosima an nichts erinnern kann. Jemand muss ihr etwas in ihr Getränk gekippt haben."

„Jetzt ist mir auch klar, warum sie auf einmal so fertig war. Aber wer sollte so etwas tun und warum?" Carsten Bendel klang nun besorgt.

„Das versuchen wir gerade herauszufinden." Alexander sah auf, als Bernhard mit einem großen Beutel voller Eiswürfel zurückkam. Bernhard wickelte den Beutel in ein Geschirrtuch und legte das Päckchen vorsichtig auf Carstens rechte Gesichtshälfte.

„Können Sie das so halten?", fragte er wie zur Entschuldigung. Bendel nickte.

Kapitel 114

Eberstädter hielt geistesgegenwärtig am Straßenrand an. Er sah, wie die große Maschine in der Tiefgarage des Hotels an der Friedberger Warte in Frankfurt verschwand. Hinter ihr schloss sich das große Rolltor, durch das Eberstädter noch die Bremslichter erkennen konnte. Er ließ seinen Wagen auf dem Bürgersteig stehen und rannte um das Gebäude herum zum Haupteingang.

Er war dem Motorradfahrer durch die ganze Wetterau gefolgt.

Zu Eberstädters Erstaunen war der Mann auf den Heilsberg gefahren und blieb gegenüber dem Mehrfamilienhaus, in dem Albert Mair wohnte, stehen. Eine ganze Weile sah er mit offenem Visier zu der Fensterreihe empor, hinter der sich die Wohnung des Rentners befinden musste.

Eberstädter hatte den Eindruck, als würde der Mann Abschied nehmen.

Nun stand Eberstädter im Foyer des Hotels und beobachtete von einem Zeitungsständer aus, wie der Motorradfahrer mit dem Rezeptionisten sprach. Als der Mann in der Lederkombi den Aufzug bestieg, ging Eberstädter an den Tresen.

„Was kann ich für Sie tun?", fragte der junge Hotelangestellte.

Eberstädter hielt seinen Ausweis hoch. „In welchem Zimmer wohnt der Motorradfahrer, der eben hereingekommen ist?"

„Haben Sie so einen Wisch, der Sie autorisiert?“, fragte der junge Mann.

„Sie sind ja ein ganz aufgewecktes Bürschchen, wie?“ Eberstädter funkelte ihn an. „Entweder Sie geben mir sofort die Zimmernummer des Mannes oder ich lasse ihr ganzes Hotel von meinen Kollegen auf den Kopf stellen.“

„Ist ja schon gut.“ Widerwillig nannte der Angestellte die Zimmernummer.

Kapitel 115

Carsten Bendel saß noch immer wie ein Häufchen Elend auf einem Stuhl, als Cosima um die Ecke kam.

Der erste Eindruck, der sich ihr bot, war ein Mann mit einer nassen Hose und einem karierten Geschirrtuch vor dem rechten Auge. Sie ging auf ihn zu, blieb vor ihm stehen und beugte sich zu ihm herab. Neugierig betrachtete sie den Mann.

„Carsten, was machst du denn hier?", fragte sie erstaunt. „Dich habe ich ja schon ewig nicht mehr gesehen."

„Wir haben uns doch am Montag auf der Kirmes für heute verabredet. Erinnerst du dich nicht?"

„Du warst also der Tänzer, mit dem ich an der Sektbar geknutscht habe?" Cosimas Erstaunen war nicht zu übersehen. „Das ist ja der Hammer! Und ich kann mich an nichts erinnern."

„Das ist wirklich schade. Ich dachte, du machst dir was aus mir", bedauerte Carsten.

Cosima ging in die Hocke und legte eine Hand auf Carstens Knie. „Ich freue mich so, dich wiederzusehen, aber ich wünschte, es würde unter anderen Umständen geschehen." Ein liebevoller Ausdruck huschte über ihr mädchenhaftes Gesicht. „Tut es sehr weh?" Sie fasste ihm vorsichtig an die Wange.

Carsten nickte. „Aber du kannst mir glauben, dass ich nichts mit all dem zu tun habe, was dir offenbar in den letzten Tagen passiert ist. Ich komme direkt vom Flughafen und habe mich schon tierisch auf dich gefreut."

Juliane, Bernhard und Alexander grinsten sich an. Alexander gab den beiden anderen ein Zeichen, sich zu entfernen. Bernhard verschwand durch die Terrassentür.

Juliane verstand den Hinweis anscheinend nicht.

„Herr Bendel, haben Sie Cosima am Montag nach Hause gebracht?“

Alle wendeten sich Juliane zu.

„Ich habe sie vor der Tür abgesetzt und gewartet, bis sie im Haus verschwand.“ Er machte eine Pause. „Na ja, ich wollte die Situation nicht ausnutzen. Cosima war betrunken.“ Peinlich berührt schaute er Cosima an.

„Aber ich mag doch normalerweise gar nicht so viel Alkohol“, empörte sich Cosima. „Was habe ich denn getrunken?“

„Wir haben eine Flasche Sekt bestellt. Die hast du, bis auf das Glas, das ich trank, alleine geleert. Und dann waren da noch ein oder zwei Gläser Erdbeersecco von deinem Verehrer.“

Cosima horchte auf. „Welchem Verehrer?“

„Da saß so ein unangenehmer Mann am Ende der Sektbar, der hat dir zwischendurch ein Glas hingestellt und dir zugeprostet. Du hast aus Höflichkeit zurückgeprostet.“

„Kannst du dich noch an etwas anderes in diesem Zusammenhang erinnern?“

Alle schauten gespannt zu Carsten Bendel.

„Du hast gesagt, dass wäre schon das zweite Glas und du wüsstest nicht, was der von dir will.“ Carsten hielt inne und überlegte kurz. „Nachdem du das zweite Glas getrunken hattest, wurdest du plötzlich müde und wolltest nach Hause. Du warst auf einmal richtig quengelig."

„Fanden Sie das nicht merkwürdig?", mischte sich Alexander ein.

„Eigentlich nicht, Cosima hatte ja ziemlich viel getrunken und sie hat schon als Schülerin nicht viel vertragen. Cosima war immer ..."

Cosima räusperte sich auffällig. „Das will hier keiner wissen." Sie funkelte ihn aus ihren graugrünen Augen an.

„Uneigentlich will ich das schon mal wissen." Juliane lachte.

„Cosima war wahrscheinlich nicht von dem Sekt so berauscht, sondern weil man ihr etwas hinein gekippt hatte. Es liegt nahe, dass der unbekannte Verehrer etwas damit zu tun hat", erklärte Alexander dem überraschten Carsten.

„Das würde erklären, warum du auf der Heimfahrt so schläfrig warst und nicht mehr reagiert hast. Ich wundere mich nur, wie du von der Tür ins Bett gekommen bist." Carsten kratzte sich am Kopf.

„Das möchte ich auch mal wissen. Ich kann mich leider an nichts mehr erinnern." Cosima schüttelte den Kopf.

„Ich hatte ein schlechtes Gewissen und konnte die ganze Nacht vor lauter Sorge um dich nicht schlafen." Carsten schaute Cosima verliebt an.

„Ist Ihnen noch etwas Ungewöhnliches an diesem Abend aufgefallen?", löcherte Juliane ihn erneut.

„Ich hatte mich entschieden, nicht durch das Feld nach Münzenberg zu fahren. Sie müssen wissen, ich bin Jäger und weiß, dass die Tiere nachts in den Wiesen unterwegs sind. Ich fuhr also durch das Dorf zur Bundesstraße. Auf dem Bahnübergang kam mir ein Auto mit hoher Geschwindigkeit entgegen. Ich musste abbremsen und an der Seite stehen bleiben, sonst wäre ich mit dem Auto kollidiert."

„Was war das für ein Wagen und haben Sie gesehen, wer darin saß?", fragte nun Alexander, der das Pärchen eigentlich hatte alleine lassen wollen.

Carsten schüttelte den Kopf. „Tut mir leid, es ging alles so schnell. Es war ein großer, dunkler Wagen, mehr weiß ich nicht. Auch den Fahrer habe ich nicht erkannt."

„Vielleicht war das der Mann von der Bar, der uns gefolgt ist. Er muss ins Haus eingedrungen sein und mich ins Bett gebracht haben.

Bernhard kam mit einem Tablett voller dampfender Tassen auf die Terrasse und stellt es auf dem Tisch ab. „Setzt euch bitte und trinkt eine Tasse Kaffee. Im Sitzen redet es sich besser. Geht es wieder, Herr Bendel?", fragte er betreten.

„Danke. So langsam verstehe ich auch, warum sie so aggressiv auf mich reagiert haben. Das heißt aber nicht, dass Ihr Benehmen in Ordnung war."

„Es tut mir echt leid. Aber ich dachte, da steht dieses Arschloch vor der Tür, das Cosima fertigmachen will." Bernhard nahm eine Zuckerdose und ein Milchkännchen von dem Tablett und stellte es zu den Tassen auf den Tisch.

„Wir sollten uns alle setzen und Herrn Bendel erzählen, was vorgefallen ist. Dann versteht er vielleicht Bernhards Reaktion", schlug Alexander vor.

„Ich will lieber wissen, woher ihr euch kennt", lenkte Juliane das Gespräch auf Cosima und Carsten.

Kapitel 116

Alexanders Handy vibrierte. Er zog es aus der Tasche. „Bin gleich wieder da.“ Er entfernte sich von den anderen. Die Nummer des Präsidiums in Friedberg wurde auf dem Display angezeigt.

„Was gibt es?“, fragte er den Anrufer.

„Hallo, Henne“, antwortete der Mitarbeiter. „Ich habe eine Überraschung für dich. Du hast doch darum gebeten, dass wir diesen Klaus Meisemann überprüfen.“

„Was hast du herausgefunden?“

„Der Mann ist seit zehn Jahren in Hamburg gemeldet und unterhält einen IT-Service. Unverheiratet, keine Kinder, keine Vorstrafen.“

„Das ist ja nichts Besonderes.“ Alexander war enttäuscht.

„Jetzt kommt‘s. Eberstädter verfolgt einen Motorradfahrer durch die Wetterau. Das Kennzeichen der Maschine ist auf einen Klaus Meisemann aus Hamburg zugelassen.“

„Das ist allerdings interessant. Aber wieso verfolgt Eberstädter den Fahrer?“

„Er hat berichtet, dass er den Mann in einem Elektronikshop in Linden entdeckt hat, während er sich über Kameras informierte. Das Verhalten des Mannes ist Eberstädter merkwürdig vorgekommen.“

„Wo ist er jetzt?“

„Keine Ahnung. Er hat sich nicht mehr gemeldet.“

„Danke, ich kümmere mich darum." Alexander legte auf und suchte in seinen Kontakten die Nummer von Eberstädter. Sollte der Kollege zufällig auf den Stalker und Mörder gestoßen sein? Dann hätte Kommissar Zufall seine Hände im Spiel gehabt.

Kapitel 117

Eberstädter bewegte sich mit gezückter Pistole leise über den Teppichboden des langen Hotelflurs im dritten Stock. Eine Tür ging auf und ein Mann trat in den Gang. Eberstädter legte den rechten Zeigefinger an die Lippen und forderte den Mann mit einem Kopfnicken auf, zu verschwinden. Erschrocken zog sich der Gast zurück. Vor dem Zimmer mit der Nummer zehn blieb Eberstädter stehen. Er atmete tief durch, dann klopfte er an die Tür.

„Wer ist da?“, erklang eine tiefe Männerstimme von drinnen.

„Kriminalpolizei! Öffnen Sie die Tür“, Eberstädter hielt seinen Ausweis vor den Spion.

„Wie sind Sie auf mich gekommen?“, war die erste Reaktion des Mannes, nachdem er die Tür geöffnet hatte und die Pistole erblickte.

Eberstädter ließ sich seine Überraschung nicht anmerken. „Es ist ihr Duft, der Sie verraten hat.“

„Ich habe seit ein paar Jahren keinen Geruchssinn mehr“, sagte der Mann wie zu seiner Entschuldigung. „Kommen Sie herein.“ Er machte einen Schritt zurück und ließ Eberstädter eintreten.

„Ich muss Sie vorläufig festnehmen. Sie stehen im Verdacht, Ellen Hartmann und Jessica Jürgens ermordet zu haben.“

Der Mann leistete keinen Widerstand. Er benahm sich ruhig und besonnen, als hätte er auf die Polizei gewartet. Eberstädter steckte die Pistole in das Halfter und zog die Handschellen hervor. „Wir werden hier gemeinsam warten, bis die Kollegen eintreffen.“

Der Mann hielt ihm seine Arme entgegen. In dem Moment, als Eberstädter die Handschellen anlegen wollte, ließ der Mann die Arme nach oben schnellen und traf den Kommissar mit geballten Fäusten am Kinn. Eberstädter taumelte zurück und prallte mit dem Kopf gegen die offen stehende Tür. Ihm wurde schwarz vor den Augen.

Kapitel 118

Patrick war satt. Er rülpste und strich sich über den Bauch. Mit der dreckigen Serviette wischte er sich das Fett vom Kinn. Sein Gesicht glänzte schweißnass. Heute hatte er sich länger als üblich in dem Schnellrestaurant aufgehalten, mehr gegessen, als gut für ihn war, und einfach nur vor sich hin geglotzt.

Ein junger Mann kam auf ihn zu. „Ist alles ok, Herr Steinwedel?" Er nahm das Tablett mit den zerknüllten Pappschachteln und Pommes-Tüten an sich.

Patrick sah auf. „Alles gut. Ich geh jetzt mal." Er reichte dem jungen Mann einen Fünf Euroschein. „Für die Kaffeekasse."

Schwerfällig erhob er sich und lief nach draußen. Unschlüssig stand er vor seinem Auto. Was sollte er mit dem Rest des Tages anfangen? Auf ihn wartete niemand.

Das Wetter war wunderschön. Die Sonne strahlte warm vom Himmel. Kein Windhauch rührte sich. Dennoch erwartete ihn ein weiteres langweiliges Wochenende, an dem er außer seinen Eltern niemanden zu Gesicht bekommen würde. Er hatte keine Lust, vor dem Fernseher zu versauern.

Er zwängte sich hinter das Steuer seines Wagens und fuhr langsam aus Butzbach in Richtung Lich. Das kräftige Blau des Himmels war von kleinen weißen Wölkchen durchsetzt. Instinktiv verließ er die Bundesstraße in Ober-Hörgern.

Kapitel 119

„Hallo?“, hörte Eberstädter jemanden aus der Ferne rufen. Verschwommen nahm er eine Person wahr. „Was ist los mit Ihnen?“

Er spürte eine flache Hand abwechselnd seine linke und rechte Wange tätscheln. Er stemmte die Ellbogen auf den Boden und versuchte, sich aufzurichten. Er spürte zwei Arme unter seinen Achseln, die ihn hochstemmten und ihm auf einen Stuhl halfen.

„Ihr Kinn sieht nicht gut aus.“ Er spürte etwas Kaltes auf der Haut. Ein Gesicht schob sich vor seine Augen. „Ich bin Notarzt, wie fühlen Sie sich?“

„Meine Schulter tut höllisch weh und mein Kopf brummt, als hätte mir jemand eins mit dem Vorschlaghammer übergezogen“, erklärte Eberstädter zögerlich.

Eine Blutdruckmanschette wurde ihm um den linken Oberarm gelegt. Gleich darauf spürte er, wie das Gerät zu Pumpen begann.

„Der Blutdruck ist noch etwas niedrig. Sie bleiben jetzt mal schön hier sitzen“, ordnete der Arzt an.

„Was ist denn eigentlich los? Wo ist der Mann, der hier in dem Zimmer wohnt?“, fragte Eberstädter verwirrt.

„Der wohnt ab sofort in einem anderen Zimmer“, erklärte eine Stimme hinter Eberstädter.

„Ich versteh nur Bahnhof.“ Er drehte den Kopf nach hinten, was ihm augenblicklich höllische Schmerzen bescherte. Aus den Augenwinkeln nahm er einen Beamten in Uniform wahr, der ihm ein Handy hinhielt, das seit einiger Zeit bimmelte.

Kapitel 120

Alexander wurde langsam ungeduldig. Warum dauerte es so lange, bis sein Kollege an sein Handy ging? Was war da los?
Endlich wurde abgenommen.

„Eberstädter, wo bist du?"

„In einem Hotel in Frankfurt, wenn ich mich richtig erinnere", kam es zaghaft zurück.

„Was machst du denn da?", fragte Alexander verwundert.

„Das weiß ich nicht so genau." Eberstädters Stimme klang, als wäre er besoffen.

„Hast du getrunken?" Alexanders Ungeduld wechselte zu Unglaube.

„Hallo, wer spricht denn da?", fragte nun eine fremde Stimme.

„Hier spricht Alexander Henneberg, Hauptkommissar vom K 10 in Friedberg. Und wer sind Sie?"

„Mensch Henne, gibt es dich auch noch?", brüllte ein Mann ins Telefon. „Hier ist Rolli aus Frankfurt. Wir haben deinen Kollegen in einem Hotelzimmer verletzt auf dem Boden vorgefunden. Jemand hat ihn zusammengeschlagen. Er ist noch verwirrt, aber keine Bange, der Notarzt ist bei ihm."

„Wieso denn in Frankfurt? Was um alles in der Welt macht er da?"

„Er hat uns informiert, dass er eine verdächtige Person auf einem Motorrad verfolgt, womöglich den Mörder der beiden Frauen aus Bad Vilbel. Er bat uns, sofort zu dem Hotel an der Bockenheimer Warte zu kommen."

„Und wo ist jetzt der Verdächtige?" Alexander war fassungslos.

„Wenn wir den richtigen haben, dann liegt der unten in einem Rettungswagen. Der ist mit seinem Motorrad aus der Tiefgarage direkt auf uns zugeschossen und in einen der querstehenden Streifenwagen gedonnert. Auto und Motorrad sind nur noch Matsch. Den Fahrer hat es über das Auto in eine Hecke auf der anderen Straßenseite katapultiert. Er hatte noch Glück im Unglück, ist nicht lebensgefährlich verletzt."

„Ok, bleibt wo ihr seid", befahl Alexander dem Streifenbeamten. „Ich komme sofort nach Frankfurt. Es könnte sein, dass Ihr einen großen Fisch an der Angel habt. Lasst den Typ nicht aus den Augen."

Alexander hielt einen Moment inne und schaute in Richtung Straße. Ein großer, dunkler Wagen fuhr langsam an dem Grundstück von Bernhard vorbei über die Wetterbrücke.

Alexander kehrte zu den anderen zurück, die gemütlich am Kaffeetisch beisammen saßen. „Juliane, ich brauch dein Auto."

„Was ist denn los?", Juliane erhob sich von ihrem Sitz. Erdmann sprang ebenfalls auf und rannte auf sein Herrchen zu.

„Eberstädter wurde zusammengeschlagen." Mehr wollte Alexander in Gegenwart eines Fremden nicht preisgeben.

„Ich komme mit“, beschloss Juliane. „Du hast sowieso noch zu viel Promille im Blut.“

Alexander verdrehte die Augen und lief bereits los. „Aber nur, wenn du anständig fährst.“

„Und was ist mit mir?“, rief ihm Cosima hinterher.

„Bleib du bitte bei Bernhard und halte dich von deinem Haus fern. Ich melde mich, sobald ich mehr weiß.“ Er beugte sich zu Erdmann hinab und sah seinen treuen Gefährten mitleidig an. „Erdmann, du musst auch hier bleiben. Herrchen muss Verbrecher jagen. Geh zu Cosima. Ich komm bald wieder.“

Erdmann sah ihn mit traurigen Augen an und wackelte brummend zu der Sitzgruppe, um sich dort im Schatten niederzulassen. Er warf Alexander einen letzten beleidigten Blick zu.

Juliane startete den Motor und wollte rückwärts aus der Ausfahrt rollen, als ein dunkler Wagen von der Wetterbrücke auf sie zukam.

„Wo kommt der denn her? Der Weg ist doch nur für landwirtschaftliche Nutzfahrzeuge freigegeben“, wunderte sich Juliane.

„Der ist eben schon mal hier vorbeigekommen. Fahr doch mal ein bisschen schneller, damit ich das Nummernschild erkennen kann“, forderte er Juliane auf.

„Was denn jetzt? Ich denke, ich soll in der Dreißiger-Zone nicht so schnell fahren?“ Sie schüttelte genervt den Kopf.

„Jetzt mach schon, ich erklär es dir gleich.“

Juliane gab Gas und der Wagen holte auf. Im Wagen vor ihnen saß ein großer, breitschultriger Mann.

Zudem konnte Alexander nicht nur die Buchstaben und Ziffern auf dem Kennzeichen des Wagens erkennen, sondern sah auch einen Schriftzug: *Autohaus Steinwedel Butzbach.*

Alexander war sich sicher, wer da vor ihnen unterwegs war. „Das ist ja interessant. Da fährt doch dieser Patrick Steinwedel hier auf und ab. Ich frage mich, was der hier zu suchen hat."

„Glaubst du, dass das Cosimas Stalker ist?"

„Davon bin ich überzeugt. Der ist ja echt dreist. Dem scheint es egal zu sein, ob man ihn sieht oder nicht."

„Vielleicht ist er nicht dreist, sondern verzweifelt", mutmaßte Juliane.

„Wie auch immer, jetzt kümmern wir uns erst mal um Eberstädter und diesen ominösen Motorradfahrer."

Die Sonne stand mittlerweile tief über Butzbach. Das goldene Licht hatte sich in ein rotes Glühen am Horizont verwandelt. Die Wärme des Tages war einer abendlichen Kühle gewichen. Juliane schaltete die Sitzheizung ein.

„Was hat denn dieser Carsten Bendel von sich gegeben? Kann man dem trauen?", wollte Alexander wissen.

Juliane blickte in den Rückspiegel und fuhr auf die Autobahn. Alle Spuren waren frei.

„Der scheint in Ordnung zu sein. Das ist ein Schulfreund von Cosima. Sie haben zusammen Abitur gemacht. Er war wohl schon als Schüler in Cosima verknallt." Juliane lachte. „Und stell dir vor: sie auch ihn. Aber beide haben es nicht bemerkt."

„Und jetzt haben sie sich nach so vielen Jahren wieder gesehen?", fragte Alexander erstaunt.

„Fast. Sie haben sich vor einigen Jahren auf der Aida im Mittelmeer getroffen. Damals haben beide noch studiert. In der Woche auf dem Kreuzfahrtschiff muss wohl was zwischen den beiden gelaufen sein, aber irgendwie haben sie sich aus den Augen verloren."

„Na, das ist ja wirklich tragisch." Alexanders Stimme sprühte vor Ironie.

„Das wäre es auch, wenn sie sich jetzt nicht zufällig auf der Gambacher Kirmes gesehen hätten. Carsten wohnt seit einem halben Jahr auf einem Aussiedlerhof in Münzenberg. "

„Du bist schon per Du mit dem?", fragte Alexander.

„Spüre ich da so etwas wie Eifersucht, lieber Henne?", Juliane wechselte auf die linke Spur. Mit 200 Sachen fuhr sie der Abendsonne entgegen.

Kapitel 121

Die beiden demolierten Streifenwagen standen mitten auf der Straße vor der Garagenausfahrt des Hotels. Durch den Aufprall des Motorrads waren sie ineinander geschoben worden. Die schwere Maschine war in zwei Hälften gerissen worden, die kaum noch als Bestandteile eines Motorrades zu erkennen waren. Von dem Rettungswagen fehlte jede Spur. Passanten hielten sich in der Nähe auf und beobachteten die Szene.

Mehrere Beamte standen neben den Unfallfahrzeugen und diskutierten heftig.

„Was ist denn hier passiert?", fragte Alexander schockiert die Schutzbeamten und stellte sich vor.

„Wir haben die Einfahrt mit den Fahrzeugen blockiert. Gott sei Dank haben wir nicht drin gesessen. Dieser Irre ist direkt in sie hinein gerast und über die Autos geschleudert worden. Da drüben in der Hecke ist er gelandet." Einer der Schutzbeamten zeigte auf eine Hecke, die dreißig Meter weiter auf der anderen Straßenseite als Grundstücksbegrenzung diente. Sie war bis auf den Boden niedergedrückt.

„Wenn der nicht von dem Grün gestoppt worden wäre, hätte er Bekanntschaft mit der Hauswand gemacht. Das hätte ihn mit Sicherheit das Leben gekostet."

„Wo ist er jetzt?", wollte Alexander wissen.

„Die Sanitäter bringen ihn ins Krankenhaus. Wahrscheinlich ist seine Wirbelsäule stark gestaucht, erklärte einer der Beamten. „Die Kollegen sind mitgefahren und behalten ihn im Auge, aber der wird sich vorläufig nicht von der Stelle rühren. Der Notarzt hat ihm starke Medikamente verpasst, die ihn erst einmal schachmatt setzen. Der kann sich in den nächsten Wochen vor Schmerzen bestimmt nicht rühren."

„Wo ist der Kriminalbeamte aus Friedberg?", fragte Juliane, die sich die ganze Zeit im Hintergrund gehalten hatte.

„Sitzt im Foyer. Eine Hotelangestellte kümmert sich um ihn."

Eberstädter saß in einem Sessel. Sein blasses Gesicht stand im krassen Gegensatz zu dem bereits blau angelaufenen Kinn. Neben ihm stand die Hotelangestellte.

„Mensch, Eberstädter, was machst du denn für Sachen? Du hättest tot sein können!", schimpfte Alexander.

„Unkraut vergeht nicht", winkte Eberstädter ab.

„Warum hast du uns nicht informiert?", fragte Alexander vorwurfsvoll.

„War nicht möglich. Stattdessen habe ich die Kollegen von Frankfurt angerufen. Und wie du siehst, hat es funktioniert."

„Immer diese Alleingänge. Wie bist du überhaupt auf die Idee gekommen, den Mann zu verfolgen?"

„Das erzähle ich dir alles später. Wo ist der Kerl jetzt?"

„Auf dem Weg ins Krankenhaus. Der hat mehr Glück als Verstand gehabt. Wir sollten das Hotelzimmer des Mannes nach verwertbaren Spuren untersuchen", meinte Eberstädter.

„Du bleibst hier sitzen. Juliane wird sich um dich kümmern."

Kapitel 122

Im Zimmer des mutmaßlichen Täters fand Alexander zwei Gepäcktaschen vor, die auf dem Bett deponiert waren. Mehrere Kleidungsstücke lagen verstreut herum. Alexander konnte nichts Verdächtiges entdecken. Offenbar war der Mann gerade im Begriff, seine Abreise vorzubereiten. Der Hotelangestellte an der Rezeption hatte Alexander bereitwillig darauf hingewiesen, dass der Mann auschecken wollte. Die Suche nach irgendwelchen Beweisen verlief jedoch ergebnislos. Alexander fand nichts, was den Mann hätte belasten können. Hoffentlich hatte Eberstädter nicht zu voreilig gehandelt.

„Wie lange hat der Mann hier gewohnt?“, fragte Alexander den hilfsbereiten Rezeptionisten, als er ins Erdgeschoss zurückkehrte.

„Er hat Samstag vor einer Woche eingecheckt“, antwortete der junge Mann nach einem Blick in seinen Computer.

„Hat er hier mit jemandem gesprochen? Hat er vielleicht jemandem erzählt, was er vorhatte?“

„Ich hatte Dienst, als er ankam. Der Mann war sehr zurückhaltend. Ließ sich nicht in ein Gespräch verwickeln. Ich kann gern die Leute aus dem Servicebereich fragen, ob die was wissen“, bot der Angestellte an. „Aber ich sehe in meinem System keine Belege für einen Barbesuch. Ich geh davon aus, dass er sich nicht viel hier unten aufgehalten hat. Ich habe ihn auf jeden Fall in der ganzen Woche nicht mehr zu Gesicht bekommen.“

„Nee, lassen Sie mal. Das Zimmer zehn im dritten Stock darf aber niemand betreten. Ich schicke Kollegen von der Spurensicherung vorbei. Die nehmen dann auch seine Sachen mit.“ Alexander verabschiedete sich.

Kapitel 123

Auf dem Weg ins Krankenhaus berichtete Eberstädter seinen Kollegen, was vorgefallen war. „Das ist der gesuchte Mann. Warum sonst, sollte der an dem Haus von Ellen Hartmann vorbeifahren und auf dem Heilsberg zum Fenster von Albert Mair hinauf starren?"

„Das sind noch lange keine Beweise. Das kann Zufall sein", widersprach Juliane. „Und wieso sollte der nach Linden wegen eines Elektronikmarktes fahren? Der hätte sich doch genauso gut in Bad Vilbel oder Frankfurt nach einer Kamera umsehen können."

„Zum einen haben die immer die besten Angebote, zum anderen wollte er vermutlich möglichst weit weg vom Tatort danach suchen", erklärte Eberstädter.

„Um von sich abzulenken? Trotzdem, das ist für mich alles noch kein Beweis." Juliane schüttelte den Kopf.

„Als er mir die Tür des Hotelzimmers öffnete, hat er mich gefragt, wie ich auf ihn gekommen wäre. Wenn das nicht einem Geständnis gleichkommt!", beharrte Eberstädter.

„Damit kann er auch was anderes gemeint haben", überlegte Alexander laut.

„Warum hat er mich dann zusammengeschlagen? Der ist nicht sauber, der Typ." Eberstädter wollte offenbar nicht nachgeben.

„Das müssen wir erst einmal beweisen. Tatsache ist, dass er IT-Spezialist ist und bis vor drei Jahren mit Christoph Steinwedel in Hamburg eine gemeinsame Firma unterhalten hat", berichtete Alexander.

„Steinwedel hat die Hardware besorgt und Meisemann hat die Computer eingerichtet."

„Warum haben sie sich getrennt?", wollte Juliane wissen.

„Steinwedel hat mir erzählt, dass sie sich von der Schule her kennen. Sie haben beide das Burg-Gymnasium in Friedberg besucht. Steinwedel hat in Hamburg studiert, Meisemann an der Technischen Hochschule in Friedberg. Bei einem Klassentreffen sind sie sich erneut begegnet und haben beschlossen, gemeinsam eine Firma aufzubauen. Sie müssen wohl sehr erfolgreich gewesen sein und eine Menge Kohle verdient haben. Aber es hat immer wieder Beschwerden über Meisemann gegeben. Er hat anscheinend öfter die notwendige Distanz zu seinen Kunden – speziell zu seinen weiblichen Kunden – nicht gewahrt."

„Du meinst, er war aufdringlich?", Juliane pfiff durch die Zähne.

„So habe ich das verstanden. Steinwedel hat sich dann von ihm getrennt und ist nach einiger Zeit nach Berlin gezogen. Da hat er seine Jugendfreundin wieder getroffen, seine jetzige Ehefrau."

„Wusste Steinwedel, dass sich Meisemann in der Wetterau aufhielt?"

„Das glaube ich nicht. Wir sind ja auch nur durch Zufall auf den Mann gekommen, als er mir von sich erzählt hat."

„Das ist wirklich sonderbar", sinnierte Juliane. „Aber nur, weil der so intensiv riecht und sich für Kameras interessiert, muss er doch nichts mit dem Fall zu tun haben."

„Eine Aussage hat mich aufhorchen lassen“, warf Alexander ein. „Dieser Christoph sagte, ihn habe besonders an seinem ehemaligen Schulfreund gestört, dass er ihn regelrecht kopiert hat. Er hätte die gleiche Kleidung getragen, seine Frisur angepasst, sich für die gleichen Dinge interessiert. Was ich besonders interessant fand, war die Bemerkung, dass er sogar das gleiche After Shave benutzt hat wie Christoph.“

„Aber dann passt doch alles! Das Motorrad, die Augenfarbe, der Geruch, seine IT-Kenntnisse und die Aufdringlichkeit, sein Wohnort Hamburg. Wie viele Beweise brauchst du denn noch?“, fragte Eberstädter Juliane.

„Ok, ihr seid die Kommissare“, gab Juliane nach.

„Wir werden sehen, ob es Übereinstimmungen der DNA auf seiner Kleidung und mit der am Tatort gibt“, sagte Alexander abschließend. „Die KTU soll sich darum kümmern.“

Kapitel 124

Gemeinsam fragten sie sich durch die weitläufige Anlage der Unfallklinik in Frankfurt, bis sie endlich das Zimmer, in dem Klaus Meisemann untergebracht war, fanden. Vor der Tür saß ein Beamter in Uniform.

Alexander wies sich aus. „Hallo, Kollege“, grüßte er den anderen. „Liegt der Meisemann da drin?“

Der Beamte nickte.

„Ok, Sie lassen hier niemanden rein und den nicht raus.“

„Wir sollten uns erst mal nach dem Zustand von dem Mann erkundigen“, ermahnte Juliane Alexander.

„Wenn der in einem normalen Zimmer liegt, kann es nicht so schlecht um ihn bestellt sein“, erklärte Alexander ihr.

„Schwester.“ Juliane hielt eine vorbeieilende Schwester an. „Wo finden wir einen Arzt, der uns Auskunft über Herrn Meisemann geben kann?“

„Das ist im Moment schlecht, die Ärzte sind alle zur Visite unterwegs“, sagte sie hastig und wollte weitergehen.

Alexander hielt ihr seinen Ausweis unter die Nase. „Wir müssen mit dem Mann da drinnen reden. Ist das möglich?“

„Soviel ich weiß, ist der Mann nicht lebensgefährlich verletzt. Also gehen sie einfach rein“, antwortete die Schwester ungeduldig.

„Ihnen auch einen schönen Tag“, erwiderte Eberstädter.

Alexander öffnete die Tür. Das einzige Bett stand in der Mitte. Der Größe und den Anschlüssen nach zu urteilen, hätten hier drei Patienten Platz gehabt. Das Zimmer war abgedunkelt. Durch einen Spalt zwischen den Vorhängen drang ein einzelner Lichtstrahl herein.

Der Mann auf dem Bett drehte den Kopf zur Tür. Sein Gesicht war unnatürlich blass, soweit man das in dem diffusen Licht erkennen konnte.

„Wer sind Sie? Was wollen Sie?", fragte er unfreundlich.

„Wir kommen von der Kripo in Friedberg. Mein Name ist Alexander Henneberg."

Juliane und Eberstädter stellten sich ebenfalls vor.

„Sie sind Herr Meisemann?" Alexander sah den Mann neugierig an.

„Wer will das wissen?", knurrte der Angesprochene.

„Die Kripo will das wissen, ich hatte mich Ihnen bereits vorgestellt", antwortete Alexander ebenso unfreundlich.

„Und was wollen Sie von mir?"

„Sie haben meinen Kollegen zusammengeschlagen." Alexander deutete auf Eberstädter.

„Den Mann kenne ich nicht. Den hab ich noch nie gesehen", log Meisemann.

„Das stimmt nicht. Ein Zeuge hat beobachtet, wie Sie aus Ihrem Zimmer im dritten Stock des Hotels kamen und den Gang entlang gehastet sind. Er hat meinen Kollegen dort am Boden vorgefunden."

„Der will mir doch nur was anhängen!", spie ihm Meisemann entgegen.

„Hier will Ihnen niemand etwas anhängen. Warum haben Sie ihn gefragt, wie er auf Sie gekommen ist?", erkundigte sich Alexander.

„Hab ich nicht", bestritt der Patient.

„Natürlich haben Sie das!", mischte sich Eberstädter ein.

„Noch einmal: Warum haben Sie meinen Kollegen niedergeschlagen?" Alexander trat dichter an das Bett.

„Der hat mich bedroht. Ich habe nur aus Notwehr gehandelt."

„So ein dummes Zeug", wehrte Eberstädter ab, „Ich hab ihn aufgefordert, seine Arme auszustrecken, damit ich ihm die Handschellen anlegen kann."

Alexander sah seinen Kollegen warnend an.

„Herr Meisemann, Sie haben nicht nur meinen Kollegen zusammengeschlagen, Sie haben auch zwei Polizeiautos zu Schrott gefahren. Außerdem werden Sie verdächtigt, am vergangenen Mittwoch zwei Frauen in Bad Vilbel ermordet zu haben."

„Was soll ich?" Der Mann richtete sich auf. Mit schmerzverzerrtem Gesicht sank er jedoch sofort in die Kissen zurück.

„Das wird ja immer schöner. Was kann ich denn dafür, wenn die blöden Bullen ihre Autos direkt vor die Ausfahrt stellen! Ich werde Strafanzeige wegen Körperverletzung erstatten", fauchte der Patient. „Und umgebracht habe ich auch niemanden. Was denn für Frauen überhaupt?"

„Herr Meisemann, jetzt hören Sie mit den Spielchen auf. Sie sind seit einer Woche hier in der Gegend. Was haben Sie hier gemacht?"

„Ich hatte geschäftlich hier zu tun. Ist es neuerdings verboten, dass man seiner Arbeit nachgeht?“

„Sie können uns sicher die Namen Ihrer Geschäftspartner geben.“

„Wie käme ich denn dazu?“

„Dann können Sie uns bestimmt erklären, warum Sie vorhin durch die Frankfurter Straße in Bad Vilbel gefahren sind und am Heilsberg minutenlang zu einem Fenster hinauf gestarrt haben?“

Aufgebracht antwortete der Mann: „Was ist denn das für eine blöde Frage? Am Heilsberg wohnt meine Mutter.“

„Warum sagen Sie uns das denn nicht gleich, dass Ihre Mutter in Bad Vilbel wohnt?“

„Sie haben mich nicht danach gefragt.“

„Haben Sie sie hier besucht?“

„Natürlich hab ich das.“

Die Tür wurde aufgerissen. Ein älterer Arzt in einem Kittel kam herein. „Was ist hier los?“

Alexander wies sich aus. „Wir haben Herrn Meisemann ein paar Fragen gestellt.“

„Bitte verlassen Sie jetzt den Raum. Der Patient braucht Ruhe.“ Der Arzt wies mit der Hand zur Tür.

„Wir kommen wieder, Herr Meisemann. Dann aber mit einem Haftbefehl“, verabschiedete sich Alexander und verließ das Zimmer.

Juliane, die die ganze Zeit schweigend zugehört hatte, wandte sich auf dem Flur an den Arzt. „Herr Doktor, wir sind sicher, dass Herr Meisemann bei Ihnen bestens aufgehoben ist“, schnurrte sie und lächelte den

Mann charmant an. „Aber wir benötigen Ihre Hilfe, um einen Fall aufzuklären."

„Das mag ja sein, aber Sie können hier nicht einfach so reinplatzen", antwortete der Arzt etwas freundlicher.

„Lieber Herr Doktor, wir sind doch beide Profis. Wir nehmen unsere Arbeit beide ernst. Deshalb werden Sie sicher verstehen, dass wir bei der Aufklärung eines Doppelmordes jede Hilfe gebrauchen können", schmeichelte Juliane ihm.

„Doppelmord, um Gottes willen! Geht es um den Mord an den beiden Frauen in Bad Vilbel?" Erschrocken sah der Arzt von Juliane zu Alexander.

Juliane nickte. „Sie haben davon gehört?"

„Natürlich, alle sprechen nur darüber. Wie kann ich Ihnen also helfen?"

„Lassen Sie uns bitte noch einen Moment mit dem Mann allein? Wir haben noch zwei, drei Fragen an ihn. Dann verschwinden wir."

Kapitel 125

Der Arzt hatte darauf bestanden, die Kommissare zu begleiten. „Bei der Vernehmung muss ich im Zimmer sein. Nicht auszudenken, was passiert, wenn der Mann vor lauter Aufregung kollabiert."

„Lieber Herr Doktor, wir vernehmen den Mann nicht, wir befragen ihn nur", erklärte ihm Juliane.

Aber der Patient weigerte sich, weitere Auskünfte zu erteilen. Er wolle einen Anwalt sprechen. Diese ungeheuerliche Behandlung, die haltlosen Unterstellungen würde er sich nicht gefallen lassen.

„Der Typ lügt", sagte Eberstädter vor der Tür der Klinik und holte eine Packung Zigaretten aus der Jackentasche. Er hielt sie Alexander hin, der eine Kippe entnahm. Juliane sah die Kollegen missbilligend an.

„Ihr mit eurer blöden Qualmerei."

„Anders hält man das doch nicht aus." Alexander blies Rauch aus.

„Ich werd verrückt, wenn wir den laufen lassen müssen." Eberstädter ließ den Qualm durch Nase und Mund entweichen.

„Wenn er es ist, werden wir ihn überführen", versprach Alexander, „aber dazu benötigen wir die Ergebnisse der KTU und das kann dauern", versprach Alexander den Kollegen.

„Hoffentlich haut er nicht ab." Eberstädter zeigte sich sehr besorgt.

„Mit zwei angeknacksten Wirbeln bestimmt nicht. Du hast doch gehört, was der Arzt gesagt hat. Der muss jetzt schön liegen bleiben. Außerdem hat er höllische Schmerzen. Das Motorradfahren kann er auf jeden Fall vergessen."

„Du wolltest doch deine Schulter untersuchen lassen", wandte sich Juliane an Eberstädter, „und dein Kinn ist auch schon ganz blau."

„Ach, das ist halb so schlimm. Ein Indianer kennt keinen Schmerz", winkte der ab. „Ich schlage vor, wir fahren zu Frau Meisemann auf den Heilsberg."

„Das ist eine gute Idee. Was sollen wir auch sonst mit dem angebrochenen Samstagabend machen?" Alexanders Stimme triefte vor Ironie. „Juliane, du fährst uns jetzt zum Hotel, damit wir Eberstädters Auto holen können. Danach fährst du nach Hause und kümmerst dich um deinen Mann. Den Rest besorgen wir schon alleine", ordnete Alexander an.

„Wie schade, es fing mir gerade an, Spaß zu machen", maulte Juliane.

„Spar dir deine Energie für die Presseberichte." Alexander drückte die Kippe in dem Aschenbecher neben der Tür aus.

Kapitel 126

„Können wir jetzt endlich reden, Georg?“ Bettina stand wie ein kleiner Giftzwerg vor ihrem Mann.

„Es wird wohl Zeit, dass wir einiges klären.“ Er strich sich mit der flachen Hand über den Kopf.

„Allerdings“, fauchte sie. „Wo kommst du jetzt her?“

Steinwedel wollte reinen Tisch machen. „Ich war in Schlitz bei dem Sohn meiner langjährigen Geliebten.“

„Du meinst wohl die Tote von Schlitz: Marianne Eisener?“

„Hat Patrick also doch geredet?“

„Das war nicht nötig.“ Sie hatte eine herablassende Haltung angenommen. „Ich wusste schon lange von deiner Affäre. Genau wie von all den anderen. Oder hast du gedacht, ich bin so blöd und merke das nicht? Du hast dich ja nicht gerade bemüht, deine Liebschaften geheim zu halten.“

„Dann kannst du dich ja jetzt freuen. Die Frau, die ich geliebt habe, ist tot.“

„Wieso sollte ich mich über den gewaltsamen Tod eines Menschen freuen? Ich bin eine gute Christin“, hielt ihm Bettina aufgebracht entgegen.

„Deine christliche Grundhaltung verbietet dir aber nicht, eine Beziehung mit einem anderen Mann einzugehen oder wie soll ich das verstehen, dass Karl Friedrich hier ständig ein und aus geht?“

„Ha!“ Sie lachte. „Ich habe kein Verhältnis mit Karl Friedrich, wenn du das meinst. Wir verstehen uns gut und reden über unsere Probleme.“

„Das kannst du jemandem erzählen, der seine Hose mit der Kneifzange zumacht“, knurrte Georg. „Welche Probleme sollte Karl Friedrich schon haben? Und wieso sollte der die ausgerechnet mit dir besprechen?“

„Glaub doch. was du willst. Das ist mir egal. Ich werde mich von dir trennen“, schleuderte sie ihrem Mann entgegen.

„Um mit Karl Friedrich ein neues Leben zu beginnen?“, fragte Georg süffisant und brach in Gelächter aus.

„Dazu brauche ich Karl Friedrich nicht. Außerdem mache ich mir nichts aus Männern.“

„Ach, bis du etwa lesbisch?“, fragte Georg boshaft.

„Nicht die Spur. Ich mag nur keinen Sex.“

„Was soll aus der Firma werden, wenn du gehst? Erwartest du, dass ich dich ausbezahle?“

„Ich möchte, dass du sie verkaufst und wir teilen“, erklärte sie ihm ganz sachlich.

„Was soll dann aus deinem Goldstück Patrick werden?“

„Das ist mir auch egal. Ich habe keine Lust, ihn ständig zu beschützen und vor Schaden zu bewahren. Er muss endlich zu dem stehen, was er angerichtet hat.“

„Du weißt also, dass er für Florians Tod verantwortlich ist?“ Georg sah seine Frau betroffen an.

Sie nickte. Tränen schimmerten in ihren Augen. „Natürlich weiß ich es.“ Eine einzelne Träne lief ihr über das Gesicht. „Und ich weiß auch, dass er Ingrid entführt hat. Ich bin zufällig dahinter gekommen und habe ihm geholfen, das Mädchen zurückzubringen.“ Sie schluchzte verzweifelt.

„Und dafür hast du Christoph diesen Verdächtigungen ausgesetzt? Schämst du dich nicht?“, fragte Georg sichtlich aufgebracht. „Was willst du mir noch alles sagen? Hat er auch Marianne Eisener umgebracht?“

„Nein, das nicht. Aber er hat in den letzten Tagen andere Dummheiten angestellt. Das wird er dir selbst sagen müssen.“

„Da bin ich ja mal gespannt. Mich kann nichts mehr erschüttern. Wie ich gehört habe, hast du mir in Schlitz aufgelauert?“

„Sei froh, dass Karl Friedrich mich dorthin gebracht hat, sonst hätte man dich verdächtigt, deine Geliebte umgebracht zu haben. Wir haben dir den Arsch gerettet.“

„Habt Ihr gesehen, was passiert ist?“

„Nein, wir sind an der Zufahrt zum Hotel stehengeblieben und haben gewartet, dass du herauskommst. Dabei haben wir den Streit von Frau Eisener und einer anderen Frau mitbekommen. Sie sind dann in Richtung Turm davongegangen.“

Perplex über die Ausdrücke und die Art, wie Bettina mit ihm redete, glotzte Georg sie an.

Kapitel 127

„Das kann doch kein Zufall sein, dass die Meisemann im gleichen Haus wie Albert Mair wohnt", bemerkte Eberstädter.

„Da haben wir die nächste Verbindung." Alexander zündete sein Sturmfeuerzeug und beleuchtete mit der Flamme die Klingelleiste.

„Wer ist da?", krächzte eine Frauenstimme wenig später aus dem Lautsprecher.

„Hier ist die Kriminalpolizei." Alexander beugte sich zu dem Mikrofon. „Wir müssen mit Ihnen reden, Frau Meisemann."

„Netter Versuch. Mir kommt niemand ins Haus. Schert euch fort, ihr Bagage." Es knackte im Lautsprecher.

„Wenn die Alte so aussieht, wie sie klingt, dann haben wir noch einen schönen Abend vor uns." Eberstädter kicherte und drückte mit der flachen Hand auf die Klingelleiste. Wenig später wurde der Türöffner betätigt. Alexander drückte die Eingangstür auf. Der Aufzug brachte sie in den vierten Stock.

Oben angekommen, klopfte Eberstädter ungeduldig gegen die Wohnungstür von Frau Meisemann. Schlurfende Schritte näherten sich. Hinter dem Guckloch erschien ein Auge. Alexander hielt seinen Ausweis davor.

„Bitte machen Sie die Tür auf, Frau Meisemann. Hier ist die Kripo."

Die Tür wurde einen Spalt geöffnet. Sie war von innen mit einer Kette gesichert. „Wissen Sie eigentlich, wie spät es ist?", fragte sie krächzend.

„Das wissen wir. Wir verfügen tatsächlich über eine Uhr“, antwortete Eberstädter. „Wir müssen mit Ihnen über Ihren Sohn reden, Frau Meisemann.“

Die Kette wurde entfernt. Im Türrahmen erschien eine kleine, gebeugte Frau. Sie trug einen Morgenmantel. „Ich hab ferngesehen und es mir ein bisschen gemütlich gemacht“, sagte sie wie zur Entschuldigung für ihre Aufmachung.

„Was ist denn mit meinem Sohn? Hat er was angestellt?“ Sie führte die Kommissare an zwei offen stehenden Türen vorbei ins Wohnzimmer. Der Zuschnitt der Wohnung glich dem der Wohnung von Albert Mair, die ein Stockwerk tiefer lag. Ein Röhrenfernseher lief. Abgestandene Luft empfing die Kommissare. Auf dem Sofa lag eine zerknäulte Decke. Im Aschenbecher glühte eine Zigarette vor sich hin. Eine halbleere Wodkaflasche stand auf dem Boden neben der Couch.

„Setzen Sie sich.“ Sie deutete auf zwei abgewetzte Sessel, die vor einem Wohnzimmertisch standen. Die Einrichtung war abgewohnt.

Die Frau nahm die Zigarette auf und tat einen tiefen Zug. „Was ist denn mit meinem Sohn?“ Sie fixierte ihre Besucher aus schmalen Augen, die ihrem Gesicht ein eulenartiges Aussehen verliehen. Ihre Haut war runzelig, der Teint leicht gelblich, ein Zeichen für hohen Nikotinkonsum und Alkoholmissbrauch.

„Wieso fragen Sie, ob Ihr Sohn was angestellt hat?“, wollte Alexander wissen. „Normalerweise fragt man doch, ob etwas passiert ist.“

„Jetzt erzählen Sie schon. Ich möchte gern weiter fernsehen.“

„Ihr Sohn ist im Krankenhaus. Er hatte einen Unfall.“

„Ist er mit dem Motorrad unterwegs gewesen? Ich hab ihm schon immer gesagt, dass das eines Tages sein Tod sein wird. Aber er hört ja nicht auf mich“, kam es anklagend aus dem Mund der Frau.

„Er hat eine gestauchte Wirbelsäule und zwei angeknackste Lendenwirbel. Er wird für längere Zeit in der Klinik bleiben müssen“, stellte Alexander richtig.

„Und um mir das zu sagen, stören Sie mich am Samstagabend? Sie hätten mich auch anrufen können.“

„Das scheint Sie ja nicht sehr zu berühren“, monierte Alexander.

„Warum auch? Der Klaus war fast zehn Jahre nicht mehr hier. Letzte Woche ist er plötzlich aufgetaucht und hat sich hier breit gemacht. Der hat sich die ganze Zeit nicht für mich interessiert. Warum soll ich mir jetzt um ihn Gedanken machen?“

„Was wollte er hier?“

„Das ist eine gute Frage. Meinetwegen ist der bestimmt nicht gekommen.“

„Warum dann?“

Sie zuckte mit den Schultern. „Einmal hat der den Albert Mair im Schlepptau gehabt. Die haben die ganze Zeit in der Küche zusammengesessen.“

Eberstädter und Alexander sahen sich überrascht an. „Welcher der beiden Mairs, der Alte oder dessen Neffe?

„Na den Neffen.“

„Haben Sie mitbekommen, um was es da ging?“

„Die haben mir die Tür vor der Nase zugeschmissen. In meiner eigenen Wohnung. Das müssen Sie sich mal vorstellen!“, empörte sich die alte Frau.

„War der Mann nur einmal hier oder mehrmals?“, hakte Eberstädter nach.

„Zweimal. Ich hab den ja kaum wieder erkannt, so hat der sich verändert. Früher war mein Sohn öfter mit dem zusammen. Die haben immer an den Mopeds rumgeschraubt.“

„Wann genau war Ihr Sohn denn hier?“

„Na am letzten Samstag. Das hat mich fast umgehauen, als der vor meiner Tür stand!“ Sie machte ein nachdenkliches Gesicht. „Und dann noch einmal diese Woche. Aber ich weiß nicht mehr genau, an welchem Tag.“

„Versuchen Sie bitte, sich zu erinnern. Die Uhrzeit wäre auch wichtig“, ermunterte sie Eberstädter.

„Warum wollen Sie das alles wissen? Was hat das mit dem Unfall zu tun?“

Alexander sah zu Eberstädter. Der nickte ihm zu. „Frau Meisemann, wir ermitteln in insgesamt drei Mordfällen. Ihr Sohn steht unter Verdacht, etwas damit zu tun zu haben“, erklärte ihr nun Alexander.

Die Frau starrte ihn entsetzt an. „Wer ist denn ermordet worden?“ Sie griff nach der Zigarettenpackung und zündete sich mit zitternden Fingern eine weitere Kippe an.

„Lesen Sie keine Zeitung, Frau Meisemann? Darüber wurde groß berichtet. In Bad Vilbel hat man eine Frau und ihre Enkelin erdrosselt“, berichtete Alexander. „Und der Neffe von Herr Mair. Er starb an einer Überdosis KO-Tropfen.“

Frau Meisemann starrte die Kommissare mit offenem Mund an. „Das wusste ich nicht. Ich kann mir keine Zeitung leisten.“

„Aber darüber redet doch im Moment jeder. Das wurde sicher auch hier im Haus erzählt."

„Ich habe keinen Kontakt zu den Leuten hier. Wer waren denn die Frauen? Oder dürfen Sie das nicht sagen?" Mit einem lauernden Blick wartete sie auf die Antwort.

„Das ist kein Geheimnis. Aber wahrscheinlich kennen Sie die Damen nicht. Es handelt sich um Ellen Hartmann und ihre Enkelin Jessica Jürgens."

„Und ob ich die kenne!", antwortete Frau Meisemann betroffen. Die Zigarette glitt ihr aus den Fingern und fiel auf den abgewetzten Teppich. Sie hob sie auf und drückte sie energisch im Aschenbecher aus. Gleich darauf griff sie zur Wodkaflasche und nahm einen tiefen Schluck.

Alexander wedelte mit der Hand den Rauch weg. Es war heiß und stickig in dem Wohnzimmer.

„Entschuldigen Sie." Er stand auf und ging zur Balkontür. „Aber ich brauche Sauerstoff."

„Um Gottes willen, lassen Sie die Tür zu. Ich will mir ja nicht den Tod holen!", kreischte die Alte.

„Das werden Sie schon nicht." Alexander hob den Griff an. Die Tür ließ sich nur schwer öffnen. Er atmete die kühle Luft tief ein.

Eberstädter musterte die Frau auf dem Sofa.

„Frau Meisemann, woher kennen Sie Frau Hartmann und ihre Enkelin?"

„Sie werden es nicht glauben, aber das ist die Frau vom Cousin meines Mannes. Die hab ich aber schon ewig nicht mehr gesehen. Und die Enkelin kenne ich gar nicht. Die waren ja immer so vornehm. Da wurden mein Bub und ich nicht eingeladen."

„Kannte Ihr Sohn Frau Hartmann?"

„Vom Namen her schon, aber der war noch ein kleiner Junge, als er sie das letzte Mal bei einer Hochzeit gesehen hat. Danach hat er auch kein Kontakt mehr gehabt."

„Ich dachte, Sie wurden nicht eingeladen", warf Alexander ein, der noch immer an der Balkontür stand.

„Das war das letzte Mal, dass wir bei einer Familienfeier anwesend waren. Da hat mein Mann noch gelebt. Aber nach seinem Tod hat keiner mehr nach uns gefragt."

„Wie lange ist das her?"

„Fünfundzwanzig Jahre."

„Und seitdem haben Sie Ellen Hartmann nie wieder gesehen?"

„Hin und wieder zufällig auf der Straße, aber ich habe sie nie angesprochen. Was hätte ich auch mit der vornehmen Dame reden sollen? Ich musste mir meinen Lebensunterhalt als Putzfrau verdienen."

„Wie ist Ihr Mann verstorben?"

„Er hat sich vor lauter Kummer umgebracht."

Alexander hob die Augenbrauen. „Was hatte er denn für Sorgen?"

„Mein Schwiegervater und sein älterer Bruder hatten eine Firma. Die sollte zu gleichen Teilen an meinen Mann und seinen Cousin gehen. Nach dem Tod meines Schwiegervaters hat der Cousin meinen Mann ausgetrickst. Er war dann der alleinige Besitzer des Unternehmens. Mein Mann durchschaute das am Anfang nicht und als er bemerkte, was da läuft, war es zu spät.

Der Cousin hat das alles ganz geschickt eingefädelt. Selbst die Anwälte konnten nichts mehr retten. Nach seinem Tod meines Mannes stand ich ganz alleine da. Ich bekam keinen Pfennig von denen. Außer meiner Witwenrente und der Halbwaisenrente für meinen Sohn hatte ich nichts", klagte die Frau.

„Das ist bitter. Und deshalb haben Sie den Kontakt abgebrochen?"

„Ich doch nicht. Die haben den Kontakt zu uns eingestellt", stellte sie wütend klar.

„Sind Sie sicher, dass Ihr Sohn von alldem nichts wusste?"

„Natürlich wusste er davon. Ich habe ja mit ihm darüber gesprochen. Aber irgendwann hat er gesagt, ich soll mit dem Gejammer aufhören. Er wollte nichts mehr davon wissen."

„Frau Meisemann, Sie haben uns gerade ein klassisches Mordmotiv geliefert." Alexander seufzte.

„Ich hab kein Mitleid mit der Ellen. Die war eine Bauerntochter vom Land, eingebildet und arrogant. Immer musste sich alles um sie drehen. Hat alles an sich gerissen. Die hat ihrem Mann gesagt, wo es lang geht. Ich bin sicher, die hat damals auch ihre Finger im Spiel gehabt und ihren Schwiegervater auf die Idee gebracht, meinen Mann aus der Firma zu stoßen, diese Hexe. Sie hat die ganze Familie kaputtgemacht."

„Komisch, wir haben Frau Hartmann vor ihrem Tod kennen gelernt. Auf uns hat sie einen netten Eindruck gemacht."

„Sie war schon immer eine gute Schauspielerin. Sie hätten mal sehen sollen, was die für ein Getue um ihrer

Tochter gemacht hat. Die war ja für sie eine Prinzessin. Schon als Baby konnte der keiner das Wasser reichen."

„Die Tochter lebte mit ihrer Familie in Hamburg. Wussten Sie das? Das Ehepaar ist vor vielen Jahren bei einem Verkehrsunfall ums Leben gekommen. Deren Tochter Jessica blieb allein zurück. Sie ist kürzlich zu ihrer Großmutter nach Bad Vilbel gezogen."

„Das wusste ich nicht. Aber das geschieht der dummen Kuh Recht." Frau Meisemann lachte hämisch.

„Das reicht." Alexander machte seinem Kollegen ein Zeichen, zu gehen.

„Wollen Sie Ihren Sohn im Krankenhaus besuchen? Wir könnten Sie begleiten", bot Alexander zum Abschied an.

„Mit dem will ich nichts zu tun haben. Gehen Sie jetzt endlich, damit ich den Film zu Ende sehen kann."

Kapitel 128

„Gute Arbeit, Leute“, lobte EKHK Wortmann die Kommissare. Alexander und Eberstädter saßen am Sonntagmorgen in seinem Büro.

Die beiden Kommissare waren müde. Sie hatten noch am Abend zuvor mit dem Staatsanwalt gesprochen und ihm das Ergebnis ihrer Ermittlungen berichtet. Das Motiv für den Mord an den beiden Frauen war offensichtlich. Der Stalker hatte Albert Mair umgebracht, um ihn als Zeugen auszuschalten. Der Staatsanwalt hatte einen Haftbefehl für Klaus Meisemann erlassen.

„Ich gehe davon aus, dass er Rache an der Familie seines Vaters nehmen wollte. Jessica Jürgens war nicht im üblichen Sinne ein Stalking-Opfer. Er hat sie gezielt ausgesucht, um sie für das Handeln ihrer Großeltern büßen zu lassen. Aber das wird er nicht zugeben“, erklärte Alexander seinem Chef.

Eberstädter nickte zustimmend. „Er gibt immer nur das zu, was wir ihm nachweisen können.“

„Ich denke, die Indizien reichen aus“, machte Wortmann den Kommissaren Mut. „Sobald die KTU die Spuren aus dem Haus mit seiner DNA verglichen hat, wird er sich nicht mehr rausreden können.“

„Dafür hat er auch schon eine Erklärung“, wandte Alexander ein. „Als wir gestern Abend noch einmal bei ihm waren, hat er uns erzählt, dass er bei Frau Hartmann im Haus gewesen wäre, um sie und ihre Enkeltochter mal kennen zu lernen. Selbstverständlich würden wir dann Spuren von ihm finden. Ist das zu fassen?“

„Aber umgebracht hat er sie natürlich nicht, sagt er.“ Eberstädter konnte seine Wut kaum unterdrücken.

„Ok, um weitere Beweise zu erhalten, werden wir die Kollegen in Hamburg um Amtshilfe bitten. Sie sollen das Haus von Meisemann nach Hinweisen durchsuchen. Irgendwo muss es etwas geben. Ich werde das sofort veranlassen.“ Er griff zum Telefon. „Ihr beide geht jetzt nach Hause und ruht euch aus.“

„Daraus wird nichts, wir müssen noch den Stalker von Cosima überführen.“ Alexander gähnte.

„Hast du eine Ahnung, wer das ist?“, fragte Wortmann neugierig.

„Ich bin mir ziemlich sicher. Ich werde mich gleich darum kümmern.“ Alexander stand auf.

Kapitel 129

Albert Mair kam gerade von der Kirche zurück, als er Frau Meisemann in ein Taxi steigen sah. Sie hatte eine große Ledertasche dabei, die der Fahrer im Kofferraum verstaute.

Er war der Frau schon längere Zeit nicht mehr begegnet. Sie hielt sich von allen fern, vermied jeglichen Kontakt zu ihren Nachbarn im Haus.

Vermutlich wusste sie nicht, dass sein Neffe tot war. Als seine Frau noch lebte, kam sie ab und zu auf eine Tasse Kaffee vorbei. Seine Frau war die einzige Vertraute von Frau Meisemann. Durch die Besuche hatte sie auch seinen Neffen Albert kennengelernt, mit dem sie eine Zeit lang liiert war. Albert hatte sich sehr nett um ihren Jungen gekümmert. Doch dann war das Verhältnis plötzlich zerbrochen. Warum, wusste er nicht. Sein Neffe hatte sich nie dazu geäußert.

Von Frau Meisemann wusste er selbst so gut wie nichts. Seine Frau hatte nie etwas über die Nachbarin preisgegeben.

Wo sie wohl hinwollte? Albert Mair hatte dafür keine Erklärung. Aber es war ihm auch egal. Er würde jetzt zu seiner Nachbarin gehen, mit der er sich angefreundet hatte und die sich nun liebevoll um ihn kümmerte. Er freute sich auf das gemeinsame Mittagessen. So hatte der Tod seines Neffen doch noch etwas Gutes.

Kapitel 130

Alexander rief Cosima an. „Wo steckst du?"
„Ich bin zu Hause. Die Feuerwehr ist da", jammerte Cosima.
„Was ist denn passiert?", fragte Alexander besorgt.
„Die Mühle steht unter Wasser. Die Feuerwehr pumpt es gerade ab", schluchzte sie.
„Gab es einen Wasserrohrbruch?"
„Schlimmer, der Stalker ist bei mir eingebrochen und hat alle Wasserhähne im Haus aufgedreht. Die Abflüsse hat er vorher verstopft. Wahrscheinlich ist das Wasser die ganze Nacht gelaufen."
„Du meine Güte! Jetzt reicht`s aber. Den Kerl schnappe ich mir!"
„Da will ich dabei sein". erwiderte sie grimmig
„Ok, wir treffen uns in einer halben Stunde." Alexander nannte Cosima die Adresse der Familie Steinwedel in Gambach. „Du unternimmst nichts alleine. Ist das klar, Cosima? Wieso bist du überhaupt in deinem Haus? Ich hab dir doch gesagt, dass du bei Bernhard bleiben sollst."
„Das war ja nicht zum Aushalten. Ich bin gestern Abend mit Carsten nach Münzenberg gefahren und habe dort die Nacht verbracht. Heute Morgen wollte ich mir frische Sachen holen. Carsten hat mich gefahren. Das Wasser kam schon unter der Haustür hervor. Du kannst dir nicht vorstellen, was das für ein Schlamassel ist."
„Für den Schaden muss der Typ aufkommen. Dafür werde ich sorgen!"

Kapitel 131

Zielgerichtet lief die alte Frau auf das Krankenzimmer zu. „Halt, wo wollen Sie denn hin?“ Der Beamte vor der Tür sprang auf und stoppte sie.

„Ich will zu meinem Sohn. Ich will ihm seine Tasche bringen.“

„Ich bin mir nicht sicher, ob ich Sie zu ihm lassen darf“, erklärte der Beamte.

„Ich bin seine Mutter und werde ja wohl mal nach ihm schauen dürfen! Außerdem braucht er seine Sachen. Wollen Sie meinen Ausweis sehen?“

Der Mann überlegte einen Moment. „Na gut, gehen Sie zu ihm. Aber höchstens zehn Minuten.“ Mitleidig schaute er die Mutter an. Er öffnete ihr die Tür und warf einen Blick auf den Mann im Bett. Der Patient hatte die Augen geschlossen. „Herr Meisemann, Sie haben Besuch. Ihre Mutter ist hier.“

Auf dem Gesicht des Patienten spiegelte sich ungläubiges Entsetzen.

Exakt zehn Minuten später öffnete sich die Tür des Krankenzimmers. Die alte Frau blieb vor dem Beamten stehen.

„Vielen Dank für Ihr Verständnis. Sie haben meinem Sohn großen Kummer erspart. Lassen Sie ihn noch ein Weilchen in Ruhe. Er muss über einiges nachdenken.“ Sie drehte sich auf dem Absatz um und lief in gebeugter Haltung eilig davon.

Sonderbar, dachte der Beamte. *Ich hatte nicht vor, den Mann zu stören.* Während er noch über die Worte der Frau nachdachte, hörte er lautes Geschrei und Getrampel aus dem Stockwerk unter ihm.

Er sprang auf und riss die Tür zum Krankenzimmer auf. Das Bett war leer. Das Fenster stand offen. Er bemerkte ein Seil, das am Heizkörper festgezurrt war und über die Brüstung hing. Er beugte sich hinaus und blickte nach unten. Einige Stockwerke tiefer sah er mehrere Köpfe aus den Fenstern ragen. Auf der asphaltierten Fläche vor dem Haus lag ein Körper. Er war nicht vollständig. Am Rumpf fehlte der Kopf. Der Beamte blickte zu dem Ende des Seils.

Kapitel 132

Vor dem Haus von Georg Steinwedel stand ein Auto mit einem Hamburger Kennzeichen. Es war der gleiche Wagen, der in Bad Vilbel vor dem Haus von Ingrid Brandt gestanden hatte.

„Ich glaube, wir kommen ungelegen", meinte Alexander, als Cosima aus dem Auto stieg.

„Wieso?"

„Anscheinend trifft sich heute die Familie." Alexander grinste. „Wahrscheinlich will der junge Steinwedel seinen Eltern von seiner Heirat berichten."

„Heinrich, jetz komm schon. Des bleede Gesicht von dem Schorsch will isch sehn, wenn der erfährt, dass de Christoph jetz haast wie mir." Uta Brandt näherte sich feixend dem Grundstück der Steinwedels. Alexander sah die Person belustigt an.

„Wolle Se aach zum Schorsch?", richtete die resolute Dame nun das Wort an ihn.

„Hörn Se nett uff mei Fraa", empfahl ihm Heinrich Brandt, der sich bemühte, mit ihr Schritt zu halten.

In diesem Moment öffnete sich die Haustür der Steinwedels. „Ich habe euch schon kommen sehen. Tretet näher", forderte Steinwedel seine Nachbarn auf.

Nun bemerkte er auch die Kommissare. „Was wollen Sie denn hier? Sonntags rede ich grundsätzlich nicht über Geschäfte."

„Ich bin nicht wegen des Autos hier, sondern wegen Ihres Sohnes Patrick. Ist er da?" Alexander hielt ihm seinen Ausweis entgegen.

Kapitel 133

Patrick Steinwedel war nicht aufzufinden. Er war nicht in seiner Wohnung und auch nirgendwo sonst auf dem Grundstück. Sein Wagen war ebenfalls verschwunden.

„Ich mache mir große Sorgen um meinen Sohn", berichtete Bettina Steinwedel den beiden Kommissaren, als sie zurück ins Wohnzimmer kamen. „Ich befürchte, dass er sich etwas antun wird."

„Wie kommen Sie darauf?" Alexander sah die kleine, zierliche Frau eindringlich an.

„Es sind einige unschöne Dinge passiert, für die Patrick verantwortlich ist."

„Was für Dinge?", wollte Cosima wissen.

„Das kann ich Ihnen nicht sagen. Das sind Dinge, die nur ihn und uns etwas angehen", wich Bettina aus. „Aber nachdem wir ihn zur Rede gestellt haben, könnte ich mir denken, dass es ihm vor lauter Scham und schlechtem Gewissen keine Ruhe lässt und er sich etwas antut."

Alexander blickte in die Runde. Außer Christoph und seiner Frau Ingrid befand sich auch das ältere Ehepaar im Raum, das als Uta und Heinrich Brandt vorgestellt wurde, die Schwiegereltern von Christoph. Sie sahen beide aus, als hätten sie einen Geist gesehen.

„Was wollen Sie denn von ihm, Herr Kommissar?", fragte Georg, den Alexander über seine wahre Identität aufgeklärt hatte.

„Es tut mir leid, Ihnen das sagen zu müssen, aber wir vermuten, dass Ihr Sohn meine Kollegin, Frau von

Mittelstedt", er zeigte auf Cosima, „in den letzten Tagen belästigt hat."

„Was soll das heißen?" Georg sah die Kommissare mit gerunzelter Stirn an.

„Er hat sie mit Telefonanrufen tyrannisiert, ist in ihr Haus eingebrochen und einiges mehr. Ich möchte jetzt nicht näher darauf eingehen. Also wo können wir Ihren Sohn finden? Wo könnte er hingegangen sein?"

„Mein Gott, das ist ja schrecklich!", stöhnte Bettina.

„Lass Gott aus dem Spiel. Der hat damit nichts zu tun", knurrte Georg.

Christoph sprang auf. „Herr Kommissar, ich werde meinen Bruder suchen. Kommen Sie mit?"

Alexander eilte hinter dem jungen Mann her. „Haben Sie eine Ahnung, wo er sein könnte?"

„Nachdem was meine Eltern eben berichtet haben, glaube ich zu wissen, wo er hingegangen ist."

Kapitel 134

Christoph raste durch die Straßen, beachtete keine Vorfahrt und überfuhr in der Butzbacher Straße eine rote Ampel. Sein Wagen machte einen Satz, als er die Bahngleise überquerte. Der Fahrer schnitt die Kurve am Bauhof, um sogleich die Wetterbrücke zu passieren. Hinter der Brücke stand ein großer, dunkler Wagen.

„Das ist Patricks Auto", erklärte Christoph. Kurz darauf bog er rechts in einen schmalen Weg ein. Die Spurrillen waren ausgefahren, aber das Gestrüpp und Gras standen immer noch so hoch, dass sie Kratzgeräusche am Unterboden und den Seiten des Wagens verursachten. Christoph passte seine Fahrweise den Gegebenheiten an und fuhr langsam weiter, bis er zu einem großen Baum auf der rechten Seite kam. Gegenüber befand sich ein schmaler Pfad, der den Hang hinaufführte.

Obwohl der Pfad steil und steinig war, hastete Alexander in vollem Tempo hinter dem jungen Mann her. Eine Eisentür, die zu einem eingezäunten Gelände gehörte, hinderte die Männer am Weitergehen. Die Klinke ließ sich nach unten drücken, das Tor ging jedoch nicht auf. Es war verschlossen.

„Machen Sie mal eine Räuberleiter. Ich muss da rein."

Alexander sah auf der anderen Seite des Tores einen kleinen See. Auf einer Anhöhe am gegenüberliegenden Ufer erblickte er eine Holzhütte.

„Vermuten Sie Ihren Bruder hier?", fragte er. Christoph nickte und stellte seinen rechten Fuß in die ihm dargebotenen Handflächen. Er zog sich hoch und schob seinen Körper über das Tor.

„Gehen Sie ein Stück weiter den Berg hinauf. Irgendwo ist bestimmt eine Stelle im Zaun, wo sie durchschlüpfen können. Wir treffen uns dann bei der Hütte."

Aber Alexander dachte nicht daran. Er erinnerte sich an seine Ausbildung und obwohl er diese Praktik schon lange nicht mehr angewendet hatte, ging er einige Schritte zurück, nahm Anlauf. sprang und hangelte sich an dem Eisengeflecht des Tores nach oben.

„Beachtlich, Herr Kommissar", bemerkte Christoph anerkennend.

Alexander hörte einen Motor und stoppte seine Aktion. Er sah den SUV von Cosima, der gerade hinter dem Wagen von Christoph hielt. Gleich darauf vernahm er Türenknallen und Erdmanns Gebell.

„Cosima, bitte bleib da unten. Ihr könnt hier nichts ausrichten", bat er seine Kollegin. Doch Erdmann war bereits den Pfad hinauf gerannt und sprang nun wütend am Tor hoch.

„Erdmann, du kannst jetzt nicht mit." Er drehte sich um und folgte dem ausgetretenen Weg am Ufer entlang. Christoph war bereits an der Hütte angekommen und verschwand im Inneren. Alexander befürchtete das Schlimmste.

Cosima folgte Erdmann, der bellend am Zaun entlang den Berg hinauflief. Plötzlich war er verschwunden. Cosima entdeckte ihn auf der anderen Seite des Zauns. Der Dackel war durch ein Loch geschlüpft. Cosima zog den Draht gewaltsam auseinander und zwängte sich ebenfalls hindurch. Wenig später erreichte sie die

Hütte. Die Tür stand offen. Alexander und sein Vierbeiner waren gerade im Begriff, sie zu betreten.

Sie war leer.

„Hier ist er nicht.“ Christoph klang enttäuscht. „Ich hätte wetten können, dass er sich hier aufhält.“

„Wo sollen wir ihn jetzt suchen?“ Cosima war völlig außer Atem. Erdmann schnüffelte am Boden herum.

„Keine Ahnung“, kam es verzweifelt zurück. „Aber wir müssen was unternehmen. Der tut sich sonst was an.“

„Dann bleibt uns nichts anderes übrig, als die Kollegen von der Bereitschaftspolizei aus Lich anzufordern. Die müssen nach ihm suchen“, versuchte Alexander, den jungen Mann zu beruhigen.

In diesem Augenblick klingelte sein Handy. „Einen Moment, da muss ich rangehen.“ Er hielt sein Mobiltelefon dicht ans Ohr und lauschte gespannt. Wenig später entfuhr es ihm. „Ach du Scheiße!“ Ein Schatten legte sich auf sein Gesicht.

Kapitel 135

Christoph eilte zurück in sein Elternhaus und berichtete, dass die Suche nach Patrick ergebnislos geblieben war und die Polizei nun nach ihm fahndete. Seine Eltern reagierten merkwürdig auf seine Mitteilung, der Situation nicht angemessen.

Seine Frau und seine Schwiegereltern waren bereits gegangen. Ihm war klar, dass seine Eltern von seiner Heirat mit Ingrid und dem Wechsel seines Nachnamens nicht begeistert waren, aber dieses Chaos hatte er nicht erwartet. Wobei das Durcheinander nichts mit ihm zu tun hatte, sondern die allgemeine Situation in seiner Familie betraf.

Seine Eltern teilten ihm mit, dass sie sich trennen und die Firma verkaufen würden. Seine Mutter wollte sich auf eine Alm in der Schweiz zurückziehen. Das hatte sie bereits in die Wege geleitet.

Sein Vater kam ihm plötzlich wie ein alter Mann vor. Sein Gesicht war grau und eingefallen, die Falten zogen tiefe Spuren. Er wirkte orientierungslos und fahrig.

Georg Steinwedel erzählte von seiner Geliebten, die vor einigen Tagen vom Hinterturm in Schlitz gestoßen worden war. Zu seiner Überraschung hatten seine Mutter Bettina und Karl Friedrich seinem Vater an diesem Abend vor dem Hotel aufgelauert und dabei den Streit zwischen Marianne und ihrer Schwiegertochter belauscht. Bettina hatte letzte Gewissheit über die Liebschaft haben wollen und sich von Karl Friedrich in das Städtchen im Vogelsberg bringen lassen.

Nachdem sie von dem Mord an Marianne Eisener gehört hatte, war sie wegen einer Zeugenaussage erneut nach Schlitz gefahren. Daraufhin war Marlies Eisener am Samstagmorgen verhaftet worden.

Als ob diese Nachrichten nicht schon schlimm genug gewesen wären, musste sich Christoph noch anhören, dass Patrick seinen ehemals besten Freund in Stuttgart vom Dach gestoßen hatte. Er hatte das aus Eifersucht und in der Absicht getan, seinem kleinen Bruder die Freundschaft zu zerstören. Seine Mutter hatte das all die Jahre gewusst, aber immer geschwiegen. Sein Vater hatte es geahnt, war der Sache aber nicht nachgegangen, um dem Ansehen der Firma nicht zu schaden.

Auch die Entführung von Ingrid ging auf Patricks Konto. Aber diese Tatsache überraschte Christoph nicht. Er hatte das immer geahnt. Schlimmer traf ihn jedoch die Nachricht, dass sein Bruder sein Motorrad manipuliert und damit seinen Unfall ausgelöst hatte.

Heute Morgen hatten seine Eltern mit Patrick gesprochen und ihn aufgefordert, auszuziehen und sich einen neuen Job zu suchen. Sie wollten die Vergangenheit ruhen lassen und über die Vorkommnisse schweigen.

Patrick hatte daraufhin schwere Vorwürfe gegen seine Eltern erhoben und sie für seine Situation verantwortlich gemacht. Dabei hatte er von dem missglückten Versuch, eine Frau kennen zu lernen, gesprochen. Zudem hatte er den Giftanschlag auf Ajax zugegeben. Er hatte es aus Verärgerung über die Tretmine im Garten getan.

„Dein Bruder ist krank“, hatte sein Vater am Ende gesagt. „Er gehört in eine Klinik.

Wenn wir ihn lebend finden, werde ich dafür sorgen, dass er eingewiesen wird. Geh jetzt zu deiner Frau, Christoph. Wenigstens du sollst ein normales Leben führen."

Seine Mutter stand auf und umarmte ihn. Es war das erste Mal in seinem Leben, dass seine Mutter ihm gegenüber eine solche Regung zeigte. Christoph traten Tränen in die Augen. Er erhob sich und verließ das Haus, unfähig noch etwas zu sagen. Er wollte nur noch weg von hier.

Kapitel 136

Nachdem Alexander Eberstädter und Jüngling damit beauftragt hatte, eine Großfahndung nach dem vermissten Patrick Steinwedel einzuleiten, fuhr er mit Cosima nach Frankfurt in die Klinik.

Hier bot sich ihnen ein schreckliches Bild: Der Körper von Klaus Meisemann lag zerschmettert auf dem Asphalt in einer Pfütze aus Blut. Sein Kopf steckte in einer Schlinge an einem Seil, das weiter oben vor einem Fenster baumelte.

Durch die Höhe, aus der Klaus Meisemann sich hatte in die Tiefe fallen lassen, war sein Kopf vom Rumpf getrennt worden.

Im Zimmer des Toten fanden Alexander und Cosima eine Ledertasche auf dem Bett vor. Sie war offen. Beim Blick ins Innere entdeckten sie mehrere Hefter. Alexander zog einen heraus. Auf der Vorderseite war ein Aufkleber angebracht. Darauf stand: *Unfallbericht Jürgens.*

„Ich ahne Schreckliches", sagte Alexander betroffen zu Cosima.

„Ich auch." Cosima holte den nächsten Hefter hervor. Auf dessen Aufkleber stand: *Vollendung 2011.*

„Ich habe keine Lust, mir das jetzt anzusehen. Wir nehmen alles mit. Das sollen dann Eberstädter und Jüngling unter die Lupe nehmen."

Der sichtlich geschockte Beamte, der vor dem Krankenzimmer Wache gehalten hatte, berichtete von dem

Besuch der Mutter. „Sie hat sich merkwürdig verhalten. Hat sich bei mir bedankt, ich hätte ihrem Sohn großen Kummer erspart. Wenn ich geahnt hätte, was er vorhat, hätte ich den nicht aus den Augen gelassen."

„Sie trifft keine Schuld. Stellt sich nur die Frage, woher er das Seil hatte", sinnierte Alexander.

„Ich nehme an, das hat ihm seine Mutter mitgebracht." Der Beamte machte ein betroffenes Gesicht.

„Wir werden der Dame mal einen Besuch abstatten. Einer muss ihr ja die Todesnachricht von ihrem netten Söhnchen überbringen."

Kapitel 137

Mit den Worten „Ich habe Sie schon erwartet", empfing Frau Meisemann die beiden Kommissare.

„Aus welchem Grund?", fragte Alexander müde.

„Sie wollen mir sicherlich mitteilen, dass mein Sohn seinem Leben ein Ende gesetzt hat", sagte sie ohne sichtliche Trauer.

„Dann wissen Sie ja auch, dass er sich erhängt hat." Cosima empfand eine tiefe Abscheu für die Frau.

Sie nickte. „Da hat er also doch noch Anstand bewiesen, mein Herr Sohn."

„Wie meinen Sie das?", wollte Alexander wissen.

„Als Sie bei mir waren, habe ich Ihnen verschwiegen, dass er eine Tasche bei mir abgestellt hat, die er eigentlich heute abholen wollte. Nachdem Sie mir von seinem Unfall berichtet haben, war klar, dass er das vorerst nicht tun kann. Also habe ich mal reingeschaut. Ich konnte kaum glauben, was sich mir da offenbarte."

„Wir haben eine Vorahnung bekommen." Cosima nickte.

„Haben Sie ihm das Seil gegeben?" Alexanders Stimme war kalt.

„Ich habe ihm nicht nur das Seil gebracht. Ich habe ihn auch aufgefordert, es sich um den Hals zu hängen und hinunter zu springen."

Alexander und Cosima waren erschüttert.

„Aber warum?"

„Meinen Sie, ich wollte die letzten Tage meines Lebens zusehen müssen, wie mein Sohn in einem mehrmonatigen Gerichtsprozess verurteilt, wie alles in der Presse breitgetreten wird?“ Sie funkelte die Kommissare an. „Nee nee, darauf kann ich gern verzichten.“

Alexander und Cosima hatte es die Sprache verschlagen. Sie wussten nicht, was sie darauf antworten sollten.

„So erscheint vermutlich nur eine kurze Mitteilung, dass sich der Mörder von diesen Weibern umgebracht hat, und damit ist die Sache für die Öffentlichkeit erledigt.“ Sie nahm die Zigarettenpackung vom Tisch und zündete sich einen Glimmstengel an. „Jetzt war das Seil wenigstens noch zu was nütze.“ Die Alte lachte gehässig.

„Welches Seil?“ Cosima sah die Frau entsetzt an.

„Es war das Seil, mit dem sich sein Vater erhängt hat. Man hat es mir damals mit seinen Kleidungsstücken und Wertsachen überlassen.“

„Das gibt es doch nicht!“ Cosima war erschüttert. Plötzlich schnippte sie mit den Fingern. „Frau Meisemann, was ist 2001 passiert?“

„Wieso?“, Frau Meisemann war sichtlich erschrocken über Cosimas plötzlichen Elan.

„Wir haben einen Hefter mit der Aufschrift *Unfallbericht Jürgens* in seiner Tasche gefunden. Wir vermuten, dass Ihr Sohn etwas mit dem Unfalltod von Jessicas Eltern zu tun hatte.“

Gehässig antwortete die Alte. „In dem Jahr hat der Cousin meines Mannes, Otto Hartmann, das Bundesverdienstkreuz für seine hervorragende unternehmerische Leistung verliehen bekommen.“

„Und das hat Ihr Sohn erfahren?“

„Na klar, er wohnte zu diesem Zeitpunkt noch hier in der Wetterau.“

„Können Sie sich daran erinnern, ob er im gleichen Jahr auch in Hamburg war?“

„Lesen Sie die Unterlagen“, forderte sie Cosima auf. „Darin werden Sie alles finden und erfahren, was mein feiner Sohn angestellt hat.“

„Und da finden wir dann wohl auch das Motiv.“ Cosimas Aussage war eher eine Feststellung als eine Frage.

„Dann werden Sie auch verstehen, warum ich keine Lust habe, dass das alles noch einmal aufgerollt wird.“ Auch jetzt war ihre Stimmer voller Hohn und Spott, ließ jegliches Mitleid vermissen.

Alexander verließ ohne Abschiedsgruß die Wohnung der alten Frau. Er rannte die Treppe hinunter und blieb keuchend vor dem Haus stehen. Er war so entsetzt über das Verhalten der Mutter, dass er nicht einmal in der Lage war, eine Zigarette anzuzünden. Seine Hände zitterten wie Espenlaub.

Cosima folgte ihm wenig später. Sie hatte die Sache nicht auf sich beruhen lassen können. „Wir werden noch sehen, ob das so klammheimlich über die Bühne geht. Womöglich müssen sie sich für den Tod ihres Sohnes verantworten.“ Damit hatte sie sich von Frau Meisemann verabschiedet.

Sie befreite Erdmann aus dem Auto, der zu Alexander rannte und seine Schnauze an dessen Schienbein rieb, als wollte er sein Herrchen trösten. Bei dem Anblick seines treuen Vierbeiners beruhigte er sich wieder.

„Was ist das für eine Mutter, Cosima? Kannst du mir das mal als Psychologin erklären?“

„Ganz ehrlich, da muss ich erst mal selbst drüber nachdenken." Sie fuhren schweigend weiter.

Sie waren kurz vor Friedberg, als der Anruf von der Rettung des Vermissten einging.

„Sie haben Patrick Steinwedel auf dem Osterstein gefunden. Er saß da völlig regungslos und stierte vor sich hin. Er hat kein Wort gesprochen. Vor ihm im Gras lag eine leere Flasche Single Malt Whisky aus der Destillerie in Schlitz. Vermutlich hat er die gesoffen", berichtete Eberstädter respektlos.

„Ach du meine Güte, dann hatte er ja etliche Promille im Blut!", vermutete Alexander.

„Darauf kannst du wetten, mein Lieber. Sie hatten alle Mühe, ihn von dort oben herunterzuholen", antwortete Eberstädter.

„Wo haben sie den Mann hingebracht?", wollte Alexander wissen.

„Nachdem Sie ihm den Magen ausgepumpt haben, ging es in die Psychiatrische Klinik in Gießen."

Alexander beendete kopfschüttelnd das Gespräch. „Bis Morgen, Eberstädter."

Er fühlte sich erschöpft, war traurig und wütend zugleich. „Heute hasse ich meinen Beruf. Ich glaube, ich muss mich betrinken."

„Ich mach mit", beschloss Cosima. „Ich bleibe heute Nacht bei dir. Meine Schlafsachen sind ja noch da."

„Was wird Carsten Bendel dazu sagen?" Alexander sah seine Kollegin von der Seite an.

„Daran wird er sich gewöhnen müssen, wenn er mit mir zusammen sein will."

„Woran? Dass du bei mir schläfst?“, neckte Alexander sie.

„Nein, du Witzbold, daran, dass ich am Wochenende und auch nachts arbeiten muss.“ Sie zwinkerte ihm zu. Erdmann rollte sich auf ihrem Schoß zusammen und brummte zufrieden.

Epilog

Patrick Steinwedel wird in eine psychiatrische Anstalt in Nordhessen eingewiesen. Zu einem Gerichtsprozess gegen ihn kommt es nicht mehr. Er begeht Selbstmord.

Bettina Steinwedel zieht aus dem gemeinsamen Haus in Gambach aus und lebt seit dem auf einer Alm in der Schweiz.

Mit Karl Friedrich König, der seinen Beruf als Lehrer vorzeitig aufgegeben hat, steht sie in engem Kontakt.

Georg Steinwedel ist es gelungen, seinen jüngsten Sohn Christoph in die Geschäftsführung seines Autohauses nach Butzbach zu holen. Seitdem arbeiten sie erfolgreich zusammen.

Marlies Eisener kann beweisen, dass ihre Schwiegermutter Marianne Eisener durch einen tragischen Unfall vom Turm in der Altstadt von Schlitz gestürzt ist.

Über den grausamen Mord an Jessica Jürgens und ihrer Großmutter sowie den Selbstmord ihres Mörders Klaus Meisemann berichten die Boulevardblätter sehr ausführlich. Die traurige Geschichte des Stalkingopfers wird sogar in einem Kriminalroman verarbeitet.

Cosima von Mittelstedt und ihr Jugendfreund Carsten Bendel gehen eine Beziehung ein.

Alexander Henneberg tröstet sich mit seinem Sportwagen, den er spontan im Autohaus Steinwedel gekauft hatte. Erdmann begleitet ihn bei seinen Ausfahrten an schönen Spätsommertagen auf dem Beifahrersitz.

Hauptfiguren:

Kriminalhauptkommissar Alexander Henneberg, genannte Henne
Kriminaloberkommissarin Cosima von Mittelstedt, genannt Co
Frau Stückrath, genannt Stückchen
Rauhaardackel Erdmann, gehört zu Kommissar Henneberg
Kommissare Eberstädter und **Jüngling**
Erster Kriminalhauptkommissar Wortmann
Juliane Landmann, Pressesprecherin der Wetterauer Kripo
Amiga, Appenzeller Sennhündin von Juliane
Fähe auf der Heide, Rechtsmedizinerin aus Gießen
Georg Steinwedel, Autohändler, als Schorsch bekannt
Bettina Steinwedel, seine Frau
Patrick Steinwedel, ältester Sohn von Schorsch und Bettina
Christoph Steinwedel, jüngster Sohn von Schorsch und Bettina
Helmut Karger, Nachbar von Georg Steinwedel, genannt Helli
Siglinde Karger, seine Frau
Florian Karger, verstorbener Sohn von Helmut und Siglinde
Karl Friedrich König, weiterer Nachbar
Gisla König, seine Frau

Mehmet Yildirim, Sohn eines Gastarbeiters, ebenfalls Bewohner der Straße
Petra Yildirim, seine Ehefrau
Kinder Yasmin und **Yanis** von Mehmet und Petra
Martin Weiß-Alles, Mieter von Helmut Karger und Mitarbeiter von Georg Steinswedel
Uta Brandt, neugierige Nachbarin, wohnt in derselben Straße wie Schorsch und Helli
Heinrich Brandt, ihr Mann
Ingrid Brandt, Tochter von Uta und Heinrich
Jessica Jürgens, aus Hamburg
Ellen Hartmann, ihre Großmutter aus Bad Vilbel
Marianne Eisener, Witwe aus Schlitz im Vogelsberg
Uli Eisener, Sohn von Marianne
Marlies Eisener, Frau von Uli
Angela, Empfangsdame im Autohaus Steinwedel
Polizeihauptkommissar Hofstetter, von der Polizeistation in Butzbach
Polizeioberkommissare Günther Kopf und **Hans-Werner Leicht**, von der Polizeistation in Bad Vilbel
Albert Mair, Mann aus Bad Vilbel
Heiko Schäfermann und **Nikolas Kleinschmidt**, Kripobeamte aus Alsfeld
Carsten Bendel, Schulfreund von Cosima
Klaus Meisemann, Mitschüler von Christoph Steinwedel
Frau Meisemann, Mutter von Klaus Meisemann
Michael Hasenhecker – Profiler aus Hamburg

ebenfalls von Jule Heck erschienen ist:

ISBN Print: 978-3-86468-578-1
Taschenbuch, 12,5 x 19,0 cm,
398 Seiten, Preis: 12.90 €

ISBN E-Book: 978-3-86468-586-6
EPUB und PDF, Preis: 6.99 €

ebenfalls von Jule Heck erschienen ist:

ISBN Print: 978-3-86468-827-0
Taschenbuch, 12,5 x 19,0 cm,
481 Seiten, Preis: 12.90 €

ISBN E-Book: 978-3-86468-846-1
EPUB und PDF, Preis: 6.99 €

ebenfalls von Jule Heck erschienen ist:

ISBN Print: 978-3-96014-088-7
Taschenbuch, 12,5 x 19,0 cm,
394 Seiten, Preis: 12.90 €

ISBN E-Book: 978-3-96014-115-0
EPUB und PDF, Preis: 6.99 €

ebenfalls von Jule Heck erschienen ist:

ISBN Print: 978-3-96014-209-6
Taschenbuch, 12,5 x 19,0 cm,
440 Seiten, Preis: 12.90 €

ISBN E-Book: 978-3-96014-223-2
EPUB und PDF, Preis: 6.99 €